U0133370

进击的律师

人间旋涡

法山叔

著

湖南文艺出版社

图书在版编目（CIP）数据

进击的律师．人间旋涡／法山叔著．—长沙：湖
南文艺出版社，2023.10
ISBN 978-7-5726-1338-8

Ⅰ．①进⋯　Ⅱ．①法⋯　Ⅲ．①长篇小说—中国—当代
Ⅳ．① I247.5

中国国家版本馆 CIP 数据核字（2023）第 139920 号

进击的律师：人间旋涡
JINJI DE LÜSHI: RENJIAN XUANWO

作　　者：法山叔
出 版 人：陈新文
监　　制：谭菁菁
责任编辑：吕苗莉　李　颖
责任校对：艾　宁
策　　划：李　颖
特约编辑：高伟矗
营销编辑：汤　屹
封面设计：刘宇宁
版式设计：刘佳灿

出版发行：湖南文艺出版社
　　　　　（长沙市雨花区东二环一段 508 号　邮编：410014）
网　　址：www.hnwy.net
印　　刷：长沙新湘诚印刷有限公司
经　　销：湖南省新华书店
开　　本：880mm × 1260mm　1/32
字　　数：307 千字
印　　张：12.25
版　　次：2023 年 10 月第 1 版
印　　次：2023 年 10 月第 1 次印刷
书　　号：ISBN 978-7-5726-1338-8
定　　价：59.80 元

序

《进击的律师：人间旋涡》总算和朋友们见面了。

在写下最后一个字后，我长吁了一口气，如同刚经历完一场漫长的告别。

本书是"进击的律师"系列小说的第三部，也是最后一部，从2017年写下故事的第一个字开始到现在，已经过去整整六年。

这六年，我经历了很多。

2017年刚开始写《进击的律师：双子星升起》时，我还只是一名初出茅庐的青年律师；2020年，出《进击的律师：幽暗线索》，我已成为律所合伙人，看似有了一点不值一提的成绩，实则处于人生低谷；如今，2023年，本系列最后一本《进击的律师：人间旋涡》总算得以面世，我也开了一家全新的律师事务所。

这六年来，整个地球也在天翻地覆地旋转着。

六年前，国内经济新闻还在强调防止经济过热，六年后，国内经济新闻已经开始强调提振民企信心；六年前，全国律师人数是36.5万，六年后，全国律师人数早已突破65万；六年前，冥冥中的神还没在人间撒下叫"新冠"的盐，六年后，我们带着大病初愈后的虚弱，开始祈祷明天会更好。

这个世界变化得太快了。

基于律师这份职业，我目睹了太多高楼起，也目睹了太多转瞬即逝的崩塌。

在这充满不确定性的人间，我时常会意识到，我们每个人都只是一枚小小的浮萍。

当命运的大浪将浮萍涌向天边时，浮萍高高在上，会获得一种舍我其谁的错觉；当命运的大浪将浮萍击入谷底，浮萍自怨自艾，会觉得时运不济或咎由自取；当命运的波涛裹挟着浮萍随波逐流时，浮萍不由自主地躲着一个又一个明里暗里的旋涡，却总以为这一切都是自己的决定。

但浮萍就是浮萍，大浪就是大浪。人生其实是没有那么多宿命感的。

这世间所有的成功，都是岌岌可危的成功。

在人世间，要活下来、活得好、活得久，运气很重要。

浮萍什么都掌控不了。

但在这无数掌控不了的事情里，有一件事，会让人很开心。

无法掌控的喜欢，会令人好开心。

你会在什么时候意识到自己正健康地活着呢？

我会在与自己所热爱的一切在一起的时候。

"喜欢"会给人带来痛苦吗？当你追求结果时，你就会痛苦，但当你享受"喜欢"本身时，就不会。

喜欢，是神在这无休无止的人间给人类的唯一的解药。

我好开心，可以不受控制地喜欢着我喜欢的一切。

写作，一直是我非常喜欢做的事。

我还记得我在写本系列第一本《进击的律师：双子星升起》的序时，我曾写道："我想认认真真写一部作品，运用我积累的所有人生体验与写作经验，留下一部有价值的作品。"

那时我还很年轻，如今我不这么认为了。

如今的我终于意识到，我喜欢写作，只是因为我喜欢写作本身。

我是一个有强烈孤独感的人。

我喜欢孤独，也沉溺于孤独。我喜欢蜷缩在自我营造出的奇怪世界里，如果不是工作和生活需要，我通常更愿意只和自己来往。

但人毕竟是有着社会属性的动物，要真正做到遗世独立是不可能的，更何况律师是一个需要不停与人打交道的职业。

在复杂艰深的社会互动中，我珍惜每一寸写作的光阴。

从 2017 年到现在，法律文书、法律评论、故事……我每年都会写超过一百万字。一百万字的写作，对旁人来说可能是辛苦的，但对我而言不是。

写作于我而言是一种放松。

因为当我在写作时，我只和自己在一起。

所以，《进击的律师》所能带给我的最大的快乐，在我创作它的过程中，我就已经得到了。

我很幸运，在六年前某个兴之所至的时刻，我用最为青涩的笔触，写下本系列小说的第一个字；我很幸运，这六年以来，这个故事一直在我每个孤独的时刻，用一种默契的方式默默陪伴着我；我很幸运，不仅仅是我自己，还有这么多读者，能和我一起分享刘春、李法山，以及书中每个角色的人生。

谢谢每一位读者朋友。

你们的关注与共鸣是我快乐的重要组成部分，谢谢你们，希望你们能够阅读愉快。

也谢谢"进击的律师"。

你肯定不是完美的作品，但我毫无保留地喜欢你。

1 005
有多少爱可以重来

2 091
当爱已成往事

3 119
大海啊，你全是水

4 165
谁能懂永远

5 213
高处不胜寒

6 255
神的陨落

7 275
一山还比一山高

8 305
"爸爸永远爱小禾"

9 355
春风自恨无情水

目录

2020 年 12 月 31 日，李法山和刘春在龙渊山山腰的一家民宿跨年。

龙渊山地处龙城西北，系道家名山，道家有没有发展起来不好说。由于其距龙城车程仅一个半小时，是离这座新一线城市最近的 5A 级景点，旅游业倒发展得不错：山下温泉酒店，山间清修民宿，人气鼎盛，香火不绝。

两人原本想着就在家里喝点小酒祝彼此明年会更好，但李法山临时起意，说想在龙渊山上看新年的第一缕阳光，刘春也就同意了，没想到下午刚办理入住，山间便下起了小雨。

2020 年是一个独特的年份。这一年新冠病毒来袭，每个人的脸上都多了一个叫口罩的"器官"。这一年经济下行，企业主们在大水漫灌中叫苦呜咽，欲脱身而不得；这一年法律业务风生水起，警察日夜加班，法官不停断案，做破产业务的律师盆满钵满，做争议解决的律师腰缠万贯。

法律工作者们中流击水，于一段又一段苦难的人生中绽放事业之花。

龙城虽在南方，但冬天也是冷的，山间寒气如猛虎，民宿灯火零星，雨水滴答从屋檐淌下。两个男人坐在阳台，对着黑暗森林烤火。

"春哥，你知道明天除了是元旦，还是什么日子吗？"白气从李法山嘴里呼出，迅速消失不见。

刘春笑了笑，说："知道，《民法典》正式施行。"

"是，《民法典》正式施行，"李法山幽幽地叹了口气，"新的一年又来咯。"

刘春拿起旁边小桌上的酒杯，喝了一口清酒。他之前是很少喝酒的，疫情前去了趟日本旅游，在京都闲逛时无意间进入一家路边小酒坊。酒坊目前是一对年过七旬的夫妇在经营，刘春试品一杯后喜欢上了这清淡的味道，便开始定期采购。"法山，你有什么新年愿望吗？"

李法山闻言苦笑。他摇了摇头："有，我太他妈想赢张太一一把了。"

话音刚落，两人面面相觑，然后不约而同哈哈大笑。

新的一年又来了。

此时距林白鹿一案已经过去两年。这两年里，再度携手的春山组合业绩一路攀升，业务量从两年前的 500 万如火箭升空般飙升到千万。名利如雪球，初时微末，让人求而不得，一朝兴起便源源不绝，直到你无法承受的那一天。龙城最权威的行业杂志《律坛春秋》有两份同行评议榜单，一份是"律界传奇榜"，对龙城三十五岁以上的律师进行整体排名；一份是"律界新锐榜"，对三十五岁以下的青年律师进行比较。评价标准均为以下三点：技术能力、创收能力和客户美誉度。刘春和李法山均未满三十五岁，以"春山组合"之名霸占新锐榜榜首已两年。据杂志主编在一场行业交流会中私下透露，二人目前的成绩与口碑即使在传奇榜单上进入前十五名也不在话下。

龙城的法律市场主要由坤乾所和厚德所两家霸占。坤乾所为传统大所，建所三十年，首席合伙人为占据传奇榜榜首十五年的张太一，年创收常年超过 3000 万元，在龙城司法界树大根深，江南省诸多体量庞大的企业皆是其客户。独木不如成林，三十年来，坤乾所开枝散叶，春山组合成名前号称龙城诉讼最强的金凤飞、代理被告未尝败绩的"坤乾之盾"刑天、后生晚辈中与春山组合一时瑜亮的"毒士"隋钧，以及这两年崭露头角的律坛新秀张白白，皆由其一手栽培。全所老中青三代人才济济，是龙城最大的司法势力。且不论上述众人，光是细数春山组合的师承，也和张太一有着千丝万缕的关系。

厚德所则为龙城近十年来异军突起的一家律所。主任李天原本是坤乾所的初创合伙人之一，后与张太一分道扬镳，自立门户，创建厚德所与坤乾所争锋。李天本人的业务量也常年稳定在2000万元以上。他素以谦和温润、绵里藏针著称，该所设立后吸纳了不少坤乾才俊，其中春山二人便是青年一代中执牛耳的人物。除了这两家律所外，坤乾所的卫星所、由新锐榜上排第二的隋钧领衔的天行所、李法山的父亲李青云设立的刑事精品所"云升天闻"等在业内也享有诸多美誉。

随着龙城经济的起起伏伏，这些各领风骚的律师、律所早有旱的做法，涝有涝的赚头，靠着自己的技术、经验和人脉，瓜分着龙城法律服务界最大的那块蛋糕。

厚德所与坤乾所原本保持着还算良性的竞争关系，可随着前者近年来声势日益浩大，加上李天与张太一说不清道不明的旧怨，两家律所的竞争日趋白热化，已近乎战争。照理来讲律所间结构松散，各凭本事，是不容易出现这种级别的竞争的，为什么双方会血拼至此，坊间不乏传闻，但真相所知者甚少。

这场战争从两年前春山组合代理的林白鹿一案开始打响。近两年来，双方则通过康银集团的夺权案持续角力。

中国很大，每座城市都有每座城市独有的气质：你去上海，能不时地感受到类似旧时十里洋场的小情小调，而当你走在深圳的街头，会发现很多人脸上仿佛就写着"搞钱"二字。至于龙城人民，大家心安理得地好逸恶劳着，讲吃讲穿，尊重生活，就愿意美滋滋地将自己的所得投入基于人的各项器官所产生的一切欲望中去，比如医美、旅游、餐饮。这种优哉游哉的气质令这座城市中享誉全国的企业大多与生活本身有关。康银集团，于三年前上市，创始人罗鹤，现下全国最大的火锅底料生产商。疫情暴发后，速食市场回暖，半成品食物倍受消费者青睐，消费股大涨，康银集团的股价也跟着水涨船高，短短半年内市值直线上升，超过千亿，成为当之无愧的行业龙头。

这个世界就是这样，它在让一批人哭的同时，总会让另一批人笑出声来，而好光景与坏光景的划分标准，就是看笑的人多还是哭的人多。

一座城市，有一家全国知名企业已是不易，政府自然大力栽培。近十年来，康银集团除了核心的火锅底料业务业绩喜人外，该拿税收优惠就拿税收优惠，该拿地建楼就拿地建楼，业务涉及线下火锅店、房地产、原材料种植园区……触角几乎遍布能力范围内的方方面面，俨然已成地方经济巨鳄。

为经济巨鳄保驾护航的是法律巨鳄。

今年是张太一成为罗鹤的法律顾问的第六个年头。

之所以说他是罗鹤的法律顾问，而不特指康银集团的法律顾问，是因为康银集团常年有两组法律顾问，坤乾所是一组，厚德所也是一组。其中坤乾所由张太一领导，刑天、赵飞虎等人主办，而厚德所是李天负责，春山组合主办。这也说得过去，大公司法律事务众多且繁杂，多聘几家律所是常见的。只不过两家律所主要汇报人有所不同，坤乾所的汇报人是康银集团的创始人罗鹤，而厚德所的汇报人是大股东龙行之。

龙鹤二人之争，由来已久。

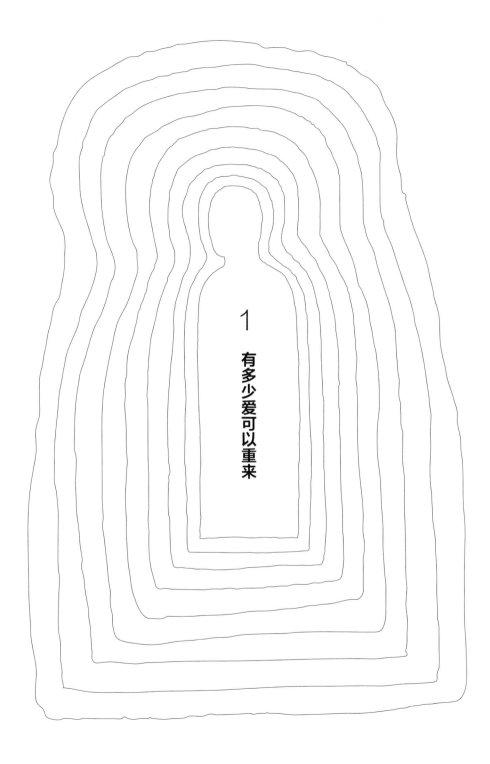

1

有多少爱可以重来

龙城南部有一汪湖，叫蓝钻湖。蓝钻湖是人工湖，由国际著名酒店连锁企业蓝钻集团挖凿而成，集团凿这汪湖，主要是为了抬高湖边公寓及酒店的房价。湖边的蓝钻山庄一共三十三层，顶楼只有两户，为实际使用面积约七百平方米的空中别墅，配有专用电梯，电梯直接入户，虽是商业公寓，房屋总价也到了数千万。这两套房产均被一人买下，房主在购房时只额外提了一个要求，即专用电梯不能有监控。

　　夜晚，空空荡荡的蓝钻别墅大门打开，一名身着羊绒西装的男子默默进入。他的西装不带一点皱褶，灯光下隐有暗金色的线纹，是在龙城顶级的私人裁缝王氏西服定做的。别墅所置多为国盛集团推出的最新款智能家居，他在进门处按了下暖冬模式，客厅吊灯缓缓散发出暖阳色，室温在空调的作用下也自动调到二十五摄氏度。

　　他并未关门。十分钟后，另一位身材妖娆的女子踩着高跟鞋走来。女子浓妆艳抹，虽是寒冬，却也依旧身着精致短裙与黑色长袜，浮华的貂皮大衣内并未穿多少衣服。进屋后她睁大眼睛看着满目金碧辉煌，低声哇了一声，尽管有心克制，却也多少有些"刘姥姥进大观园"的意味。

　　佯装镇定，她开口第一句是埋怨："进个门也这么麻烦。"

男子闻言轻笑了一声，脱下外套，从恒温的酒柜里拿出一瓶红酒，转头见她走向落地窗，拿起手机，立马呵斥道："别拍。"

女子悻悻地放下手机，坐在了侧面沙发上。男子拿着红酒与两个高脚杯也坐到了正面沙发上，他并未醒酒，将酒直接倒进了酒杯。

"过来。"男子摇晃着杯中的酒对女子说。

女子默不作声，乖巧地坐到了男子身旁。

"手机给我。"男子拿过手机，将刚刚拍出的模糊照片删掉，方才把手机还了回去。

然后，他伸手褪去女子的衣物。

"不热吗？脱了吧。"

一

步入初春，清晨的龙城春寒料峭。

金凤飞被堵在了三环路上。她的目的地是一家国企施工单位，眼瞅着分针快走到迟到的边缘，她手指轻轻敲打着方向盘，心里并不慌张。

这家单位被发包方欠了两个亿的工程款，是生是死都取决于自己手里的这场官司。当初她花了极大的功夫才从数位律师中争取到代理资格，基础代理费即一百万元，而如今案子在半中腰，正是客户哄着她让她竭尽全力的时候。

金凤飞不到四十岁，但在"律界传奇榜"上的排名已经跻身第九名，于业界已颇有盛名。她的盛名来源于两点：第一，在民商事争议解决方面她确实厉害，无论案件多么艰难，她似乎都能绝处逢生，而且客户满意率极高；第二，是她的大徒弟和二徒弟，就是如今风头正盛的春山组合。

其实金凤飞也风头正盛过，在三十岁到三十五岁这五年间她也一直居于新锐榜榜首位置，所内的律师谈起她时都会提到两个颜色：红色和白色。

红色，是指在所内资深合伙人劝她越是成功越要低调后，她转头便给自己买了辆艳红色的法拉利，似乎在昭告天下自己就是横空出世、惊才绝艳；而白色，是指她有一头灰白短发。个性鲜明、杀伐果断，这是她之前给同行的印象。在数年前"九龙夺嫡"的案子失利后，她再也没有开出那辆风风火火的法拉利，而是换了辆相对低调的X5，不过发型倒是保留了下来。

就在金凤飞盘算着待会儿怎么和客户沟通的当口，一通电话打断了她的思路，来电显示是王赣，对方说道："金律师，现在方便说话吗？"

"王主任，方便，您说。"金凤飞回复道。王赣是川禾集团的总裁办主任，川禾集团的总裁叫罗牛牛，是康银集团老总罗鹤的独子。川禾集团也是金凤飞的顾问单位，若是川禾公司上的事，一般是具体的公司职员直接联系金凤飞团队的承办律师，而王赣来电，则一定意味着罗牛牛有事相询。

"您看微博了吗？"王赣问。

金凤飞回道："我一般不看微博。怎么了，有什么事吗？"

"有人起诉罗总了，说她生了罗总的孩子，想要抚养费。您能马上过来一趟吗？我发定位过去。"

"现在不行，我马上就要开庭。这样，我让我们团队的汪律师先搜集下舆情资料并了解下情况，有什么问题您也可以先直接问他。您把地址发给我，我开完庭后马上过去。"金凤飞边说边用手机搜索新闻。

面对突发状况，如果自己来不及赶过去，律师对客户说马上开庭远比说和另外的客户有约来得更好。

"好，您开完庭赶紧过来吧。"

挂掉电话，金凤飞敲打着方向盘，节奏越来越快。罗牛牛今年三十六岁，沃顿商学院毕业，平时素以低调和自律著称。他每天早上六点起床，晚上十一点准时睡觉，雷打不动，除了必要的出差，下班就回家，与其父的放浪形骸迥然不同，前几年集团上市他也没少出力，在公司内部有口皆碑，是众所周知的继承人。

她上网搜索罗牛牛的名字，讨论话题在一小时内已经超过十万评论，直冲各平台热度榜前五名。

"渣男，敢不戴套，不敢认孩子？""我是千亿老板的儿子，但我一分钱抚养费都给不起。""康银公子喜当爹，老总罗鹤总算长舒一口气。""听说罗牛牛早就结婚了，他老婆是公司大股东龙行之的女儿龙诀，现在有好戏看了。"

"豪门公子婚内出轨，有了私生子还拒不承认，并拒付抚养费……"这句话的每一个词都已足够将互联网点燃。

"也不知道罗总会怎么跟自己的媳妇交代。"总算一点一点地挤出拥堵路段，金凤飞猛踩油门。

因是私事，罗牛牛并未将金凤飞约至公司，而是约到了自有的一栋别墅。其实别墅并不好打理，蛇虫鼠蚁不少，也易受潮。若规划不善，房屋过大不易聚气，从风水的角度来看，优化的工程量也比较大，但它的一大好处是便于在自家庭园中接待宾客。金凤飞到场时，茶已沏好。保姆已回屋，王赣坐在外院的小凳上敲打笔记本键盘，而罗牛牛正四处踱步，不停地接打着电话。

"罗总。"金凤飞面无表情地走上前去。

罗牛牛身高一米八二，理了一头干练的短发，一身猎装夹克，气质斯文，见金凤飞来了，迅速挂掉手中的电话，说道："金律师来啦，坐。"

金凤飞坐下后也打开了笔记本电脑，说："所以具体是什么情况，您跟我说说？"

"能有什么情况，遇到疯女人了呗。"王赣在一旁冷哼了一声。金凤飞微皱着眉头，用疑惑的眼神看向罗牛牛。

罗牛牛微微点头，说："这个女人确实比较莫名其妙。是这样的，她叫宁濯，一个月前以供应商的名义加了我的微信，然后便开始对我说一些前言不搭后语的话，而且一直强调她怀了我的孩子，还发来了孩子的照片，问我像不像。金律师，说来不怕您笑话，这样的女孩我平时遇到的也不算少，一般直接就拉黑了，没想到现在她竟然直接起诉了。"罗牛牛语速较快，但说得清楚，"现在是个人起诉都能在法院立案吗？"

"现在是立案登记制，能有一些基础的证据就能立，但是能立案并不意味着不会被驳。"金凤飞简要回答着，头上疑云愈重，"我现在要先搞清楚一些事实层面的问题，罗总，请您如实回答我，你之前从来都没跟她接触过，孩子也确实和你没关系？"

罗牛牛笃定地答道："绝对没关系。"

"我能看下你们的聊天记录吗？"金凤飞继续问。

"这个……金律师你是知道的，我也有家庭，这种聊天记录虽然子虚乌有，但要是家里人看到了恐怕也不太方便，所以当时我就删了。不过我已经安排人在恢复，应该快了。"罗牛牛面露难色。

就在这时，旁边王赣的电脑信息提示的声音响起。"说曹操曹操到。"王赣将收到的文件转发到他们三个人的小群里。

金凤飞开始仔细浏览聊天记录。这份记录并不长。

濯水清流："我是宁濯，就是小宁，我知道你叫罗牛牛，是康银集团的大公子。你之前说的那些都是骗我的。我怀孕了，是你的孩子，我们见一面吧。"

Steven 罗："宁濯？"

濯水清流："这就把我忘了？还是在装傻？"

"去年 12 月，跨年夜，你忘了？"

"今天下午四点，我在你们公司楼下的星巴克等你，见面聊。"

金凤飞看着这寥寥几句，问："还有吗？"

"没，到这儿我已经把她拉黑了。"

"那下午四点你有没有去星巴克？"金凤飞看着罗牛牛的眼睛。

罗牛牛淡淡地回道："去了。"

"去了？"

"是的，反正就在楼下，我肯定得搞清楚对方到底是何方神圣。但出于安全考虑，我本人并没有和她直接接触，而是让王赣和她见面的。你跟金律师说说吧。"

"好。"王赣应道，然后说，"我下午四点到后，问她是什么时候在什么地方和罗总认识的，她说是去年12月经一个老乡介绍认识的，然后便和罗总一直在交往。过了三个月，两人分手后，她才意识到自己怀孕了。接着她便自行把孩子生了下来。"

"生孩子的这段时间她一直没联系你们？"

"没有。"罗牛牛和王赣齐齐摇头。

"她有拿出什么证据吗？"金凤飞问。

"也没有，"王赣摊手道，"我当时也让她拿出证据来着，但她什么证据都没有，就说罗总在蓝钻山庄顶楼有套房子。他们平时都在那里见面。"

"罗总，你在蓝钻山庄有没有房子？"

罗牛牛依旧坚定地说："没有。"

金凤飞的手指轻轻地敲打桌面，问道："确定没有吗？对方可能会向法院申请调查取证。"

"确定没有。"罗牛牛再次强调。

"去年12月31日晚上你在做什么？"

"陪几个客户唱歌唱得晚了些，夜里两点才到的家，这些KTV都有消费记录。"

"所以你也从来没和宁濯发生过性关系或者有过任何交往行为？"金凤飞手指敲打桌面的频率越来越快。

罗牛牛回答得干脆："从来没有。"

"孩子也肯定不是你的？"金凤飞看向罗牛牛的目光越来越犀利。

"绝对不是。"罗牛牛有了一些不耐烦，"金律师，你是知道的，我和我太太结婚才四年不到，我还不至于出去寻花问柳，而且就算我要出去搞，我会连基本的防范措施都不采取？"

"我需要提醒你的是，届时对方可能会向法院申请亲子鉴定。"金凤飞并未因罗牛牛态度的转变而语气有所放缓。

"没问题。"

金凤飞回过头来问王赣："王主任，你去见宁濯的时候，孩子在吗？你有没有拿些孩子的头发之类的？"

"孩子没在，就她一个人。有的话我肯定就拿了。"王赣无奈地说。

金凤飞不自觉地抬起双手："你们就没提出先做亲子鉴定？"

听到这个问题，王赣顿住，转头看了眼罗牛牛，眼神似有询问，也有困惑。金凤飞没有读懂其中的意味。

"孩子本来就不是我的，我为什么还要多此一举？"罗牛牛冷笑了一声。

金凤飞虽对王赣的犹疑看在眼里，却并未刨根问底，而是问："据你观察，她精神是否正常？"

"当时她见的是我，不是罗总。一开始她情绪有些激动，但并没有做出什么过激行为，说话总体也还算正常，我暂时看不出什么来。不过可以确定的是，她黑眼圈有些重，有明显的风尘气，我个人怀疑她是个捞女。"

金凤飞问："她有提出什么要求吗？"

"她就说让罗总见她，给她和孩子生活费。"王赣回忆道。

"数额是？"

"她没说，说的是让罗总亲自去见她。然后我看也问不出什么东西来，就走了。"

金凤飞听到这里没再继续发问。空气中只剩下她指甲与桌面碰撞的声音，节奏缓慢。

没有直接说金额，看来背后有高人指点啊。

"罗总，所以你认为她哪里来的底气起诉你？"

"不知道，林子大了什么鸟都有。"罗牛牛耸了耸肩。

金凤飞终于点了点头："好，如果您说的是属实的，那这就是一起单纯的碰瓷型案件。您放心，我们会胜诉。"

"您打算怎么办？"罗牛牛问。

"我会直接申请驳回起诉，"金凤飞说，"您刚才有一点说得很对，其实不该是个人随便提点理由就能立案的。本案从目前的法律关系来看，案由是亲子关系确认纠纷。《民法典》第一千零七十三条规定，对亲子关系有异议且有正当理由的，只有父、母或者成年子女可以向人民法院提起诉讼，请求确认或者否认亲子关系。而如果是父母起诉确认或否认亲子关系，根据法律条文，被告应该是自己的子女。在本案中，如果对方起诉的是你，原告如果是襁褓中的孩子，因为孩子未成年，所以原告主体不适格。而原告如果是这个宁濯，那她应将孩子作为被告，若起诉你，则是被告主体不适格。因此，无论是哪种情况，都可以申请不进入实质审理，在程序上就裁定直接驳回起诉。"

"所以驳回起诉的意思，是案子根本就不成立？"罗牛牛似懂非懂。

金凤飞笑了笑："你可以理解为，法院根本不会关注孩子到底是不是你的，直接就判对方输。不过这只是目前我根据您的陈述得出的初步方案，具体准确的方案得看对方提交的证据并综合研判才能确定。"

"嗯，您这么说我就放心了。"然后罗牛牛问道，"那我现在能告她诽谤吗？"

"现在这个时间点恐怕不合适，"金凤飞淡淡地说，"首先，案子尚不明晰，最好等官司赢了再追究责任。可我想说的是，这真的是一起单纯的碰瓷类案件吗？"

"哦? 怎么说?"罗牛牛眯起了眼睛。

"现在蹊跷的是,据我们初步调查,这个宁濯只是向法院提起诉讼,才分了法官。她自己并没有在网上公开发文或做舆论造势,有关司法信息都是北京一家叫"当日经济"的财经媒体自己扒出来的。这家媒体目前只是陈述基本事实,舆论都由网络发酵,至于这个宁濯,我们可以发函警告,但在案件结果出来前,我们也不便直接起诉其侵权。今天是周日,法院不上班,我打听了一下,承办案子的是之江法院民一庭的王瑞,他最近还在休年假,要两天后才能回来,我们短时间内调不到案卷材料。所以,为什么这家媒体消息会这么灵通? 这个宁濯背后又到底是谁在兴风作浪? 会不会有一些特定的商业目的?"

说到这里,在场所有人都陷入沉默。

彼时彼刻,他们每个人的头脑里都飘过了无数的名字,却都来不及细想。

如果说宁濯是个碰瓷豪门的疯女人,那她目前的所作所为又似有周全的准备。可如果她说的是真的,那为何又与罗牛牛的说法大相径庭?

王赣下意识地从兜里拿出一包烟,但被罗牛牛盯了一眼后,烟又缩了回去。

罗牛牛从不抽烟。

"法院那边,我认识一个领导,我现在打电话让他帮忙查一下。"罗牛牛拿起手机翻通讯录。

"好。"其实金凤飞自己也能在短时间内查到案件材料,不过既然罗牛牛自己提了,她也想看看他到底有多少能耐。

罗牛牛又问道:"您现在能帮我们出一份律师声明吗?"

"为什么需要律师声明?"金凤飞问,尽管这个需求很符合逻辑。

"我担心明天康银股价受影响。"

金凤飞面无表情地问:"好。但现在股价受影响了吗?"

"金律师您说笑了,还没开盘。不过我父亲那边已经接了很多电话了……"

"我的建议是，我们先看到对方的起诉状和基础证据再说。现在我们还处于信息搜集阶段，不用急于一时。即使股价出现波动，事实胜于雄辩，我们律师也会配合公司采取公关措施，相信很快就会恢复如常。但如果我们在底子还没摸清的情况下贸然行动，走错一步棋，可能会令全局都陷入被动。"金凤飞回复道。

金凤飞没说的是，她从罗牛牛的陈述中听出了数多蹊跷，甚至她能明显感觉到罗牛牛对自己有所隐瞒。但限于自己所知的信息太少，她也不便刨根问底，只能步步为营，而她所担心的是罗牛牛的遮掩会导致案件后续出现意想不到的波折。

《律师的二十一条军规》第二条提到，不要盲目相信当事人。己方当事人对你撒的谎可能比对方当事人撒的还要多。

罗牛牛坐在椅子上，沉思着，用手机敲打着自己的额头："好，那就听您的。案件后续需要什么材料您直接找王赣就行。"

"好，接下来我会让我们团队的汪律师拟一份委托代理合同过来，有合同我们才能出所函应诉，您看要是没问题我们就进一步采取行动。"金凤飞边说边在电脑上给助理发了条微信："小汪，拟一份和罗牛牛的代理合同，金额写 50 万。"

如果只是一起单纯的碰瓷案件，即使罗牛牛大富大贵，本案也断然叫不上 50 万的价。但在金凤飞指出其中蹊跷后，50 万在罗牛牛心里想必已是非常公允的价格。

律师报价的一个小诀窍就是，告知眼前这个案子对当事人来说很重要，然后充分呈现它可能的复杂性。

"辛苦金律师了。"罗牛牛感谢道。

"事不宜迟，我就在这儿写。写完您马上看。后续确定委托后，我会调查这个宁濯的背景。"金凤飞雷厉风行，同时联系了所里的另一位律师夏秋冬。夏秋冬在娱乐法领域深耕已久，与各大社交平台都有着不错的关系，经夏秋冬联系，这则声明迅速上了热搜榜。一些名字里带"鸡鸭鹅"的营销号也开始帮忙造势，舆论风向渐渐从齐刷刷的臭骂转变为"不明真相，不予置评""保持关注""交给法律处理"。

眼看大浪渐渐退回，罗牛牛轻吁了一口气。

可就过了不到两小时，一个名为"单亲妈妈小宁"的 ID 转发了一则营销号发的含有攻击性的推文，转发文案是六个字："罗牛牛，法庭见。"

二

尽管在第一时间和龙诀通了电话，龙诀也在电话里说可以相信自己，但当罗牛牛驱车在前往机场的路上时，他依旧忐忑不安。

前阵子龙诀恰好去上海做学术交流，今晚回来。

八年前，公司尚未上市，父亲罗鹤擅自挪用资金炒期货失败，公司岌岌可危，险些给不了供应商结算款。几位股东剑拔弩张，集体逼官，提出让罗鹤个人对债务进行担保。罗鹤感到无奈，四处寻觅投资人，终于找到龙行之。经过一夜畅谈，龙行之深觉与罗鹤意气相投，又性格互补，所以及时介入。他高价收购其余股东手中的大量股权，一跃成为康银集团的最大股东，帮助罗鹤渡过了难关。双方因此义结金兰，罗牛牛也与龙行之的独生女龙诀有了接触。龙诀拥有哈佛大学的博士学位，小罗牛牛两岁，性格温婉，两个人都有美国留学的背景，加上父母也有意撮合，最终顺理成章结了婚。婚后龙诀在龙城大学工商管理学院当老师，前年评上副教授。近年来罗鹤与龙行之在集团内部渐生不和，但由于龙诀并未参与康银集团的工作，两人的感情从表面上看并未受影响，甚至从去年起一直有生小孩的计划。

万万没想到，龙诀没怀上，半路突然杀出个自称生了娃的宁濯来。

罗牛牛心乱如麻。

今天他承受了过去三十六年来从来没有经历过的汹汹谩骂，自己俨然成了婚内出轨的卑鄙小人，而婚姻也第一次遭受重大危机。在过去的十二个小时内，他接打了不少于五十通电话，来自亲朋好友、好事的媒体、合作伙伴……此刻的罗牛牛身心俱疲。

"成大事者，越遇风波，越要冷静。"他告诫自己。

虽身陷旋涡之中，罗牛牛毕竟素来低调，行程并无记者跟踪。到了机场，飞机准时落地，在给龙诀发了停车地址后，过了约半小时，他在车内看到龙诀从机场电梯里走了出来。龙诀长发飘飘，身着深棕色大衣，气质知性、得体。虽没有化妆，但她平时勤于健身，身材保持得极佳，富有女性魅力。此时她戴着口罩，看不出神情如何。

进车后，两人都没说话，汽车隔音效果很好，他们能听见彼此浮躁的呼吸声。

"回来啦。"罗牛牛开口。

龙诀轻声应了一声，罗牛牛听不出其中的情绪。

"这件事，我必须和你当面解释一下，"罗牛牛转过头认真地说，"我和这个女的根本就不认识，早在一个月前她便联系我，让我给抚养费。当时我觉得匪夷所思，根本没搭理她，没想到她还越来越劲了。现在，案子我已经委托给律师处理了，我也向律师团队表明希望速战速决。清者自清，你相信我，等官司结束就好。"

龙诀低着头，依旧不置可否。

"怎么啦，一句腔都不开？"罗牛牛见她不发一语，言语微有嗔怒。龙诀性格温顺，从小被家庭保护得很好。在罗牛牛看来，她更是单纯如白纸。在两人的婚姻关系中，他一直处于比较强势的地位。

他转过头看龙诀，发现她正在无声地流泪。

泪水掉落在内搭的黑色毛衣上，于暗淡的车顶灯下如同破碎的明珠。

罗牛牛心中一软，声音也柔和下来："对不起。你今天也不好过吧。"

"我不知道为什么，明明是你出了事，但刚刚的语气，却好像是我有问题一样？"龙诀终于哭出了声，"罗牛牛，结婚这么多年，我到底哪里没做好，我到底做错了什么，让你这么对待我？"

罗牛牛闻言，心中泛起一丝惭愧，但他并未直接道歉，说道："主要是这飞来横祸搞得我今天也心烦意乱。你相信我，没这事。"

龙诀擦去眼角的泪水，眼睛却已泛红："所以到底是什么情况？你跟我说清楚。"

两人目光对视，罗牛牛仿佛看到了凄凉夜色下的一汪湖水。

他将中午对金凤飞说的话复述了一遍，但除去了让王赣与宁濯见面的情节。说话时他留心观察龙诀的表情，发现她双目失神，似乎一直是左耳朵进右耳朵出。

听完罗牛牛的话后，龙诀深吸了一口气。

"老婆，你相信我，"罗牛牛说，"我上午问了律师，现在能不能告她诽谤，律师说最好等官司结果先出来。我现在会想办法先让这件事的温度降下去，等官司出结果了，我让这个女的吃不了兜着走。"

龙诀看向车窗外，脸色在灯光下阴晴不定。

"罗牛牛，你知道的，我一直很相信你，至少以前是这样，"她闭着眼睛，竭力控制着自己的语气，"但这件事情，对我伤害实在太大了，无论是作为一个妻子，还是作为一个女人。在最终结果出来前，我们还是都先冷静一下吧。"

罗牛牛问："冷静一下是什么意思？"

"这阵子我会搬到龙湖区的房子住，那里离学校近些，上课也方便。"龙诀静静地说。

罗牛牛抬高了音调："你还是不相信我！"

"这不是相不相信的问题。我觉得恶心，"龙诀语气依旧平静，"真的，无论是真是假，我现在一想到这件事，就觉得恶心。我们还是先别见面了。这么多年来，我什么事都听你的，你的事我也没管，我现在就这一个要求，可以吗？"

罗牛牛闻言，下意识地握紧了手中的方向盘，然后又缓缓松开。他试图去拉龙诀的手，龙诀将手缩了回去。

"好。但是老婆，相信我，结果出来后，我会证明自己是被冤枉的。"

龙诀挤了挤嘴角，似乎想笑一笑，但她没有笑出来。

就在这时，储物格上手机屏幕亮起。罗牛牛拿起一看，脸上闪过一丝慌乱。

"怎么了？"龙诀问。

"没什么，我爸让我把事情处理好。"罗牛牛按下锁屏键，启动汽车。

三

尽管自以为在启动诉讼前已经做好充足的心理准备，宁濯却怎么也没想到，舆论的大浪竟来得这么猛烈。按理来说一个低调富二代的家庭案件，没牵扯到娱乐圈，放在平时是不会吸引这么多关注的。但本案从立案后的第一刻起，便朝她未曾预料到的趋势迅猛发展着：先是案子莫名其妙被拱上热搜，接着大量财经与其他社会领域的记者希望来采访，然后关于自己的诸多个人信息被扒出并挂在网上。最后，骂自己的人竟远比骂罗牛牛的多。

"捞女""拜金""野鸡""妄想症""想红"……诸多负面词汇的排列组合如炮弹般齐刷刷地飞来，令从未接受过枪林弹雨的宁濯措手不及。她婉拒了所有采访，关闭了手机，把所有对外事务全权委托给律师处理。然后她将自己闷在屋子里，告诉自己在两个月后，这一切都会风平浪静，自己会成为赢家。

她的律师叫花想容。

今年是花想容自己出来单干的第三年。

虽然此前她毕业后便一直在坤乾所，但跟刑天、金凤飞等与律所利益牢牢绑定的律师不同，花想容刚进律所时的老板并非坤乾所嫡系。传统律所，拉帮结派是常事，作为半个边缘人物，她并未享受到太多律所发展给自己带来的好处。与此相对应的，律所牌子大了，收的管理费自然也高，能够自找案源的律师对律所没有依赖，说走也就走了。

与大多数律师的选择不一样，她并未另投他所，而是自己拉了平日里关系较为亲密的几个同行好姐妹，共同设立了一家名为"芊然"的律师事务所，专做婚姻家事案件。律所虽初设不久，人也不多，但因为做得专、做得精，这两年也渐渐打出名气。

宁濯案是她们建所以来承接的社会影响力最大的案件。

"宁濯，这个案子我愿意帮你代理。但在这一切发生前，你要扪心自问，你真的准备好了吗？"花想容问她。

宁濯下意识地咬了咬嘴唇，狠狠地点了点头："花律师，我准备好了。"

"你可能在前期会被公众谩骂，会被对方人身威胁，你的过往甚至都会被人关注和批判。这些，你要确定你已经做好准备。"花想容继续说道。

宁濯依旧点了点头："我做好准备了。"

如果不这么说，那她之前的准备和付出又算什么呢？

花想容点了点头。对客户尽述案件后续可能的风险是她的职业习惯，因为只有在做好这些前置工作、降低客户心理预期后，往后如若发生一些没想到的意外，他们也会对律师，当然也对自己少一些怨言。

她让助理准备了包括授权委托书和委托代理合同在内的文件，让宁濯签字捺印，宁濯除了看了一眼合同金额外，再也没看有关文件的其他内容。花想容看着她贴着紫色指甲片的手指在白色的纸张上按下红红的指纹，突然有些恍神。

"花律师，这个案子就交给您了。"宁濯将文件整理好交到她手上。

"我们会尽力。"花想容郑重地接过。

说实话，在第一次见宁濯时，花想容并未将注意力集中在案件上，而是忍不住欣赏她的肉体：丰乳肥臀，浓眉大眼。看得出宁濯有良好的健身习惯，身体有着长期锻炼带来的雕琢感。加上她三十有余，有着成熟女性的独特风韵。且不说男性，作为女性的自己看着她如蜜桃般饱满的臀部，也会心旌摇摇。

人的身体是世界上最美的艺术品。

虽然花想容自己平时也有节食和塑形，但工作之外的时间有限，交的私教费用也仅够维持现有的身材罢了。

"宁濯，你是怎么和罗牛牛认识的？"她想起了自己和宁濯的第一次面谈。

"在一次潜龙会的俱乐部活动中。"宁濯说。

潜龙会，龙城顶级的企业家俱乐部，早在十年前入会赞助费便是百万起步。它是邀请制，只有龙城最优秀且最具潜力的精英才有入会资格。尽管早就明白此事并不简单，但一想到和这家组织有关系，她还是心中一紧。

"当时是在一家叫'松鱼'的怀石料理，八个人一顿饭吃了 10 万。关键是味道还不怎么样。"

花想容继续问："八个人？是哪些人你知道吗？你是怎么受邀参加的？"

"我们这边包括我一共去了两个姐妹，另外还有两个女的，名字忘记了，是他们带来的，应该也是他们的情人，男的一个是罗牛牛，当时他说自己叫王俊逸，我还不知道他真名。还有两个，名字记不住，好像一个叫林什么总，一个叫张律师，还有带我去的隋钧律师。"

"隋钧？你是怎么认识他的？"听到了熟悉的名字，花想容越发觉得蹊跷。

"隋律师是我的老乡，之前在我们老家捐建了好几所希望小学，在我们本地名声不错。我从老家来龙城，他也帮了我不少忙。后来他说有这个局，问我参不参加，我就去了。"

花想容追问道："他帮了你什么忙？"

"他说我们普通人如果要改变自己的命运，就必须从改变朋友圈做起。认识的顶层人士多了，机会自然就来了，他也一直在推荐我们和一些上层人物接触。我一直挺感谢他的。"

花想容面色阴晴不定："你意识到自己怀孕后和隋钧联系过吗？"

宁濯略显犹疑："没有。"

"没有?"

宁濯解释道:"后来他又说组了个局,问我去不去,我没去,然后我们便没联系了。"

"你之前在老家是做什么的?"花想容问。

"我之前在乡里的卫生站做护士。"

"现在呢?"

"现在在南陵路的威克托健身房做教练。"

花想容放下手中的笔:"那你这次怎么不找隋律师帮忙?"

现在推行无纸化办公,很多律师都开始用电脑记录信息,但花想容还保留着用笔记录的习惯。她喜欢纸张真实的触感,也喜欢笔在纸上滑过时沙沙的声音。不过为了便于电子留存,她还是买了万宝龙的虚拟现实笔记本。

"毕竟是隋律师介绍认识的,他和罗牛牛应该算半个朋友,我找他也不合适。更何况这事一开始就是你们找的我,我肯定就和你们合作啊。"宁濯说。

"宁女士,他们是他们,我是我,我对你们背后的事情不了解也不想了解。我只负责你找罗牛牛要抚养费这一个案子,这一点请你清楚。"花想容觉得有必要将关系进行明确。

"好,我知道了。就事论事。"宁濯点头说道。

"然后呢?那次酒局之后。"

"他之后肯定就约我单独见面了嘛,约了几次会后我就去了他在蓝钻山庄的房子。"宁濯回道。

"平时约的是在哪里见面?有聊天或往来记录吗?"

"主要是私人会所,"宁濯仔细回忆,"但是客观说见面的次数也不是很多,就三四次吧。聊天记录是有的,可每次见面他都拿去删了,这是规矩,最后我偷偷截屏保留了一些。"

花想容看了下截图中的聊天记录,对话没有任何暧昧,只是通知见面的时间和地点，而对方的网名及头像都与此前自己看到的"Steven 罗"完全不同。看得出宁濯曾试探性地发了一些暧昧信息，比如一些图片和"我想你了"之类的话，但都没有得到"烈火骄阳"（对方的网名）的正面回复。

"这个'烈火骄阳'是他本人的微信号吗？"花想容问。

"不知道，"宁濯坦率地说，"他只是通知我时间、地点，见面的时候挺健谈的，但网聊很少。"

花想容继续问："你对你们的聊天录过音吗？"

"一开始也没有，后续录过，但没录到太多实质性的内容。"宁濯叹了口气，"他的警惕性真的很高，见面的每一个步骤似乎都计算过，比如每次都是他派人来接我，进他房间他会要求我将手机关机。我们进入卧室，睡完以后他也直接走，我很难找到机会录音什么的。"

"我听听录音。"花想容点开了音频文件。

女："我会想你的。"

男："……（笑声）"

女："你会想我吗？"

男："别这样。"

女："你会不会想我嘛！"

男："……"

女："哈哈哈，痒。我要你大声说，不要在我耳边说。"

男："只说一遍，不说了。"

…………

录音文件的背景音是死亡重金属音乐，录音质量很差。

"这是什么时候录的？"花想容问。

宁濯叹了口气："有一次结束后司机临时有事，他自己送我回家的。"

花想容让宁濯把去过的地方全部写下来，这些地址要么偏僻，要么隐私性极高。除非警方介入，不然很难对事实进行核实。

"这段时间你们有经济来往吗？"

"经济来往？"

花想容问得更加直接："比如他有没有给你打钱。"

"钱没打，不过送了我一部手机，就手上这个苹果手机，还给我买了两个包。"宁濯回道。

花想容指了指桌上的香奈儿包："是这个吗？"

"不是。他送了一个爱马仕，一个 BV。我不喜欢，都卖了。"

花想容之所以将宁濯和罗牛牛之间的往来问得这么细，主要是要为立案准备一些基础证据，同时后续案件中需要有足够的证据证明她与罗牛牛存在亲密关系。但很明显，从目前宁濯提供的材料来看，罗牛牛客观上从未、主观上也从无打算与宁濯有深度交往。细究下去，与宁濯沟通的微信号大概率也是假的。宁濯更像罗牛牛无数性伴侣中的一个。

她之所以有这样的推断，是因为他们见面的一整套流程都太严丝合缝了，严丝合缝到几乎没给女方任何取证的空间，他不可能单纯只为了一个人设计这套流程。

证据的有限性，甚至令花想容开始怀疑手里这份最关键的证据——亲子鉴定报告——的真实性。

"你确定亲子鉴定的头发就是罗牛牛的？"花想容反复问。

宁濯点了点头："肯定，不可能是其他人。"

"我该不该相信她呢？"

在罗牛牛防范如此严密的情况下，他怎么可能让宁濯怀孕，而宁濯又怎么可能会预知自己会怀孕，还能找到机会获得他的头发？

笔轻轻敲打着记录本，花想容看着眼前这位姑娘美丽的面部轮廓，疑虑重重。

心中思绪百转千回，花想容终究说道："好。我组织一下，目前的证据虽然比较少，但鉴于是立案登记制，我们会提前和立案庭的法官沟通，先立上案。立案后，虽然我们手里已经有一份鉴定报告，但毕竟是单方面的，还不够，届时我会向法院申请司法鉴定。这有一份《法律风险告知书》和《案件真实性承诺书》需要签一下，这是我们律所的流程。起诉状和证据材料准备好后我会先发给您看，需要您确认。应该就明天或后天，没问题的话，您就再来律所一趟，签名捺印，然后我去法院立案。"

"这官司我们接下来要怎么打呢？有把握吗？"宁濯问。

"如果要法院硬判的话，结果可能不尽如人意，"花想容坦率地说，"我们目前证据不多，在庭审时容易出现不利的情况。并且根据司法经验，虽然罗牛牛有钱，但抚养费除了考虑经济条件外，还要考虑到当地的一般生活水准。因此你要做好如果判决，法院会大幅调整抚养费金额的准备。"

宁濯忧心忡忡地啊了一声。

"所以，我们本案的核心是四个字：以打促谈。"花想容继续说，"名誉事关商誉，我们要逼对方谈判。孩子的抚养权你要争取吗？"

"不争取。"宁濯毫不犹豫。

"嗯……"花想容点点头，心想这无疑是她谈判的重要筹码。

"关于详细的诉讼方案，我接下来会发一份书面的给你。这个案子有的打，相信我。"花想容说道。

四

已经是晚上十一点，金凤飞还坐在律所的办公室里，望着落地窗外的万家灯火静思。办公室没有开灯，她沉浸在黑暗中，喜欢着黑暗。

办公桌上放着起诉状，起诉状中核心诉求只有一个：要求罗牛牛一次性支付宁濯 5000 万的抚养费。起诉状提交的证据中有一份亲子鉴定报告，报告结果表明一方检材是另一方检材的生物学父亲。她在拿到证据后拨打了罗牛牛的电话，罗牛牛并未接听。她给王赣打电话，王赣也一问三不知。

如今她唯一确定的就是，自己提出的不发律师声明的建议是正确的。不然很难想象，矢口否认的罗牛牛和在律师声明上署名的自己，后续会面临怎样的声誉风险。

"果然，不能过于相信当事人啊。"金凤飞闭目养神。

起诉状上还有一点比较特别，即原告将龙诀列为第三人，理由是在罗牛牛与龙诀夫妻关系存续期间，两人发展为同居关系，龙诀与本案有利害关系。

一个原本婚姻中的第三者，竟然在案件中故意将原配列为第三人，这种操作金凤飞也是第一次遇到。

桌子上还有宁濯方提交的授权委托书复印件，上面写着宁濯的代理律师是花想容，代理权限是特别授权。

"花想容，李法山的前女友。李法山，龙家的法律顾问。"金凤飞开始觉得眼前这些人名有种奇妙的关联。

难不成案子会和龙家有关系？

她起身，在律所的落地窗前来回踱步。窗外的龙城灯红酒绿，欢乐祥和。

金凤飞点燃一根女士香烟。其实办公区不准抽烟，但有了自己的办公室后这些规则也就同时不存在了。看着眼前烟雾缭绕，她也意识到案子中有一团拨不开散不去的迷雾。她走到墙上挂着的白板前，拿起黑色马克笔，准备进行"孩子是罗牛牛的"这一假设。

桌上电话突然响起，屏幕上显示是隋钧的名字。

金凤飞接起电话。虽然隋钧和自己不在一家律所，但他是主任张太一放出去创立卫星所的亲信。不看僧面看佛面，平时虽然接触不多，表面的客气还是要有的。

"隋律师好啊。"

"金律师，刚刚罗总委托我和您一起处理这个案子，不知道您现在在哪个地方，我去找您聊聊？"

金凤飞掐掉烟头："哦？罗总也委托你了？案件材料你都看了吧？"

"嗯。我刚从他办公室出来，待会儿我拉个三人微信群，然后就去找你吧？"

"行。我在所里。"

挂掉电话，金凤飞皱起眉头。坤乾所同时服务康银和川禾两家有罗家背景的公司，其中康银是由张太一直接对接，下有赵飞虎等人。而川禾集团则由她自己主要负责，隋钧的突然介入，除了主任的授意，她找不到别的理由。

"这个隋钧怎么这时候掺和进来了？难不成是案子交给我不放心？"金凤飞冷笑一声，擦掉了白板上的笔迹。

过了约四十分钟，隋钧敲门而进。

"隋律，好久不见。"金凤飞笑道，给隋钧倒了杯水。

隋钧有脚疾，一跛一拐地坐到了桌前的商务座椅上，手中握着一根陈旧的木拐杖。这根拐杖已陪他二十余年。他说道："好久不见。"

金凤飞开门见山："是主任让你也加入这个案子来的？"

隋钧笑了笑，说："不是，罗总本来和我就是好朋友，出了这件事后他也问了我几句，后来想着反正一个案子可以委托两个律师，便让我也参与案件了。"

"原来如此。你和罗总怎么认识的，之前怎么没听他提起过？"金凤飞坐回自己的位子，隔着桌与隋钧面对面，"案件材料你看了吗？"

"两年前主任组的局上认识的。肯定看了，"隋钧一笔带过，切入正题，"您现在怎么看？"

"很蹊跷，"金凤飞也不再多问，看向隋钧，"这份亲子报告你看了吗？"

"看了，报告大概率是真的，"隋钧轻叹着摇了摇头，然后从包里拿出一份文件，"我来也是因为这事。"

金凤飞接过文件，发现也是一份亲子鉴定报告，而这份报告的结论则显示一份检材不是另一份检材的生物学父亲，与原告提交的报告截然相反。

"这是什么意思？"金凤飞问。

"前阵子罗总因为这件事已经安排我和宁濯接触过，这个鉴定是当时做的。当时的结果是：这个孩子，宁丁丁，不是罗总的儿子。"隋钧说，"实不相瞒，这个宁濯是我介绍给他认识的。"

"哦？"金凤飞眉毛一挑，"到底发生了什么事？"

"那我把自己知道的从头到尾跟您说一遍，这样我们后续也好制定对策。"隋钧拄着拐杖站了起来。

"大约一年以前，我和罗总参加了一次潜龙会的聚会，局是另一家公司的老总组的。到场的人也挺多的，主任也在。我想着带几位美女到现场气氛会活跃些，就顺便把这个宁濯也叫上了。但我和这个宁濯其实不太熟，当时只是想着叫些女士一起玩，后面的事就更是不知道了。"隋钧摆了摆手。

金凤飞问："后面的事指的是多后面？"

"包括宁濯后续和罗总有没有接触，我都不知道，当然也没有兴趣知道。"隋钧面无表情地说，"直到两周前，我突然接到了宁濯的电话。"

金凤飞问："她说什么了？"

"她说她怀了罗总的孩子，问我能不能替她和罗总谈谈，给她抚养费。"隋钧说，"我接到电话后马上问了罗总，罗总当时比较尴尬，也说了她之前找过自己的事，让我先跟她接触接触，探探底，再问问她的要求。"

"然后呢？"

"我和她见面后，问她孩子在哪儿，并说如果要给抚养费，必须先确定孩子就是罗总的。然后她便给了我一小束头发。"隋钧喝了口茶，"至于抚养费，她想要 1000 万，一次性支付。"

"那倒是比现在主张的 5000 万少了很多。"金凤飞笑了笑，边说边拿起报告细看，"所以这份报告就是那束头发和罗总的基因比对？"

"是的，然后这份报告显示的是孩子和罗总不存在父子关系。"

"既然这份报告显示孩子不是罗总的，你现在怎么反倒确定孩子就是罗总的？"金凤飞问。

"您仔细看一下两份报告。"隋钧将两份报告同时翻到了第二页。

"现在的亲子鉴定技术普遍采用的是STR分析技术，又叫短串联重复序列。这两份报告虽然做的机构不同，但用的都是这个技术。它的基本原理，就是通过检测STR基因座来确定双方是否存在亲子关系。对，就是左侧第一行。根据《生物学全同胞关系鉴定技术规范》，做STR分析时，有十九个STR位点是必检位点。在这两份报告中，有同一份检材，十九个必检位点的基因表达是一模一样的。你看第二列。"

金凤飞顺着隋钧的话看去，两份报告第二列上"13/14、11/12"等数字确实相同。

"只要这十九个必检位点的基因表达一模一样，那即便不能说检材绝对出自同一个人，那也八九不离十了。而罗总非常确认，我们手里的这份报告里，第一份检材是来自他自己。"

"所以你的意思是，这两份报告都是用罗总的DNA进行比较的，但孩子其实是不同的孩子，而一开始宁濯给你的那束头发，其实并不是罗总的亲生孩子，是她骗罗总的？"金凤飞说。

"宁濯提交的报告至少证明了一件事，就是罗总在外真的有一个亲生孩子。"隋钧点了点头，"当然现在我们手里拿的报告是复印件，不排除她提交的证据是在弄虚作假，但我们必须做好她真的有罗总孩子的准备。"

金凤飞眉头紧锁："所以事实是，罗总其实和宁濯发生过关系，但因为他生性谨慎，所以当宁濯找到他时，他自己并未出面。接着，无论是罗总还是宁濯都是主动找的你，你都要作为中间人和宁濯沟通、谈判。然后，她给了你一束假头发。那么问题来了，既然她都愿意谈判了，为什么还要给假头发？"

"是的，我也纳闷。因为据沟通过程中我对她的观察，她不像在撒谎，而且在鉴定结果出来后，我第一时间就通知她了。她说不可能，说我在骗她，表现得极为愤怒。"隋钧也皱起眉头。

"还好这几次都不是罗总本人去，不然不知被套出什么话。"金凤飞说，"她还说了什么？"

"她说她百分之百确定孩子就是罗牛牛的。我让她拿出证据，她又给不了，并说如果不信，她后续会起诉。我想着铁证如山，便说起诉就是，但其实如果她息事宁人，我们或许可以给她一点经济补偿。金律师，你也是明白的，多一事不如少一事。"

"罗总愿意补偿多少？"

"50万。"

金凤飞从抽屉里拿出烟盒，取出一根烟，问："当时她是什么反应？"

"她很愤怒，但我也能感觉到她有一些……害怕？"隋钧半仰着头，也在回忆，"接着我问她想要多少钱，她冷笑了一声就走了。"

金凤飞扑哧一笑："50万能认定敲诈勒索数额特别巨大，刑期十年往上。你们有算计，她肯定也问过律师。"

金凤飞猜这个数额是隋钧建议的。此类谈判，处处是陷阱，倘若无律师把关，一步错即是万丈深渊。

"可能吧。然后我就联系不上她了，应该是把我拉黑了。"隋钧耸了耸肩，"接着她立案的新闻就传出来了，后面的事您也知道了。"

"你看到过她的孩子吗，她当时状态怎么样，像不像生过孩子的样子？"

"没看到过。我曾说要看一下孩子，但她说不可能，理由是怕我们把孩子抢走了。至于状态，我见她的时候从外部状态下看不出前不久生过孩子。可能因为她是健身教练，产后恢复得不错？"隋钧说。

"有没有一种可能，是她给你假头发，其实是为了让罗总产生一种错觉，诱使罗总向公众说出很多与事实相反的话？接着再打我们的脸，把事情闹大。最后我们息事宁人，她坐收渔利，争取到最大程度的利益。"金凤飞推测道。

"有这种可能，但我还是得说，当时我仔细观察了她的反应，她一把夺过文件，连说不可能。那种震惊和困惑，不像装的。"隋钧摇了摇头。

"所以现在的结论是，罗总确实和宁濯发生过关系，而且孩子大概率是他的，"金凤飞走向白板，又拿起马克笔，然后笑道，"这或许也是罗总一开始跟我撒谎的原因。他坚信孩子不是自己的，官司最后会赢。然后自己与宁濯的真实关系，知道的人越少越好，因此我也没必要知道，对吧？"

"看到原告提交的证据后，他也迅速意识到有些事不应向您隐瞒，所以才让我和您沟通沟通。"隋钧说，颇有替罗牛牛道歉的意味。

这话说得轻描淡写，但暗暗已经把在罗牛牛眼里谁是心腹谁只是"办事的"区分得明明白白。

金凤飞暗暗算了下，与川禾的常年法律顾问合同是在两个月后到期，届时会不会转到隋钧那儿，看来有些不好说了。

"正常。都是做律师的，理解。"她不动声色地说，"如果孩子真是罗总的，他后续希望我们怎么做？"

"他的意思是，一定是对方在弄虚作假，他不可能有孩子。"隋钧面无表情地说。

金凤飞嗯了一声，不置可否。

"那这份起诉状您怎么看？"聊完事实问题，两人开始探讨法律。

金凤飞笑了笑："你应该也看出来了，对面有高人哪。"

"您说的是案由吧？"隋钧说。

金凤飞点了点头。

起诉状上原告方自己写的案由不是"确认亲子关系纠纷"，而是"同居关系子女抚养纠纷"。

其实金凤飞之前跟罗牛牛说的驳回起诉的诉讼方案，本身就是最理想化的状态。说理想化，在于金凤飞能成功说服法官认可她的观点。《民法典》第一千零七十三条原文是："对亲子关系有异议且有正当理由的，父或者母可以向人民法院提起诉讼，请求确认或者否认亲子关系。对亲子关系有异议且有正当理由的，成年子女可以向人民法院提起诉讼，请求确认亲子关系。"

对此，金凤飞认为，既然是一方找另一方确认亲子关系，那不可能是夫找妻确认，因为夫妻之间只是婚姻关系。亲子关系，只能父母找子女确认，因此原告与被告双方不能是同辈。但这样客观上就出现了一个法律问题，即如果是子女告父母，第一千零七十三条又将适格原告限定为成年子女，那客观上存在的未成年子女的身份问题怎么确认？

这是法律理解的模糊地带，在司法实践中，不同法院对此的裁判态度不一，金凤飞之所以提出这个方案，也是建立在"孩子明显不是罗牛牛的"这一基础上。若孩子真有可能是罗牛牛的，法院直接裁驳难免会有偏向性过于明显之嫌。

但这并不意味着合议庭不会同意，毕竟金凤飞很清楚之江法院的水深水浅。而令她意外的是，对方似乎对此早有预料般，通过诉讼请求避开了这可能的陷阱，将案由从"确认亲子关系纠纷"，定为"同居关系子女抚养纠纷"。

在这个案由下，原告的核心诉求是要抚养费，而非确认亲子关系。"确认亲子关系"从目的本身变为只是为了实现获得抚养费这一目的的需要证明的事实。在此基础上，法院为了查明此案，就必须进入实质审理，进而从根本上令被告丧失了申请裁驳的可能。

如果说金凤飞在本案中给对方设了五关六将，那这第一关对方是稳稳跨过了。

隋钧笑了笑，说："花想容律师创建的芊然所最近声势很大，她是专业的，不是一般的对手。"

金凤飞点了点头："和高手玩才有意思。从你所了解的部分事实来看，对方还能提交出一些别的证据吗？"

隋钧说："这我确定不了，但我相信即使有应该也很少。"

"哦？"

"我再给您交个底吧，"隋钧脸上突然露出奇怪的笑容，"其实之前罗总委托我做过一份《个人隐私保密法律专项》，对于如何在与别人交往的同时尽可能保护自己的个人隐私，他是很清楚的。不然，您以为为什么她现在除了这份亲子鉴定报告，连一点双方发生过性关系的证据都拿不出来？"

金凤飞闻言不禁眯起眼睛，看向隋钧。

隋钧近几年来做事极端、狠辣，而且剑走偏锋，一直有"毒士"之称，要不是经常搞慈善、捐助希望工程，得了些许声誉，那在业内可真算是令人避之不及的"恶人"了。

"现在拿不出来不意味着后续不会拿出来，"金凤飞冷笑了一声，"且如果你这专项真有用处，能让宁濯怀上罗总的孩子？"

"说到这儿我也很奇怪，因为据罗总私下跟我说的，他每次发生性关系后，且不说都采取了基本的安全措施，为了防止自己精液被盗，他还每次都将避孕套扔到马桶里冲走。这样宁濯都能怀上，了不起。"隋钧啧啧称奇，"不过您也别说我这专项全无用处，现在对方手里证据少得可怜，这可都是我这专项的作用，不是吗？"

隋钧意味深长地看向金凤飞。

金凤飞哈哈大笑："这你倒没说错。"

她竟突然有些欣赏起眼前这位散发着邪气的"拐杖律师"。

"除了案由，还有一点比较蹊跷，"金凤飞继续说，"那就是第三人。"

平时她很少和人讨论案情，原因第一是她很少与他人合作；第二是她并不认为对方会给自己带来多少启发。但或许是本案隐隐散发出的危险气息，又或许是无形中她对隋钧有了更多的认可，二人对案件的讨论逐渐深入。

隋钧点头称是："一开始我看了也觉得奇怪，这案子把龙诀拉进来干吗，如果她加入，从自身立场出发，肯定会百般阻挠罗总支付抚养费。然后我问他龙诀那边的状态，他比较肯定地说龙诀对本案此前也是不知情的。"

"他为什么这么肯定？"

"罗总说，她的悲伤、她的情绪，都很真实，"隋钧说，"所以不排除一种可能，原告本来证据就少，所以想着干脆把水搅浑，让他俩窝里斗，然后看能不能讨到点好处。"

"那她会参与这个案子吗？"金凤飞问。

"现在她正在气头上，没法问，"隋钧摊手，"不过她现在应该还不知道有亲子鉴定报告的存在。"

"如果是第三人，那就算她自己不想知道也会知道的。"金凤飞皱起眉头。

隋钧撇了撇嘴："这可能就是对面想做的，罗总也只有面对。"

金凤飞叹了口气："好吧，那我们说一下后续的工作。"

"我听您安排。"隋钧应道。

她也不推托："要说背后到底有没有什么大局，现在我确实也没看透。我只能说这个案子从一开始便太蹊跷了。接下来我会要求不公开审理，以免后续事情有变，导致影响扩大，我们也有应对的时间和空间。"

隋钧皱起眉头："可是如果我们现在就申请不公开审理，会不会显得有些欲盖弥彰？"

"《民诉法》规定涉及个人隐私的可不公开审理，没说必须由当事人申请不公开还是法院可以依职权不公开。最高人民法院出台的《关于进一步深化家事审判方式和工作机制改革的意见》，里面规定涉及个人隐私的家事案件，人民法院应当不公开审理。如果是法庭自己决定不公开，我们就不存在这个问题了。这个案子等法官回来了我会和他沟通，如果我沟通不了，你跟主任说一下？"

"行。之江的刘院长之前给老张院当过书记员，问题不大。"隋钧点点头，"和您合作我是真能省不少事。"

"最后，罗总这段时间会离开龙城吗？"金凤飞意有所指地看向隋钧。

隋钧心领神会："之前罗总说他正好和日本一家投资机构有业务要谈，本来说受疫情影响就进行远程会议的，不过估计远程的效果没见面好。我问问？"

金凤飞笑着嗯了一声，说道："然后你这几天要尽全力与宁濯建立联系，从她那里得到更多信息，比如愿意接受的金额，以及可能的背后主使。答辩状和质证意见这些材料我会准备，届时开庭你人来就行，这段时间你这边有什么新进展和新信息，我们随时沟通。"

牌要一张一张打，虽然心中依然有无数疑窦未解，但基于目前的有限信息，金凤飞确实也只能做到这一步。游戏才刚刚开始，她相信，随着棋局的深入，自会图穷匕见。

"好。"隋钧起身告辞。

金凤飞看着他转身的背影，突然问道："隋律师，这个案子罗总跟你是另签了代理合同的吧？"

隋钧闻言，转身笑着点点头："肯定的，我们律师干的就是力气活儿，不给钱怎么行？"

"能透露一下给了多少吗？"

"和您一样。"

虽然不知真假，但这其实是一个能接受的答案。

临别前，金凤飞说："隋律师，也麻烦你给罗总捎个话。"

隋钧挑眉看向她。

"如果想让我全力帮他，就别对我撒谎。"

隋钧笑着点了点头。

送他出办公室，金凤飞回到自己的座位上复盘，然后脑海中突然蹿出一个奇怪的圆，隋钧将宁濯（当然可能也包括其他的姑娘）推荐给罗牛牛，然后通过所谓的《个人隐私保护专项》获得了一笔实实在在的费用和无形的人脉。接着宁濯和罗牛牛发生纠纷，隋钧在本案中，又轻松地拿走了 50 万。

想到这里，她暗叹一声，叹息中似有敬佩，亦多感慨。

五

法院把开庭时间排到了一个月后。

这一个月里，世界安静了许多，在网上似乎已经看不到关于本案的风吹草动。法院依职权不公开审理，媒体噤声，网上对豪门恩怨的讨论在热度过去后也迅速被新的热点覆盖。如果你从宏观一些的层面看，似乎没有任何人和事是特别重要的。

但每个案子对当事人自己来说都很重要。

宁濯从未成为过新闻人物，就如同她从未想过自己会吃上 10 万一顿的大餐，也从未想过自己能见证这个世界最上流阶层的纸醉金迷一样。不过与许多幻想嫁入豪门的女子不同，她从未觉得自己是上流社会中的一分子。

她从一开始便明白，自己在他们眼里只是一个玩物。在公开场合，人家可能会惺惺作态地对她伪装出"尊重女士"的样子。但只要门一关，他们便会立马撕下自己高尚得体的伪装，露出野兽的獠牙。

不过没关系，反正她已经做玩具很久了，她早已建立起这样的自觉。同样是做玩具，做富人的玩具她到手的钱还会多一点。

而现在，她迎来了可能是自己人生中最宝贵的机会，她一定要为自己拼一次，拼到底。

开庭时间是上午九点半，宁濯昨晚紧张得一夜没睡着。她从未进过法院，但自从十岁时在法院外看到全村一半的男人都哭丧着脸，在法院里被拖上开往监狱的车后，法院于她而言就如同"龙潭虎穴"。

如今多年过去，总算轮到她进去了。

她很害怕。但是当花想容告诉她开庭当天她可以不用去时，她还是斩钉截铁地说自己一定要去。

"为什么一定要去呢？"花想容问道。其实她也担心宁濯会在法庭上说错话。

"我必须参与这场自己人生中最重要的战斗。"宁濯说。

花想容闻言拍了拍她的肩膀以示鼓励，但自己内心却并未有多少感动。成熟的律师很难被自己当事人感动，感动于办案而言通常没什么直接的好处。成熟的律师只会思考，思考如何让容易情绪化的当事人在案件中发挥最大的价值。

八点五十，宁濯在花想容的陪同下加入了法院门口排起的长队。

她站在队伍中间，往前看，众人背影无声；往后看，众人表情麻木。

原来每天都有这么多人来法院啊。

九点，法院门外的沿路车位上停了一辆宝马X5，一个身着黑色女士西装、头顶灰发的女人从车中走出，副驾上一名男性助理手里拎着印有律所logo（标志）的证据袋紧随其后。女人下车后，一个跛足的男人也从旁边车位上停的那辆不显眼的别克凯越里走了出来。

"花律师，好久不见，听说最近律所开得不错啊。"走到法院门口，金凤飞皮笑肉不笑地跟花想容打起招呼，对旁边的宁濯视若无睹。

"和以前一样，为客户尽力而已。"花想容应了一句，然后转头对宁濯说，"可以进去了，你先去安检吧。"

和金凤飞一起的隋钧则笑着跟宁濯打起招呼："小濯，看到我连招呼都不打啦？"

宁濯回头，低声叫了声隋律师，然后从兜里拿出身份证，匆匆进入安检区。

宁濯前脚迈进安检区，后脚道旁的停车位上便多了一辆黑色老轿车。

称它为老轿车，是因为它确实很老——04款的老奔驰S级，颤颤巍巍，仿若老骥伏枥，连关门都得小心翼翼的。

一名身着深蓝色西装、头顶"草盛豆苗稀"的男子摇着车钥匙，慢悠悠地从驾驶位走了出来。今天天气很好，他心情很妙，吊儿郎当的脸上阳光灿烂。

眼见这个人拎着公文包慢慢走了过来，金凤飞冷哼了一声，花想容把脸撇了过去，隋钧不自觉地握紧了手里的木拐杖。

"金律师好，大家都好啊，都很准时啊。"李法山笑嘻嘻地跟诸位打起招呼。

在场无人回应，但他并不尴尬。这三个人里，一个是他的师父，一个是他的前女友，还有一人将他列为终生宿敌。要说瓜葛与过节，那可足够写两本书，有人应话他才会觉得奇怪。也就他这深不见底的脸皮，才能在他们面前镇定自若、谈笑风生。

疫情防控期间律师进法院也得看行程码、验核酸证明，众人在闸机门口排队提供证明。排在花想容身后，李法山突然笑嘻嘻地问："花律师，听说你最近谈恋爱了？"

花想容闻言一愣，转过头来瞪了他一眼，嗔道："关你屁事。"

"家事国事天下事事事关心。屁事我就不能了解了解了？"李法山嘿嘿一笑，"来，跟兄弟交个底，是不是谈了？"

"无聊。"花想容翻了个白眼，先一步走入法院。

一旁听到这番对话的金凤飞，则不轻不重地冷笑了一声。

从谈话内容来看，双方最近似乎并无交集，她暗暗放下心来。

进入法庭，书记员已经在电脑前整理资料，花想容将证据清单的电子版提交了一份过去，坐在了原告代理人的席位上，而金凤飞和隋钧则坐定不动。

"原被告双方，你们有新的证据要提交吗？"虽然现在已经过了举证期限，但律师搞证据突袭十分常见，所以临到开庭，书记员还是跟他们确认道。

"没有。"花想容说。

金凤飞也淡淡地回道:"我们也没有。"

花想容眉头微皱。在本案中,因为罗牛牛的小心谨慎,她能提交的证据本就不多,如果被告多提交证据,某种程度上或许还能佐证有关法律事实的存在。

但金凤飞的思路很清晰,她根本不给花想容任何见缝插针的机会,提交的证据只有寥寥几份,而且不痛不痒,甚至会令人怀疑她到底有没有把案子放在心上。很多青年律师为了证明自己竭心尽力,往往提交的证据堆积如山,看着阵仗很大,实则处处立靶。这种"less is more(少即多)"的自信,需要修为。

因为龙诀是无独三(无独立请求权第三人),书记员并未问李法山有无新证据提交,李法山自顾自地朝原告那边走去,坐到了花想容身边。花想容见李法山过来了,身体往宁濯那边挪了挪。

九点二十分,全体起立,法官进场。由于本案社会影响较大,所以法庭直接走的普通程序。除了审判长外,另外两位也都是法官,而非人民陪审员。

"人都到齐了?那我们开始。"因为是不公开审理,没有庭审直播,王法官直奔主题。在用极快的语速告知诉讼的权利义务后,他问:"各方是否申请回避?"

"不申请。"三方都说。

"那对方出庭人员有无异议?"王法官继续走流程。

花想容说:"有异议。"

"异议是?"王瑞看向花想容。由于花想容主要做的就是婚姻家事案件,龙城审这类案子的法官大多和她打过交道,她的案子王瑞之前也审过。在他印象中花想容代理风格总体中正,不会空穴来风。

"被告本人今天并未到庭,根据《民诉法》规定及本案的特殊性,原告方郑重要求被告本人出庭参与诉讼。"花想容说。

"具体陈述事实与理由。"王瑞说。

"根据《民诉法》司法解释第一百七十四条的规定，负有赡养、抚育、扶养义务和不到庭就无法查清案情的被告，属于《民诉法》第一百零九条规定的必须到庭的被告。本案首先涉及被告需要承担的抚养义务，按该规定属于必须到庭。如不到庭，法庭需传唤，传唤不到的，应拘传。其次被告目前提交的证据对其与宁丁丁之间客观存在的亲子关系矢口否认，被告出庭接受法庭调查对案件查清事实至关重要，而且该事实将对案件结果产生重大影响，故原告申请被告本人出庭。"

根据此前制定的诉讼策略，花想容肯定要逼罗牛牛本人到庭。第一，确有法律支撑。第二，普通人很少亲自上法庭，容易露怯。在法庭的高压环境下，若真的存在有关事实，花想容有自信通过自己和法官的盘问让罗牛牛原形毕露，可如果是面对金凤飞和隋钧这些老油条，那是真的半点好都讨不到。第三，案件后续很有可能涉及关于亲子关系的司法鉴定，罗牛牛在场，对该鉴定的顺利进行能产生重大影响。

罗牛牛本人的出现，对案件后续的走向至关重要。

李法山看着花想容说的话自动在电脑屏幕前被转化为文字，开始数起段落里出现了多少错别字。近年来庭审逐渐 AI 化，智能法庭首先想解放的就是书记员的双手。如果双方说的都是普通话，庭审发言会被自动记录，书记员通常只坐在那儿修改个别易错信息，比如人名等。语音识别介入后，律师终于不用再照顾书记员的打字速度而放慢语速，也不用担心对方如果说了不利的言辞而不被记录下来，所以大家总体是接纳的。而法官就不一定了，双方的当事人和代理人说车轱辘话都会被记下来，以前自己掌控记录方式，能直接提炼要点。现在长篇大论，后期写判决书会增加许多查阅成本。

金凤飞在被告代理人席位上挪过扩音器："请问原告代理人，为什么被告不到庭案件就无法查清？"

"审判长，被告代理人现在能向我发问吗？法律依据是？"花想容看向王法官，无视金凤飞的问题。

"被告代理人，现在已经开始正式庭审了，注意法庭纪律。"王瑞提醒道，然后说，"针对原告方申请，你简要发表意见。"

"我之所以这么问，是因为两点，"金凤飞点了点头，开始说道，"第一，被告必须到庭，前提是被告有抚养义务，而被告有抚养义务的前提，是孩子确系被告亲生。但原告现有证据并不能证明这一关键事实，因此民诉司法解释第一百七十四条并不适用本案。第二，原告方在消极逃避自己的举证责任，并将自身举证不利的责任推到被告身上。接下来举证环节我会具体质证，总体来看，原告方目前举的证据既不能证明原被告双方间存在同居关系，也不能证明宁丁丁是被告所生，当然，更不能证明被告应支付抚养费。如果原告无法举证证明上述法律关系的存在，那就应自己承担相应的法律后果，而非强行要求被告出庭。被告作为一名在全国工商界具有一定知名度的人士，不能因为只要有人毫无依据地起诉就必须出庭，这既是浪费司法资源，也是浪费被告时间。

"这两点之外，被告已经根据《民诉法》第五十二条赋予的诉讼权利委托代理人，其中代理人隋钧为特别授权，被告确无到场必要，因此恳请合议庭驳回申请。"

听到这里，宁濯忍不住大声说道："孩子就是罗牛牛的，你让罗牛牛自己出来，看着我亲口说，看他在我面前还撒不撒得了谎！"

"原告，合议庭没让你发言，你别发言。"王法官皱起眉头。

眼见这场仗才刚开打便硝烟弥漫，坐山观虎斗的李法山不禁啧啧称奇。

"审判长，关于承担抚养义务的案件，被告应当出庭，这是明文规定的。"花想容据理力争道，"之所以会有此类案件要求被告必须到庭的硬性规定，是因为此类家事案件中，当事人当面处理有利于纠纷解决，亦有利于查明事实。在被告本人未到的情况下，法庭应当传唤，甚至拘传，若不到将承担缺席带来的后果。即使确实有原因不能到，亦可延期审理，直到被告到庭为止。"

王法官无声地沉吟数秒，然后转过头来问金凤飞："被告本人现在能到庭吗？"

"到不了，被告前天因急事去日本出差，就算马上回来也得隔离。"金凤飞淡淡回道。

他在心中算了算自己后续案件的排期，然后继续问道："被告去日本了？有没有证明材料？"

"有。"金凤飞从袋子里拿出一沓资料，"因为被告是否到庭与案件实质审理和本案法律事实无必然关系，因此这些材料我们没作为证据提交，但为了防止原告碰瓷，我们还是有所准备的。"金凤飞边说边将资料递到法官面前。

王法官拿起资料，首页清单上列着往返机票信息、签证、日本领事馆的一些确认文件，以及被告当事人手持手机在东京铁塔下的视听资料，其中截图手机上清晰地显示日期为三天前。

"有备而来啊。"花想容暗忖，深觉棘手。

按理说，花想容在程序阶段便提出异议属于突然发难，本应是一步怪棋，但没想到金凤飞对此竟早有准备。

精要的庭审思路、准确的对手预判、扎实的证据准备……由于此前同在坤乾所，两人从未打过对台，她对金凤飞本人的认知仅在于李法山对她言辞激烈的抱怨。外界给金凤飞"龙城最强诉讼律师"的标签，她只是将信将疑，甚至觉得是不至于的。而在今天这第一次交锋后，金凤飞是不是龙城最强，花想容不知道，要说刘春和李法山这两颗业界新星是金凤飞一手调教出来的，花想容是信的。

花想容感觉自己正面对的是一堵密不透风的墙，而后续的招数能否破壁，她越发没有把握。

她下意识地转过头看了看李法山，李法山不知不觉中已经收敛浮躁之气，神情肃然。

"根据最高人民法院《关于进一步深化家事审判方式和工作机制改革的意见》第三十七条，对于身份关系确认案件以及离婚案件，当事人确因特殊情况无法出庭的，在向法院提交书面意见后可委托诉讼代理人到庭参加诉讼。鉴于被告本人因客观原因无法到庭，同时其已通过答辩状对本案提交了书面意见，被告方申请合议庭对原告要求被告本人出庭的申请不予准许。"金凤飞继续说。

台上三位法官交头接耳了几分钟，王法官作为审判长正式确认："鉴于被告的确有原因无法到庭参与诉讼，而且已委托代理人，合议庭一致决定本次庭审依法继续审理。后续若需要被告本人到庭才能查明的必要事实，合议庭再依法传唤被告。若原告对此有异议，下来书面提交。"

花想容面无表情，轻轻点头，说下来会书面提交异议。《民诉法》规定，若一审诉讼程序有问题，二审可发回重审。"若后续发展不乐观，这至少给二审要求发回重审创造了空间。"她告诉自己。在"以打促谈"的方针下，将战线拉长不见得是件坏事。

合议庭接着确认双方代理人的权限，确认完毕后，王法官说："下面由原告方简要发表诉讼意见。"

"我方诉讼请求有以下两点：第一，请求贵院依法判令被告一次性支付原告抚养费5000万元。第二，本案诉讼费用由被告予以承担。事实与理由简要陈述如下：2019年10月8日，原被告双方因聚会相识，后发展为情侣关系。在恋爱期间女方怀孕并于2020年11月5日生下宁丁丁。经龙城中大亲子鉴定中心鉴定，被告罗牛牛为宁丁丁的生物学父亲。生下孩子后，原告由于独自难以支撑宁丁丁的抚养费，多次向被告要求支付抚养费，被告均拒绝支付。故原告特向法院提起诉讼，要求被告支付相应抚养费，望判如所请。"

王法官嗯了一声，道："被告进行简要答辩。"

"被告简要答辩如下，具体答辩意见以书面提交的答辩状为准。"隋钧说，"首先，被告与宁丁丁并非同居关系，亦不存在恋爱关系。双方的确因共同参加聚会而有所接触，但事实上从未有过两性交往关系。其次，宁丁丁并非被告之子。再次，在并无证据证明宁丁丁为被告之子的情况下，被告无须支付任何抚养费用。最后，原告提出的抚养费金额并无事实与法律依据，合议庭不应予以支持。答辩完毕。"

"第三人代理人呢？有什么意见要发表吗？"法官看向李法山。

李法山挪过扩音器："第三人坚决支持法庭查明案件事实，也会积极配合合议庭进行法庭调查。除此之外没有其他意见发表。"

"那下面由原告进行举证。"王法官推了推眼镜。

"我们一共提交了四组证据，"花想容继续道，"第一组证据证明两人曾经交往并存在同居关系。证据有微信聊天截图、对话录音以及文本，还有双方合影。"

"被告，对话录音需要当庭播放吗？"法官问。

"需要。"金凤飞说。

书记员拿起光盘开始在法庭上播放。Slayer 乐队惊天动地的乐器碰撞声从电脑中传来，具体谈话的人声则模糊不清。

隋钧笑了笑。

金凤飞质证道："被告代理人质证如下：第一份证据，微信聊天记录，由于无法核实对话双方身份，对三性（真实性、合法性、关联性）不予认可，而且对话也并不亲密，无法达到证明的目的。第二份证据，对话录音，声音过于嘈杂，而且双方身份亦不明晰，单看原告方整理的文本，也看不出对话双方存在同居关系，同样对三性不予认可。第三份证据，对真实性表示认可，但单从照片来看，是女方主动搭上男方的肩，也是女方主动倚靠男方，男方从仪态上看明显属于不适的被动方，态度并不亲昵，而且单单一张并无逾矩动作的照片，亦并不能证明彼此存在恋爱乃至同居关系。所以对该照片的证明目的，我方并不认可。"

"我们提交的第二组证据，证明宁丁丁确系原被告双方所生。第一份证据是出生证明，证明宁丁丁确系原告所生，第二份证据是龙城中大亲子鉴定中心鉴定报告，报告证明罗牛牛为宁丁丁的生物学父亲，罗牛牛应承担宁丁丁的抚养费用。"花想容继续举证。

金凤飞继续如手术刀般切割原告的证据链："对于第一份证据，真实性无异议，关联性有异议。本份证据只能证明宁丁丁与原告的关系，并不能证明宁丁丁系被告所生，因此被告对这份证据的证明目的并不认可。第二份证据，首先，被告从未做过此类鉴定，更不知这份报告从何而来，所以对真实性和合法性都不予认可。其次，这份报告既无被告签字，亦并未体现被告人名，我实在不明白和被告到底有什么关系。因此对于这份证据的三性，我们也并不予以认可。"

花想容表情严肃："要证明宁丁丁到底是不是罗牛牛的孩子很简单，走司法鉴定程序即可，我们在举证期限内曾经提交了一份鉴定申请。如果被告真认为孩子不是自己的，那希望被告配合鉴定，不然对亲生骨血不管不顾，大大违背公序良俗。"

"是！你们有种让罗牛牛自己站出来，让他来做个亲子鉴定。到底是不是他的孩子，验一下就知道了！"宁濯在一旁叫道。

法官点了点头："今天我们就把是否需做司法鉴定一并审查了。原告方，说一下你认为应当进行司法鉴定的理由。"

提出进行司法鉴定是一方当事人的权利，但对于是否应该进行司法鉴定则需由法院进行审查。花想容说："根据最高人民法院关于适用《中华人民共和国民法典》婚姻家庭编的解释第三十九条，原告起诉请求确认亲子关系，并提供必要证据予以证明，另一方没有相反证据又拒绝做亲子鉴定的，人民法院可以认定确认亲子关系一方的主张成立。在本案中，原告方已经提交了被告与宁丁丁存在生物学父子关系的证据，并出于查明案件事实的考虑，主动提出再次向法院申请关于亲子关系的司法鉴定。如若被告不同意，那根据法律规定，其应承担相应不利后果，法院须依法确认被告与宁丁丁存在亲子关系。"

这则司法解释毫无疑问对花想容来说非常有利，我已经举证你们是父子了，如果你无法拿出证据反证，又拒做亲子鉴定，那么应推断亲子关系成立。在本条规定下，罗牛牛一方被推到了前有狼后有虎的独木桥上，进退两难。

但金凤飞对此似乎早有准备。她不急不缓地应对道："原告方如若主张适用本法条，需满足两个前提。"

李法山眼见金凤飞又开始进行逻辑撕扯，不禁暗暗叹了口气。

李法山经常觉得金凤飞在用做数学题的方式办案子。她的推理过程严丝合缝，演算过程简练直白，缜密到近乎铁壁，冷静到近乎无情。法律事实是数字，法律依据是公式，她要做的只是用最直接的方式推导出自己最想要的结论，至于案件背后的人情冷暖，她不在乎，也不重要。如果她在意了，那一定是人情已经成了公式的一部分。

这样的律师或许因缺乏同理心不招人喜欢，但往往离胜利会更近一些。

感性认知是浮动的、易变的，法条和证据是不变的、凝固的，严肃的法庭审理通常会警惕感性认知。

"第一，需要明确的是，本条司法解释适用的前提是在请求确认亲子关系之诉中，而本案为同居关系抚养纠纷，并不适用。第二，是本条运用的前提，是原告方已经提供了'必要证据'。可在本案中，原告有提供必要的证据吗？并没有。首先，他们没有提供证据证明原被告双方曾存在两性交往关系。其次，唯一的一份亲子鉴定报告也并未明确检材由被告本人提供。在此情形下，被告方对原告提出的鉴定申请，不予认可。"

"嗯……"法官陷入不置可否的沉吟。

花想容立即反驳："审判长，首先，本案案由虽不是确认亲子关系，但被告与宁丁丁是否存在亲子关系却是案件审理的重中之重，而司法解释的规定也并非局限于案由，而是阐明在案件需要确认亲子关系的时候法院应采取的裁判思路，因此该司法解释在本案中是适用的。其次，我不知道原告如何理解'必要证据'，但公允的理解是，只要原告已经提交证据证明基础事实即可。原告方现已提交亲子鉴定报告，完成了举证义务，如若被告拒不同意做亲子鉴定，应承担不利后果。"

金凤飞冷笑了一声："一份当事人都未明确的亲子鉴定报告，算完成了举证义务？"

花想容不让半分："如果没有被告本人同意，我们根本不可能在报告中明确当事人，现在被告一边跑到日本去，一边又要求我们提供由他签字确认的亲子鉴定报告，那可真是强人所难了。"

法官摇了摇头："原告代理人，必要证据需要证明必要事实，你现在提交的证据连基本的原被告双方存在同居关系都证明不了，并不满足申请鉴定的条件。对你这份申请，我不会支持。"

听到这句话，宁濯脸色一变。她百思不得其解的是，为什么从事实来看，这个孩子肯定就是罗牛牛的，从依据来看，司法解释白纸黑字写着对方若不同意鉴定将承担不利后果，但这官司打着打着，己方竟然兵败如山倒？

金凤飞面无表情地扶了扶自己的金丝眼镜。她平时都不戴眼镜的，但开庭的时候会戴，这于她是一种郑重、优雅的仪式感。默默在旁坐山观虎斗的李法山看着对面这个似乎永远胜券在握的女人，以及她给全场带来的压抑的窒息感，恍惚间好像回到自己刚参加工作的时候。

"李法山，让你研究了一下午案子，你觉得这个官司该怎么打？"那是一场离婚纠纷，女方以男方家暴为由诉请离婚，金凤飞代理男方。

其实她根本没给李法山一下午的时间，满打满算他只研究了两个小时："金律师，我研究了一下，虽然当事人跟我们说了他不想离婚，但根据《婚姻法》第三十二条，如果存在家暴行为，那法院便应当准予离婚，因此这次法院可能就直接判离了。而且，对方确实可以主张离婚损害赔偿，但现在主张的 10 万比较多。我们可以争取打下来，参考受理法院类似案例，我们最终可能只赔 4 万左右。"

"研究了半天你就得出这个结论？"金凤飞冷若冰霜地反问道。

初入职场，李法山彼时在这个女魔头上司面前可谓噤若寒蝉："不知道我还有哪些地方需要完善？"

"我问你，我们当事人承认自己家暴了吗？对方提交的证据你看没看，当事人说了自己的核心诉求是不想离婚，你有没有从法律的角度帮他想想办法？"金凤飞连环抛问。

李法山规规矩矩地站着："虽然他自己没承认，但是原告提交的照片证据清晰，体现了她挨打的伤痕，同时也提交了报警记录证明她当时因家暴报案了。更何况，当事人也跟我们亲口承认了啊。"

"当事人在我们面前承认，他有在法庭上自认吗？照片上女方身体的确有受伤痕迹，但你怎么证明这些瘀青和伤痕就是男方打的呢？报警记录上全是女方单方面陈述，但男方没有签字，警方也没有作为第三方对事实进行确认，你又怎么能说这就是事实呢？"

李法山低头咬着嘴唇："但我们都知道这是事实。"

"你知道，但也仅限于你知道，"金凤飞说，"法律事实，指的是经法律程序确认后的事实。任何事情，若没有清晰确凿、经得起对方质证的证据证明它存在，那无论它发生过还是没发生过，它都等于不存在。"

李法山若有所思，但还是问道："那法官问起来怎么说？"

"离婚案件需要当事人自己到场开庭，律师不用回答这个问题，下次和当事人沟通的时候，我们只需告诉他对方目前的证据并不能证明他存在家暴事实，具体他该怎么说，他自己明白。"金凤飞冷冷地回道，接着开始面斥，"而最令我失望的是，你花了这么长时间，竟然只对一个如此简单的问题得出这么肤浅的结论。你有搜受理法院的类似判例吗？他们之前甚至出现过当事人提前申请过人身保护令都不认定家暴存在的先例，光这点证据就想认定家暴然后想首次判离？我告诉你，在十个离婚案件里，有九个原告都会说自己被家暴过。本案的关键，根本不在于有没有家暴、首次判不判离，而在于财产到底该怎么分割、怎么转移，不离婚，只是当事人作为谈判的筹码，和为转移财产提供时间罢了。你下来好好问问刘春该怎么做，别自己在那儿瞎鼓捣，这不是在浪费你的时间，是在浪费我的时间。如果你不能做到帮我节约时间，你就早点滚。"

后来这个案子法院果然首次没判离。在判决结果出来后，男方继续骚扰了女方整整半年。他半夜敲门，甚至闯门而入，进行殴打。即使报警，也常以家庭内部纠纷为由被和稀泥处置，女方一度神经衰弱，不堪重负。最终，双方调解离婚，男方拿走了大部分共同财产，以胜利者的姿态卸下家庭包袱，幸福地开始了自己崭新的单身生活。

这场官司令李法山明白，至少在法庭上，真相有时可能并没那么重要。

赢很重要。真相，只是助你胜诉的手段之一。

李法山从未问过金凤飞对于女方后来的处境是否问心有愧。

他知道，问出这个问题，只会令她更觉得自己幼稚。

"我只是做了自己该做的事而已。"这句话且不说金凤飞说过，随着执业经历的增加，李法山也对自己说过很多次了。

"第三人，你对原告的司法鉴定申请有无意见发表？"法官看向李法山。

"有。"李法山正色道。

他突然意识到，这似乎是自己独立后第一次在法庭上与金凤飞面对面。多年后，自认为不同于往日的他，终于要和这个精密的"诉讼机器"，这个"龙城最强诉讼"，这个师父，狭路相逢。

"为了便于法庭查明事实，第三人坚决支持原告方进行司法鉴定，并愿意提供一切协助，"李法山说，"并且，尽管还没轮到第三人发表质证意见，我们还是要提前确认，第三人对原告提交的亲子鉴定报告，真实性、合法性、关联性均予以认可。"

"哦？"三位法官齐刷刷地看向他。而金凤飞原本淡定的双眸除了震惊外，也平添几分怒气。

"因为原告做出这份亲子鉴定报告所需要的检材，"李法山缓缓将扩音器挪到了自己嘴边，"是第三人龙诀提供给她的。"

听到这句话，一旁的花想容轻轻松了口气。

六

被告席上，金凤飞在电脑上飞速打字。此前法院还对律师在庭审时用电脑不待见，现在力推无纸化办公后，这段时间已经不多做要求。由于是不公开审理案件，法庭依规不允许无关人员旁听，所以助理在庭前帮金凤飞整理完资料后便于场外等候，不知道庭内变化。金凤飞在微信上将庭审变化告诉了他，令其赶紧和罗牛牛通气。

罗牛牛虽远在日本，关于公司的日常工作却一刻没停。在看到金凤飞助理发来的信息后，原本正在开视频会议的他不禁匆匆散会，上半身西装衬衣、下半身拖鞋短裤，在酒店套房内四下踱步。这一个多月以来，龙诀一直在和他冷战，拒接电话、拒收消息，理由是等判决下来后再说。他原本以为这一切只是基于她作为一位妻子的尊严遭受损害，没想到这一切竟也有她的参与。

想到这里，他不禁冷汗涔涔。这已不是普通意义上的同床异梦，而是欲置对方于死地的同室操戈。关键是，他不知道这份变化是从什么时候开始的。

他拿出手机想和龙诀联系，但想了想又放下了。

他颓然坐在沙发上，两眼空空，双目失神。卧室里一名四十有余、身材丰腴的女子身着半透明的纱衣走了过来，媚眼如丝，温柔地跪在他脚前的地毯上，伸手想褪去他的短裤，他摆摆手，不耐烦地让她先进去。

"难道龙诀真的已经不爱我了？"他开始思考一个他从未思考过的

问题。

他一直认为，龙诀会永远爱自己——两人初识时她那炽热的双眸，婚后她对他近乎千依百顺的态度似乎都在证明这一点。而关于康银集团内部的纷纷扰扰，她似乎主观上没兴趣关心，客观上因为对公司细节不了解，也没能力关心。在他看来，龙诀是早早就明白自己想要什么生活的女人。她单纯到近乎纯粹，相夫教子，在象牙塔里接触一眼就能看穿的大学生们，过自己简简单单的生活。

他曾经仔细思考过龙诀有什么缺点，发现并没有。她知性、温柔、达观、坚忍，一直坚定地站在自己身边，给予自己毫无保留的信任。而若说她唯一的缺点是"胸无大志"的话，这又恰恰是在罗龙两家关系微妙的背景下，自己最需要的。

有妻如此，夫复何求啊。罗牛牛经常这么想。

他认为自己是发自内心地爱龙诀的，但与此同时，他也认为这份爱与自己的放浪形骸并不冲突。

因为罗牛牛就出生在这样一个家庭。

罗牛牛的父亲罗鹤与母亲牛玉是同一个村里一起长大的。罗鹤向来顽劣，不爱读书，而牛玉则既好学习，又勤于家务，在村里一枝独秀。之后罗鹤读到初中便外出务工，牛玉则成了村里难得的中专师范生。在那个年代，读师范意味着铁饭碗，比高中难考。牛玉家里最初是强烈反对她嫁给罗鹤的，毕竟虽然貌似赚了几个臭钱成了万元户，但他为人粗鄙、不守规矩，怎么看怎么不像乘龙快婿的样，可挡不住牛玉痴情苦恋，他们最终还是同意了这桩婚事。结婚后赶上改革开放的快车，罗鹤生意越做越大，牛玉也最终辞去自己教师的职务，一心在家相夫教子。

老公在外做生意挣大钱，老婆离职在家做全职太太，原本是件顺理成章的事，但这最终导致了两种情况的发生：第一，是长期在家，脱离社会，牛玉对这个家以及罗鹤本人的依赖性开始越来越强，对于罗鹤在外的花天酒地，只要不闹到家里来，她已逐渐学会睁一只眼闭一只眼。忍气吞声久了，她也就慢慢脱敏了。第二，牛玉本人偏又天生要强，在成为全职太太后，她把自己所有的教学精力和愿景，包括自己人生的意义都寄托在了罗牛牛身上。是的，她必须让罗牛牛成才，把他教导成"别人家的孩子"。因为只有这样，她才会在心里真正认可自己的意义与价值，才会觉得自己原来并不是一个仰人鼻息的寄生虫。

从小到大，罗牛牛的学习成绩从未跌出过年级前三。除此之外，他还会拉小提琴、弹钢琴，甚至高中抽空参加棒球队还评了个国家二级运动员。他果然成了"别人家的孩子"：高大英俊，品学兼优，家境优渥，德智体美全面发展。在众人眼里，他仿佛是被上帝之手雕琢过一般，生下来就是为了告诉所有凡人"完美"是什么样子的。

但他快乐吗？

他每天早上六点必须起床，晚上十点半必须睡觉，每天的时间都被排得满满当当。当然，母亲会贴心地给他一个小时的娱乐时间，可这一小时的施舍，令他觉得自己像个乞丐。

母亲似乎从来没有对他笑过，就如同父亲从来没在他需要的时候出现在他面前。

他第一次情窦初开是在十六岁，早恋对象是自己的英语老师。

罗牛牛读的是贵族私立学校，这位老师是名校研究生毕业，外表靓丽，还写过一本小说。罗牛牛外貌英俊、天资聪颖，令她迷恋。于是她便借罗牛牛在自己家中补习的机会，与罗牛牛发展为恋人关系。

她真的喜欢罗牛牛吗？她从未想过会和罗牛牛走到最后，这段恋情主要是基于占有，基于一种在自己高不可攀的美好事物上留下私人印记的癖好，而非真正的纯洁之爱。

可那时饱受母亲严厉之苦的罗牛牛，又怎会明白这些？他以为自己终于在压抑到近乎窒息的氛围内找到一个可以呼吸自由空气的出口，而师生禁忌更令他体会到一种源于叛逆的快感。他把心全都放在了这个老师身上，而且少年之爱，总觉得自己能克服重重困难，地久天长。直到某天周末补习，他临时进了街边一个商场闲逛，发现这位老师挽着自己父亲的手臂。

她是如此幸福地依偎在他那个熟悉又陌生的父亲身旁，脸上绽放着依恋的笑容，更是他从未见过的。他悄悄尾随在两人身后，模糊的双眼看到父亲给她买了一个包、两条裙子，还在大庭广众下用自己粗糙的大手摸了她屁股两把。

愤怒伴随着血液直冲他的头颅，可这份原本就畸形的师生恋在父亲的威严面前，又算得上什么呢？他只有流泪，也只能流泪。他低着头，往回走，一直往回走。过往的行人、刺耳的汽车、闪烁的红绿灯，都如同沉默的画片从耳边呼啸而过。天似乎塌了下来，自己也似乎早已陷入地里，他感觉自己胸中郁结着一团无法散去的乌云，而怎么结束这一切，他不知道。

他太年轻了，他不知道怎么办。毕竟在这场可笑的三角关系中，自己的身份也并不光彩。

他能做的，只有流泪。

是呀，如果这个男人不是自己父亲，自己还能上去和他打一顿，可为什么这个人偏偏是自己的父亲呢？

从小活在光环与赞美中，这是他第一次明白爱情辛酸的滋味。

很多人这辈子第一次对"绝望"两个字有所理解，都是在他初恋未果的时候。

那天后，他再未主动联系过这位英语老师。她曾好奇地向他问过原因，但罗牛牛只说自己要好好学习，不想再继续下去了。

他又能怎么说呢，难不成对她大声说"我看见你和我父亲的好事了"？

而更令他心灰意冷的，是这位老师就只问过他这一次，随着自己提出挥剑斩情丝，她也再未纠缠过他。

后来随着自己阅历丰富，他回想起这段时光才意识到，说不定自己当初主动提分手，反倒让这个老师松了一口气。

同时，无意间撞见罗鹤与老师的幽会，令罗牛牛将之前对家庭的一些破碎记忆全部串了起来——父亲的酒气、母亲的哭泣、夜不归宿的男人、心事重重的女人。此前牛玉一直将罗牛牛保护得很好，关于家庭一切与幸福无关的事，她都将之隔离在罗牛牛视线之外，他这次失恋，打破了中间的这堵墙。

他开始明白自己父亲究竟是什么样的人。

他的心情是如此复杂。一方面，爱情中的委屈与无奈、亲情中的疏离与苦痛令他发誓不要成为父亲那样的人；而另一方面，从小笼罩在父亲事业昌隆的光环下，他的很多夸赞和超出常人的优渥条件也都来自这个男人，同时，作为家中独子，他也确信这个男人是在意自己的。

他很迷惘，很困惑，不知道该怎么办。

最终，罗牛牛提出要转学，牛玉问他原因，他也不说。牛玉眼见他日渐消沉，也就同意了，让他去读另一所国际学校，并有了让孩子出国念书的计划。

第二个改变罗牛牛的人生节点，在他十八岁时。在很多同龄人还在备战高考时，罗牛牛已经收到了来自宾夕法尼亚大学的 offer（录取通知书）。

"宾夕法尼亚大学知道吗？梁思成和林徽因，他们就是那儿毕业的！"那天罗鹤和牛玉都很高兴，家里大宴宾客，觥筹交错。罗牛牛被当作吉祥物般在全场走了一圈后，默默坐到一个暗角处，冷眼看着眼前的一片欢腾。

他开心吗？很开心。牛玉也很开心。他很少看到母亲这么开心过，好像自己目前为止所有的成功都是牛玉一个人的功劳。

这确实是牛玉的功劳，而罗牛牛开心，并不在于自己经过努力终于考上了一个好大学，而在于他终于可以离开这个家了。

再也不会有人监督他努力用功，起床睡觉。他终于可以离开令人讨厌的父亲，可以过自己想过的任何生活了。

家教越严的家庭，孩子可能越发叛逆，因为一个人最渴望自由的时候，是他不知道什么是自由的时候。

而最令罗牛牛没想到的，是那天晚上罗鹤给自己安排的节目。

晚宴结束，罗鹤提出带罗牛牛奔赴第二场，去KTV唱歌。牛玉难得没管，只提醒他早点回家。和父亲的一帮朋友刚到KTV包间坐定，包间门再次打开，一排一排衣着暴露的女子微笑着列队站到诸人面前。

"牛牛，喜欢谁，点一个，今晚让她陪你。"三叔笑着对他说，然后对姑娘们喊道，"今天这位可是要去留学的高才生！还是个处男，你们今天谁把他伺候好了，我给谁一万！"

"哇！还是个处男啊，帅哥选我选我！"姑娘们欢呼雀跃，饱满的胸脯在迷离的灯光下如同两只亢奋的白兔。

罗牛牛第一次见这阵仗。他手足无措地望向自己的父亲，发现四叔正在给父亲点烟。他边吸了一口烟边微微点头，说："选吧。"

三叔最爱带坏小孩子，见罗牛牛一脸茫然，搂着他的肩，指着眼前的一片香艳说："牛牛，三叔教你啊，前面这些姑娘，双手放身后的，是不能出台的，双手放身前的，就是能出台的。知道出台是什么意思吗？就是晚上能陪你睡。来，三叔把这东西给你，你喜欢谁就点谁，如果不喜欢，换一拨，接着点。"

罗牛牛边听边接过三叔塞给他的避孕套。他面红耳赤，抬起手随便指了一个。

不知是有意还是无意，那位小公主的手是放在身前的。

在场的中年男人开始欢呼："今天牛牛要当大男人咯！听说美国那边特别开放，以后你可要扬我国威，不能丢了中国男人的志气啊！"

罗鹤哈哈大笑。

在接下来的四小时里，他局促地坐在包间的角落，看着几位叔叔坐拥美人，抽烟喝酒。旁边这位姑娘见他坐立难安，先是扑哧一笑，说："你真是处男啊？"他咧嘴笑了笑没说话。女子给他倒了杯酒，往他身上靠了靠。他以为自己会闻到香水味，但没有。

为了让男人们回家不用尴尬，小公主们身上都是不喷香水的。

呆坐良久，罗牛牛无助地看向父亲，发现父亲正左拥右抱，那双记忆深处、曾经摸过自己初恋情人的粗糙大手，正在两位女子的胸前肆无忌惮地捏来捏去。

他缓缓转过头，突然将手缓缓摸向女子的大腿。腿丝滑润弹，女子没有反抗，反而将头靠在他肩上。

那天晚上罗牛牛并没有回家，他在附近一家五星级酒店里和女子待了一夜，整晚没睡。他一次又一次，拼命颤抖着，似乎要将自己多年以来所有的性压抑一倾而尽。

第二天上午，他黑着眼圈和罗鹤一起回家，打开家门，发现牛玉坐在客厅，等了他们一夜。

见到这对彻夜未归的父子，牛玉站起来，一言不发，转身上楼了。

男人总是在不停告诉自己不要成为像父亲那样的人，但又终会在某一天发现，自己和父亲越来越像。

出国后，罗牛牛依旧会在学业上严格要求自己，他明白这是自己必须给家里的交代，但具体到私生活，他开始完全失控。酗酒、滥交，只要和出格有关的事，他都愿意做。而令一帮狐朋狗友奇怪的，是年轻的他似乎特别偏好熟女，与他有过接触的女性，年龄大多在四十岁左右。

他有了非常分裂的行为：一方面，他的身份需要他在公众面前保持得体，他在某些层面也确实做到了自律和克制；另一方面，在众人面前压抑越久，对规则展示出越大的尊重，他的私欲便越强，同时也会在实现私欲时得到更变态的快感。

最初他痛苦于自己的虚伪，但渐渐地他开始享受这种割裂，因为在他看来，这份割裂已成为自己独属的神秘，仿佛自己在过两段截然不同的人生。

而如果你要问罗牛牛是否爱龙诀，他会说爱，但如果要在这份爱前加一个前缀，他会说是友爱，而非热爱。

是的，他和龙诀可以相敬如宾（尽管他并未在实际行动上贯彻这一点），但要如胶似漆，他确实做不到。他的教育背景决定了他从小见过太多龙诀这类的乖乖女，她家教优良、学习优异、性格温柔、与世无争，是一个毫无野心的人在幸福家庭中长大的标准模板，这令他觉得无趣。与龙诀的婚姻，像是对自己龌龊灵魂的一种伪装，更像是那个健康人格为了家庭与事业应该做的。在这套理论下，罗牛牛觉得自己在光明面做到了一个优秀丈夫应当做的一切，至于自己在阴暗面做的事，在他刻意将自己分为两个人格后，他也在道德层面撇清了应承担的所有责任。

但如果跳脱出这份他自己建立起来的奇怪逻辑，回归到罗牛牛这个人完整的思维上考虑，他从来不相信婚姻。

他不相信从一而终，不相信地久天长，不相信世间有任何值得深爱的事物。

如果说他十六岁时相信过，那他现在不信了。

一切对美好、忠诚与永恒的相信，都在他十六岁那年归于幻灭。

在他眼里，龙诀一直就是一个小白兔，睁着天真无邪的眼睛，永远相信世界上还是好人多。哪怕是一朵花的凋零，都会令她流泪。

而如今，急了的兔子开始咬人，龙诀竟在不知不觉间站到了自己的对立面。

对此他虽表现得颓唐，更多的却是不解。他在客厅里踱步，沉思了片刻，坐回沙发上，重新唤回了那位身着轻纱的女子，让她把头埋下去，然后拨通了龙诀的电话。

电话被挂断。他开始发送视频请求，在发送了三次后，龙诀总算选择了接听。

"老婆，我听律师说，那个所谓的亲子鉴定报告，是你给的头发？"罗牛牛难以置信地问。

听到这句话的龙诀只看得见摄像头前身着衬衣的罗牛牛，并不知道此时他的大腿上趴着一个正孜孜不倦地服侍着他的女人。

"是我给的。"龙诀冷漠地说。

罗牛牛深吸一口气："为什么你要这么做？"

"因为我想知道真相，"龙诀的声音仿佛已经失去了任何感情，"罗牛牛，我想知道，你到底是个什么样的人。"

电话挂断，罗牛牛瘫坐在沙发上。跪在地毯上的女子抬起头，关心地看向他。

"坐我旁边吧。"罗牛牛说。

女子顺从地坐到了他旁边。罗牛牛紧紧地抱住她，把头深深埋在她饱满成熟的胸前，流露出的依恋与脆弱宛如孩童。

女子对此似乎已经习以为常，她轻轻抚摸着他的头，温柔地说："乖，没事，会好的，没事，会好的……"

七

"什么？是你们给原告的？"法官们面面相觑，对此也万万没想到。

"是，"李法山确定地说，"在原告产子后，原告首先找到了第三人。第三人作为被告的配偶，最初对此也不敢相信，但出于对事实的确认，以及还被告一个清白的初衷，第三人还是向其提供了被告带有毛囊的头发，并陪同原告一起到双方共同确定的亲子鉴定中心进行了鉴定。因此，对于原告提交的这份亲子鉴定报告的真实性、合法性和关联性，我们全都予以认可。"

"有证据佐证吗？我看你们并未提交证据。"法官皱起眉头。

"在本案中，第三人作为无独三，其实出庭主要是协助合议庭查明案件事实，我们不存在诉讼请求，所以本无须提交证据。但如果合议庭需要对此部分事实进行确认，我们愿意提供。"李法山边说边从公文包里拿出一沓材料，"这是进行亲子鉴定前签的鉴定合同及转款凭证，可证明该鉴定的鉴定费用是由第三人垫付，该鉴定报告有第三人参与。同时，我们还有一份公证书，证明是由第三人采用家中毛发，与原告一起去亲子鉴定中心做出的该鉴定报告。"

"上述材料你们是否作为证据向法庭予以提交？"审判长确认道。

李法山点点头："作为证据向法庭提交。"

审判长从书记员手中拿过有关证据，传阅后又让书记员给金凤飞，然后问道："被告代理人针对上述证据发表意见。"

金凤飞接过证据仔细翻阅后，面无表情地说："首先，在程序上，这组证据的提交已经过了法律规定的举证期限，根据《民事诉讼法》的有关规定，这是对法庭的不尊重，合议庭不应予以采纳。其次，对于上述证据的真实性我们不予认可，同时也不能达到证明目的。即使有第三人参与，但检材到底是不是被告本人的，上述证据无法证明。因此，无论是第三人本人的陈述，还是其提交的证据，都无法证明被告与宁丁丁存在亲子关系，进而被告也没有支付抚养费的义务。"

听完金凤飞的发言，合议庭陷入了为难。她的质证思路很清晰，也没错，即这组证据确实不能直接证明鉴定的检材是罗牛牛本人的。但从另一方面看，检材可是罗牛牛妻子提供的，按常理来讲，在此类官司中，最大的受害方即被告妻子，其无论对案件的审查还是结果普遍都是消极态度。而今事出反常，被告妻子自己跳出来提供检材了，该行为毫无疑问会令法官倾向于认可鉴定报告的真实性。

"该不该同意进行司法鉴定呢？"审判长思考着，有意无意地看向李法山。

经过数年打拼，春山组合在龙城司法界有了些名气，尤其是这个李法山，最爱下歪棋。本案虽不公开审理，但怎么都管不了当事人自己往外透露消息，如果在原配自己提供检材的情况下，法院还不认可，甚至连司法鉴定都不同意，即使在法律程序上并非完全说不过去，但外界知道了，可能又有一番风雨。

"最近政法系统专项整治，风口浪尖下敏感案件还是谨慎为宜。"审判长想了想，然后敲了敲法槌，"鉴于罗牛牛与宁丁丁是否存在亲子关系对本案判决存在重大影响，而且原告及第三人已就上述关系提供了必要证据，经合议庭初步审理，同意原告司法鉴定申请，合议庭庭后会另行通知原被告双方选定鉴定机构的时间。若被告不配合鉴定，需依法自行承担不利后果。本次庭审到此结束，待司法鉴定意见出具后，合议庭再择期开庭。"

随着法槌落下，李法山暗舒一口气。

真相，真的不重要吗？

不，真相很重要。

你可以千方百计地阻挠它的呈现，但这恰恰证明了真相的威力。

真相很重要，只不过很多人缺乏寻找和证明真相的能力罢了。

花想容心中也是石头落地。

坦率说，这是她执业以来打过的最没底的官司，关于本次庭审中一切的险象环生，她在庭前早有预估，如果没有李法山的拍胸脯，她可能从一开始就不会接这起案件。最终她选择相信李法山，而事实也证明他做到了。

她看向身旁，李法山正不急不缓地整理文件，脸上并未因眼前的胜利出现半分波澜。再回想起多年前他那赢了半子便仰天长啸的激动样，她突然意识到，这个男人确实成长了。他正一步一步地成为值得信赖的人，尽管这背后付出的代价，或许他一开始并未想到，想到了也不一定接受。

成长需要付出的代价，永远都是令人始料未及的。

"可以啊，李律师。"她还是夸了句。

李法山笑了笑："让你把心放肚子里你不愿意，现在意识到自己瞎操心了吧？"

花想容哼了一声："谁知道你这个人现在有没有谱。"

"话说，你真有对象了？"李法山欲言又止，但还是问道。

花想容脸上似笑非笑："怎么，有又怎样，没有又怎样？"

"不怎么样，也就顺嘴八那么一卦。"李法山满脸无所谓。

"那就是真有了！"花想容说。

李法山哦了一声，然后轻轻说："那挺好。"

金凤飞默默在庭审笔录上签字。压抑着心中的挫败和愤怒，她依旧仔细地看着笔录上的一字一句。

她不能接受。

算无遗策的金凤飞，不能接受这个曾经被自己轻视的弟子杀她个措手不及，不能接受自己没有看穿眼前的迷局，更不能接受眼前突然的失败。

更关键的是，她产生了一种近乎迫在眉睫的焦虑。龙诀的半路杀出，恰恰证明了本案并不简单，背后一定涉及对方更大的谋划，更宏观的布局。

宁丁丁的出现，只是揭开了全篇小小的一角。

"你们到底想做什么？"

金凤飞深吸一口气，她能闻到空气中正弥漫着一股强烈又危险的气息。

签完笔录，她让助理拍照，自己头也不回地离开了庭审现场。

走出法庭，李法山回到自己的老奔驰上。

他径直坐到副驾上，因为驾驶位已经坐着另一个人。

"结果怎样？"刘春笑着问道。

李法山嘿嘿一笑："不能说完胜，只能说凯旋。"

李法山将庭审过程从头到尾讲了一遍。刘春饶有兴趣地问："金律师脸上啥表情？"

"实不相瞒，我感觉接下来这几天我会有生命危险，"李法山抚额，"她脸上的杀气，你懂的，你也见过。但莫名其妙地，我好开心。"

刘春叹了口气："法山，我们在成长。"

李法山嗯了一声。

"给龙老师那边说情况了吗？"刘春继续问。

"刚沟通完。"

"宁濯那边呢？"

"门外已经有财经记者在蹲点了，她正接受采访呢。"

刘春点了点头，嘴角露出一丝不易察觉的微笑。

老奔驰缓缓启动，叮叮咚咚地驶入龙城的滚滚车流。

与此同时，龙湖区的一套房子内，一名三十来岁的女子在挂掉电话后不久，也收到了关于庭审结果的消息。这套房子不大，也就七十来平方米，一个人住绰绰有余。

她在聊天对话框里回了句"辛苦了，谢谢"，然后静静走向窗边。

"龙诀，你会永远爱我吗？"她还记得在新婚之夜，罗牛牛在床上深情地抱着自己，真挚的眼神仿佛在说他会爱自己到海枯石烂。

"我会。"龙诀轻轻点头。此前她也问过罗牛牛同样的问题，然后她自己给了一个消极的答案。不过，新婚之夜的她天真地认为只有自己知道他的脆弱和无助。

她一度相信自己是罗牛牛最重要的人，而又有哪位自认为觅得真爱的女人，在结婚时不抱有白头偕老的期待？

"是你先伤害我的。"龙诀喃喃道。

她还记得自己看到亲子鉴定报告时所产生的复杂情绪。自己的丈夫和别人有了孩子，作为妻子的自己，如同吞下一只苍蝇。

恶心、悲伤、失落、后悔……最后她告诉自己一句话："人要为自己的选择买单。"

窗外阴云密布，如同她此时的心情。

山雨已来。

八

在之江法院附近的凌云茶馆的包间内，金凤飞和隋钧开始与远在日本的罗牛牛进行远程会议。

"金律师，什么意思？如果我不配合做亲子鉴定，那孩子就会自动被推断为是我亲生的？"罗牛牛在视频中衣冠楚楚，眉头紧皱。

"是的，罗总。"金凤飞点点头，"龙诀对亲子鉴定报告的确认对法官心证产生了重大影响，如果您不配合做亲子鉴定，后续情况会对我们非常不利。"

罗牛牛叹气道："可我现在也回不去啊。"

"如果您同意鉴定的话，具体时间可以灵活调整。"金凤飞说。

视频那边沉默了片刻，然后只冒出四个字："我不能做。"

这四个字已经说明一切，金凤飞也不再就此事讨论下去："那我们现在可能得做好两个准备：一个是与对方调解，并在调解协议中争取一些对我们的有利条件；另一个是，罗总，您需要考虑如何处理与您夫人的关系，并及时将您的决定告诉我们，我们好帮助您周全应对。"

金凤飞虽言尽于此，心里却在设想关于后续的种种可能。龙诀在本案中表现出了出乎意料的刚烈，这意味着其与罗牛牛的关系已势同水火，而更令人吃惊的是，罗牛牛此前竟无丝毫察觉，再往后看，两人离婚似乎会成为一种必然。

"我会和龙诀谈谈，你们也找时间和对面沟通一下吧。"罗牛牛无奈地说。

一旁的隋钧问金凤飞："金律师，你觉得我们和对面怎么谈比较好？"

"现在对我们最有利的谈判点即在于一次性支付抚养费的金额，"金凤飞思路清晰，"因为他们无法举证证明罗总的实际收入，在此情况下有两种可能，第一是法院自行调查取证罗总的工资收入，这么算下来去年他明面上在公司的薪金收入税后只有 125 万元，股东分红可以先不做是吧？好的，若把男方收入的 20% 到 30% 算为抚养费，最多 37.5 万元一年，乘以 18 就是 675 万元。但法院在判的时候还要参考当地实际生活水平，根据之江法院有关判例，若只参照龙城生活水平，一个月1000 块，中间有极大弹性。第二是法庭直接认定原告方举证不利，也不自查罗总工资收入，直接参照同行业工资标准计算。现在龙城食品行业月工资平均数为 5300 元，满打满算按 30% 计算，是 1590 元一个月，算十八年，金额是 343440 元。所以，我认为我们首轮谈判的金额为 100 万到 200 万之间。因为硬判下来，法院能不能给到这个数还不确定。"

"200 万？"罗牛牛听到这个数字，冷笑了一声，"可以吗？"

隋钧淡淡地接话："200 万……对面张嘴就要 5000 万，肯定不会同意，而且做这么绝也不合适吧？"

金凤飞迅速回答："我知道。但本案的大前提是法院直接判决的话他们拿到的金额会在 5000 万诉求的金额上大幅下降，这一点他们也清楚，于我们也是优势。并且，我会尝试说服法官，告诉他们这就是一场明显的生育欺诈，如果我们放任有人通过该行为牟利，对社会风气也是巨大的负面影响。我们首轮降低预期，看他们的条件与反应再做调整也是可以的。不过您也得告诉我您能接受的价格底线是多少。"

隋钧暗暗摇头。

金凤飞的办案风格过于鲜明，在旁人看来，她仿佛不是在处理复杂的纠纷，而是在做数学题。

什么是数学题呢？交通肇事，撞死一个人，在普通人眼里，意味着一条生命的逝去、一个家庭的破碎，而在金凤飞眼里，得先看你是北京户口还是河南户口。如果是北京户口，不包含被抚养人的生活费，丧葬费和死亡赔偿金加起来一共赔 176 万；如果是河南户口，则要赔

80 万。另外，如果肇事人系过失且买了足额三者险，那他将毫无经济损失。

她的案子鲜有调解结案，都是法院直接判决，原因大多为此。

可她的这份数学思维，已经在无形中失去了罗牛牛对她的一部分认同。她也不想想，如果身家千亿的罗家真的只花 200 万就把孩子"买"回来，事情传出去，对家族而言是多大的笑话。

"价格底线……"金凤飞的表述令罗牛牛心中别扭，因为他们现在的确是在给一条生命明码标价，而这条生命还是他自己的骨肉。

他其实很多次想象过自己做父亲的感觉，但万万没想到做父亲的这一刻真的到来时，他会如此烦闷，以至拒绝。

想到这里，他猛然意识到这个孩子自己连一眼都没见过。

就在他举棋不定时，电话突然响起，屏幕上备注写的是"罗总"。

"喂，罗总。"罗牛牛接起电话，"嗯……您已经知道了……这个还没确定，不是……是有过……您觉得呢……啊？"

金凤飞和隋钧隔着屏幕听罗牛牛在那头低声唯唯诺诺，也猜到他们在聊与案件有关的事。

挂掉电话，他深吸一口气，缓缓说道："关于抚养费金额，现在有答案了。"

听到罗家愿意支付的金额后，隋钧微微一笑，然后说："好。具体谈判的事，还是我来吧。我会尽量往下谈。"

结束远程会议，隋钧也离开茶馆，拄着木杖回到自己的别克凯越上。这辆老破车是他专门从二手车市场上买的，车老、破、小，但这反而让他感到安全。

就如同副驾上的这根木杖，十多年过去，杖头都快包浆，但这种破旧的感觉，令他感到温暖。

"衣不如新，人不如故啊。"隋钧呆坐在车内，梦回十二年前。

那一年，他和李法山同时被招进龙大校辩论队，花想容还是学校的校花，是省领导的千金，还没遇到家庭风波。隋钧在她面前如此自卑，只敢默默窝在角落里，看着李法山使遍十八般武艺对她穷追猛打。

当时的他是如此嫉妒李法山这个没皮没脸的男人，嫉妒他的坦荡，嫉妒他的无所顾忌，嫉妒他的勇敢与浪漫。

隋钧明白，李法山身上这些与自由有关的词都是建立在他发自内心的自信上的。他是李青云的儿子，他见过世面，他不像自己一样认为花想容高不可攀，他与花想容来自同一个阶层，他们有着深刻的平等。

"他们，和我不一样。"

他隋钧是个什么样的人呢？一个需要低头在全年级面前讲述自己家到底有多难多穷的贫困生（因为只有这样才能申请到助学金），一个一瘸一拐的残疾人，一个在考上龙大前连城都没进过，更不知道大城市的花花世界的井底之蛙。

在无数个做完家教独自回校的夜晚，他抬头仰望龙城的高楼大厦、灯红酒绿，看着路上那些自带光芒的行人，都能感受到自己的渺小与卑微。他觉得自己就是一只不起眼的蝼蚁，拼了命打工，所得也就几两碎银。而几乎和自己同时期做家教的李法山，却过了两个月就开始招兵买马，搞大学生创业，创建了个无牌无照的小培训机构，开始做躺着赚钱的小老板。

同样是肉体凡胎，他的思维和能力怎么就处处碾压自己？

像自己这样一无是处的人，就算马上被眼前的车撞死，可能都不会有人为自己流下哪怕一滴假惺惺的眼泪吧。至于自己所谓的家人，或许也只会跪在校门口大吵大闹，用这种没有任何尊严的方式求学校多赔几万块钱。

"我这样的人，本就不值得爱，又怎么有资格爱别人呢？"

人在爱面前，会尤为清晰地感受到自己颤抖、脆弱的自尊。隋钧那时一无所有，所剩也就只有自尊了。这是他仅剩的筹码，他心疼它，每天都流着眼泪擦拭它，不愿把它投进注定失败的爱情赌桌上，尽管这份自尊在旁人眼中一文不值。

如今多年过去，在因缘际会及个人努力之下，隋钧开始一步一步往上爬。

随着知识和阅历的积累，他逐渐建立起稳固的职业自信。

这就是律师这个行业的好处，它可以给每个出身微末但确实优秀的人跨越阶层的机会，它可以让你在最短的时间内见识到世上最尖锐的复杂、最深刻的无奈，最后让你积累出足够的解决问题的经验，货与帝王家。

隋钧的天赋令他崭露头角，他对人情冷暖、人性善恶的早早认识令他有了把握人心的能力，他在改变着自己的未来。

可过去他无法改变。

低微的出身及由此养成的灵魂深处的自卑，他无法改变。那只引人注意的左脚，他无法改变。这份无法改变，令他痛苦。他不堪回首的青春时光中浓墨重彩地出现过不少像李法山这样的人，每当他们出现在他眼前，就如同又撕开他结痂的伤口，令他怨，令他恨。

他对世间一切看似高高在上的美好有着强烈的破坏欲。

"花想容，想容学姐。"隋钧眯着眼睛，脑海中回想着庭审时花想容脸上每一个细微的表情。

"多年以后，你会怎么看我呢？"

九

花想容这几天心情很好。

案子的柳暗花明证明了她在本次"赌博"中下注正确。随着案件反转，公众讨论热度上升，律所的名号逐步打响，光是上午前台女孩就接到了五个访客咨询，而此时自己唯一需要做的，就是等原告方上门求和。

这算是她和前男友的第二次合作，从结果来看，和这个臭男人还真是合则两利。

但说来奇怪，几天过去，原告那边却一个人都没联系自己。

喝了一口意式浓缩咖啡，她开始和三两朋友约下午的普拉提。

这家叫"MAY"的普拉提私教馆一节课就1000块，很贵，要论实际效果，其实和500块一节的差别也不大，但正是因为贵她才报。

在做律所以前她并未刻意开拓过市场。做了这么多年律师，花想容在业内也算颇有口碑，她也不用怎么营销，同行推荐的案源便足够她日进斗金。在出来创建律所之前，她在未扩张团队的情况下，刨去律所扣点、案源合作费，一年纯收入便可稳定在300万元左右。如今出来创建律所，得带领姐妹们实现共同富裕了，除了自己一个花想容，她还要打造无数个花想容。作为一所主任，她除了做律师，还得做推销员。

要卖货，就先得找准目标市场。芊然所以家事案件为主，此类案件的优质客户无疑就是龙城上流社会的贵妇。这些贵妇的老公常年失踪或已经离异，孩子在外求学，自己时间充裕，有大量时间约姐妹享乐人间，大家云集在此类一节课上千元的场子里说说笑笑，练完普拉提就手牵手去喝下午茶，泡白马会所，顺带帮老公或自己对接一下资源，谈谈生意，日子要多滋润有多滋润。要说烦恼，除了个人那些小投资，多是宫斗戏码。没离婚的想着如何勇斗小三以及提防老公转移财产，离了婚的想着如何在几房争宠中帮孩子抢占家业，很多社会世俗所不能理解的剧情与价值观，时常在其中上演和呈现。

花想容报了这个班一年不到，已经利用业余时间前前后后为律所承揽了至少300万元的业务。一个案子做好了，赢得当事人的信任，当事人通常会极其乐意将她分享给周遭好友。她有充分的自信，在打入这个圈子后，再配合一些社会知名度较高的案件，假以时日，芊然所定会垄断龙城高端婚姻家事案件这个巨大的市场。

花律师正转型成花主任。

她对这次身份的转变非常满意，因为在有了崭新的征途后，她发现此前自己对人生无意义的忧愁已烟消云散。

事业是人类最好的春药，无论男女皆如此。

桌上手机振动，她拿起一看，是宁濯的号码。

"喂，花律师。"电话那头声音似有些中气不足。

"濯濯，怎么啦？"花想容笑着问。

宁濯低声说："我想说，这个案子，我准备调解了。"

"什么？"花想容确认道。

宁濯继续说："对面的隋律师最近找我谈了一下，他给我提了个方案，我觉得可以接受，便同意调解了。"

"我们之前不是沟通过如果对面要调解，让他们直接联系我吗，你怎么自己就同意了？"花想容颇有责备之意，"对面提了什么条件？"

"花律师，您别问了，麻烦您帮我看一下《调解协议》除了金额外有没有问题，没有问题的话我明天就去调解。这段时间辛苦您了，感谢。"宁濯挂掉了电话。

花想容拿手机敲了敲自己的额头，然后直接打给了李法山："刚刚宁濯给我打电话，说隋钧私下找了她，她准备和对面和解。"

李法山似乎并不意外："对面开的是什么条件，她说了吗？"

"没说。她准备待会儿发给我。我得约个时间和她当面聊聊。"花想容开始在日程表上看时间。

"这隋钧也真精，绕过你直接搞定当事人，"李法山哈哈大笑，这事换他他也这么做，"你要再找她当面聊聊也可以。有始有终嘛，不过反正本案你也是签的固定收费，按合同当事人主动撤诉也算完成工作任务了，具体对面开的是多少你也没必要知道。她自己同意调解，你还轻松些。"

电话那头声音嘈杂，李法山应该在火锅店。

根据司法部和市场监管局关于律师收费的新规，诉请抚养费的案件律师不得约定风险费用，加上有李法山从旁协助，所以本案花想容只收了 30 万的包干价，这部分费用早在签订合同时便由第三人支付给律所。

花想容皱着眉头说："话虽如此，但我得为当事人负责，而且你怎么好像对此一点都不在意的样子，你们葫芦里到底卖的什么药？"

"这你就别管啦，花律师，你已经可以喝庆功酒了。"李法山笑着挂掉了电话。

有个问题花想容没想明白，按理来说，宁濯应该也知道由律师出面谈会对她更有利，可她为什么也同意绕过自己直接签协议呢？

"难道是，他们给得确实太多了？"

而在城市的另一头，宁濯正看着隋钧草拟好的《调解协议》，愣愣地出神。

协议上白纸黑字写明了 2000 万的和解费用，条件是抚养权归罗牛牛所有。其中一笔 200 万打到一个指定的第三方机构账户，还有一笔 1800 万打到她自己的个人账户。

2000 万有多少个零呢？七个，她数了好几遍。她这一辈子从来就没见过这么多钱，甚至此前她银行卡的余额最高也才只有 12 万。

自从官司开打后她便辞去了健身房教练的工作，两天前她买菜回家，她在单元楼楼下看到了隋钧。

隋律师还是那个隋律师，衣着朴素，笑容温暖，似乎一开口便会继续鼓励自己，一定要努力在大城市站稳脚跟。

但宁濯还是被吓了一跳："隋律师，你怎么找到这儿来了？"

"我想找你肯定是得找到的，"隋钧笑了笑，"有空吗？"

"如果您要谈和解，直接找我律师就可以了。我没什么好说的。"宁濯边说边从他身边走过。

隋钧见她躲闪，脸上春风和煦、笑容不改："你知道吗，你二叔他们最近一直在找你？"

宁濯闻言一愣，转过头来，紧张地看向他："你在说什么，我不懂。"

"高敏，别装了，我在公安系统也有很多朋友。"隋钧的木杖轻轻敲打着地面。

听到"高敏"这个名字，宁濯身体一颤："你想做什么？"

隋钧一瘸一拐地走到她身旁，轻轻说："我只想和你聊聊。"

宁濯那明显做过医美的面部肌肉竟也开始隐隐抽动。

"我站着等你好久了，你知道的，我腿脚也不太方便，要不找个地坐坐？"

半小时后，两人到了小区附近的凌云茶馆。隋钧让宁濯把手机给他，确认没录音，他把手机放进了桌上的透明小盒子里。为了表示公平，他也将自己的两部手机都放进盒子。

服务员将普洱及搭配的甜点送进包间，他摆了摆手，示意准备侍茶的服务员出去，他自己来。低头倒茶时，他用余光观察对面的宁濯，宁濯坐立难安。

隋钧递了一杯茶到她面前："你来龙城有三年了吧？"

宁濯低头喝茶，嗯了一声。

"你还记得你刚来龙城的时候，我跟你说了什么吗？"隋钧也拿起茶杯浅抿了一口。

室内灯光温暖，安静隔音，一缕香烟在灯光下缓缓上升，香气宁神。宁濯看着香头处泛白的烟灰，没有说话。

她记得很清楚。

当时她已经在卫生站做了多年护士，乡里年轻人都去了城里，她每天要做的就是给得了病的空巢老人们打针、输液，或处理他们斑驳的皮肤上发烂的伤口。她结过一次婚，但没孩子，第一是因为她非常抗拒性生活，第二是婚后一年老公跟着包工头去深圳，失足从工地上摔了下来而瘫痪。老板大气，赔了 100 万，这基本是死一个城里人的标准。她自己是护士，伺候起卧榻之人来倒也算麻利，但白天在卫生站伺候病人，晚上回家给老公端屎、端尿、擦身体。久病床前无孝子，更何况是搭伙过日子的寡淡夫妻。宁濯本是美人坯子，平时没少被乡里老光棍调笑，老公卧床后终日无所事事，对此更是敏感。贫贱夫妻百事哀，她的生活更加鸡零狗碎。

矛盾随着手机和移动互联网的发展越发尖锐。早年农村上网不容易，大家不会操作电脑，上网还得去网吧或图书馆，十分麻烦。没有网，就不通外面的世界，信息闭塞。近年来，随着手机年复一年的更新、升级和降价，大家几百块钱买部手机就能上网。山间的基站，将村民的视野开拓到了更大的世界。

这是好事，但由此带来的是更大的不甘。她爱看偶像剧，偶像剧剧情有多脑残不重要，重要的是偶像剧里的人设：男主潇洒、多金、禁欲系、深情，而不是只想着上床。通过网络，宁濯还发现，原来有这么多人认为，女人不是必须找一个男人结婚，人没必要和自己不爱的人在一起，原来大城市有这么多好玩的事物，原来每天发生在自己身边的习以为常的事，都不是绝对正确的。

她不想这么过一辈子，她想远离这一切，或者说，她开始认为，她所经历的种种不幸，只因为自己生在这贫穷、落后的土地上。于是，又忍了几年后，她终于提出离婚。外人说她凉薄，不能与丈夫患难与共，她也懒得争辩。在财产上做了退步，她只求一个自由身。男方丧失劳动能力，所以不同意离婚。她的离婚官司一审败诉，法官在判决里批评她逃避作为妻子的责任，并告诉她若真要离婚，等半年再来。她便在此期间辞掉了工作，背着累累骂名，一个人孤零零地来到了龙城。

龙城作为一个常住人口超过 2000 万的城市，很大，对刚刚来这儿的乡下人来说更是如此。她原本以为来到大城市的自己会非常兴奋，但人往往不自知，她没想到的是，在这座巨大的城市里，自己的第一感觉是焦虑。放眼望去，满目茫然，广厦千万间，却也没自己的容身之处。到龙城的第一晚，她背着书包，拖着行李箱在街上漫无目地走着，走啊走啊，却不知道自己到底走向何方、该怎么办。终于，她走到一个街头，看到远处一个同样落魄的流浪歌手，抱着一把破吉他，唱着《有多少爱可以重来》。

"有多少爱，可以重来，有多少人，值得等待。"歌手声嘶力竭，唱到青筋暴起，嘶哑的声音响彻寂寞的天空，仿佛要将命运对自己的种种不公一吐为快，似乎只要他吼得足够大声，就能改变自己的所有不堪。

这首歌关乎爱情，和自己眼下的困境并没有什么关系，甚至歌声也并不悦耳，但她就是想哭。她已经好久没哭过了，她想哭。

终于，两行清泪从她眼角滚滚而下。

泪水无声且绵长，她已经过了能哭出声音的年纪。

她感觉自己就像一头被命运的鞭子不断驱赶向前的老牛，她低头默默忍耐，走了三十年，回头一看，只有一条长长的无意义的犁痕。她自己得到的，也只有遍体鳞伤。

人经历得越多，泪腺就会变成一个逐渐老化生锈的开关，你刻意拧是拧不开的，但它总会在某个不经意的瞬间崩坏，然后多年来积蓄的委屈与愁苦都会在那一刻倾泻而出。

隋钧在老家略有善名，她经朋友介绍，见到隋钧。当时隋钧也如同现在这般，喝着茶，用余光打量着她。她岁数比隋钧大，但在他面前，她局促得如同小学生。

"你为什么要来龙城？"隋钧问道。

在彼时的宁濯眼里，隋钧虽然年轻，但已经有能力捐建希望小学，也是个大人物。她紧张地端着水杯，回答得非常朴实："想来大城市打工赚钱。"

隋钧听到这个答案，轻轻哦了一声，却没有接话。

他看得出来，宁濯虽然穿着土气、朴素，但风姿绰约，若稍加打扮，一定会是个美人。

他还能看出，眼前这个女人，身上有强烈的改变命运的渴望，因为她有一双散发野性的眼睛，同时这双眼睛里充满不甘。

如果一个人忍到了三十多岁眼神里依旧有不甘，那背后的决心不可小觑。

宁濯见他没接话，忐忑地继续问道："隋老师，不知道你能不能帮我找份工作？"

隋钧却未直接回答她的问题，而是问道："宁濯，你知道这里的茶多少钱一杯吗？"

其实隋钧今天也是被客户约来的，谈完事情后客户先走，他便留了下来等宁濯。

宁濯刚刚点茶的时候看了眼价目表，点了杯最便宜的江远菊花茶，一套 568 元。

"没注意。"宁濯说。

隋钧哈哈大笑："你别多心，我没别的意思，我只是想起我刚参加工作的时候，第一次和老板来这里见客户，然后我看了眼价目表，惊呆了，心想这是什么金子做的茶，怎么这么贵。那时我一个月工资是 2000 块钱，老板一壶茶就是我半个月工资。"

他边说边给宁濯续茶："你知道我喝完 1000 块钱的茶，心里是怎么想的吗？"

"怎么想的？"宁濯问。

"我有两个想法，"隋钧边说边看着壶中渐渐晕开的菊花，"第一，我什么时候才喝得起这么贵的茶？第二，我在网上搜了搜那天我喝的茶，发现淘宝只要 200 块。"

"真坑。"宁濯忍不住说。她也确实没品出现在正在喝的江远菊花茶和老家麻将馆 5 块钱一杯的菊花茶有什么不同。

"然后你知道我意识到了什么吗？"隋钧接着自顾自地说着，"我发现我之前在网上看到的那条烂鸡汤，是真的。一罐可乐，在便利店是 2 元，在五星级酒店就是 20 元。一杯茶，在淘宝店是 200 块，在凌云茶馆就是 1000 块。同样一罐可乐，同样一杯茶，怎么换了个环境，价格就天差地远了呢？"

宁濯也陷入沉思，但隋钧明显没给她预留思考的时间："而同样是人，为什么有的人如此愚蠢却能身居高位，财源滚滚；有的人精明强干却只能鞍前马后，领碎银几两？答案很简单，环境不同。有的人衔玉而生，从他出生起他便是达官显贵，他身边围绕的全是大富大贵之人。他有最好的资源，最好的条件，他只需轻轻地弯弯身子或者踮踮脚，便能摘到他想要的果实。而有的人呢，比如我，也比如你，生长在最贫瘠的土地上，周围全是穷山恶水。我们要想风调雨顺，变成参天大树，成为人上人，那可真是太难了。"

宁濯说："可你现在不是已经很厉害了吗？"

隋钧没有接话，而是直接问道："所以你想成为人上人吗？"

宁濯摇了摇头："我没想那么多，我现在就想找份工作，然后稳定下来。"

隋钧闻言一笑："你现在这么说，只是因为你觉得这太遥远，你不敢想。龙城工作机会很多，你想找份工作不难，但然后呢？"

"什么然后？"

"就是你找到工作后，你和之前又会有什么区别？"

宁濯沉默不语，她现在还没搞懂隋钧到底想做什么。

隋钧见她神情越发不自在，猛地一拍脑门："不好意思，不好意思，今天见到老乡，一下子想起自己刚来龙城的时候。找工作是吧？我现在手里有个现成的工作可以推荐给你，我觉得很合适。"

"哦？"

"我认识威克托健身房的负责人，我可以推荐你到那里去学习，然后你做健身教练。"

"啥？健身教练？"宁濯一直不解为什么大城市的人白天上一天班累死，晚上还要去健身房折腾自己。在她看来，这帮人就该去农村种几个月地，吃点苦头。

她有所不知的是，龙城郊区还真有不少专供城里人周末体验农耕生活的生态农场。

　　"嗯。你先去健身房练练。现代人都喜欢健身，现在健身房最缺女教练，你做这个工作，对身体健康有好处，一个月正常的话赚个一两万也没问题，并且愿意花几百块上一堂课的人层次一般不会太低。服务行业，你还可以在那里锻炼和人沟通与交流的能力。"隋钧说。

　　"所以你是建议我去健身房工作？"

　　"嗯，你先去，有什么问题随时和我联系。"隋钧给了她一个电话。

　　宁濯一开始对是否要去做健身教练还略有犹疑，又找了两天工作，处处碰壁，即使能打些零工，她能直接应聘的也不过是去做保洁、发传单，或者做餐厅服务员。两相比较，她确实觉得健身教练这个岗位颇为新鲜，便按照隋钧的建议去了健身房。

　　宁濯虽然青春不再，但身材并未走形，到了健身房后，她通过隋钧提供的联系方式认识了一个叫王薰的负责人，王薰说："你是隋律师介绍来的吧？懂了，我教你练。"于是便开始带她上道。当然，这些也并不免费，她前期还是咬着牙从储蓄里拿出一部分作为培训费用。

　　宁濯一开始就是抱着改变命运的心来的龙城，隋钧给她指了条路后，她格外珍惜，每天没命地锻炼、节食、学习有关知识，过程中差点昏厥。当然，长期的锻炼也切实给她的精气神带来了变化。终于，大半年过去，她看着镜子前脱胎换骨般的自己，有种和过去灰头土脸的自己彻底告别的错觉，也有种自己的人生可能就要迎来重大变化的预感。

　　她没预感错，有一天王薰突然神秘兮兮地问她要不要一起赚外快。她问怎么赚，王薰说无非就是在 KTV 陪臭男人喝喝酒，大不了被揩点油。如果不出台的话，一晚上可以有个七八百的收入，要是能拉来桌子，还有不菲的提成。

　　随着积蓄逐渐变少，加上没有更好的赚钱途径，她心里一直暗暗着急，听了王薰的建议后，想着也就喝喝酒、唱唱歌，便同意了。于是她开始白天带课，晚上去商务 KTV 做所谓的陪酒"公主"。就这样又过了几个月，直到某天她衣着暴露地和一群女子鱼贯而入，她从眼前包间的人群里看到了那个拄着木杖的男人。

彼时她的第一反应是羞耻，这个自己在龙城遇到的第一个给自己推荐工作的贵人、老乡，竟看到自己这般轻佻的模样。

她低着头，下意识地把手放在身后，但隋钧还是在一排女子中直接点中了她。

坐定后，一同而来的客户开始用自己的破锣嗓子唱着《有多少爱可以重来》："当爱情历经沧海桑田，会不会还在。"

隋钧在一片嘈杂中笑着对她说："大半年不见，我都快认不出你来了。"

"哈哈。"宁濯干笑了几声。

隋钧和她碰了一杯，然后问："你在这里一个月能挣多少钱？"

宁濯没有说具体数字，只说不多，勉强糊口。隋钧呵呵一笑，然后说："咱们都是老乡，我也就跟你说点实在话，你看眼前这帮臭男人，且不说他们到底有没有钱，和你在这儿酒酣耳热，你认为他们除了揩你点油，还能给你什么？"

"隋律师，你什么意思？"宁濯问。

"还记得我给你讲过的可乐和茶的例子吗？"隋钧问。

宁濯点点头。

"这里对可乐来说，也是便利店。你待再久，命运也不会改变的，而且只会越来越糟。"

虽然宁濯来得不久，但这种劝失足妇女从良的戏码也遇到好多次了。她啧了一声，道："我这条命也就这样了呗。我们这些小女子，有人愿意让陪喝酒就已经心满意足了。"

在这些乌烟瘴气的地方浸淫一段时间后，她和男人打交道的本事倒是长进不少。

隋钧哦了一声，看着眼前这个与大半年前截然不同的宁濯，嘴角露出一丝在昏暗的包间内不易察觉的微笑。他说："你知道吗，我认识很多老板？"

"什么？"宁濯以为自己听错了。

"那些老板，都是真老板，有钱到你可以在新闻里看到他们，"隋钧给她倒了杯酒，"但他们，也都蠢，蠢到只要你接近他们，他们便会给你留下很多机会。"

宁濯哇了一声，做出兴奋状："那你多请他们来这儿玩啊，报我的名字，我可以给最低折扣。"

"你认为他们是需要最低折扣的人吗？"隋钧冷笑道，然后说，"他们要的，是隐私，并且他们愿意为了这份隐私，给很多钱。你懂我意思吗？"

"懂懂懂，"宁濯继续卖力地吆喝道，"我们这儿隐私保护得可好了，您让他们放心来。"

"你不懂，"隋钧逐渐收敛笑容，"你到这里，被他们点，你和他们建立的是弱关系，而我要帮你搭建的，是一对一的强关系。"

这句话如果放在大半年前，宁濯可能还不懂，更谈不上接受，但现在隋钧说这席话，她一听便懂了。

心中思绪万千，她抬头看了眼四周。周围全是脑满肠肥的男人和对胸前腿上的咸猪手浑不在意的女人。

一开始她以为自己委身于此只是权宜之计，但渐渐她发现除了待在这里，自己似乎没有更多赚快钱的方法。最初她也天真地想过要不要在这群男人里钓一个人傻钱多的金龟婿，但她发现自己是真的想多了，逢场作戏，男人们都想睡她，但绝不会真心对她。

思绪万千之后，宁濯咬了咬牙，问："我懂。您需要我怎么做，条件是什么？"

隋钧微笑道："我不需要你怎么做，也没有任何条件。我们都是老乡，我只帮忙。只要你愿意，我要做的，只是把你介绍给他们，然后告诉你他们最在意什么。你和他们接触后，后续如何，我一点不管，即使有朝一日你命运改变，我也不需要任何回报。"

"那我先谢谢老板。"虽然不知道隋钧心里到底怎么想的，但宁濯还是边说边把眼前的酒杯倒满。

隋钧靠在沙发上，满意地看着她仰起头将酒一饮而尽。

隋钧笑眯眯地看她喝完杯中酒。就在这时，KTV房门打开，经理在嘈杂声中吆喝着向他走来："哇，隋老板今天怎么来视察工作了？！"

"什么隋老板，周姐，你才是这儿的老板。"隋钧嗤了一声。

宁濯困惑地看向经理："隋老板？"

"肯定是隋老板啊，你刚来不知道，隋老板可是我们店的大股东！"

"啊？"

宁濯似乎意识到了什么，但又不确信。

隋钧正色道："什么大股东，既不大，也不是股东。显名的才叫股东，况且大股东是刘公子他们，我就是捧个场，你别乱说。"

"是是是，你们这些学法律的就是烦，搞得弯弯绕绕的，我就问这杯酒咱们喝不喝吧？"周姐打了个哈哈，给他倒满酒。

一股寒意从宁濯心里慢慢升腾，然后越来越强烈。

她开始意识到，自己来龙城后，健身房、KTV，以及接着可能与所谓的大老板接触，似乎都在眼前这个衣着朴素的隋律师的安排和掌控之中。而更令她不寒而栗的是，这一切至少从表面看起来，都是她自愿做的，而且隋钧一直都是一副在帮自己忙的姿态。

如果说她刚刚的答应和感谢还带着些许猜疑，在知道隋钧是这里的隐名股东后，她开始隐隐地相信自己的选择会给人生带来巨大的改变。

现在，有一罐可乐，离真正的五星级酒店只差一步。

她事后回想，隋钧说得没错，自己的人生确实是改变了，但既可能是因为改变并非通过自己最先设想的方式，也可能是因为改变还没切实地发生，她此时并未产生多少愉悦的情绪。

其实在认识罗牛牛之前，隋钧也带她和另外一些达官显贵接触过，然后她深刻地意识到在出卖美色方面，市场竞争的激烈程度其实不低于正经的求职应聘。和她站在同一PK（对决）台上希望获得权贵垂青的女子并不少，在她们之中，论年轻、美貌、情商甚至学历，自己都毫不出彩。她是在经过一轮又一轮失败的竞选后，才终于在罗牛牛这里获得胜利。

一开始她还不明所以，后来逐渐发现罗牛牛奇怪的癖好后，她才恍然大悟。

"我只是想要得到我和孩子应得的部分。"宁濯说。

"这不过分，"隋钧点点头，"你想要多少？"

"起诉状里写得很清楚，5000万。"宁濯语气虽然强硬，但却一直没看隋钧的眼睛。

隋钧不动声色："你自己心里应该是清楚的，花律师也肯定跟你说过这5000万里水分到底有多大，我这次来是真心问你能接受的价格是多少。只要不过分，我都可以帮你谈。"

"我……不知道。"宁濯说。

其实自己能接受的价格是多少，她这阵子早就想了无数遍了，她有个非常确定的数字，但她还是想让对方先开口。

隋钧叹了口气："你之前提的1000万，罗总那边觉得太高了，他们愿意一次性支付500万。"

"500万？"宁濯听到这个数字，讥笑道，"打发叫花子呢？"

今日的她已非那个一个月工资2000块不到的卫生站的宁濯。

"那你要多少？"

"3000万，"宁濯咬着牙说，"这是他罗牛牛的儿子，要这个价不过分吧？"

隋钧正色道："你这么说就不对了，人怎么能用钱来衡量？宁丁丁也是你的儿子，难道你不希望他在罗家接受良好的教育吗？你到底是要法院判，还是希望双方通过调解把这事了了？"

宁濯抬起头，目光炯炯地看向隋钧："3000万，一分都不能少。"

"如果你要这个价，我可以明确跟你说，不可能，"隋钧硬碰硬，"你尽管吵，尽管闹，反正现在情况已经这样了，你再怎么闹腾都已经不会再给罗总那边带来任何更多影响。可你知道自己会面对什么吗？除了丧失可以改变命运的机会外，你还会面对康银，面对我，面对你们高家的每一个人。我能来找你谈，意味着事情还有缓和的余地，可如果我们这次没谈拢，那可就真没的谈了。"

宁濯心旌摇摇，抛开目前对自己貌似有利的局势不谈，她很明白，自己就是一枚棋子。若没有棋子这个身份，自己在龙城，在这个偌大的世界里，她什么也不是。至于康银、隋钧，还有高家……也全是麻烦。

回想起花想容此前说的如果真硬判结果会不尽如人意，她虽心有不甘，却还是有些怯了。

"1500万，这是我的底价。"宁濯咬着牙说。

听到这个数字，隋钧手指下意识地敲起桌面。

嗒、嗒、嗒。

他终于开口："你等我一会儿，我去跟他们沟通一下。"

拿起手机走出包间，隋钧径直走到服务台，要了一罐可乐，可乐标价30元。服务员同时拿出一个杯子，准备将可乐倒进杯子并问他要不要加冰，他摆了摆手，直接拿过可乐罐，拉开拉环，喝了一大口。

"啊！"他神清气爽地舒了一口气，喝可乐确实比喝茶痛快多了。

隋钧将只喝了一口的可乐留在前台，回到包间。

"罗总刚刚回消息，他们同意了。"隋钧说。

宁濯暗舒一口气。

"接下来他会安排人和宁丁丁做鉴定，最终确认一遍亲子关系，如果没问题，抚养权归罗总，钱你拿走。我会拟一份《调解协议》，把条件都写在上面，最终法院会确认它的效力，你可以放心。"

宁濯点了点头。

"1500万已经够你在全世界任何一个地方过体面的生活，"隋钧说，"就算是一线城市，买套像样的房子1000万也绰绰有余，其余的钱光是存银行吃利息，也够你余生再不用工作。你以后再也不用过苦日子了。"

隋钧说得没错，但宁濯却并无狂喜的感觉。

现在对她来说还没有实感，1500万只是一串单纯的数字，尽管这串数字此前她想都不敢想。

以前在卫生站的时候，算上加班费和年终奖，她一个月满打满算不到2000块。

她无数次幻想过自己成了富婆会是什么样子，所想最多的，也无非是有套属于自己的房子，买大牌的衣服和包包，但真正成为有钱人后会是什么心态，她不明白。

她即将明白。

她有一些怅然，又有一些释然。

"至少比最初想要的1000万多了一半。"她心想。

就在这时，隋钧突然用自己几乎听不见的声音说："说不定，我还可以给你多争取一些。"

"啊？"宁濯确实没听清。

隋钧认真地看着她，在自己的手机上打上一串文字："如果你答应我，把多出1500万的部分，拿一些出来捐给一家助学基金会，我愿意以我个人的身份，帮你多争取一部分钱。"

"啊？"宁濯还是摸不着头脑。

他在输入栏删除之前那句话，重新输入："这是我的私心。如果你愿意帮到那些孩子，我愿意帮你多要一笔钱。"

宁濯不住地点头："我愿意。"

能在预期之外多得一部分钱，还有个做慈善的名头，何乐而不为？

"好。如果我多争取到了，我会在《调解协议》里标明两个银行账户。调解款打到你的个人账户，善款打到指定账户。OK？"隋钧继续打字。

"OK，OK，"宁濯说，"我也愿意……"

话还没说完，隋钧便板起脸做出嘘声的动作。他用指节敲了两下桌子，然后微笑着起身离开。

他一瘸一拐地走到茶馆的服务台，笑盈盈地买单，离开前顺带捎走了刚刚那罐才喝了一口的可乐。

宁濯看着隋钧离去的背影，心中突然涌出一丝奇怪的情绪，走到今天这步，自己到底是该感谢他，还是该恨他？

这时宁濯才明白，原来真正厉害的人，不是把你卖了还让你帮他数钱，而是你明知道他在卖你，你依旧愿意帮他数钱。

她有所不知的是，罗牛牛给隋钧的底价是 3000 万，而隋钧有所不知的是，罗鹤在电话里和罗牛牛说的是，只要抚养权归罗家，他同意起诉状上全部 5000 万的诉求金额。

目前这个谈判结果，所有人都会满意。

5000 万，对一个普通人来说，是做梦都不敢想的天文数字，是可以改变一生的巨额财富，是一个月入 3500 元的人不吃不喝奋斗 1190 多年才能获得的报酬。

但对当下事业如日中天的罗鹤来说，这不算什么。

明天股价一涨，呼吸之间的事。

钱只是数字，哪有他渴望已久的宝贝孙子重要。

十

宁濯约花想容在一家日料店见面。

这家店叫"文牛"，是一家高端日式烤肉，人均 1500 元左右。她选在这里，也有案件尘埃落定后答谢律师的意思。

菊花炭燃烧出妖艳的红色，上等的和牛肉上如同铺满了一层密密的霜，宁濯开了一瓶上好的清酒，与这位在自己人生最重要的战役中和自己并肩作战的女人一起庆功。

"花律师，谢谢您，这段时间您真的辛苦了。"宁濯举起酒杯。

花想容笑着碰杯："案件顺利结束，恭喜。"

由于宁濯说金额的事已经敲定，无须多言，加上李法山也颇无所谓，花想容出于尊重当事人意愿的角度，不再多问，只是就《调解协议》里那家所谓慈善机构的账户进行了问询。她在相关的官方网站上都查了下，这家机构并未正式登记在册，她具体搜了下这家机构的名字，发现确实有一些送书包、课本、在线教育课程之类的助学活动，但并不算正规。

"花律师，他们说正在申请，您应该也知道，现在要建个正式登记在册的慈善机构挺难的，这家机构是一位我非常信得过的朋友创立的，我信得过，您就别担心了。"宁濯似乎不愿再就此话题深聊下去。在此情形下，花想容就算略觉蹊跷，也只能点到为止。

自怀孕后宁濯便一直没再喝酒，如今案子结束，她酒兴大发。她在龙城本就朋友不多，即使有几个在风月场所的姐妹，她日后也肯定是要与她们切断联系的。这次约上了花想容，便想与她多喝几杯。宁濯久经沙场，花想容平时也没少在贵妇圈花天酒地，两人酒量不能说深不见底，只能说车载斗量，一瓶清酒下肚，掀不起半点波澜。宁濯建议两人另找一家酒吧畅聊，花想容想着反正晚上没事，而且与宁濯或许后续还有合作机会，便同意了。

宁濯招呼服务员买单，服务员将账单拿过来，说他们最近在搞会员活动，充 2 万送 4000，不知道她是否有兴趣。宁濯淡然地说了声"好"。

两人打车来到附近的一家民谣酒吧，在桌旁坐定，宁濯点了杯"今夜不回家"，花想容点了杯长岛冰茶。一开始宁濯真诚地问了花想容一些关于理财的问题，花想容跟她分享了自己的一点理财经验，比如将钱分为几部分，一部分买房，一部分留作结构性存款，一部分买保险，一部分用作风险投资。这些此前从未了解过的知识令她深觉头大，宁濯的内心萌生出找人帮忙打理的想法。花想容说可以给她推荐自己信任的保险顾问和理财顾问，宁濯连连感谢。

酒一杯接着一杯，聊着喝着，两人都觉微醺。时针指到十点，酒吧驻唱歌手开始表演，歌手是位姑娘，她先是唱了首《恋恋风尘》，然后突然开始唱《有多少爱可以重来》。

"常常责怪自己，当初不应该，常常后悔，没有把你留下来。"

姑娘声音清澈悠扬，将这首歌唱得如同潺潺小溪般流入听者的心田。

熟悉的旋律响起，宁濯回想起往昔种种，心中突然泛起无限的酸楚。泪水再次打湿她的脸颊。

这首歌屡屡出现在她的生命中。

花想容也被歌声吸引。她扭过头去看着舞台上弹唱的歌手，迷离的灯光下，酒精作用中，她只觉得一切闲适美好，可转过头来，却惊讶地发现宁濯早已泪流满面。

她没有安慰，只是默默递上纸巾。

宁濯擦去眼泪，突然说道："花律师，你知道吗，我很羡慕你？"

"啊？"花想容以为自己听错了。

"我很羡慕你，"宁濯继续说道，"我羡慕你。你有知识、有文化、长得漂亮，还有属于自己的事业，真好，真厉害。"

可不是嘛，在宁濯心里，眼前的花想容，可不就是自己最想成为的样子：高知女性，知性优雅，受人尊重，有着体面的身份，无论工作还是生活，都能做到游刃有余。而自己，怎么就不能和她一样呢？

是啊，自己怎么就不能和她一样？自己永远也不可能和她一样。自己的人生，似乎从出生起便注定好了。

自己这样的人，要获得光彩的生活，似乎就只能用不光彩的方式，想要获得尊严，就只有先打破尊严。

花想容一时不知该如何接话。

"花律师，你喜欢过男人吗？"宁濯又突然冒出另一个问题。她将杯中酒一饮而尽，又点了杯高度鸡尾酒。

这个问题令花想容脑海中浮现出几个或近或远的画面。

"他们在不用下半身思考的时候还是可以喜欢的。"花想容笑了笑。

"我从没喜欢过男人，"宁濯自顾自地说道，"男人，我从没喜欢过，我一想到他们，就想吐。"

花想容听到这句话，便知道宁濯已经喝醉了。

"我有一个秘密，你愿意听吗？"

花想容内心其实觉得还是不听为宜，但嘴上却还是说："说吧，反正我也喝醉了，明天也就忘了。"

"我被强奸过，"宁濯边说边流泪，"九岁时。"

信息来得太过突然和猛烈，花想容瞪大眼睛。

"我妈是个智障，被买回来后就一直被全家的男人强奸，我也被强奸。"宁濯满脸麻木，眼泪流淌。

"那个智障除了我，还生了个弟弟，我猜以当时的穷法，他们原本也打算把我卖了养弟弟。"

花想容听到这些，冷汗直冒，酒醒了一半。

出身于中产家庭的她一直以为这种剧情只会出现在电影里。

宁濯鼻涕眼泪流了一脸："那时我什么都不懂，只觉得痛，好痛。花律师，你肯定不知道那种痛，就像撕开你伤口上刚结的痂，我至今都记得他们嘴里的黄牙和身上的恶臭。我十二岁的时候，有天晚上他们又轮奸我，我太痛了，去了派出所，派出所的人才告诉我这是强奸。村支书带人去派出所闹，说我在撒谎，要求放人，案子太大，派出所也想压下去。后来是恰巧碰到县上一个领导视察工作，说此事要严查严办，才把他们都抓了进去，都判了十几年。"

"后来我改了户籍，去了隔壁县，派出所一个女警官给我改名叫宁濯，希望我濯除污秽，宁静地生活。但这些东西，咋个洗得干净……"

花想容张了张嘴，想说什么，却什么都说不出来。

酒精的作用下，宁濯的意识正渐渐模糊，说话也开始断断续续："我恨男人，我恨男人，全天下的男人都一样……宁丁丁，也恶心……我为什么会生个儿子，我也恶心！"

当一个人将自己巨大的痛苦展示在另一个人面前的时候，另一个人往往不知道该怎么安慰。花想容既被宁濯的过往震惊着，也手足无措于眼前故事的沉重。她唯一庆幸的，可能就是宁濯确实已然醉倒。

同为女性，宁濯从来都明白，花想容和自己不一样。尽管花想容也面对过很多职场不公，但相对而言她受了良好的教育，她身上有足够的筹码与机会和男性同台竞争。她更能自立门户，开拓自己的事业，成为引领新时代的女性标杆。

而自己呢？自己没有筹码。

她没有文化，没有阅历，没有人脉，甚至常人眼中作为最后港湾的家庭，给到自己的也只有伤害。那些贫困出身的人通过自立自强突破阶层的故事，在她看来就是有钱人用来麻痹底层的不堪一击的笑话，她所剩的最大的筹码就是身体，而这唯一的筹码，竟也是在隋钧的点拨下升值的。

她恨男人，却又不得不委身于男人。

很多高高在上的上位者会跷着二郎腿用脚尖看人，问你为什么不努力，为什么不奋斗。但命运的可笑就在于，那些在泥地里打滚的芸芸众生，他们为什么会成为现在这个样子，这些上位者不知道，也不想知道。

这个世界早就被切割成了七大洲，七大洲之间还有四大洋。

你的出生地在哪儿，上帝手中的骰子说了算。

酒吧歌声不断，歌手已经换成了一男一女两人组合。女生正卖力调动着全场气氛："五号桌的老板刚刚给旁边的女士点了一首《爱拼才会赢》。不过讲真的哦，老板，大晚上的你点这首歌给这位女士究竟是几个意思？"

全场爆发出充满戏谑的大笑。在一片笑声中，花想容搀扶着意识模糊的宁濯一步一步走出酒吧。

宁濯的妆容早已凌乱在决堤而出的泪水中。她扑在花想容胸前，口齿不清地呜呜哭着。

花想容搀扶着这个内心破碎了一地的女人，右手轻拍着她的背："过去了，都过去了。"

十一

坤乾所最大的一间办公室内，一男一女两位律师正坐在一名中年男子身前。男律师手持木杖，女律师一头银发，对面的中年男子身材高大，双目如炬。夕阳晚照，他巨大的身体挡住了窗外的阳光，在二人脸上投射出一片阴影。

"这个案子，你们怎么判断？"中年男子看了眼桌上那份薄薄的调解条款，又轻轻地把它放回桌上。

"有很多蹊跷之处，"金凤飞字斟句酌，她平时也是英气逼人的角色，但在坤乾所的老大面前，气势还是矮了一截，"这个案子只是铺垫，我猜龙诀下一步就会诉请离婚，现在基本确定，最终目的还是龙鹤之争。"

"龙鹤之争。"中年男子咀嚼着这四个字，冷笑了一声。

"主任，接下来龙诀这个案子我们该怎么办？"隋钧请示。

张太一看向金凤飞："金律师，接下来这个案子由我亲自处理，罗牛牛这个案子你尽力了，辛苦了。"

"好。"金凤飞应道，"主任，我就先出去了。"

张太一点了点头，继续吩咐道："隋律师，你把赵律师和刑律师叫到办公室来。"

次日，一群人从法院门口走出。

当事人罗牛牛看向了旁边的孩子，孩子浓眉大眼，睡得安详，仔细一看，眉宇之间竟还真与自己有几分相似。

这个孩子现在的名字叫宁丁丁，罗鹤已经找大师结合孙子的生辰八字算了名字，两天后，他将改名叫罗永志。

"'罗永志'，好土。"罗牛牛心想，一点也不想多看这个孩子一眼。

宁濯收到属于自己的款项后，出了法院便打车消失在滚滚车流中。罗牛牛在脑海中仔细回忆宁濯的相貌，发现已经回想不起来。毕竟宁濯方才一直戴着口罩，他其实今天也没太看清她的脸。

罗牛牛表面波澜不惊，实则忧心忡忡。

他不知道面对如今这个结果，龙诀后续究竟会如何。

罗牛牛抬头看天，发现龙城今天难得出了大太阳，阳光照在身上，暖洋洋。

不知是为了表现得轻松还是确实困了，他打了个哈欠。

哈欠刚打完，旁边的隋钧突然撞了撞他的手肘，示意他看向不远处的立案大厅。

一名低调、平静的男子拍了拍同样从法庭走出来的李法山的肩膀，然后从他手里拿了一份资料。

"刘律师，好久不见，来立案吗？"隋钧笑着跟他打了个招呼。

"是呀，隋律师好。"刘春同样春风满面。

隋钧问："什么案子这么大，还得你亲自来立？"

"离婚案，"刘春看了眼旁边的罗牛牛，然后继续微笑着说，"这个案子，还真大得很。"

文牛烤肉店的 VIP 包间内，宁濯百无聊赖地喝着杯中的茶，旁边崭新的爱马仕包金光闪闪。不一会儿，木质推拉门打开，另一名女子脱鞋而入。该女子手里只拎着个文创布袋，穿着简单低调，没有半点讲究。

　　见这位女子进来，宁濯赶紧起身："龙总，你来啦。"

　　女子并未回她的话。她坐定后淡淡地问道："他们打的钱你收到了吗？"

　　"收到了。"宁濯不住点头。

　　服务员问要不要帮忙烤，龙诀摆了摆手示意她出去，然后继续问道："以后打算怎么过？"

　　"就这么过呗，买套房子，找个班上。"宁濯随口答道。

　　女子嗯了一声，开始点菜。两人其实本就共同话题不多，而且身份尴尬，一顿饭吃下来，过程大多无言。

　　宁濯欲言又止，终于问道："你恨我吗？"

　　女子低头咀嚼着刚烤好的骰子牛肉，面无表情地问："我为什么要恨你？"

　　"你毕竟是罗牛牛的老婆。你把他的精子给我，心里真的不会觉得奇怪吗？"反正钱已到手，宁濯说话的顾忌也少了些。

　　"我不恨你，女人不为难女人。"龙诀平静地夹了一片西冷和牛到烤盘上，红中带霜的牛肉在炙烤中渐渐失去血色。

　　"至于'老婆'，马上就不是了。"

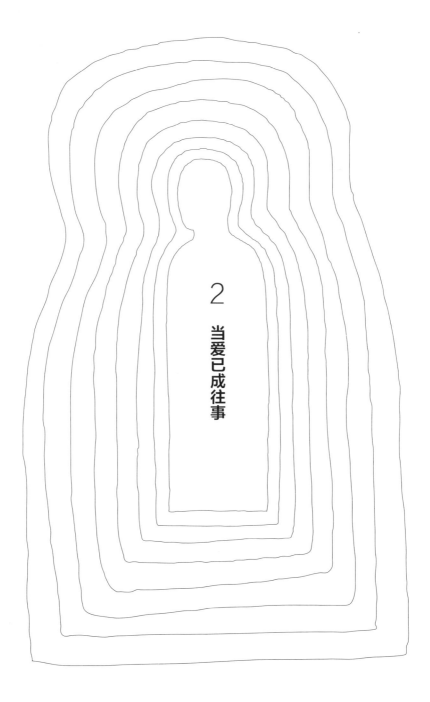

2

当爱已成往事

龙眠江畔，霓虹璀璨。

龙眠江是某条大江的支流，也是龙城人的母亲河。一湾江水从西至东横贯龙城，每当夜幕降临，沿江万家灯火逐渐点亮，倒映在迷离的江面，如同布满繁星的苍穹。

在江畔的一家花园餐厅，一名男子刚刚完成对女子的求婚。

求婚过程温馨低调，没有忽然出现的亲朋好友，也没有悠扬的钢琴与小提琴演奏声，就是在烛光晚餐中，说到动情处，男子拿出一封求婚的手写信，一字一句读给女子听。随着姑娘流下感动的热泪，他从怀里拿出夺目的钻戒。

"牛牛，你爱我吗？"钻戒在龙诀手上，龙诀的手被罗牛牛紧紧握着。她此刻如同春水般温柔，依偎在罗牛牛厚实的胸膛上。

龙眠江安静无声。

"我爱你。"罗牛牛语气笃定。

龙诀又问："你会永远爱我吗？"

听到"永远"这个词，罗牛牛微微皱了皱眉头。

"我知道，你不会，"还没等男子回答，女子却自顾自地先说了，"没有任何一个人会永远爱另一个人。"

"我会永远爱你。"罗牛牛却还是中气不足地给出了自己的答案，并转过身想给龙诀一个拥抱。

龙诀微微抗拒，然后认真地看向罗牛牛的眼睛："我可以接受你哪天不爱我，但请你答应我，无论结局如何，你都不要伤害我，好吗？"

眼见龙诀如此认真，罗牛牛也收敛笑容。他把龙诀的手放在自己胸口，郑重地说："我会永远爱你。"

—

龙诀又看了一遍眼前的起诉状。

起诉状上，自己义正词严地向法院痛诉罗牛牛的种种不是，并诉求解除这已维系七年的婚姻。但她不能否认，诉状中这位酷爱出轨、屡屡嫖娼、婚内与第三人有子的无情渣男，确实给过自己幸福的时刻，在自己为数不多的美好回忆中，他的身影浓墨重彩。

可爱情就是这样，在背叛与伤害来临后，曾经的一切缤纷再回头看都如同谎言，在和解来临前，爱有多刻骨，恨就有多铭心。

都说七年之痒，七年，似乎足够让一场爱情经历生老病死，足够令婚姻在以各种各样难看的姿态挣扎后绝望地死去。

在婚姻之初，她的确是快乐的。罗牛牛年少有为，体贴温柔，隔三岔五还给自己一些浪漫与惊喜，龙诀一度认为自己真的就是命运的宠儿，那幸福的闪电告诉她的，她迫不及待地想告诉所有人。直到某一天，她突然收到一条神秘短信，短信提醒她关注一个海外的社交账号。她好奇地搜索，发现该账号就是一个色情账号，里面充满一个神秘男子与不同女子发生性行为的淫秽信息，而令她感到晴天霹雳的是，该名男子虽然没露脸，但右臀有块流星状的胎记。这块胎记，罗牛牛也有。

"或许这只是巧合。"冷静下来的龙诀安慰自己道。人生虽未经历多少风雨，但作为商贾之家出身的高知女性，她早知"谋定而后动"的道理，她需要先确认事实，再做决策。

她先是通过个人途径找私家侦探调查，但既可能是私家侦探水平有限，又可能是罗牛牛防范能力太强，那名男子到底是不是罗牛牛并未得到证实。于是，在某次与罗牛牛行房事的过程中，龙诀故意抓伤了他的背。

　　几天后，她看见推特上的男子背上也有了一模一样的伤痕。

　　知人知面不知心，在罗牛牛觉得和龙诀同床异梦如此可怕时，他又怎会明白，发现真相的龙诀，内心经历了多大的痛苦？

　　她没有宏伟远大的梦想，她只想过简单平凡的生活，但命运可能觉得她这一辈子过得太安顺了，所以决定在她三十岁以后给她安排一些人生的波澜。

　　而面对这已然发生的一切，龙诀没有退缩，她要做一名乘风破浪的水手。

　　她首先马上给自己做了一次全面的体检，确定自己没有传染病后，她也开始抗拒与罗牛牛发生性行为。

　　接着，她找到自己父亲，告诉他自己想通了，要离婚。

　　龙行之在了解事情的来龙去脉后，将刘春和李法山介绍给了她。

　　"龙总，既然决定离婚了，那你可以考虑，是否让本次离婚发挥最大的价值。"刘春一字一句地说。

　　此前很长一段时间，在康银集团中，龙行之是董事会主席，罗鹤是董事兼CEO，双方在企业发展方向上最大的争议在于是否要进军线下餐饮业。

　　按照罗鹤的逻辑，在线下餐饮行业中，最容易标准化、品牌化、利润最高的种类即为火锅，康银集团本身就是做火锅底料出身的，而且罗鹤自己以前也做过厨子，在资金充裕的情况下，打造线下餐饮品牌一可增加集团利润增长点，二可通过加盟的形式增加火锅底料的销售渠道，三还可通过火锅店增加公众对品牌的认知度，无疑是理所当然的尝试。

为此他举了个造车的例子，现在有些电动车生产商除了生产汽车外，自己还争取到网约车牌照，这样他们一可通过制造电动车赶汽车革命的大潮，二可拿政策补贴，三还能直接将车租或卖给网约车司机作为生态闭环，一把将钱撸干净，何乐而不为？

龙行之则对此强烈反对。他的理由总结起来就四个字：作茧自缚。长期以来的投资经验告诉他，他能接受企业由"重"到"轻"的转型，但坚决不能接受企业由"轻"转"重"。比如，现在只是生产火锅底料，康银集团属于调味品行业，做大后原材料供应商稳定且尊重康银议价权，工厂生产链于更新换代后也几乎实现全自动化生产，边际成本逐年降低，公司只需保持一定程度的产品研发力度，逐年增加营销投入，完善渠道，培养消费者的习惯，建立符合市场需求的子品牌，并进行商业模式的适度创新，巩固自己在细分市场的地位，即能保证源源不断的利润。可如果进军线下餐饮界，那概念可就完全不同了。租金成本、人员成本、管理成本、营销费用都将直线上升，而且投身新行业，可能还有诸多未曾想到的不确定因素。这么做无异于自己让自己在前行路上背一个沉重的壳，得不偿失。

双方为此进行了漫长的拉锯战，一度僵持不下，后来达成的协议是，先试一试，让年轻人闯一闯。因此，由罗牛牛出面设立川禾集团，前期投资两个亿，钱由康银集团进行投资，康银占股 20%，罗牛牛主动请缨占股 80%，康银集团以底价向川禾集团进行长期的火锅底料供货。

这样一来，从罗家的角度，企业发展的前期资金有康银集团买单，如果企业做起来了，罗家也能成为最大获益方。从康银的角度，做成了固然好，自己的产品有了一个稳当的消化渠道，品牌力也能打响，要是做上市了，股权投资更能获得丰厚的回报；如果没做成，自己也只是在有限范围内承担投资失败的责任。两个亿，问题不大。

协议达成后，罗牛牛摩拳擦掌，准备大展宏图。

在这个世界上，钱不能解决所有问题，但钱能解决大多数问题。客观说罗牛牛是有经营才能的，在建立川禾后，他并未着急开店，而是潜心做市场调研，花重金在餐饮界挖人，然后在龙城最金贵的地段开了一家"燃龙火锅"。为了把这家店的品牌打出去，他不计成本，不惜花重金。一是打广告——他请明星，请美食博主，请各类网红，请营销号，他用地铁广告、电梯广告、商业体外立面广告，活生生将餐饮广告打出了消费品广告的架势。二是给打折券——他在各大团购平台天女散花般地发"38元抵100元"的打折券，生怕你吃火锅多花钱。三是搞营销——他让人在网上刷好评，并于开业头三个月找了一帮群众演员随时在店门口待命，人一少便上前大排长龙。

这么一通狂轰滥炸下来，燃龙火锅店竟还真的在短时间内迅速打响名气，成为一家网红火锅店。

至于味道本身，按罗牛牛的观点，火锅的味道其实没那么重要，火锅本就是重油重辣，前三口或许有人能吃出差别，三口过后只要不太烂，味道都一个样。他要做的，是品牌，是菜品，是流程，是卫生，是服务。摆盘要漂亮，服务要热情，甜品要精美，这样才有人愿意发朋友圈。

餐饮早就资本化了，你在商业体里放眼望去，就没有一家店不是品牌连锁的。他们店的味道就真的比苍蝇馆子好吗？当然不是。

名气打出来，自然有人想加盟。为此罗牛牛还是略有纠结，到底是加盟好，还是直营好？

如果搞加盟，自己负担的成本肯定少了些，而且还能获得加盟费，但品控不好保证，单店赚得也少了；如果搞直营，上述问题虽能解决，但自己无疑将承担更多的生产、经营成本。

为此他请教了两个人，一个是自己的老丈人龙行之，一个是自己的父亲罗鹤。

龙行之旗帜鲜明地建议罗牛牛做加盟，因为从他的角度看，首先他对成本一如既往地敏感，其次他所需要的只是火锅底料的销售渠道，短期内燃龙的大肆扩张，是渠道扩容；其次，他认为做加盟也能做出很高的单店利润，除了底料外，你装修、店服、培训、锅碗瓢盆都得用我的，就算不是直营，我依旧大赚。

而罗鹤只问了他两个问题："你是想让燃龙火五年，还是想让燃龙火五十年？你是想上市，还是不想上市？"

如果只火五年，那对一个方兴未艾的网红店来说，他大可搞加盟，并和很多餐饮资本一样，在燃龙凉了后用同样的手段争取复制一个又一个昙花一现的网红餐饮品牌，但这些品牌往往更难做到上市，因为单店利润的摊薄和品控的下降将很难让他们坚持到上市那一步。而如果是想火五十年，那他只有沉下心来，做好品质，以百年老店的标准来要求燃龙，也要求自己。

最终罗牛牛做了搞直营的决定。

因为第一，成功具有偶然性，需要天时地利人和，他难以保证自己还能再用钱砸出一家全新的、涨势喜人的餐饮品牌来；第二，他想让川禾上市，他想有一家属于自己的上市公司，他想通过川禾来证明自己不比父亲差。

决定做直营后，他开始在全国一线城市一家接着一家地开店。单店利润做起来了，川禾迅速回本，在罗鹤的极力要求下，康银集团还给了川禾一个董事席位，并承诺追加投资。

事情发展到这里，罗牛牛证明了自己的能力，罗鹤证明了他的正确，财富排行榜上又将出现一名罗家新锐，中国又会多一家布局全国、迈向世界的餐饮企业，一切似乎都在往好的方向发展。继承家业的富二代确实很多，但能另立山头且再创辉煌的富二代很少，罗牛牛志得意满。

然而，就在这步步登高的时刻，疫情来了。

随着武汉的一声哨响，口罩遮挡了众人的面庞。在新冠疫情刚暴发的那段时间里，全国性的限制出行令实体餐饮业遭受重创，人流趋近于零，但租金和人力成本一点不见少，他此前每多开的一家店都给他带来了巨大的亏损。曾经大排长龙的燃龙变得门可罗雀，然而一个个员工正眼巴巴地望着自己等着发工资，罗牛牛深觉个体在大势下的无力。他开始犹豫并反思，自己最初的选择到底是不是正确的。

家有一老，如有一宝。在这个至暗时刻，他又去请教了家里的两位长辈，而两位长辈给出的意见又截然不同：龙行之建议他收缩战线，及时砍掉短期内增益不明显的店面；而罗鹤则反而建议他进一步扩张。

"危中有机，疫情这场大风会刮走很多没有资本根基的餐饮企业，这对你来说本就是天大的机会，你竟然不珍惜，还想收缩？你就回答我，是人，是不是就要吃饭？是人，是不是就要请客下馆子？你这是发不起工资，还是兜里没钱了？只要多坚持一天，你就会多熬死一批对手，你如果不熬，你就输了，而且输得很没骨气。"罗鹤是草根出身，本就是在一次又一次的"豪赌"中赢得亿万身家的，对于这个在大风中露怯的孩子，他颇有恨铁不成钢之意。

有这样想法的还有资本市场，眼瞅着之前上市的火锅龙头股股价一涨再涨，在"是人就要吃饭""疫情结束后会迎来报复性消费"的市场呼声中，罗牛牛最终下定决心，孤注一掷，开始变本加厉地开店。

接下来的事似乎再一次告诉罗牛牛，他是天选之人，他又赌对了。早期的疫情在政府有力的防疫政策下得到良好控制，燃龙火锅的翻台率虽不及疫情前，但趋势却是肉眼可见地在转危为安。

就在这时，宁濯案出现。然后现在，原本温顺如小兔的龙诀竟开始咬人。

"既然决定离婚，我们就要做好充足的准备。"李法山说，"我们有一个计划，如果计划成功实施，那我们可以借着本次离婚，不仅是川禾集团，甚至康银集团都将牢牢掌控在龙家手里。"

"具体是什么计划？"龙诀直起身问道。

婚姻往往如此，在结婚时甜言蜜语，如胶似漆。真到了因新仇旧恨要分道扬镳的时刻，往日情分搁到一边，无论是明争还是暗抢，大家首先想的永远是如何让自己的利益最大化。

李法山将完整的计划和盘托出。

作为工商学院的老师的龙诀虽然见识了全球范围内无数的经典商业案例，但听到这个计划后依旧倒吸一口凉气，问道："可行吗？"

"可行，但有很多变数。"一旁的刘春接话道。

"第一个变数，就是离婚难，"刘春说，"这您应该也有所耳闻，且不说诉讼离婚，光是协议离婚现在都有离婚冷静期了。如果没有明显的感情破裂事由，比如剧烈的家暴行为、重婚或情节极为严重的出轨行为，法院第一次审理判离的难度极高。而如果法院不能及时判离，我们就打不了闪电战，我们后续的所有计划都将受到影响，甚至完全无法实施。"

"所以第一步棋，很重要。"龙诀喃喃道。

"是的，非常重要。"刘春露出一丝笑容，"而非常幸运，我们已经找到了一枚棋子。"

龙诀虽是才加入战场的，她的父亲龙行之却筹谋已久，一直在留心罗牛牛素日的言行。罗牛牛尽管好色，但把柄确实少，可在那次宁濯出现的饭局中，恰有一人和龙行之略有私交，并将罗牛牛所言所行透露给了龙行之。龙行之顺藤摸瓜，找到了宁濯，并将她交给春山组合处理，春山组合也细致地将她查了个底朝天。

光是出轨，而且仅有宁濯一个孤例是难以迅速离婚的，于是他们便有了让宁濯怀孕的计划，并软硬兼施，还和宁濯签了《保密协议》。宁濯认为这对她来说是天大的机会，咬了咬牙也就答应了。

不过这个计划中有一个重大变数，即就算宁濯一直守口如瓶，若她在生孩子后，打官司之前自行找罗牛牛谈判怎么办？为了防止这一点，龙家全程控制了宁濯的生育过程，在生育后也一直控制着宁丁丁，而当宁濯要见孩子时，李法山选择将另一个完全不相干的婴儿的头发给了她。

后来果不其然，花想容让她在起诉状上签字，她心中犹豫，竟真的自行去找罗牛牛谈判。但一是因为她有《保密协议》及其他把柄不敢说来龙去脉，二是她拿着假的鉴定报告，罗牛牛以为她是无数碰瓷者中的一个，根本就没搭理她，于是她便只能愤而转头，直接参与诉讼。

至于后续是调是判不重要，只要有了经法院确认的宁丁丁和罗牛牛的亲子关系证明，他们的诉讼目的也就达到了。

一方面，在婚姻关系存续期间与第三人有了私生子，虽有法官硬判未破裂的案例，但于情于法，客观上这确实能达到认定感情破裂的标准；另一方面，本案社会影响巨大，罗牛牛有了如此明显的过错，加上众目睽睽之下双方矛盾激化，法院出于社会影响考虑判离的可能性也将大大提升。

更关键的，是龙家占理了。

是的，占理很重要。在全球商业史上，当企业创始人和投资人发生矛盾时，投资人在道义上总是天然弱势。因为在众人眼里，公司是创始人一手建立的，天下是创始人一手打拼的，投资人不过是中途参与，想分一杯羹。若你要一起发财，将手中股份增值后脱手走人，可以，我欢送。但如果你想借机抢我的公司，那就是赤裸裸的强盗行为。

龙诀素来不管企业的事，这一点圈内人多少知道，如今因罗牛牛在婚内有了私生子，而且事情闹得很大，龙诀再提离婚，并借机夺过公司控制权，那从情理上便说得过去。

"人家是因为你是渣男才离的婚，而且离婚时要求多分财产不是很正常吗？谁让你出轨，活该。"

在这两句话下，女性创始人多义愤填膺，即使很多男性创始人看出有蹊跷，明里暗里，肯定也不便力挺了。

"法山，要战胜张太一，你知道唯一的办法是什么吗？"李法山还记得在林白鹿案后刘春阴沉却又跃跃欲试的脸。

"什么？"

"做局，"刘春闭上双眼，但李法山能从他身体里感受到一种奇怪的亢奋，"张太一是顶尖的高手，是庄家。他百战百胜的原因很简单，就是他和很多在诉讼中被动应付或积极面对的律师都不同，他是做局的人，会请君入瓮。在他的局里，他已经占尽天时地利人和，而我们要打败他，不能只想着破他的局，而是要做我们自己的局。

"这个世界上优秀的律师很多，而最优秀的律师，肯定是会做局的律师。拥有这种思维的律师，对其他律师而言，都将是实力上的绝对碾压。"

金凤飞厉害吗？很厉害，诉讼过程近乎滴水不漏，可以说是技术流的极限，但只因为她在局里，而且没参透春山组合竟用此非常手段布了天大的局，尽管她能力惊人，也只能暗暗吃亏。

这已是境界的不同。

可这堪称冒险的大局，才只走了一步。

而与他们对弈的棋手，在"第一"的位子上已经坐了太久。

多少年来，他已打退一拨又一拨向自己的王位冲锋的人。对于全新的挑战者，他没有恐惧，反而摩拳擦掌。

春山二人最终能赢吗？

刘春不知道，李法山也不知道。这是他们到目前为止毫无期待与喜悦的原因。

"龙总，如果没有什么需要再调整的，就签字吧。"李法山在旁边低声说道，打开了鲜红的印泥。

龙诀回过神来，嗯了一声。她将大拇指轻轻按在印泥上，然后重重地在白纸黑字的诉状上留下自己坚决的指纹。

她原本并不想陷入争斗，并不想参与到刀光剑影的商战中，她只想平平静静地过完自己富贵而清闲的一生，但没办法，自己必须这样做，自己也只能这样做。

可能这就是命运的安排吧。她想。

她原本平和的生活早已弥漫着硝烟，之前她一直不愿意面对这一点，现在是她必须面对的时刻。

她和罗牛牛面对面拼刺刀的战争，终于打响。

而她身后的两个人，同样因恐惧与兴奋，和她一起颤抖。

二

传统律所的生态通常由律所的高级合伙人决定，坤乾所发展多年，在外统一形象，如同一块铁板，然而内部其实是由各核心高伙（高级合伙人）团队割据而成，其中最大的即主任张太一的团队。该团队从主任到实习律师，上上下下二十四人，是律所命脉。律所大了后，办公场所往往拥挤，因此这二十四人的团队，除张太一本人外，只有一人拥有独立的办公室。办公室不大，堪堪放下一张桌子和数柜卷宗，但包括所内其他高伙在内，没有任何人会小觑在内办公的那个男子。

男子身着白色衬衣，戴着反光的金丝眼镜，一双眼睛聪慧外溢。他看着手中的起诉状，嘴角情不自禁地露出笑容。

"刘春，李法山，你们想下多大的棋啊？"他开始发自内心地欣赏这两个人。

在不到三十五岁的年纪，敢操盘这样的大案，同为"少壮派"律师中执牛耳的人物，作为对手，他也有了些热血沸腾的感觉。

刘春、李法山、隋钧、刑天，这四位四十岁以内风头最盛的律师，将在各自背后大佬的支持下，于这场龙城四十年来最大的离婚案中一决胜负。

这场战斗，业内业外都在看着。

"刑天，你觉得他们打的是什么算盘？"在早前的闭门会上，张太一问道。

在场的还有隋钧和赵飞虎两个人。赵飞虎这两年吃胖了不少，肥头大耳，听到老板提问后眼观鼻鼻观心，等着两位青年才俊发表高见，隋钧坐在沙发上看着起诉状沉默不语，果然最终还是刑天抢答："他们想分川禾的股权，这还不明显吗？"

"怎么说？"张太一睐着眼睛看向他。

"川禾是在罗牛牛婚后设立的，罗牛牛占80%的股，龙诀主张分40%。这40%和康银的20%加起来就是60%，康银现在的董事会主席是龙行之，川禾公司目前有三名董事，康银在其中可以委派一个董事。之前在老罗总的授意下，委派的也是罗家的人，同时根据川禾公司的章程规定，占股到51%即可任命和罢免董事，董事又能决定高管任命，龙诀这官司想的就是抢川禾。"刑天有条不紊地说道。

"还有吗？"张太一不置可否。

"川禾去年在老罗总的主张下以公司的名义在康银新占了一个董事席位，康银原本是七个董事，现在多了一个。八个，偶数，两家各四个。在涉及川禾的董事会决议上，川禾自己要回避，龙行之四票，必胜。要是龙家在康银集团董事会中把川禾这个席位拿下来，那龙家在康银就有五个董事席位，罗家三个，董事会过半数同意便可表决罢免CEO。现在他是打算通过董事会投票把罗家给投出去啊。"

"所以现在是川禾有一个康银的董事席位，康银也有一个川禾的董事席位，龙家想通过股权争夺川禾在康银的董事席位，进一步夺取整个康银的大权。"赵飞虎只觉得头大，"川禾要吃，康银也要吃，他们胃口不小啊。"

"刑律师，因为之前康银集团的事情我不太了解，我请教两个小问题，"一旁的隋钧突然开口，"到会前我看了下公司章程，里面有两个规定，第一是规定董事会平票情况下可召开临时股东大会，占股半数以上可对事项做出决定；第二是规定持股10%以上的股东可以提请召开特别股东会罢免董事，占股半数以上也可通过。据我所知，龙行之及其一致行动人已经占股38%，他们为什么不考虑用这招？"

"这个问题我也想过，"刑天点了点头，"但上市公司，剩下的股份可不好凑，小股东太分散了，我猜他们担心人不齐，有顾虑。更何况是投资人想赶走创始人。"

"那你觉得他们下一步会怎么做？"听完刑天的观点后，张太一淡淡地问道。

刑天嘴边缓缓地吐出一个字："抢。"

三

龙城大学的逸夫楼内，一群大三学子正在上一门名为"商业案例解析"的选修课。任课老师是龙诀，今天是个人作业展示，此时她正坐在阶梯教室的第一排，端着透明保温水杯看着台上的学生打开PPT。

"老师好，同学们好，我是法学三班的韩博文，今天我的分享题目叫《'抢公章背后的商业法律攻防战'——以咚咚网为例》。老师，我可以开始了吗？"

"抢公章？"听到这个题目，龙诀心中涌出一丝异样，但还是说，"开始吧。"

"咚咚网，全国最大的线上图书商城App之一，凭借先入场的优势和强大的物流体系，在2017年销售额便达到132亿元，利润过8亿，曾经赴美上市后又退市，是线上图书行业的龙头企业。咚咚网的创始人叫俞劳动和李莉，两人是夫妻，然而在公司经营过程中出现严重分歧，加上尽管还没有离婚，两人的感情出于各种原因已经出现裂缝。俞劳动于公司退市后的2019年从公司离职，自创了另一个知识付费App'牛书'。但该App因为入场太晚，发展有限，受阻之下，此前近乎被扫地出门的俞劳动便打算杀个回马枪，重夺咚咚网的大权。可在已经离职的情况下，面对公司内已经固若金汤的李莉集团，俞劳动想重夺大位，存在重重困难。所以他是怎么做的呢？"韩博文边说边翻动着制作粗糙的PPT页面。

"他有三块筹码。他的第一块筹码，是创始人的身份。1998年，俞劳动和李莉二人在新加坡相识，认识不到半年就回国闪电结婚，随后李莉便随俞劳动于2001年在国内创立咚咚网。在俞劳动逐渐退位以前，他长期担任咚咚网CEO，尽管表面上现在已经解甲归田，但实则余威犹在。

"他的第二块筹码，是他是咚咚登记在册的股东。根据咚咚网工商登记信息显示，俞劳动持股28.61%，有咚咚公司超过10%的表决权，因此根据《公司法》第三十九条规定，他可以提议召开临时股东会议。

"他的最后一块筹码，即他是大股东李莉的老公。因为咚咚为二人婚后所创立，在二人尚未离婚的情况下，他可以主张就李莉的咚咚股权进行分割，虽然根据李莉方的主张双方已对股权分配有协议规定，但至少在表面上，他可以主张对咚咚享有一共45.5%的股权。

"看着眼前这三块筹码，俞劳动想把手中的烂牌打好。"

随着学生的条分缕析，龙诀的眼睛渐渐眯成一条缝。

"为此他将夺权之路拆分为以下几个步骤：

"第一，诉请法院离婚，要求对股权进行平均分割，同时利用股东身份发起临时股东会议。

"俞劳动称公司章程规定，投票权过半即可免去李莉执行董事及经理职务。在此情形下，俞劳动因认为其与李莉共同持有的91%的咚咚股份为夫妻共同的财产，他主张自己享有45.5%的股权，加上支持俞劳动的两家小股东9%股权，共计54.5%，已经超过50%，满足章程规定，可以免去李莉的董事、经理职务。因此他一方面向法院诉请离婚要求平分股权，一方面发起了这次临时股东会议，免去李莉的董事和经理职务，这样他似乎就从形式上将李莉踢出咚咚了。但需要指出的是，在开临时股东会的时候，两人尚未正式离婚，俞劳动名下依旧只有原有的28.61%的股权，所以这个临时股东会产生的决议的效力是很有问题的。

"第二，夺取公章。在我国，公章是一个组织乃至国家权力和意志最直接的体现，从某种角度上讲，有了章，你就能代表公司，你就是这家公司的天。而在做出临时股东会决议后的第二天，俞劳动便率领数位壮汉前往咚咚公司拿走咚咚及关联公司的公章、财务章等，如同拿破仑胜利归来般宣告'政变'，同时在微博上让原咚咚员工找他来盖章。

"在这种情况下，如果咚咚员工不找他盖章，那咚咚很多业务开展都会受到阻碍，但如果咚咚员工找他盖章，那就等同于认可了他抢去的公章的效力，那俞劳动则大可在此期间利用公章出具很多李莉方并不认同的文件，可谓很妙。我个人把俞劳动这招称作'挟公章以令诸侯'。"

讲到这儿教室里响起一片笑声，龙诀的脸色却开始阴晴不定。

"第三，夺取营业执照等重要文件。在办理工商变更登记乃至申请补办公章等重大事项时，工商部门是会要求企业出示营业执照等重要文件的。也正因此，俞劳动才会在夺取公章的同时将它们一并夺走。"

说到这里，韩博文微微一笑，然后继续说："看到这里，大家可能会觉得俞劳动在胡搅蛮缠，他的所作所为都是违法的，经不起推敲。毕竟从实际来看，咚咚现在绝大部分真正在做事的实体业务其实还掌握在李莉手中。并且从法律的角度，俞劳动后续作为最核心的、行为合法化的临时股东会也存在很多问题。

"从程序上讲，根据《公司法》，俞劳动虽然是股东，有提议召开临时股东会的权利，但在咚咚作为有限责任公司且未设置董事会的前提下，他并无召集权和主持权，除非执行董事李莉和监事均不召集和主持，不然他并不能自行召集和主持临时股东会议。

"同时，《公司法》第四十一条明确规定，召开股东会会议，应当于会议召开十五日前通知全体股东。因此，召开临时股东大会的通知时间以及是否通知到李莉方，也是决定俞劳动手里的《股东会决议》程序是否合法的关键因素。鉴于咚咚公司的章程并未公开，关于通知时间的规定无从知晓。但从李莉方后续的记者会来看，他们并未收到通知，这次临时股东会可能存在大的程序瑕疵。

"而在实体权利上，虽然他可以主张自己有 45.5% 的股权，但在临时股东会召开当天工商登记上他只有 28.61% 的股权，只要法院离婚诉讼没有判决股权平分，他主张自己有 45.5% 的股权就存在极大的问题，甚至可以说缺乏依据。"

耳听学生分析得越发专业，龙诀屏息凝神，疑窦丛生。

但她并未叫停。

"但是，这次临时股东会到底有没有效呢？我说了不算，你说了不算，甚至警察叔叔说了也不算，得法院说了才算。因为归根结底，公司权属问题属于民商事纠纷，不属于公安机关管理的范畴，公安一般不会直接介入，而如果李莉方要通过向法院起诉的方式确认效力，虽然胜诉的可能性极大，但拿到最终生效判决至少需要一两年。可这一两年的时间里，俞劳动可以做太多事情了。

"所以，俞劳动想达到的最佳效果，是完成对咚咚公司的夺权，重新夺回自己往日的权位与荣光，完成'俞氏王朝'在这个全国最大的线上图书平台之一的复辟。如果做不到，那他则可以通过把水搅浑然后浑水摸鱼，逼迫李莉坐到谈判桌前与自己谈判，分得他认为自己应得的部分乃至谋求更大的利益。

"以时间换空间，逼李莉就范，这就是他的打法。而在血腥的商业战争中，完全讲规矩，是赢不了的。战争，意味着置对方于死地，意味着不讲规矩，当出现对自己极端不利的情形时，采取雷霆手段方为制胜之道。而在此过程中，作为规矩本身的法律，也只不过是自己手中的武器之一罢了。真正专业的律师，不是告诉你遵守规则的律师，而是帮你找到规则的漏洞，并告诉你如何利用规则找到突破口的律师。我今天的分享到此完毕，谢谢大家。"

台下响起稀稀拉拉的掌声。这是上午的第一堂课，大学生们普遍还没睡醒，都趴在桌上睡觉。

龙诀低头喝了一口水，然后对台上的学生问道："今天你讲的内容，涉及的法律知识非常专业，应该不是你自己做的吧？"

听到龙诀的质疑，学生一愣："没，都是我自己做的。老师，我是法学班的。"

龙诀冷哼了一声："没有请外援？不可能吧。"

台下开始窃窃私语并伴随偷笑。韩博文不愧是龙大学子，他镇定自若地说："老师，我可以向您保证，这份作业百分百是我自己做的，至于里面涉及的法律知识，因为我对法律有兴趣，这段时间周末一直在一家律所实习，所以针对一些细节我确实有向律所的律师请教。"

"哪家律所？"龙诀问。

"坤乾所。他们是我们学校的实习生合作基地。"

龙诀接着问："坤乾所，我很熟。你请教的是哪位律师？"

"刑天，刑律师。"

听到这个名字，龙诀的心沉了一半。

"他还说什么了？"龙诀不动声色。

"他还说，这招能用是能用，但如果公章没抢到，那就尴尬了。闪电战也是冒险战，失败的闪电战只会令主动方陷入巨大的战争泥潭。比如李莉会考虑通过可以控制的子公司转移公司实质资产，同时报警要求拘留俞劳动。"

听着韩博文的转述，龙诀想起了此前与自己的律师的对话。

"龙总，你发现没有，目前川禾与康银的公司架构间，存在一条巨大的缝隙？"李法山将做好的框架图挂在白板上，"表面上看，川禾三位董事都是罗家的人，罗牛牛也有公司 80% 的股权，但龙家机会其实很大。"

"有三个有利条件，第一，川禾为您和罗牛牛婚后所设，您可主张对川禾享有 40% 的股权，加上康银的 20%，一共是 60%，票数过半；第二，在川禾的三个董事席位里，康银占一个；第三，虽然康银内部现在罗龙两派的席位是四比四，但在对川禾董事的任命上，川禾自己要回避。在此基础上，我们可以在老龙总的支持下，先抢川禾。"

"怎么抢？"

"第一步，您和罗牛牛离婚，并主张 40% 的股权。第二步，康银通过董事会做出两个决议：第一个决议，任命您为川禾的三名董事之一；第二个决议，作为占股 20% 的股东，加上你的 40%，支持你罢免川禾其他董事。第三步，抢公章。"

"为什么要先任命我为川禾董事？"

"这是规避风险的考虑，"一旁的刘春淡淡地说，"主要是解决身份问题。虽然我们一开始可以主张自己有40%的股权，但毕竟这部分股权一没完成工商登记，二要等离婚判决确定，所以是尚未实现的。根据我们之前的一些经验，除非你是公司股东或在公司担任一定职位，公安机关才有可能以企业内部商业矛盾为由不管，不然对面跟熟悉的领导打招呼，你还是存在一定被行政拘留的风险。另外，只有确定你为董事后，你才有资格在川禾内部制定一系列决策。"

"那为什么要抢公章？"

"如果不率先发难，即使后续这一系列官司都打赢，罗家也早已将川禾有价值的资产转移出去，所以我们必须速战速决，尽快占领公司，尽快把水搅浑。"李法山接着说。

龙诀举棋不定："可这么做，大家就会明白这已经不仅仅是我和罗牛牛间的家庭内部矛盾，而是公开的公司矛盾了。"

"是，"刘春肯定地说，"所以决定得您来做。"

"老师，我可以下去了吗？"学生的提问将龙诀的思路拉回课堂。

"哦，你下去吧，做得很好。"龙诀回过神来，就在这时，手机屏幕亮起，龙诀一看，信息显示："龙总，章已经被罗牛牛拿去亲自保管了。"

四

在一栋乡间别墅里，罗牛牛正在地下室的家庭影院中看美剧。投影仪的光影下，沙发前的茶几上正齐齐整整地排列着几枚公章，茶几前趴着两名身材丰腴、穿着性感内衣的美女，她们在罗牛牛的命令下，正微闭双眼，缠绵地舔舐着这些代表着川禾公司意志的小印。光影在她们的皮肤上映出变幻的五彩，罗牛牛大大咧咧地将脚放在她们细腻滑润的裸背上，手中酒杯摇晃。

一名穿着朴素西装的男子坐在旁边，茶几上放着一杯白水。他若有所思地看着公章上柔软的舌头和留下的口水，脑海中突然浮现出"性是权力的延伸"这句话。

"抢公章？这馊主意也亏他们想得出来。"罗牛牛抿了一口杯中的威士忌，冷笑一声。

"也不算馊主意。商战中抢公章算常规操作。"隋钧淡然说道，"现在我们破坏掉他们计划中的关键一环，后面的棋估计就不好走了。"

正在播放的美剧叫《权力的游戏》，罗牛牛看着屏幕上御龙而行、眼中充满复仇火焰的龙之母，突然问道："隋律师，你觉得我和龙诀还有可能复合吗？"

隋钧微微讶异地看了他一眼，反问道："你想和龙诀复合吗？"

"我觉得她还是有可能和我复合的。"罗牛牛自问自答。

"我觉得你倒也不一定想和她复合。"隋钧也自问自答。

罗牛牛哈哈大笑，然后问："你觉得他们下一步会怎么走？"

隋钧早做过推演："应该会专心打离婚这个官司。虽然现在他们没抢到章，但离婚官司已经开打，而且康银也已经明确委派龙诀作为川禾董事，客观上他们对我们来说还是很危险的，如果离婚官司推进得快，时间上我们难以把握，有些事情可能来不及开展。"

"有没有办法可以把离婚官司往后拖一拖？"罗牛牛问。

"办法肯定是有，"隋钧回道，表情却不见轻松，"不过审这个案子的法官叫胡莹，有点难搞。"

罗牛牛咦了一声："怎么难搞了，刘院都搞不定她？"

隋钧摇了摇头："她吧，是出了名的硬骨头，一是单位里谁的招呼都不听。二是审案子，尤其是离婚类案件……非常有个性。之前在离婚官司中做出的判决，只要男方有过错，对女方的倾向性通常比较明显。"

"不会吧，她是想自己搞特权吗？"罗牛牛哼了一声，"之江法院还有这么牛的人存在吗？"

"她爹是市委政法委副书记。"隋钧面无表情地说。

罗牛牛骂了一声："书记的女儿怎么还在基层法院一线审案子，有毛病。"

"热爱吧，"隋钧笑了笑，"我们法律行业有信仰的人还是很多的。"

听到这句话，罗牛牛似笑非笑地问隋钧："那隋律师，你有信仰吗？"

"我？"隋钧一愣，然后笑着回道，"有。在合理合法的框架内，尽最大能力维护当事人的合法权益，这是我们律师的职业信仰。"

罗牛牛撇了撇嘴："'合理合法'这四个字略显保守，我不喜欢。"

"什么是合理，什么是合法，这个可讨论的空间还是很大的。"隋钧摊手。

罗牛牛哈哈大笑，然后接着问："那怎么办，能甩开她吗？"

"有办法。"隋钧说。

"事能成吗？"罗牛牛问。

"我们会尽力。你放心，这个案子是我们的重中之重，我们配了个五人精锐律师团，张主任会亲自全程跟进案件。"隋钧不急不缓地拿起透明玻璃水杯，轻轻喝了口水。

罗牛牛点点头："那就拜托你们了，千万别再出什么岔子。"

五

刑天约了金凤飞见面。

虽然同在一家律所，但两人平时并无交集，所以对刑天的这次约见，金凤飞还是比较意外。两人相约在一家印度餐厅，空气中弥漫着咖喱的温暖的气味，金凤飞刚坐下便有印度服务生递上热毛巾。

"刑律师还喜欢吃印度菜？"金凤飞边擦手边问道。

"不常吃，这家店是我的客户新开的，来试试。"刑天笑着说，"金律师看看想吃什么？"

"你点吧，我没有忌口。"金凤飞说。

刑天也不再推辞,点了香辣咖喱牛肉、印度酸奶、黄咖喱面包、三月瓜和一份椰子鱼。他边点边说:"要说这印度菜有什么特点,依我看,就是用咖喱做一切。咖喱牛肉、咖喱羊肉、咖喱鸡、菠萝咖喱饭,什么都是咖喱。"

"这我就不懂了,"金凤飞笑道,"只不过我们是把所有食材都放进火锅,而不是用火锅底料做一道又一道菜。"

刑天点完菜,笑着说:"所以不得不说这龙行之还是有一手啊,竟然能在疫情防控期间想到做'龙小团',这火锅底料做一切的口号,说不定也是印度菜带来的灵感。"

"所以刑律师今天请我吃饭,是找我聊康银的事?"金凤飞喝了一口柠檬水。

刑天有一说一:"是。明明你是川禾的法律顾问,而且还是龙城诉讼最强的金凤飞,这次龙诀争川禾,罗牛牛却不用你,我真觉得奇怪。"

"所以刑律师觉得是为什么?"金凤飞不动声色,却也对"龙城诉讼最强"这六个字没有推辞。

"民事代理人只能有两个,罗牛牛肯定是要主任亲自下场的,此外隋钧不知道怎么就成了罗总的铁杆亲信,自然就没您的位置了。"刑天依旧心直口快,"唉,这年头,做律师的关键已经不是专业能力了。"

金凤飞似乎并不介意:"隋律师专业能力也是很强的,更何况,专业能力也只是获得客户信任的方式之一。"

"'专业能力也只是获得客户信任的方式之一',《律师的二十一条军规》第十二条,"刑天哈哈大笑,"不过我还是最关注专业能力,所以今天我才想向您请教,这个案子您怎么看?"

"怎么看?你说的是从哪个角度?或者说,你想问的具体问题是什么?"金凤飞夹了一口椰子鱼。

刑天试探着问:"现在案子的基本情况您应该也知道了,龙诀现在是明着要抢川禾。您觉得他们下一步会怎么做?"

"咚咚网那个案例你们可以参考一下。"金凤飞淡淡地回道，案子不是她的，她只能言尽于此。

刑天点点头，答案却也并未超出自己的想象："您觉得除了抢公章，他们还能玩出什么新花样？"

金凤飞笑了笑，从包里拿出一支电子烟。在公共场合吸电子烟能避免很多不必要的冲突，金凤飞吞吐一口，淡淡的果香飘进刑天的鼻子。"刑律师，这可就是你作为代理律师需要思考的问题了。我没在其中，信息有限，很难帮你们做出准确判断。"

刑天也不再多问，筷子指着咖喱牛肉说道："金律师，这是他们的招牌菜，试试。"

金凤飞说了声好，伸出了筷子。刑天看着眼前这个似乎永远强硬、永远无懈可击的女人，突然说："你似乎很少谈起你的两个徒弟。你能跟我说说他们两个究竟是什么样的人吗？"

金凤飞的筷子停了一瞬，旋即又动起来："没什么好说的。"

将牛肉放到自己碗里，她却又下意识地补了一句："至于他们现在究竟是什么样，我也不知道了。"

"哦。"刑天不咸不淡地应了一声。

刑天还记得多年前，刘春和李法山还是金凤飞团队授薪律师时的样子。

坤乾所是大所，有整整两层楼，挂证律师就超过 400 人，办公环境非常拥挤。在此情形下，座位便成了阶级的标志。坤乾所规定，高级合伙人可以有单独办公室，两个一级合伙人可以共享一个独立办公室，创收前 150 名的独立律师可以有自己的工位，而其余的律师，包括律师助理，便只能在开放工位上办公。彼时金凤飞刚独立不久，自己也只有一个专属小工位，而刘春和李法山作为律师助理，只能每天早早到律所抢共享工位。说是两人一起抢，其实是律所九点上班，若没有开庭，刘春八点半就到，自己占一个，顺带帮李法山抢一个，而李法山总是九点半才优哉游哉地叼着包子趴到工位上。金凤飞对工作要求极为严厉、细致，不通人情，也不顾及下属颜面，经常把团队律师叫到自己跟前来破口大骂，骂声如雷，往往引来整层楼律师的注目。受批评者无不冷汗涔涔，五分钟下来，被骂得面色死灰。她骂走了无数助理，最终坚持多年的，也就只剩刘春和李法山两个人。

李法山能留下来，是因为他脸皮确实够厚。且不说对批评往往左耳朵进右耳朵出，他还会抢答，金凤飞刚开口他便说"金律且慢，容我自我剖析一番"，然后便开始猛烈地自我批评。那痛心疾首、悔不当初的样子，往往令金凤飞自己都瞠目结舌，她料自己想骂也骂不出比李法山自我批评更高的水平，只好就此作罢。

李法山深知，只要你自己跪得够快，就没人会逼你跪。至于他有没有知错就改，那就是另一回事了。

而刘春，则总是淡然地站在那儿，无论金凤飞如何声色俱厉，无论同事们如何看着他窃窃私语，等着他出洋相，他都脸不会红，汗不会出，却也不显倨傲，一副听进去的样子。那云淡风轻的模样，再加上他在所内素来以办事稳妥著称，往往反而显得金凤飞小题大做。后来两人双双出走坤乾所，而且名气越来越大，一方面有人夸金凤飞调教有方，从她团队里出来的人果然不同凡响；而另一方面，却衬出金凤飞不会笼络人心，放走两名大才。

金凤飞从未公开谈起过二人，刑天今天明知故问，也是在探究金凤飞的难言之隐。

听到刑天谈起这个话题，金凤飞也的确有了短暂的失神。

她还记得自己招两人进团队的样子。刘春是龙大法学院应届毕业生中的翘楚，门泊舟想留他传衣钵，李青云想让他做刑案，在这些大拿面前，自己就算再怎么声名鹊起，彼时也只是一个才独立不久的青年律师，能让他跟着自己混，她还是颇为得意的。而事实是，在自己的腾飞之路上，刘春也确实辅佐良多。但尽管相处多年，她对刘春一直有一种陌生感，这份陌生感还引发了不安感。她看不透刘春。

她金凤飞是不近人情，但这并不意味着她不通人性。不通人性的律师不是好律师，金凤飞是好律师，更何况有着上位者对下位者的观察优势，手下人在想什么，她是清楚的，但她就是看不透刘春——这个勤勉的、稳重的、聪明的、游刃有余的、永远云淡风轻的助理，她看不透。她能感觉到，他心不在此，但他为何在此，她不明白；她能感觉到，他有鸿鹄之志，但他志在何方，她不知道。自己的团队于刘春而言，似乎只是一个小小的起点，一个短暂的容身之处，而这个身份定位，令刘春能对她的批评及表现出的态度，处之泰然。

这份泰然时常令金凤飞恼怒，她认为这是对自己的看不起。所以她会忍不住对刘春进行更大的打压，但这些打压往往如同打在棉花上，对刘春起不到任何作用。

至于李法山，她此前则一直认为自己已经足够了解：一个叛逆的富二代，一个有点小聪明的纨绔子弟，一个今朝有酒今朝醉的人间浪子。你把活儿交给他办，他办不砸，但也别指望他办太好。在金凤飞眼里，他是个有智力但马马虎虎的人，他胸无大志、得过且过、爱出风头，你可以相信他有一天会站到风口浪尖，因为他喜欢。但你永远不要相信他会扛起大旗，因为他会喊累。

可这样的人，为什么那天在法庭上，会如此谋定而后动，暗藏机锋？这些年，他到底经历了什么？刘春和李法山，又为什么会有如此的成长与进步？

且不说人物本身，自己竟然连他们的策略，也一时没有识破。

想到这里，金凤飞不禁幽幽地叹了口气。

"金律师，怎么了？"刑天疑惑地问道。

"他们两个人，以前我觉得没必要懂。现在，我也看不懂了。"金凤飞承认道。

刑天无言。他默默给金凤飞倒上一杯柠檬水，然后说："金律师，在我们律师行业，独立执业前和独立执业后，本就会判若两人。"

金凤飞一笑："那刑律师，不知你什么时候会判若两人呢？"

"快了，等这个案子做完，我就独立了。"刑天说，"这两年主要在帮主任带张白白，小张很聪明，也有悟性。小张成长起来，我就可以安心地独立了。"

"后继有人，挺好，"金凤飞开始继续吸电子烟，"主任也总算愿意放你走了。有多久了，十年？"

"恐怕不止。"刑天苦笑一声，"所以，这个案子我得办得漂漂亮亮的，给自己的这段旅程画个圆满的句号。我能猜到他们会抢公章，也让罗总那边早做准备，但我心里总觉得有些不踏实，总觉得有哪个地方自己没算到，所以才会请教您。金律师，您知道，我也不常找人请教。"

话说到这儿，金凤飞又吐了几口烟圈。这阵子康银和川禾公司内部频繁的动作她也知晓，龙诀一方姿态如此明显，要说不蹊跷，那确实说不过去。这棋一步步下，在高手看来，怎么都会走到抢公章这一着。

"他们还有什么着呢……"金凤飞也陷入沉思。这份沉思倒也不完全是基于想帮刑天的忙，而是出于一个高手对破局天然的兴趣。

她开始对着眼前的柠檬水发呆。突然，她回过神来，看向刑天："刑律师，你有让罗总鉴定自己手里的公章吗？"

听到这句话，刑天心中一紧："什么意思？"

金凤飞的语速越来越快："我在想，如果他们已经提前布局，都做到利用宁濯为离婚官司做铺垫了，那有没有一种可能，就是他们早在我们意识到他们要抢公章之前，便已把公章调包了？"她越说越激动，如同冥思苦想许久后最终破解奥数最后一道大题的人，"这样既不会打草惊蛇，又早早为第二步棋做准备。"

刑天还是有些难以置信："私刻公章可是犯罪啊，他们应该不至于铤而走险至此吧？"

"可你有没有想过，如果他们提前将公章调包，那一直在用假章的，是我们?"金凤飞的手微微颤抖起来。

"所以你的意思是,我们手里的章反而可能是假的?"

刑天的眼中闪过一丝慌乱。他赶紧拿起电话,就在准备打给罗牛牛时,罗牛牛反倒先打了过来:"刑律师,刚刚接到公司电话,说龙诀一方真去公司抢公章了!"

"公章您早就亲自保管了吧?"刑天说。

"是,公章在我家。但奇怪的是,公司的人竟说他们还是在办公室找到并抢走了公章?这是什么意思?"罗牛牛着急地问。

"他们大张旗鼓地去抢公章,搞大新闻,是想让大家相信他们手里的公章是真的,而且真是抢来的,"一旁的金凤飞越想越明白,声音也越来越大,"而如果我们现在去鉴定,即使鉴定出手里的章是假的,大家也绝不会相信这是他们做的,而会觉得是我们自己私刻公章来抵抗他们的突袭!"

刑天一向自诩聪慧,此时竟也瘫坐在座位上。

虽然事不关己,金凤飞见此情状却也苦笑起来。

这两个人她确实是看不懂了。

"刘春，你为什么想做律师？"

　　在金凤飞独立执业的第二年，她开始招自己人生中的第一个助理。法学生，就业一直很艰难，招聘需求发出去后，她迅速收到了海量简历。

　　最终面试的三人里，眼前这个叫刘春的人气质最为卓然。在简单问了一些专业问题后，她开始问价值观方面的问题。

　　"金律师，我喜欢做诉讼，我认为诉讼很有趣。"刘春答道。

　　"喜欢诉讼？"金凤飞眉毛一挑，"你做过案子吗？"

　　刘春点点头："之前实习的时候接触过。"

　　"那你为什么喜欢做诉讼？"金凤飞又问。

　　"因为我喜欢赢。"刘春目光坚定。

　　金凤飞闻言忍俊不禁。

　　在她看来，刘春的回答充满学生的质朴，但正因刘春现在还只是学生，所以这份质朴在她心里反倒显得可爱，堪称为加分项。

　　"真巧，我也喜欢，"金凤飞难得露出笑容，"下周一来上班吧。"

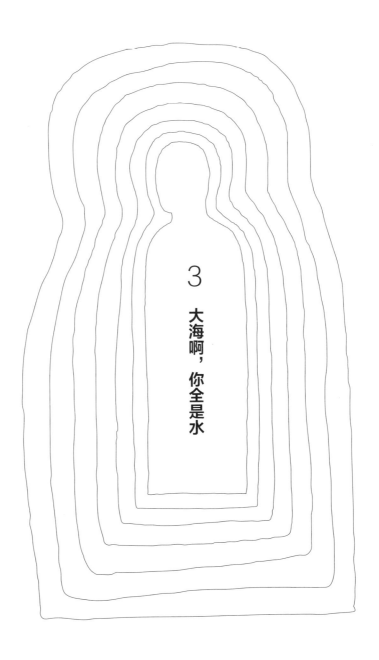

3

大海啊，你全是水

9月对龙城大学来说通常是每年最热闹的月份。一是因为"金九银十"，在这个月份，全国各地的企业都会来学校进行校园招聘，龙大每一颗临近毕业的"高级螺丝钉"，平时再怎么宅在寝室不愿意出门，此时都开始积极地于各大阶梯教室来回穿梭，焦急地寻觅自己心仪的"工厂"；二是"龙大金秋"也堪称龙城一景，学校此时满园金黄，正是吸引市民们前来玩赏的时候。

学校热热闹闹的街道上，一名衣着朴素的教授和一名身着正装的男子，正慢悠悠地闲逛着。

"刘春，我知道你和张太一不对付，"教授叫门泊舟，是龙大法学院知识产权法领域的大家，也是刘春的研究生导师，"但他可不好对付。你还是算了吧。"

"老师，你是知道我的性子的。"刘春淡淡地说着，看着周围有说有笑的学弟学妹们，浑身洋溢着的青春气息令他深觉自己不再年轻。

门泊舟叹了口气："你就说，黄溪龙那个案子，你是把他送进去了，没错吧？然后呢，张太一屁事没有。他能做到今天这个地步，不简单的。"

"是啊，不简单。"刘春也轻叹了一口气。

"还要斗？"门泊舟问。

"我还想试试，"刘春笑了笑，"这于我而言已是一种人生乐趣。"

一位法学院的学生看到门泊舟，脆生生地叫了声门老师好。门老师应了句，然后面无表情地问刘春："所以为了打败他，你愿意付出什么？"

"很多。"刘春回道，然后两人坐在道旁的长椅上。

"你们所的主任李天，你应该还没正式拜访过他吧？"门泊舟看着眼前来来往往的学生，"晚上我组个局，我介绍你跟他好好认识认识。"

一

在刘春提出"狸猫换太子"这个出其不意的计划时，李法山原本非常亢奋，但冷静下来后，他又出现一丝犹疑。

"春哥，我们一定要这么做吗？"其实按理来讲，这种剑走偏锋的招数应该由他提出来，但他路子再野，也不会想到私刻公章。

对私企来说，你是抢公章还是私刻公章，是罪与非罪的区别：如果你只是抢公章，而且是公司股东、董事之间争夺公章，根据以往的司法实例，多会被归于民商事纠纷，是公司内部矛盾，尚不涉及构罪。可如果你私刻公章，根据《刑法》第二百八十条规定，伪造公司、企业、事业单位、人民团体的印章的，处三年以下有期徒刑、拘役、管制或者剥夺政治权利，并处罚金。

这可能是李法山第一次不完全认同刘春的策略。每个人心中都有一份天然的规则和警觉，采取有刑事风险的策略已经令李法山本能地感到不适。眼见李法山踟蹰的表情，刘春突然问："法山，你闯过红灯吗？"

李法山一愣。

"闯红灯，违反的是道路交通的法律法规，也是违法，可为什么还是有这么多人做？"刘春自问自答，"因为闯红灯的行人内心确信，这不会有什么后果。但当人行道上有交警，有治安协管员，或者道路车流滚滚时，守规矩的行人就多了不少。所以对于要不要闯红灯，影响他们的，不仅是对不对，还有有没有后果。"刘春继续说道。

"可涉嫌违法和涉嫌犯罪，是两个完全不同的概念。"李法山说，"刘春，《律师的二十一条军规》第三条。"

"'保全客户前，先保全自己。'"刘春笑着答道，但旋即反问，"那第十四条是什么，你是否还记得？"

李法山叹了口气："'除了问正不正确，还要问值不值得。'"

"是啊，除了问正不正确，还要问值不值得。"刘春重复着这句话。

"这么做值得吗？"李法山还是忍不住问，"如果这一点被对方揪住，我们的律师生涯就毁了。"

根据《律师法》第七条规定，如果一个律师身上有故意犯罪的记录，那他将失去执业资格。

听到这句话，刘春笑了笑："法山，你还记得林白鹿吗？"

李法山沉默。

"你告诉我，在林白鹿那个案子里，他们做的哪件事合法，可为什么最后就是他们赢了呢？"刘春素来温和的脸开始颤抖，如同一汪平静的湖水因地震而泛起阵阵涟漪，"要赢他们，我们一直走正步是不可能成功的。我们必须比他们更会用非常手段。"

"即使这个非常手段有可能把我们逼到绝境？"李法山依旧不理解。

"我们受到的法学教育告诉我们，有刑事风险和刑事构罪是两回事。在罪与非罪之间，还有很长一段路。"刘春淡淡说道。

李法山见他态度坚决，叹了口气，问："真的要这样吗？我知道有些仇得报，但是……"

刘春没有回答。他走到落地窗前。窗外万家灯火，车水马龙，人类渺小如豆，似蝼蚁般麻木地穿梭在一片灯红酒绿之中。"法山，你听得见龙城的呼吸吗？"

"什么呼吸？"李法山对这个问题只觉得莫名其妙。

"我们要和一座城市建立联系，是需要时间的。我们可能需要三五年才能了解一座城市。事情该去哪里办，美食该去哪里吃，但要听到一座城市的呼吸，不是时间能做到的。"刘春依旧自顾自地说，"摸到这座城市的血管，感受到这座城市血液的流动，能在它胸腔的起伏中知晓它的风吹草动与喜怒哀乐，知道这座城市正在发生什么，对这座城市有牢牢的掌控感。你想体会这种感觉吗？"

刘春闭上眼，仿佛在认真聆听龙城的心跳。

此情此景令李法山觉得眼前的男人又出现了他所熟悉的陌生感。

"我不想，"他笃定地答道，"我只想开心地赚钱，什么城市的呼吸，真他妈玄。"

刘春收敛了自己流露出的狂热："他的仇，我必须报。具体到这个案子，犯罪还是不犯罪，得看证据。只要对方没证据，也没法。并且这件事情，也肯定不是我们自己做，我们也无法决定。我们只会把这个办法告诉龙总，并充分提示背后的法律风险，至于龙总愿不愿意下这着险棋，那就由其自己决定吧。我们要做的只是当事人无论做什么决定，我们都要想方设法去维护他们的合法权益。"

"合法权益。"李法山听到这四个字，情绪复杂。

刘春继续说："明天和龙总的沟通，我一个人去，你别参与。如果真出现什么意外，你还能继续我们未完成的工作。"

"不，一定得我去，"李法山从脸上挤出一丝看似无所谓的笑容，"剩下的工作，靠我可完不成。"

刘春竟并未推阻："好。"

他拍了拍李法山的肩膀，一切尽在不言中。

第二天，龙诀如约到所。

"龙总，您到啦？"李法山在门口接待，"刘律师有事出去了，鉴于今天我们谈的事情非常私密，出于保密的角度，请您将手机先交由前台保管。"

二

这是张太一第一次来罗牛牛的别墅。

随着坤乾所日益壮大，他已经很少因为案件去当事人家里了。第一是他已几乎不经办具体的案件，更多的是担任"救火队长"的角色；第二是去客户家里而非在律所谈事是律师对客户的 VIP 待遇，能让他亲自去当事人家里"救火"的案件，几年也出不了一个。

但今天他必须来。从揽胜后排和他一起下来的还有隋钧和刑天，他摆了摆手，司机将车停到了路边。

客厅地毯上散乱着几枚公章，罗牛牛坐在侧面沙发上，余怒未消，而正位上坐着的，是一位中年人。中年人身着唐装，头发花白，龙盘虎踞地抽着雪茄，有着改革开放初期黄金一代草莽都有的杀伐气概，此人正是康银集团的创始人罗鹤。他见张太一来了，抬眼瞥了瞥，声音低沉："张律师，事情不容乐观啊。"

张太一明显闻到了兴师问罪的味道。他并不慌张，稳稳当当地坐到旁边的沙发上，说："罗总，不是坏事。"

"哦？"罗鹤闻言好奇地看向他。罗鹤想过张太一会道歉，也想过他会马上给自己一套后续补救的方案，却没想到他上来就跟自己说不是坏事。

"他们以为自己很聪明，却没想到一着不慎，满盘皆输。"张太一依旧不急不缓。

"张律师，别卖关子了，现在是什么情况。"罗鹤的语气缓和了不少。

张太一身后的隋钧和刑天互相看了一眼，都开始暗暗地学习主任与客户沟通的手段。

"罗总，想必你也知道，从宁濯这个案子以来，我们一直在按兵不动，"张太一的表情仿佛在说一切尽在他的掌握中，"因为我们在等，等他们出现破绽。"

124

"破绽?"罗牛牛也竖起耳朵。

"是,破绽。高手下棋,有时比的不是谁能出现妙手,比的是谁不出错。我们一直在防守,是因为防守相对不易出错,而进攻会出错。当他们选择私刻公章起,他们就犯下一个弥天大错,"张太一嘴边泛起一丝笑容,"私刻公章,那是《刑法》明文规定的犯罪行为,我们只要揪住这个辫子,马上就能把龙诀和给他们出这个馊主意的人一网打尽。等他们人被拘进去,我们这场与龙家的纠葛,基本就尘埃落定了。"

"可我之前和刑律师沟通过,我们手里没有证据,"罗牛牛怀疑地说,"我们查了查最近盖的章,发现章就是在宁濯案开始前被换的,我调取了那段时间的监控录像,没有任何异常。只有一天凌晨物业进行电路检修,连安保用电都断了,我估计就是那晚发生的事。现在他们又在公司自导自演了一出抢章大戏,没人会信他们早就狸猫换太子了。"

"罗公子,不着急,"张太一微微一笑,"我们现在手里,有一套假章,这就是最重要的物证,我已经让刑律师和隋律师调取附近监控,同时去物业公司做了问询,这个案子立下来我还是很有把握的。"

"有把握?"听到这里,罗鹤总算开口说话。在刑事案件里,优秀的律师能把人捞出来,更优秀的律师能把人送进去。如果是一般的升斗小民,罗鹤倒也就信了。现在对面涉及的可是江南省龙头上市企业董事长的千金,能送她进去那可真得有通天的本事。

张太一并未正面回答这个问题,而是问:"罗总,现在你应该问自己,你到底愿不愿意走到这一步?"

一旁的罗牛牛闻言后也哑然。

是啊,双方现在毕竟还有些姻亲关系,真走到对彼此采用刑事手段这一步,那就真的没有回旋的余地,只剩你死我活的斗争。

雪茄烟雾袅袅。罗鹤起身,慢慢走向阳台。窗外别墅区的内部道路上路灯暗黄,几只飞蛾在周围扑来扑去。

"如果把他们拘进去,能判下来吗?"他问。

"一个人从犯罪嫌疑人到最终定罪，有三个环节，公安机关立案侦查，检察机关审查起诉，以及法院最终下判。每通过一个环节，他们被定罪的可能性都增大。当走到法院审理的那个环节的时候，他们还想无罪便难如登天了，"张太一说，"警方这边，我有办法，可我想跟罗总说的是，很多时候，有没有罪不重要，进没进去很重要。人进去了，就容易慌，慌了，就容易妥协，容易出更多的错。妥协了，出错了，我们就赢了。"

罗鹤听到这番话，深吸了一口雪茄。他将烟灰在窗边抖了抖，然后转过头来问罗牛牛："她是你的媳妇，你觉得呢？"

罗牛牛用力地抿着自己单薄的嘴唇，心中思绪百转千回，他终究还是问了张太一一句："还有更好的办法吗？"

张太一摇了摇头："这是目前最好的办法。如果不想用比较强硬的手段，我们就只有看这个离婚官司怎么打了。但现在这个案子到底是谁来审，好不好沟通，不确定性也是有的。"

"那张律师，你的建议是？"罗牛牛皱着眉头。

"罗总，对面现在出现了一个巨大的破绽。站在律师的立场，我们肯定是希望让每一个犯罪分子都承担相应代价的。不过到底要不要报案，权利肯定还是在当事人手里，我们不能越俎代庖，"张太一开始叫罗牛牛罗总，"不过我还是要提醒，如果真的决定动用刑事手段，开弓难有回头箭。"

罗牛牛也起身。他手指微微颤抖，给自己点了根香烟。

罗牛牛心乱如麻，下意识想逃避。

"你媳妇，你觉得呢？"罗鹤又问。

罗牛牛咬了咬牙，将烟头狠狠按在烟灰缸上："抓，我觉得该抓！为了搞老公，这种破事都做得出来，真是个贱女人！"

听到这两句话，罗鹤意味深长地眯了眯眼睛，竟也看不出他到底是赞赏，还是叹息。他回到客厅，示意罗牛牛从盒子里也给张律师拿一根雪茄。"古巴进口货，张律师试试。"

罗牛牛麻利地取出雪茄，剪开，用专用火枪慢慢烤了几秒，然后恭敬地双手递到张太一面前："张叔。"

"谢谢罗公子。"张太一呵呵一笑，接过雪茄迅速吞吐两口。

罗鹤坐到张太一身旁，拍了拍他的肩膀："兄弟，我的意见是，这仗吧，要么就不打，要打就打到底。他们先用下三烂的招数，对我们不仁，我们不能吃哑巴亏，也只有对他们不义。所以后续就辛苦你了。"

"老罗，你的案子一直是我的重中之重，你放心。"两个中年男人对视一眼，然后哈哈大笑。

而他们的身后，两位青年律师也对视了一眼，然后不约而同地轻叹了一口气，两人都佩服得五体投地。

走出别墅，回到车上，刑天忍不住夸赞道："主任，你三言两语就让想要兴师问罪的客户连连称谢，厉害。"

"闭嘴！"一进车，张太一的脸便迅速冷了下来，听到刑天的恭维后，他忍不住破口大骂。

刑天的洋洋喜气被冷水这么一浇，竟有些不知所措。

张太一深吸一口气，面色恢复了沉静："你真的以为罗鹤现在对我们很满意吗？他现在只是还需要我们出力，所以才恭敬有礼，要是我们后续没有把事情处理好，就得卷铺盖滚蛋了。"

眼见张太一方才的勃然大怒，今晚一直沉默不语的隋钧开口："那您刚才说的破绽……"

张太一冷笑一声："这确实是一个破绽。但事情原本是没必要走到这一步的。你以为罗鹤真想和对面撕破脸？撕破脸了，公司怎么办？如果我们防着他们这一手，双方在打离婚官司的时候还能谈，还能和，还有余地。做生意，但凡能坐下来谈的，何必真的鱼死网破、两败俱伤？有些招可以慢慢使，现在对面搞这么一出，逼得我们也只有往死里打，可真这么你死我活地斗下去，对康银有利吗？对当事人又有利吗？"

车内众人一时陷入沉默。片刻后，隋钧问道："所以他们也是把当事人放在火上烤？"

"谁知道呢，"张太一的脸色在昏暗的车内阴晴不定，"大家都在赌。"

汽车穿越幽暗的道路，驶向没有尽头的远方。

"赌。"刑天轻轻重复着这个字。

隋钧问："赌刘所长能不能把龙诀他们的嘴撬开？"

张太一深吸一口气："不是。"

三

电磁炉打响，铁锅上的牛油块慢慢融化在一片红色中，李法山看着逐渐冒泡的油汤吞了吞口水。

今天是家宴，在座除了春山二人外，还有李法山的老友婧哥。桌上有提前卤好的鲜排骨、捣好的虾滑、日本进口的雪花和牛、嫩腰片以及香菜丸子，素菜则有番茄、山药和贡菜。菜品都是刘春一人准备的，在婧哥的强烈要求下，今晚还加了红苕粉和猪大肠。

疫情初期直播带货成为热门行业，婧哥赶上这股东风，虽然只是第二梯队，但也轻轻松松年入千万，"翻身农奴把歌唱"，再也不是那个在律所里抢到一万元红包就惊喜地尖叫的吴下阿蒙。

"你一个仙气飘飘的美妆网红竟然最爱吃猪大肠，这可真是令人意外，"李法山皱着眉头将大肠扔锅里，"你放心，知道你好这口，专门没洗干净。"

"想吃屎你自己吃去，别拉着我。"婧哥放进一片雪花肥牛，涮了几秒便提起，然后对刘春说，"刘春，你这又会赚钱又会做菜，还不像李法山这厮是个花心大萝卜，堪称完美，怎么还单身呢？"

"我都还单着呢，他陪着我孤独终老，合理，"李法山抢话，将鲜排骨全倒进火锅。排骨早放，既是为了提锅底的鲜，也是为了入味，"而且你怎么不问问我？"

"你还用问吗？"婧哥一脸嫌弃，"真的，刘春，我们来个坦白局，你该不会有什么难言之隐吧？"

刘春笑了笑："我的身心目前总体还算健康。"

"那你为什么还不谈恋爱呢？"婧哥问。

"我只是没遇到合适的，要是有还是会奋起追求的。"刘春用勺子将虾滑团成球放进锅里。

"禁欲系，要命了，"婧哥不住地赞叹，然后瞥了李法山一眼，"不像我旁边这位，身体早已被掏空。"

"我这叫纵欲系，"李法山是颗铜豌豆，"不过你今天这么八卦，该不会对他感兴趣吧？咱俩是一丘之貉，你别祸害良家。"

"你别说，我还真想介绍，"婧哥边说边捞起一个丸子，"我就不亲自上阵了，和刘春得玩真的，我玩不起。但我身边倒有很多小姐妹，那可都是纯情白富美，如果刘春愿意，哪天我组个局。"

"打他主意的多了去了，需要你介绍？"李法山冷笑一声，"他就爱我一个人，没办法。你法子哥倒是雨露均沾，你那边要是资源严重过剩，交给兄弟，兄弟保证把姑娘们伺候得好好的。"

"得了吧，你和那罗牛牛倒有一拼，"婧哥在蘸碟里多加了一勺蒜，"不过这个罗牛牛可真是口风紧，问了半天真没找到什么把柄。"

在抚养费的案子中，除了自己的身世，宁濯基本跟春山二人交代了事情的来龙去脉，他们也按图索骥找到了王薰，王薰既是威克托健身房的经理，也是一家 KTV 的显名股东。为了打听情况，李法山带几家顾问单位的法务去消费了几次，发现里面人声鼎沸，上百位"小公主"穿梭其间。后来他和其中几位混熟了，问半天也是一问三不知，只是据说这家店是市里某位刘姓大领导在照顾，罗牛牛这个名字更是听都没听说过。

刘春问李法山："你们这阵子查王薰有什么结果吗？"

"和隋钧是老乡，没了。"李法山说。

"所以我们还真的得在这起离婚官司上多下功夫了。"刘春捞出一块排骨，放进李法山碗里。

"对面知道主审法官是胡莹，马上提了管辖，没想到胡莹当天收到申请当天就驳回，现在隋钧他们已经提上诉，收到材料后，案子一点没拖泥带水，快马加鞭就移到了中院，现在中院那边还不知道谁来审这个上诉案，"李法山哭笑不得，"要是别的案子也这么高效就好了。"

刘春也忍不住笑出来："不得不说运气也是实力的一部分。这个案子好巧不巧偏偏分到胡莹手里，要是中院维持裁定，案子回到她那儿，我们这官司赢面就又大些了。"

"说实话，这案子也确实得让她审，"李法山说，"倒不是她的裁判观点有多鲜明，而是本案可是关系到我省的龙头企业，别说我们原被告双方各显神通，现在上面几个大领导都极为关注，东西南北不知道会被吹多少风。案子派到哪个法官手上都烫手，也就胡莹背景够硬，不仅能审，还想审。"

刘春点了点头，却说："但这么大的案子，就算是她审也得过审委会，她一个人定不了。"

"那也总比别人审好，"李法山放下啃了一半的排骨，"中院那边需要找李主任想想办法吗？"

"等法官定了再说吧，"刘春把腰片蘸上辣椒面，然后补了一句，"而且瞧胡莹这架势，她似乎很想审这个案子，说不定也不需要我们自己想办法。"

案子细节婧哥也听不懂，在他们聊完后她又追问了下生活问题："春哥，你真不需要我帮忙介绍介绍？"

"你呀，就吃你的猪大肠吧！"李法山将大肠夹她碗里。

就在这时，门铃突然响起。

李法山转身开门，映入眼帘的是三身警服。

"你是李法山吗？"其中一人问。

"是。请问你们是？"李法山心头一紧。

刘春听到对话有异，也走了过来。

另一人公事公办地说："我们是龙降路派出所的。刘春在不在？"

"我就是，"刘春皱起眉头，"龙降路派出所？有何贵干？"

"你们二人涉嫌伪造公司印章罪，现在依法对你们进行传唤，跟我们走一趟吧。"警官说。

刘春虽惊不乱："能出示下警官证和传唤证吗？"

对方有备而来，闻言不耐烦地拿出传唤证。传唤证上清晰地写道："李法山、刘春涉嫌造公司、企业、事业单位、人民团体印章罪，被依法传唤。"

做了这么多年律师，李法山一直接的是民事案件，这是他自己第一次成为案件当事人，而且被刑事传唤，压力无疑巨大。他的脸迅速沉了下来，转过头看刘春，刘春面无表情，拍了拍他的肩膀。

这时，刘春电话响起。低语几句，挂掉电话，刘春对李法山说："龙诀也被传唤了。"

"什么啊，怎么回事啊？"婧哥也走了过来，然后迅速意识到事情不妙，"你们是要被抓了吗？"

李法山没有回答。刘春面部肌肉动了动，终究说："你放心，不会有问题的。"

"什么事？我和你们一起去。"婧哥也是第一次遇见警察敲门的情况，语气开始紧张。

看着眼前这个青梅竹马竟开始惊惧、失控，李法山心中突然涌动出一丝异样的情绪。他嘻了一声，拍了拍婧哥的肩："有啥可担心的，就是派出所简单询问一下，问题不大。"

"小婧，你就别管了。"一旁的刘春也说。他严肃地看着她，眼神仿佛在让她闭嘴。刘春很少如此严肃，婧哥见状一愣，面色惨白。

"还要等你们吃火锅吗？"她问李法山。

李法山耸了耸肩："今天应该不行了。你继续吃，别管我们。"

"你别有事，"婧哥下意识地拉向李法山的手，伸到一半却又垂了下来，她又看向刘春，"你也别有事。"

"走吧。"刘春说。李法山应了一声，拿起鞋柜上的老奔驰钥匙。

警察把钥匙摁住："不用，坐我们的车。"

进入派出所后，李法山独自坐在椅子上，面如死灰。

审讯室不大，隔音很好，灯光惨白。人坐在里面，仿佛黑云压城，倍感压抑。

根据《刑诉法》规定，传唤持续时间最高不得超过二十四小时，接下来的二十四小时，对李法山来说很重要，甚至二十四小时本身也很重要。因为如果超过了二十四小时他却依旧出不去，那意味着自己已从被传唤过渡到被刑事拘留，而被确定刑拘往往同时意味着警方已正式立案。立案，就要破案。案子没立，一切好说，案子已立，那就等于上了一辆只有单程票的刑事列车。虽然前面依旧有可以中途下车的站台，但车一直开着，自己一时半会儿肯定是出不去了。

李法山正与两位年过四十的警官面对面而坐。

李法山明白，这是一场恶仗。

"李法山，律师。"其中一名警官看着手上的资料，慢悠悠地念道。警官叫王朝，旁边的叫马汉，两人是黄金搭档，在系统里赫赫有名，人称预审双杰，专撬铁嘴。"看来我们今天遇到专业人员了。"另一名警官说道。

李法山有所不知的是，为了搞定眼前这个专业人员，两人自昨天接到任务到现在，已经在单位研究了整整一天。

"王警官，您别这么说，"李法山满目愁绪，一脸的无辜，"我虽然是律师，坐在这儿也是头一遭，现在还蒙着呢，论专业还是你们专业。"

听到他叫自己王警官，王朝微微一愣，但面不改色。他把资料往桌上一放，饶有兴趣地问："你知道我叫什么名字？"

"知道，王朝、马汉，如雷贯耳。你们写的《审讯实战》我之前还学习过，"李法山要建立心理优势，佯装叹气，道，"把二位请过来，是真太把我当回事了，这可是领导才有的待遇。"

"那是内部材料，你怎么会有？"王朝问。

"你们都培训了这么多干警了，想要学习，总会有。"李法山说。

在旁一直沉默的马汉也开了腔："那你应该明白，你这个案子，不是简简单单就能结束的了。"

"那也得看案子究竟怎么样。没事，您问，我说。"李法山挺直腰板，做出全力配合的样子。

"那我们就开始了？"王朝笑了笑，转过头来看了眼马汉。

"开始。"李法山坐姿端正得宛如一名小学生。

四

龙城东边有片湖叫潜龙湖，此湖是天然湖泊，管理者禁止垂钓，但总有不少人深更半夜驱车来到湖边，拿出长长的鱼竿，抛出香香的鱼饵。

湖边道路上停着一辆揽胜、一辆卡宴，"禁止垂钓"四个大字旁，两名夜不归宿的中年男人正坐在一起，看着映在湖上的皎白月亮闲叙。湖面波光粼粼，夜凉如水，鱼漂在水面浮沉。不一会儿，其中一人将鱼竿拉起，鱼钩空空。

"他们都进去了？"垂钓者对此并不感到遗憾。他重新团起鱼饵，细心地挂在鱼钩上，继续打窝。如果刘春此时在侧，应该会叫他一声门老师。

门泊舟是龙大法学院的金牌教授，是刘春的硕士生导师，在一场知识产权案件中和李法山打过对台。

"嗯。"另一名男子依旧坐定，稳如泰山，如果李法山见到他，应该会叫他一声李主任，"本来就刘春一个人的事，现在李法山也卷了进来，你满意了？两人分道扬镳，也都挺好，你偏偏插上那么一脚，让他们和好如初，不就等着今天吗？"

门泊舟撇了撇嘴:"这盘棋,不把青云老弟拉进来也太可惜。"

"李青云一向什么事都不掺和,你这招逼上梁山也忒毒,"李天微微一笑,"现在儿子被弄进去,他不出马也得出马了。"

"他俩不早就断绝父子关系了吗,也不好说。"门泊舟摊手,"这李法山也是个傻小子,我是真没想到他不仅愿意重新回去找刘春,还愿意帮刘春背黑锅。"

"他呀,确实愣,"李天悠悠叹道,"当初花想容的父亲因受贿被抓,李法山再怎么和李青云不对付,也得为了这个小女朋友觍着脸去求他那不管儿子的爹,李青云就是自那以后和他彻底断的关系。现在刘春要铤而走险,他还不得舍命相救。"

"傻孩子。"门泊舟也叹了口气,也不知到底在为谁叹气,"那你觉得这次李青云会出手吗?"

"肯定会,"一条几寸小鱼上钩,李天把它扔回湖里,"你别看他一副六亲不认的样子,对自己这宝贝儿子,其实在乎得紧。你知道的,此前是他托刘春一直照顾李法山。李法山到我们所后,他也没少跟老姚打招呼,让老姚多照顾点。"

门泊舟闻言不解:"那他为什么要表现得这么讨厌自己儿子?"

李天笑了笑:"可能是因为沈令眉?"

门泊舟恍然,点了点头:"那倒也有可能。"

人老了最爱抚今追昔,李天一说到过去就停不下来:"当初沈令眉是我们龙城律界一枝花,多少同行、老总对她疯狂追求,而她也确实是名奇女子,她似乎不近人情,因此让不少人心如刀割。也就李青云,'咬定青山不放松',一直陪在她身边。我还记得有一次,两个龙城老总为她争风吃醋,抢当时龙城最高的一栋楼的冠名权,就现在二环边上那栋令眉大厦。那可是1990年,拍卖价到了60万。那时一斤猪肉也才两块五。后来那个叫张强的老板赢了,得意扬扬地去沈令眉那儿邀功,沈还把他痛骂了一顿,说他'无事生非'。"

"那她最后怎么就和李青云在一块儿了？"门泊舟问。

"爱吧，"李天唏嘘道，"可惜天妒良缘。"

"天妒良缘，"门泊舟想到往昔，也叹了口气，"也是。"

李天看着天边月亮弯弯，道："这老李也是奇怪，这些年好像也没有重组家庭。"

"该不会还念念不忘吧？"门泊舟呵呵一笑。对中年人来说，长情似乎是一个奇怪的笑话。

李天没再继续这个话题，他的思绪已经回到三十年前。

那是一个百废待兴、风起云涌的时代，也是思想解放的时代，大家敢为人先地在各个领域开疆拓土，充满创业豪情与改变世界的梦想。那时法律行业也是一片蓝海，他毅然辞职下海，与一帮同样希望给龙城司法界带来新气象的青年开办了一家崭新的律师事务所，而事务所的五位初创合伙人，随着名气渐长，被称为"律界五杰"。

如今，律界五杰都老了。他们有的雄踞一方，有的正躺在自己过去的功劳簿上百无聊赖地变现着积累了三十年的资源，然后目光苍凉地看着这个代有才人出的江湖，眼见这些锋芒正盛的年轻人重复自己过去的故事。

五人中也有人正落魄着。

"老梁最近还好吗？"李天突然问道。

"病不见好，"门泊舟叹了口气，"听说他的娃梁逸去你那儿了？"

李天应了一声，在这冷寂的湖水前，安静得像块石头。

"那孩子资质怎么样？"门泊舟问。

"和他一样。"李天一动不动地看着鱼漂。

门泊舟动了动嘴唇，吐出一句："也挺好。"

不一会儿，鱼漂异动，李天收竿，钩上一条大鱼。

"开张了。"门泊舟拿起鱼网帮忙捞鱼。

"开张了。"李天称了称，八斤。

鱼在月光下垂死挣扎，命运终结于一口小小的饵。门泊舟看着这个即将成为盘中餐的生物，突然问道："换章这个主意，是你出的还是刘春出的？"

　　李天将鱼放进网兜："他自己提的。"

　　"你没劝他？"

　　"劝不住，"李天语气平静，"你知道，他很有主见。"

　　"他们能出来吗？"门泊舟问。

　　李天点了点头："能。疫情防控期间，看守所基本不收人，刘春毕竟表面上和此事无关，如果没从他那儿问出什么，应该能很快出来。不过龙诀和李法山，得李青云出马才行。"

　　门泊舟苦笑一声："老李，你也狠啊。"

　　"我就是顺着你的棋下而已。"

　　门泊舟出神片刻，意味深长地说："你不觉得吗？刘春和二十年前的张太一一模一样。"

　　李天聚精会神地看着湖的另一边，那是隐藏在黑夜中的群山，他轻轻回道："你说二十年后的他会不会也和张太一一模一样？"

　　门泊舟的头发日益稀疏，几缕花白的发丝在月光下显得弥足珍贵："老李，我们老了。"

　　"是，我们老了。"李天的笑容里既有疲倦，亦有无奈。

　　他将鱼放进鱼兜，然后说："可这世道，似乎永远也不会变。"

五

　　月明星稀，龙城市中心的一座四合院外，一名三十多岁的律师正安静地站在门外等候，正门上方"云升天闻"四个字显得低调、朴素。

　　从派出所出来后，他已经在门外等了两个小时。虽已是深夜，两个小时内四合院却也进出了五六拨人，每拨人都心事重重，每拨人都思绪万千，自己的忧愁已经足够多了，他们对这位独自在门外等候的男子丝毫不在意。

门内其实有专门的等待区，但进门需得到所内律师确认，他没有得到确认，所以只能一直候在外面。对此他并不介意，他知道，他想见的人，今晚一定会见他。

十一点半，值夜班的门卫老王终于走了出来，温和地对他说："刘律师，主任说你可以进去了。"

"谢谢王叔。"刘春跨过高高的门槛。

四合院坐北朝南，正中间的办公室此时依旧灯火通明。刘春大学时期在"云升天闻"实习过，这间办公室是他律途开始的地方。

进门前，老王指了指门旁的储物柜。刘春点了点头，将手机和智能手表都放了进去。进门后，他看见李青云正伏案工作，并没有抬头看自己。办公桌正前方的椅子空着，刘春也并未坐下。

他继续站着，李青云继续工作，两人谁也没开口，空气中只剩下敲击键盘的声音。

十二点整，老王端了杯温水进门，见刘春还站着，无声地叹了口气，又走了出去。

老王把门带上，终于，李青云拿起水杯并开口："刚从派出所出来？"

"是。"

"你来找我干吗？"

刘春依旧站立不动："李主任，您得救他。"

"救谁？"李青云漫不经心。

"李法山。"刘春回道。

"李法山是谁？"李青云喝了口水。

"您儿子。"刘春言简意赅。

"你知道，我没这个儿子。"李青云冷笑一声。

"您知道，您是位父亲。"

李青云看向刘春的眼睛。这双眼睛内敛、平静，黑多白少，如浩瀚星云里的深沉黑洞。眼睛是心灵的窗户，做了这么多年律师，这世间已经很少有李青云看不透的窗。但刘春的这扇窗，很厚，锁得很死。

李青云起身，打开窗。窗外月光皎洁，他点燃一根香烟。香烟袅袅，李青云若有所思。

"刘春，你读大学我资助了你几年？"李青云问。

刘春记得很清楚："七年。从大一到研三。"

"七年。"李青云重复着这个数字，然后转过头来，重新凝视这个在他见证下一步步成长的男子。

十多年前，刘春也如现在这般，话不多却有力，在一群贫困生中，卓然鹤立，如长夜明珠。那时李青云只是隐隐觉得他是可造之材，却万万没想到，多年后的今日，他竟成为这般模样。

"七年。"他又喃喃，然后接着问，"你说李法山是我的什么？"

"是您儿子。"刘春说。

"那他又是你的什么？"

这个问题似乎总算把刘春问住，他的回答没了方才的不假思索。犹豫了几秒，他说："他是我毕生挚友。"

"毕生挚友。"李青云咀嚼着这四个字，呼吸越发沉重。

"为什么你出来了，他没出来？"他继续问。

"因为和龙诀的见面，我不在，只有法山在。"刘春答道。

"为什么他在，你不在？"李青云语气渐强。

"因为我们之间必须有一个人在外面继续工作，"刘春说，"我更合适。"

听到这句话，李青云的胸腔剧烈起伏着，他咬着牙，一直强行压抑着的情绪在一瞬间勃然爆发："混账！"

声如霹雳，房间隔音效果虽好，门外的老王却也忍不住回头。

做了这么多年律师，而且是成名已久的刑辩大拿，李青云的情绪超乎常人地稳定。情绪于他而言已经成为一种武器，在谈判时，在庭审中，只有在他认为该发怒的时候，他才会发怒。他已经很久没有自发性地愤怒，但今天，他出离愤怒。

一个月前，刘春曾来到云升天闻，花 50 万元向他购买模拟审讯的服务。

所谓模拟审讯，是该所最讳莫如深的服务。常在河边走，哪有不湿鞋，无论是老钱还是新贵，只要地位、财富累积到了一定程度，你要说他们自己的事业完全光明磊落，他们肯定自己都不信。因此他们白天吃不好饭，晚上睡不好觉，头顶的雷达天天高度敏感，稍有风吹草动他们便如惊弓之鸟。他们最担心的，就是哪天被人盯上，或者东窗事发，接着被捕入狱。我们可没有"律师不来我不开口"的说法，一般情况下，在经验丰富的审讯队伍面前，若无一定经验，就算你是张铁嘴，也能给你撬开。所以，如果有一天进去了该怎么办？哪些话该说，哪些话不该说，哪些话该怎么说，他们迫切地想知道该如何应对。

而李青云为什么能提供这项服务呢？

首先他自己就是很多地方纪委监委和公安机关的法律顾问，组织会用什么办法审人，他清楚。同样，正是因为他为很多此类单位服务，当这些部门里有人想出来做律师时，他们也往往会首选加入云升天闻。因此，所谓的模拟审讯，其实也和真实审讯差不多一模一样了。且不说用的招数，连审你的工作人员，都是之前在部门里专门干这个的。比如该部门的核心负责人，云升天闻里的陈晓天，此前就是区公安局副局长。

由于模拟得太逼真，客户们都非常愿意掏腰包。

李青云为此做了非常全面的执业风险隔离：首先，律所绝不对已经立案，或者尚未立案但已经被公安机关盯上的客户提供服务，案件背景让客户自拟。其次，模拟审讯的场所不在律所，进门前除了禁止带包括手机在内的任何电子产品，还要换整套衣服，事后销毁所有材料。最后，这几年年轻人的新玩法兴起，他还给这项服务取了个很时尚的名字：刑侦剧本杀。

当刘春提出要给龙诀和自己购买这项服务时，李青云便知道，双方即将鱼死网破。

当时他还循循善诱道："作为律师，你也知道，生意一场，本不必如此。"

刘春是这么回的："这么多年了，当事人之间若能和平解决，早就和平解决了，我也只是受人之托。"

他以为是刘春自己要冲到前面，而且知道他心如磐石，便不再多劝，没想到他把李法山推到前面，自己倒全身而退了。

在他看来，刘春的计谋已经非常明确。在决定实施一个非常危险的招数后，他选择利用李法山对他的感情将其推到前面去做挡箭牌，这样一来他可以明哲保身，二来他可以通过李法山将自己拉下水，这样既保留了李法山出来的希望，又逼自己在张太一与李天的斗争中做出选择。

眼前这个看似温润如玉之人，此时，正让恩人之子、所谓的毕生挚友陷于水火之中。他李青云纵横半生，没想到活到今日，竟陷入农夫与蛇的窘境。

刘春依旧面无表情地站着，似乎李青云的愤怒与他无关。

"刘春，你很毒啊。"李青云缓缓说出这句话。

"李律师，请您救他，"刘春也深吸一口气，"其实，这也是您和李法山和好的机会。"

"听你这意思，我还得谢谢你了？"李青云气极反笑。

不过这并不意味着刘春没有说到点子上。

李青云情绪非常复杂。虽然他和李法山断绝父子关系多年，但亲生骨肉，血浓于水，这份关系岂能说断就断？而且人总是年纪越大越明白亲情的珍贵，他李青云奋斗半生，什么都有了，也什么都能处理好，可就"家"这个东西，他从来没有。

往昔种种如过眼云烟，扰乱着他的思绪，他的舐犊之情与多年来的思绪交织在一起，令他心乱如麻。

终于，他问道："之前那次训练，你有教他吗？"

刘春微微一笑："有，我已经将您跟我说的，悉数教给了他。"

李青云点了点头，突然说："刘春，做了这么久律师，你应该明白，以前的事各为其主，你父亲的事，不能全怪张太一。"

听到这个问题，刘春有了今天的第二次出神。

他慢慢走到空椅子上坐下。站了一晚上，他确实腰酸腿疼。

李青云还不全然知道背后的故事，他更不知道，在刘春的"黑暗笔记本"上，张太一的名字熠熠生辉。

"李主任，"刘春把头埋了下去，看着自己的脚尖，"没有回头路了。"

"有，还来得及，"李青云声音低沉，"如果你觉得可以，我也不是不能和他聊聊。"

"是我不想回。"刘春斩钉截铁，眼中出现一丝狂热。

李青云闻言一愣。

"因为我发现，我好像真的有可能打败他。"刘春抬起头，亢奋的战意搅乱了他平静的眼神。

看着刘春这般跃跃欲试的模样，李青云心中泛起一丝复杂的意味。

"你真是魔怔了，"李青云哼了一声，然后又问，"那你凭什么认为我会帮你？"

"因为，您不仅仅是在帮我，也是在帮您自己。"刘春说，"我说帮您自己，也不仅仅指您可以把李法山救出来，而是您自己心里也明白，这真的是一个打败张太一的机会。"

李青云眯起眼睛："你又凭什么认为我也想蹚张太一这汪浑水？"

"我不确定，"刘春说，"但如果您愿意出手，这对您、对我、对李法山来说，都是最好的事。"

李青云的眼睛越眯越小。他一步一步在自己并不大的办公室走着，看着鱼缸里来回游动的鱼，玻璃映射出的脸阴晴不定。

他开始思考一个问题：自己刚才的愤怒，到底是因为他觉得刘春奸诈，还是因为他觉得自己被刘春摆了一道，因为自己失去了对事情的掌控？

说不定，眼前这位心沉似海的年轻人，还真有可能把事办成。

"刘春，"沉默许久后，李青云终于开口，"你有没有想过一个问题，假如，只是假如，这场仗你真打赢了，你又能怎样？"

刘春闻言，也走到窗边。沉沉夜空中乌云浮动。

打败张太一的方法只有一个，那就是成为张太一。

"李律师，你瞧瞧这天，它总是什么都有，"他说，"有飞鸟、白云、夕阳、晚霞。"

"那你是什么？"

"不知道，"刘春说，"我是什么，我自己也不能决定。天注定。"

六

夜里两点，一辆奔驰迈巴赫正准备驶入一方别墅区，就在车即将进小区门的时候，一名女子闪现，将之拦下。

"你是谁，不要命啦！"小区保安边骂边从保安亭钻出来。

"李叔，是我，小婧！"车灯照射下，婧哥对着车内大挥双手。

"小婧？"车主是李青云，他把头往前伸，仔细辨别婧哥的脸，然后似是而非地问，"老赵的女儿？"

老赵叫赵承，是李青云的邻居，经营一家绿化公司，二十年前老婆出车祸成了植物人，还是他帮忙办的离婚。办完离婚手续后不久赵承便和公司的一位女下属再婚，又生了一个儿子，现在孩子上初三。

"是，我是！"婧哥边说边跑到车侧。

李青云虽一直对李法山不闻不问，但婧哥与李法山从小相识，他们算青梅竹马，李青云还是知道的。他降下车窗，对保安挥了挥手，然后斥道："你这么拦车很危险的，大晚上司机没看到你怎么办？"

婧哥焦急地说："李叔，您得帮帮李法山！"

李青云眯起了眼睛："刘春叫你来的？"

"不是，我自己来的。刘春一直说没事没事，没事个屁！"婧哥气急败坏，"他要真能把事摆平，还用得着李法山进去？！我知道，只有您能救他，您得救救他！"

李青云又问："你怎么不去律所找我？"

"律所……我看刘春在律所门口蹲着，我就没必要了，"婧哥小脸微红，"我想着如果您晚上还回来，多半就是他没把事搞定。"

"小姑娘心思还挺重，"李青云脸上出现一丝转瞬即逝的笑意，"你为什么要帮他，你现在是他女朋友了？"

"谁，李法山？"婧哥呸了两声，"得了吧，我喜欢谁也不会对他下手啊！我只是他朋友，我就是见不得朋友出事！"

"你对每个朋友都这样吗？"李青云饶有兴致地问。

"倒也不是，也就对好朋友这样。"婧哥皱起眉头，"您就别和我在这儿浪费时间了，您亲儿子都进去了，您怎么一点都不着急呢？"

李青云确实不着急。他仔细观察起婧哥来，暗黄的路灯下，印象中那个虎里虎气的小姑娘，如今竟也亭亭玉立。美妆博主，妆还没卸，加上婧哥本就是标准的美人相，李青云心念微动，突然觉得此时的她和那个已经逝去的人颇有几分相似。他说："小婧，十年前，也是在这儿，李法山也拦过我的车。你知道他为什么要拦吗？"

"为什么？"婧哥问。

"为了救花想容的父亲，"李青云面无表情地说，"当时她父亲涉嫌贪污，李法山找到我，求我救他。就是在那天，他对我说，如果我救她父亲，从此他便再也不到我眼前来烦我。"

婧哥闻言没好气地说："这和我有什么关系，而且当时他还小，说的都是气话。他不懂事，您也不懂事？"

李青云看着她表情不停变换，说话更是没大没小，又问："你为什么会和李法山成为好朋友？"

婧哥被这个问题问住了。

这似乎是个需要立刻做出回答的题。她在脑海中迅速搜索关于李法山的褒义词，但绞尽脑汁硬是没想出来，能想到的，只有"贪财好色、得意忘形、狡猾抠门"等贬义词。

"这个人怎么一个优点都没有！"婧哥急得直冒汗，只能口不择言地说，"他……他优秀、纯粹、正直、善良、勤奋、乐于助人，还特别热爱小动物……"

李青云听得不住皱眉，连连摆手："好好好，我知道了。"

"您知道了，是什么意思？"婧哥问。

"我知道了，就是我知道了。"李青云不再多说，升起车窗。

车辆尾灯闪烁，扬长而去，婧哥看着黑色的汽车遁入黑色的小区，似乎意识到了什么，然后便大喊："谢谢李叔！谢谢李叔！"

此时已是深夜，婧哥清脆的声音久久回荡在已然入睡的龙城，显得如此单薄而孤独。

"吵什么吵，别吵了！"守门的保安再次赶人，"小姑娘，大晚上的很危险，快走！"

她走到路口打车，车还有两分钟到，婧哥回首，再次看了看这个龙城老钱云集的小区。

这里，也曾是她的家。

车灯照亮前行的路，李青云听着婧哥在身后的叫喊，嘴角又生笑意。

司机老张跟李青云很久了，他从后视镜里看到平时不苟言笑的老板难得真情流露，便搭了一句："小姑娘挺有意思的。"

"嗯，是挺有意思的。"李青云对老张的搭话并未觉得不适。

见老板颇有谈兴，他继续道："感觉他们几个年轻人挺处得来的。"

老张没有说出李法山的名字。小区很大，他轻车熟路地在里面左拐右拐。

李青云笑着说："是，也不知道是她没发现还是不承认。"

李法山今年也三十岁了。

"她不知道自己为什么在乎李法山，但她是真的在乎李法山。"

老张又从后视镜看了看老板，这是他这么多年来，第一次听老板叫出自己儿子的名字。他有所不知的是，此时李青云理性到近乎寒冷的脑海里，正浮现出一些温暖的画面。

这些画面，叫"家"。

家到了，李青云抬头看了看自己这套房子。这套实际使用面积约700平方米的独栋别墅，空空如也。

黑灯瞎火，他就这么立在门外，沉默地看着这栋孤零零的别墅。

沈令眉死的那年，他刚买下它，当时还在建，没交房。

一阵冷风吹来，李青云原本趋于柔和的心，忽又冷下来。

他又看了看旁边这栋别墅。旁边这栋别墅外，正停着一辆路虎、一辆粉红色的保时捷，以及一辆酷炫时尚的山地自行车。

一家三口，这是没有婧哥的、幸福的赵家。

七

金色的阳光洒在崭新的龙城，今天又是美好的一天。司机在前排恭敬地开车，老板在后排安静地养神，硕大的揽胜加长款和周围价格不等的小车平等地被堵在主干道上，车内的广播字正腔圆：

"听众朋友们大家好，这里是FM321龙城早班车，我是主持人晓晨。现在为您简要播报最新新闻。

"1.北京冬奥会冰上测试活动启动，赛事运行接受全面检验；2.昨日江南省新增确诊病例26例，本土病例7例均在龙城；3.国家外汇管理局推出个人购汇便利服务；4.全球新冠肺炎确诊病例超1亿2921万例；5.龙城康银集团陷内斗风波，董事长龙行之之女龙诀被刑拘。

…………

晓晨："据龙城新闻网消息，康银集团 CEO 罗鹤之子、川禾集团董事长罗牛牛于 2021 年 4 月 2 日向龙城市金阳区龙降路派出所报案，称其妻龙诀私刻川禾集团公章致使公司经营受严重影响，龙降路派出所现已依法对龙诀等人采取刑事传唤措施。龙诀系康银集团董事长龙行之之女，目前为龙城大学工商管理学院副教授，此前因罗牛牛私生子风波，龙诀已向法院诉请离婚，案件正在审理过程中。有专家表示，自疫情以来，康银集团股价一路飙升，市值逾千亿，董事长龙行之及 CEO 罗鹤亦因此双双跻身龙城富豪榜前五。该案反映了康银集团内部斗争的公开化和白热化，在纠纷得到妥善解决前，势必会对公司股价造成严重影响。鉴于康银集团系我省龙头企业，为了让大家有更多了解，我们邀请到龙城芊然律师事务所主任、婚姻家事律师花想容律师对本案做出精彩解析。花律师您好。"

花想容："主持人，您好。"

晓晨："请问花律师，您能从法律的角度先帮我们介绍一下私刻公章罪吗？"

花想容："好的。您说的所谓私刻公章罪，其实是《刑法》第二百八十条规定的伪造公司、企业、事业单位、人民团体印章罪。根据该法规定，伪造公司印章的，最高可处三年以下有期徒刑、拘役、管制或者剥夺政治权利，并处罚金。"

晓晨："啊，三年，也很高了！"

花想容："是的。"

司机听到这里，心中暗觉不妙，马上切台。没想到老板在后座直接说："别切，听听。"

晓晨："可是我很好奇，前段时间不是新闻才曝出龙诀一方去公司争抢川禾集团公章成功吗？都抢成功了怎么还要伪造公章呢？"

花想容："我也很纳闷，即使作为专业律师，我也认为这是不合理

146

的。但我基本可以确定的是，本案一定会对龙诀已经起诉的离婚诉讼产生重大影响。"

晓晨："有什么影响呢？"

花想容："晓晨，为了避免误会，在分析前我要先说的是，我的分析不代表本案当事人的想法，我只是根据我过往的一些诉讼经验，对案件的走向进行简单分析。"

晓晨："哈哈，好好，我们知道了，你们律师真是严谨。"

花想容："那我就说了。如果在离婚过程中，男方让女方陷入刑事风险，甚至被刑事拘留，最直接的影响，就是人身权利的影响了。虽然私刻印章是公诉案件，但我们得分两点看。第一，是到底有没有犯罪事实。如果没有，那在查明事实前是有一段时间差的，男方在通过公安机关限制女方人身自由，他是为了实现什么目的呢？是为了延长诉讼期，把官司拖久。官司拖久了，财产，比如股权，就还处于未分割状态，他一方面可以继续行使自己原有的股东权利，另一方面对财产的处理便又有了相对充裕的时间。"

晓晨："财产的处理？"

花想容："是的，比如公司可以通过对外业务把一些现金流和核心资产处理掉。"

晓晨："哇……"

花想容："第二，就是增加谈判筹码。夫妻两个人都在外面，谈判地位是相对平等的，但如果一方已经有能力让另一方陷入刑事风险，情况就不一样了。而且，被警方传呼后，身心压力是很大的。在这种情况下，即使男方是诬告，女方也会更加容易对对方妥协。"

晓晨："花律师，我想请教个问题。如果是诬告的话，男方会承担什么法律后果呢？"

花想容："《刑法》里有规定诬告陷害罪，情节严重的处三年以下有期徒刑。但实事求是地说，很难。"

晓晨："为什么很难？"

花想容："我说句不恰当的话，如果是普通人，是有可能被追究诬告陷害，但对另一些人来说，即使做了，也挺难被追究责任的。"

晓晨："怎么说？"

花想容："我举个例子。您知道'报案'和'控告'的区别吗？"

晓晨："有什么区别？"

花想容："报案，指的是被害人将有关犯罪事实向司法机关报告，比如你被偷了，向派出所报案，你只需要说时间、地点、被偷了多少、怎么被偷的，你不知道被谁偷的；而控告，是你知道你的钱被谁偷了，直接向派出所指控某个具体的人。你有没有想过，如果被害人只是报案，而非控告，是警方自己去抓的人，那他们岂不就不涉及诬告陷害了？"

晓晨："所以您认为他们只是报案，然后是警方自己去抓的？"

花想容："我不知道。但我相信对一些人来说，他们在进行具体行为前肯定会有律师团队为他们服务。"

晓晨："花律师，感觉里面学问很多啊……"

花想容："还有一个学问。"

晓晨："什么学问？"

花想容："就是目前警方只是传唤，还没有正式刑事立案调查。"

晓晨："有什么区别吗？"

花想容："这说明其实警方一开始可能也没掌握充分证据，他们也有非常稳妥的考虑。而龙女士被传唤后的这二十四小时，将非常重要。如果超过了二十四小时，那意味着警方已经掌握一定证据，要立案了。"

晓晨："原来如此，那现在可真是争分夺秒啊……"

花想容："是的。"

晓晨："花律师，据我所知，您也是此前罗牛牛私生子案被告方的代理律师，这个案子您能跟我们介绍一下吗？"

花想容："很抱歉，本案双方已经调解结案，而且涉及当事人隐私，具体案情我不便透露。"

晓晨："调解结案？所以双方是有协商达成一致意见的咯？"

花想容："这个确实不便透露。我能说的是，既然是调解，那肯定是双方都能接受才行。"

晓晨："好的，感谢花律师带给我们的精彩讲解，我们休息片刻，精彩稍后继续。"

又是一个红灯。老板看了看表，现在是早上八点半，距昨晚七点半龙诀等人进派出所，已逾十一个小时。

他隔着隐私玻璃向车窗外望去，窗外蓝天白云，高楼大厦，旁边的小轿车里，驾驶位上的男子枯坐发呆，副驾的女士正低头刷手机。手机屏幕上，一条劲爆的商业热搜夹在一片娱乐圈热搜间，显得很不协调。

老板拿出手机，看了下康银股价，不出所料，股价大跌。他用手机有节奏地敲了中央扶手十几秒，他拨打了第一个电话："那边有动静吗？"

"昨晚刘春找了他。"

"没别的了？"

"没。"

挂掉电话后，他沉思片刻，又拨打了一个电话："老刘啊，审得怎么样了？"

"还没撂。"

"会撂吗？"

"快了。"

"谁快了？"

"都快了。"

"有律师介入吗？"

"昨晚刘春那边有，另外两个还没有。"

"这个案子现在关注度很高，不办实了不好收场啊。"

"挂了。"

老板又用手机敲起中央扶手来。

"老于，还有多久到？"他问司机。

"主任，地图显示还有二十分钟。"

八

李青云最近很忙，比他想象中还忙。

今天一大早，家门口就来了位贵客。

"张会长，约这么早，还直接约家里，你是真不让人睡懒觉啦？"李青云呵呵笑着，拉着张太一进屋。

"叫会长就见外了啊。咱俩谁和谁，叫太一！"住家保姆是位中年妇女，两人坐定后恭敬地上了茶，张太一见该妇女神情小心，举止谨慎，加上打扮朴素，不禁心中一叹。

"老李，最近感情生活有没有什么变化？"他笑着问，"我认识几位女士，单身，非常优秀，要不要哪天约出来一起见见？"

"你就别操这份心了，"李青云微笑着说，"都这把岁数了，还想什么第二春？"

"这把岁数怎么了，咱们还正是当打之年啊！"张太一喝了口茶，"冰普？"

"客户送的。"李青云吃了口保姆上的点心，"年轻时你就没少祸害姑娘，现在离婚了，自由了，又当打之年了？"

"男人嘛。"张太一哂然一笑。

"你今天来找我，该不会就想专门帮我介绍对象吧？"李青云直入主题。

"我想跟你聊聊和李天的案子。"张太一也开门见山。

"哪个案子？"李青云问。

张太一不耐烦地说："老李，你就别揣着明白装糊涂了。康银的案子。"

李青云抚了抚茶杯："你俩斗了这么多年，怎么就没完了？"

"各为其主，客户利益，没办法。"张太一说。

李青云摆了摆手："咱们都知根知底，就别来客户利益那一套了。"

张太一见李青云不动声色，继续说："是。这次我来也是跟你诉诉苦。这阵子李天真的把我逼得太紧了。"

"他怎么逼你了？"李青云问。

"律协不是要换届了吗，最近他可是在到处煽风点火，要将我军啊。"张太一愁眉苦脸。

李青云嘻了一声："多大事，你这律协会长当了这么多年也该当够了吧，皇帝轮流坐嘛，不做会长不妨碍你做事赚钱。"

"是没多大事，但他一直这么处处作对也没必要啊！"张太一说。

"怎么作对了？"李青云问。

张太一："就说回康银的案子，大家都按规矩办事，就什么事也没有，他偏偏玩私刻公章，还去抢公章，这不就过分了吗？如果我不按法律办事，不去报案，客户也不允许啊！"

"私刻公章……"李青云沉吟道，然后问，"有证据吗？"

"有，怎么没有！"张太一信誓旦旦。

"有什么证据？"李青云眯起了眼睛。

张太一前倾的身子慢慢平躺到椅子上，手指开始轻敲扶手。

"这个我现在还真不好说，"他满脸真诚，"老刘再三叮嘱我，这两天正是敏感时刻，什么都不能透露。对你这么一大腕，我更不敢了。"

"理解。"李青云不再追问。

不过张太一欲言又止："不过我必须跟你解释清楚，法山这个，是被殃及的，谁也没想到，他们会想通过你儿子，把你也拉进来。"

李青云呵呵一笑："这和我有什么关系？"

"这怎么能没关系呢？！"张太一说。

李青云吹了吹茶："没关系。"

张太一问："那这个案子你会介入吗？"

李青云表情平淡："你觉得我该介入吗？"

"我觉得还是不介入为好，"张太一拿起茶壶给他续水，"你现在还不知道，这里面水很深。"

"那你们都来找我了，我怎么才能不介入？"李青云看向他。

"他们也来找你了？"张太一冷笑一声。

自当年律界五杰星散龙城后，无论张太一与李天如何缠斗，李青云都一直坐山观虎斗，守着自己的一亩三分地，与各方井水不犯河水。不过莫名其妙地，李青云竟隐隐被卷到了旋涡中央。

"我去跟老刘沟通一下，如果法山真没啥事，看能不能让他早点出来。"张太一说。

李青云微微一笑，低头喝了口茶："我说了，他和我没关系。"

细细算来，两人已经很久没在一起喝过茶了。

龙城律师圈子说大不大，要说到带头大哥，掰着指头数也就那么几个，大家平时参加各种论坛会议，照面没少打，但无论是于公的业务竞争，还是于私的前情旧怨，真坐下来聊天的机会确实不多。

时过境迁，同围一桌，李青云在感受着张太一的变化，张太一也在感受李青云的变化。

头发随着业务量的增长日益稀疏，法令纹随着声望的累积而深如沟壑，曾经飞扬的眼角早就下垂，过往冲天的豪言业已兑现，他们这帮人，都老了，到底还在争什么呢？

李青云看着眼前这个永远有着无穷精力、永远雄心勃勃的男人。这个男人身上有一种奇怪的魔力：他就是能鹤立鸡群，就是能令对手神分志夺，他会让人天然地相信，只要是他想办到的，他就一定能办到。

张太一有股与生俱来的、强烈到近乎耀眼的领袖气质。

他这份令人嫉妒的魔力，到底能创造出什么奇迹呢？

当年的李青云，正是因为折服于他神奇的魔力，才带着信任，也带着好奇，毅然决然从司法局出来和他并肩打天下。

而如今，另一个问题更加勾起李青云内心深处邪恶的问号：这样光彩夺目、从未失败过的人，如果有一天银铛入狱、大败亏输，又会是什么样子？

他做过大量职务犯罪的案件，他见过无数曾经的风云人物一朝失势、一夜白头，但这些人物在失势前的人生起伏，毕竟与他无关。

"张会长。"李青云突然叫道。

听到这个称呼，张太一皱起眉头打断："我都说了，叫太一！"

"你有想过什么时候退休吗？"李青云问。

张太一闻言一愣。

"老李，这就想打退堂鼓了？"他哈哈大笑，"我刚才说什么来着，律师这个江湖，到我们这个年龄，正是当打之年啊！"

李青云提起茶壶，为他续上茶："也是。"

九

"我不是说得很清楚了吗？那天我和龙诀开会，就是跟她讲了讲关于股东权利的事，她要去拿公章，我是劝过她的，但她坚决要行使股东权利，我们作为乙方能有什么办法？更何况她去拿公章那天我也没跟着啊！至于你们说的什么私刻公章，更是空穴来风，我们手里的公章是假的？鉴定报告出来了吗？我完全不懂你们在说什么。"

此时，距李法山进派出所已经超过二十三小时。这二十三小时内，李法山一直在反复重复着这段话。

二十三小时，战线已经拉得很长，李法山累，王朝、马汉也累。他们原本有预期李法山难以攻破，但没想到他这么难以攻破。自开始审讯以来，李法山似乎早就预判了他们的预判，对每个问题都回答得滴水不漏。时间只剩不到一个小时，如果再问不出什么有价值的东西来，根据《刑诉法》规定，李法山可就要吆喝他们放人了。

王朝拧开保温杯的盖子，喝了口浓茶。

"聊了那么久，也累了，聊聊你的家庭吧。"他说。

根据既往的审讯经验，犯罪嫌疑人对家庭的重视程度与其文化程度往往成反比：越是有知识有文化的人，越是生性凉薄，你提醒他家里人怎么办，没用，得实打实从他自己的切身利益着手方行；而越是江湖草莽，对"忠孝"这种传统思维就越是尊重，你一提父母孩子，他们再怎么油盐不进，也得给你留条缝出来。

按理来讲，律师也算知识分子，是不该拿家人做主攻口的，但王朝在仔细研究了李法山的背景资料后，常年的审讯经验给他一种强烈的直觉，加上李法山牙关很紧，他决定试试。

"开始来这套了，"李法山不是铁打的，高压之下，彼时早已身心俱疲，他暗骂一声，然后说，"王警官，别这样，没啥好说的，我已经把我该说的情况都说了。我算了算，现在离我进所已经快一整天了，《刑诉法》规定，如果没有证据，二十四小时就得放人，你们得依法办案。"

"你不想聊没关系，我聊，你听，咱们就当把最后这点时间混过去。"王朝呵呵一笑，然后说，"李律师，去年我们家养了一只狗，我儿子给它取名叫二筒。"

李法山没有回应他，而是闭目养神。

王朝对此并不介意，继续自顾自地说："二筒是我们捡回来的，那天周末，我们从欢乐谷玩完回家，运气好，刚上车就下起雨了，但你也知道，龙城下雨必堵，结果我们就这么堵在了三环的高架上。"

李法山已经开始打盹。

"雨不大，淅淅沥沥，然后我就看到一只小狗沿着高架边，从远处慢慢走了过来。那是只白色的狗，身上全是泥浆，水和泥把它的毛凝成一串一串。它孤零零的，看到它后你会真正明白什么叫落水狗。我对狗没研究，不知道它是什么品种，后来我才知道，它叫比熊，"王朝接着说，"但它是混血的啊，不是纯种的。纯种的扔了可惜了。"

"当时我就在想，什么主人会将狗扔到三环高架上呢，这不就等着它被车轧死吗？可如果是这只狗不小心从车窗里蹦出来的，现在正堵着车，主人也方便把它抱回车里。但没有原因，这只狗就是这样孤零零地往车的相反方向走着，表情没有可怜，反倒有股倔强。我不知道它有没有明确的目的地，但它就这么自顾自地走着，不回头，不乞怜。我儿子和老婆也看到了，我儿子说这只狗好可怜，我老婆也说是，然后这只狗就从我们车旁经过，走到我们后方。我儿子回头一直看着它的背影，问我老婆能不能把它抱回家，我老婆心一软，答应了，从高架上下车，把它抱回来，然后我们家就多了只比熊。"王朝继续说着，仿佛是在茶馆聊天。

"抱回家后第一个月，二筒戒备心极强，你给它东西，它还是吃，但不爱搭理人。狗，天生爱跑动，但自己玩，不和人玩。你带它出去遛弯，也是人走它停，人停它走。但过了一个月，你天天喂它，带它遛弯，陪它玩，教它叼飞盘，情况就完全不一样了。你知道什么是狗性吗，狗性，就是狗一定要找一个主人。现在我们家二筒，千依百顺，"王朝拿出自己的手机，从相册里翻出一张照片，朝向李法山，"你看，乖吧。"

李法山没看照片。

"有时我在想，狗性挺好的，是狗性，让狗在与无数生物的竞争中脱颖而出。你想想，古时候有多少生物，后来都灭绝了啊，就因为狗选择依附于人类，狗活到了现在。甚至说，现在所有大量繁衍着的动物，都是因为人的需要而存在的。"王朝接着说，"但也有不好的例子。"

"之前，我们所接到过一个动物救助机构的报案。案子是怎么回事呢，一个二十五岁的年轻人，在他们救助机构领养了一只狗，是金毛。你知道，成年金毛不小的，这家救助机构很负责，为了防止领养人杀狗、虐狗，或者弃狗，会先按市场价收领养人押金，要求领养人每个月都发狗的最新照片给他们，过了一年后，若狗依旧好好的，就全额退押金。这个领养人前三个月还好，到了第四个月就不对劲了，拍的照片和此前都是同一场景，千篇一律，一看就是存货，要求视频，也不同意。于是救助机构去家访，发现狗已经被他打死了，原因是这只金毛有次拆了家。"

"在看到那只狗的尸体后，你知道当时我最好奇的是什么吗？"王朝问。

李法山还是没回话。

"我最好奇的是，为什么这只金毛被虐打的时候，不反抗呢？"王朝说，"我不知道你有没有在农村待过，去过你就知道，就算是小土狗，攻击性一上来也能咬死人的。那只金毛，半个人那么大，要是真往主人身上一扑，主人分分钟就没命了。但它就是没有，它就是站在那里，不吭声，不反抗，被那个人一棍子一棍子打死了。"

"我问救助机构负责人，为什么这只狗不反抗。你知道那个负责人是怎么跟我说的吗？"王朝又问。

李法山的好奇心终于被激发："怎么说的？"

王朝微微一笑："他说，狗只要认定了主人，就算主人让它把命交出来，它也会做的。"

场面宁静。大家都还在回味这两个关于狗的故事。

"李法山，有句话我不知道你听没听过，叫'认识的人越多，我越喜欢狗'，这句话不是没有道理的。"终于，王朝说，"我说句话你别生气，我不是骂人啊，今天审你，让我想起了这两只狗。"

"王警官，过分了。"李法山冷哼了一声。

"好好好，时间不多了，我们回到主题。"王朝说，"我看了下，你父亲是李青云，'刑辩之神'。"

李法山低着头，半眯着眼睛，开始休息。

"你当初怎么没想着跟着你爸做律师，而是独自做呢？"

李法山继续打盹。王朝见他不接话，继续自顾自地问："你觉得他接下来会怎么介入你的案子？"

李法山依旧闭着眼睛。但身体不会骗人，他的呼吸已有些许变化。

李青云会不会介入案件？这个问题虽然他一直在刻意回避，但要说他从未想过是不可能的。

"你说他如果看到你戴着手铐，心里会怎么想？"

王朝一直在刺激李法山，让他情绪波动。情绪波动意味着缝隙，刚才还滴水不漏的李法山现在作势打盹、一言不发，王朝能感受到，他的心绪已经有所起伏。

"我看了下，你母亲是在你九岁的时候去世的，"王朝背调做得很详细，"她是怎么去世的，你能跟我说说吗？"

李法山打了个天大的哈欠："王警官，我累了，想休息，二十四小时马上到了，走完程序刚刚好，能放人了吗？"

"你不说我们也知道你母亲是怎么死的，"马汉冷笑一声，"你九岁那年，你们一家和你爸的好友迟思明一家去海南，你拉着迟思明的儿子迟敬偷偷去游野泳，迟敬不敢，你硬把他拉进海里，结果一个大浪下来，你俩直接被淹了下去。是你妈，沈令眉先找到的你们，她马上下海救人，但她水性也不好，结果迟敬死了，沈令眉也死了，就你命大活了下来。李法山，你厉害啊，小小年纪身上就搭着两条命。"

李法山低下头，两人看不清他此时脸上的表情。

"你从小就混，小学转了一次，初中两次，高中一次，有三次都是差点被学校开除，没想到，大学毕业后你竟然还做了律师，更没想到，做了律师后，知法犯法，竟怂恿客户私刻公章，去犯罪！李法山，你对得起你的律师证，对得起你死去的母亲吗？！"马汉拍桌大骂，气冲斗牛。

"马警官，如果你不知道真相，就别乱说。"低着头的李法山总算开口。他声音很轻，隔着一段距离，两名警官没听清。

"什么？"王朝问。

李法山抬头吼道："我说，如果你们不知道真相，就别乱说！"

"那你告诉我真相是什么！"马汉马上硬掉了回去。

李法山牙关紧咬，与马汉怒目相对，但旋即闭上眼睛："它与本案无关，我不用回答。"

"这就叫无话可说。"马汉冷笑了一声，"然后，你就和你那龙城大律师的爹一直不对付，据我所知，他好像还和你断绝父子关系了吧，你觉得他会来救你吗？"

"不要再问这些与案件无关的问题！"李法山的情绪逐渐焦躁，"小心我出去后投诉你！"

"李法山，你知道你为什么让我想起那两只狗吗？"王朝也开口，"因为你和他们一样，都被抛弃过，都缺爱。然后谁对你好，或者谁貌似对你好，你就摇着尾巴冲过去了，如果我没猜错，现在对你最好的，应该就是那个刘春了吧，"王朝继续说着，"结果呢，他真的对你好吗？遇到犯罪要坐牢的事，直接就把你给推到前面来了。李法山，你就这么喜欢做棋子吗？你是律师，应该是很聪明的，不要被别人卖了还帮别人数钱啊！"

眼见李法山没再说话，马汉接着猛攻："李法山，我可以跟你明说，刚才他已经把你供出来了，明说了那次开会是你单独和龙诀见的面，你教龙诀该怎么做，龙诀也承认了，他已经把你卖了。你要是还不招，你是律师，后果你明白的，可是该怎么判就怎么判了。"

李法山闻言，问："真的假的？"

"我们没必要骗你，"王朝说，"刘春早把你供出来了。龙诀也招了，说都是你教的。"

"不可能。"李法山冷笑一声，摇了摇头。

"李法山，你还是执迷不悟，你被别人当枪使了！"马汉的语气既有嘲讽，又有不屑。

"不可能！"李法山的情绪终于爆发，"你们少跟我玩这套！如果他们真的招了，那你们现在就可以转刑拘了。但你们没有，你们诈别人可以，诈我？"

听到这句话，王朝、马汉没再说话。就在这时，两人耳朵里的耳机微光闪烁，二人对视一眼，然后说："既然你还这么执迷不悟，那我们正式通知你，李法山，鉴于你于本案有重大犯罪嫌疑，警方现在依法对你进行刑事拘留。"

"二筒，碰！"在海边的一家豪华酒店里，几个男人正兴致高昂地打着麻将。小孩们不知疲倦地在周围活蹦乱跳着，这是一个愉快的假期。

"爸爸，什么时候陪我们玩？我要去沙滩堆基地！"一个小男孩跑到凳子旁边，拉起父亲的衣角。

"小屁娃，自己玩去！"父亲不耐烦地甩开儿子的手，然后说，"记住，不准玩水，离水远点，要是你回来我看见你沾水了，就打你！"

孩子嘟着嘴："爸，你陪我一起去吧！你在家就打麻将，到这儿还是打麻将！"

听到这话，全场大人哈哈大笑："我们龙城人出来玩，不就是换个地方打麻将嘛！"

眼见让父亲陪伴无果，男孩撇了撇嘴，对另一个小孩说："迟敬，一起走不？"

"走走走！"迟敬跑得飞快，"大人不陪我们玩，我们自己玩去！"

一位牌友皱了皱眉，说："老李，就让他们自己去玩，不合适吧？"

"娃就要散养，天天管着没灵气。"李青云叼着烟，然后远远地对孩子吼了一声，"记住，别沾水！沾水要打人的！"

"知道了！"孩子们兴高采烈。

来到沙滩，两人分为敌我两方，各自堆堡垒，捏坦克。离水远了，全是沙，不好捏，他们搬到近水处，你来我往，打得痛快。

突然，迟敬指着远处的一个小点："李法山，你看，有螃蟹！"

李法山看到了，也兴高采烈："真的，有螃蟹！"

"走，我们去抓螃蟹，抓回去给爸爸妈妈看看，让他们煮来吃。"迟敬径直跑了过去。

李法山本想起身追上，但旋即又犹豫地蹲了下去："不过我爸说了，离水远点，沾水了他要打人。"

"把衣服和鞋脱了，他们发现不了。"迟敬边说边脱衣服，"快走，它要跑了！"

"他真要打人的！"李法山依旧逡巡。

"没劲。"迟敬瞥了他一眼，自己跑向海边。

李法山咬了咬牙，把鞋一脱，跟了上去。

酒店里，男人们依旧打着牌，女人们从菜市场买了海鲜回来，却不见孩子。

"李青云，孩子去哪儿了？"沈令眉问。

"出去玩了。在外边堆沙。"李青云屏息凝神地捏起一枚麻将，大拇指感受着花形和纹路，看都没看就打了出来，"三条。"

"你们竟然让娃自己去沙滩玩？！你们还有没有个当爹的样！"沈令眉闻言大怒，扔下塑料袋便朝海边跑去。

跑到沙滩，沈令眉先是在一堆石头旁边找到两个小孩的衣物，心中一阵惊慌，紧接着来到岸边，看着俩小孩依旧在海边玩得不亦乐乎，不禁松了口气。

"大人有没有告诉你们，不准来海边玩水！"沈令眉气冲冲地走近他们，准备将他们拖离沙滩。

"妈，我们抓了好多螃蟹！"李法山笑着指着远处一个捡来的红盆，冲过去要端给母亲邀功。

迟敬还在孜孜不倦地挖洞，毕竟不是自家孩子，沈令眉眼见自家孩子越跑越远，心中一凛，留在原地温言劝迟敬一起走。

就在这时，一股离岸流扑面而来。

李法山端起红盆，数了数，螃蟹一共六只。他开心地转过身，然后眼睁睁看着伴随着一阵尖叫，母亲和迟敬被席卷入海。

在晴朗的天空和湛蓝的海水中，两人变为两个小点，化成一堆泡沫。

这时其他大人也带着救生衣和游泳圈跑来了。李青云远远看着两人在海中挣扎，情急之下先是狠狠抽了站在原地、呆若木鸡的李法山一耳光，接着便和众人一起，穿上救生衣，一头扎进海中。

李法山被打倒在地，然后在一片"兵荒马乱"中号啕大哭起来。

夜晚，酒店哭声细碎。尸体还没打捞上来，一个女人、一个小孩，于两个家庭而言是天大的事，但在大海面前，也仿佛是几朵小小的浪花。

气氛压抑，李法山跪在地上哭着。

他哭得并不号啕，他已经号啕过了。他哭得并不无声，无声的眼泪是成年人才有的东西。他就低声呜咽着，嗓子已经哑了。

不过此时他内心并无多少悲伤，他还太小，他还不知道大浪对自己人生的意义。

父亲坐在李法山面前，拿着衣架。父亲的好友们围在周遭。

"我有没有跟你说过，不要沾水？"李青云一字一句，两眼通红。

李法山没有回话，只是哭。

"说话！"李青云见状，大声吼道。

李法山"哇"一声哭了出来："说过！"

李青云胸腔起伏，继续问："你为什么要带迟敬去海边玩水？"

"不是我要玩的，是他要带我去玩的……"李法山边哭边说。

李青云闻言双目血红。他慢慢站起身，走到李法山面前，如同一座大山："都到这个时候了，你还在逃避责任。"

"真的，真的是他带我去抓螃蟹的！"李法山哭喊道，他不知道父亲为什么不信自己。

迟思明夫妇相互依偎，听到这句话，抬头，双目无神地看着李法山，干涸的眼睛再次噙满泪花。

李青云勃然大怒。他扬起了衣架，李法山嘶哑的哭声响彻酒店大堂。

周遭没有一个人拦着李青云，迟思明夫妇也只是枯坐在座位上，看着这一切，一语不发。只有另外两位友人，不忍目睹此类惨状，默默上楼回屋。

打人是件很累的活儿，又打了五分钟，李青云已经气喘吁吁："李法山，你告诉我，为什么，你要带迟敬去海边？"

李法山哭得有气无力："爸爸，真的不是我说要去的。"

听到这句话，李青云不禁笑了出来，面部肌肉不停抖动。他阴沉着脸，一把拎起李法山，让李法山重新瘫跪在地上："你知道我为什么打你吗？"

李法山已经不敢大声哭喊，他低声说："因为妈妈找不到了。"

"不是，"李青云说，"因为你是个懦夫。我为你感到羞耻。"

他扬起手，又狠狠扇了李法山一耳光。

李法山直直倒在了地上，陷入昏厥。

"李青云，孩子昏过去了！"一名女性友人赶紧上前抱住李法山。

李青云并未回头。他将衣架用力摔在地上，进屋，嘭的一声关上了房门。

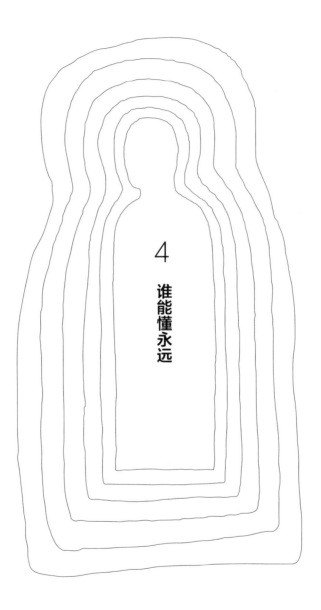

4

谁能懂永远

"李法山，你为什么喜欢我？"和李法山漫步在龙大校园，花想容挽着自己这个小学弟瘦削的手臂，甜甜地问道。两人都是初恋，此时刚刚确定关系，正是如胶似漆的时候。

　　这是一个非常无聊的问题，但这就是爱情奇怪的地方——陷入爱情后，眼前人就算在你面前背九九乘法表，你都会觉得对方充满魅力，两人玩剪刀石头布，都能开心半天。

　　什么是爱情？爱情就是能让两个原本具备一定智力的灵长类生物突然成为白痴的东西。

　　"喜欢你胸大。"李法山敷衍道。

　　花想容回了个"屁"字。

　　李法山迅速纠正了自己的错误："对对，你胸确实也不大。"

　　粉红色泡泡逐渐退散，花想容面有愠色："能不能行？"

　　"好好好。"李法山哄道，然后认真思考起来。

　　花想容竖起了耳朵。

　　其实当女性问诸如"你为什么喜欢我"这类问题时，内心期待的往往是一些恰到好处的赞美，这点李法山心里知道，但他却并未投其所好，而是沉默地想了三个路灯的距离。

最终，他回了四个字："我不知道。"

"不知道？"花想容有些失望。

"是，我不知道，"李法山转过头来看向她，眼睛在路灯下闪烁，"我不知道我为什么喜欢你，但我却非常知道我喜欢你，喜欢你的眼睛、鼻子、嘴巴，你身上的每一根毛细血管我都喜欢。我这个人，爱占便宜，总想从别人那儿讨点什么好处。我只愿意把心窝子放你手里，但我就是不知道我为什么想这么做，就跟所有菜里，你最喜欢吃排骨，但为什么喜欢，你说不出来一样。可你会因为你说不出原因，就不喜欢吃了吗？不会。"

"人喜欢吃带骨头的肉，是因为骨头上的肉有更多的骨胶原，"本以为这会是个浪漫的回答，没想到花想容马上冷冷地回道，"骨胶原含量多的部位肉质更筋道，而且骨髓和骨油会增加肉的香味，脂肪含量也高。人作为肉食动物，天生会对脂肪含量高的食物产生食欲，所以我爱吃排骨。"

李法山瞠目结舌，这时才想起花想容刚从校辩论队队长的位置上下来不久。

花想容摇了摇头："李法山啊李法山，万事万物皆有因有果，如果你给不出理由，那就只能说明，你喜欢我是基于动物的本能，是一种生理性的反应。基于生理的联系都是不长久的，所以，你，唉。"

李法山哑口无言。

"这个女人真可怕。"他心想，看花想容的眼神里甚至多了一丝恐惧。

但很快，人类的动物性战胜了社会性。"你这么一说，要不咱今天真发生点生理上的联系？"李法山一本正经，"听说男人在结束后都会陷入一种叫贤者模式的状态，说不定那时我就能想到答案了。"

"滚。"花想容斥道。

两人继续在龙大校园打闹地走着，突然，广播里放起一首水木年华的《中学时代》。

"爱是什么，我还不知道，谁能懂永远，谁能懂自己。"李健的歌声悠扬。

"你知道爱是什么吗？"借着歌词，花想容突然问。

"算了，你不用知道。"她并未等待李法山的回答。

一

趴在看守所的板床上，周围是几个同样死气沉沉的犯罪嫌疑人，李法山四肢酸软，精神全无，模样确实已经很像一个犯人了。他以为自己能迅速睡着，但尽管身心俱疲，心事重重下，他依旧无法入眠。

过去、现在、未来，关于这六个字的一切如飞蛾般不断扑向他的心灯。

刚刚度过的四十八小时，是李法山人生中最痛苦、漫长的四十八小时。尽管已经模拟训练了无数次，但真正的审讯给他带来的身心摧残依旧远超预料。

旁边有人在哭。和哭泣声共鸣的是压抑的呼噜声。

"哥们儿，别哭了，哭也没用，睡不睡了？"李法山心烦意乱。

男子并未搭理他，只是独自啜泣。

又过了几分钟，耳听男子还在哭，李法山又问："犯啥事了？跟我说说。"

"不关你事。"男子身着格子衬衫，看着颇为老实、木讷。

李法山听着哭声，想着今晚他不消停肯定是没法睡了，便又耐起性子："我是律师，你说说你犯了什么事，我帮你。"

听到李法山自报身份，男子终于转过头来："你是律师？那你怎么自己也进来了？"

李法山闻言尴尬地摸了摸鼻子："抓错了，没多久就会把我放了。今天遇见我算你运气好，说吧，啥事。"

男子将信将疑，但想着好歹也有人帮忙分析，便还是说道："今天才被抓的，警察说我是'帮助信息网络犯罪活动罪'。"

"帮信罪。你是程序员？"李法山问。

男子点了点头。李法山问他具体是什么情况，他说："去年我在网上接单子，有个人说他在做个项目，有部分在找分包，想找我帮他编程，打包价 40 万元。我问他具体是什么项目，他说商业秘密，不便透露，我听了也不好多问，但想着花两个月时间就能拿 40 万，就接了。这个人很神秘，我做到一半，想着怎么给这么多钱，也越做越觉得不对，但活儿没做完，给不了尾款，就还是加班加点给他做完了。他也把钱给了我，结果前几天警察找我，我才知道这个人做的是色情网站。"

"色情网站？叫什么名字？"李法山问。

"风流七月天。"男子说。

听到这个名字，李法山一愣，不禁惋惜道："可惜了。"

"啊？"男子看向他。

"没事，"李法山一笔带过，"你在做项目的时候就一点不知道自己在做色情网站？"

男子点头："一点不知道。做的时候他只提功能和需求，而且我做的只是其中一部分，我确实不知道做的具体是什么。"

"你就是这么跟警察说的吗？"李法山问。

"是。我这是实话实说。"男子抹了抹眼泪。

李法山接着问："警察有没有问你平时一个月工资或者做私活儿的价格是多少？"

"问了。一个月工资一万二，平时这种活儿外包也就七八万吧。"

李法山皱起眉头："他们有没有问，你一下子接了收入这么高的活儿就不觉得奇怪吗？"

男子挠了挠头："问了。"

"你怎么说的？"

"我说是挺奇怪的，当时没想那么多。"

"你完蛋了。"李法山摇了摇头。

男子听到这话，一下子慌了神。他急切地问道："怎么了，我说错什么了吗？"

"你半只脚已经踏进监狱了，"李法山撇了撇嘴，"根据两高对帮信罪的司法解释，交易价格或者方式明显异常便可认定为明知他人在利用信息网络实施犯罪，你自己说了这事正常就七八万，结果对方给你 40 万。你这么说，等于承认自己知道收了不合理的高价，在此基础上，根据这个司法解释，你当初在接活儿时就该问清楚到底做的是什么，如果自己不问，就是揣着明白装糊涂，是有主观故意的。"

"我真不知道啊！"男子好不容易停下的眼泪眼看又要冒出来，"我冤枉！我真不知道！"

"你跟我说没用。不过这个也不是没办法圆回来。"李法山眯起眼睛。

"律师，你快教教我。"男子拉起他的手。

李法山本能地想马上开口要价，但突然想到这是在看守所，对方也两手空空，不禁暗骂了一声。但话都说到这份上，要是不支着今晚肯定睡不了，便只有说："你当时负责的是这个网站的什么功能？"

"主要是视频的上传和播放这块。"

"那你就真没问过对方到底用网站做什么？"李法山问。

"没问过。"男子老实巴交地说。

李法山加重了语气："你仔细想想，你真没问过？他也真没答过？"

男子听到这话，仿若恍然大悟，说："我想起来了，我想起来了，后来有一天我认真问了他，他说就是做一个视频 App，要做中国的YouTube，还说就等做好了找投资人追加投资。我还问他投资多少来着，他没跟我说。"

"想起来就好。想起来什么，下次老老实实、一五一十地跟警官说。"李法山背过身去。

"律师，如果我这么说，我大概什么时候能出去？"男子问。

"这没准，等吧，快的话一个月左右。过了 37 天还不行，那估计就出不去了。"李法山准备睡觉。

身后沉默良久，男子突然冒出一句："我本来这周末要带我娃去欢乐谷玩的。"

"老婆呢？"李法山忍不住问。

"不晓得。她爱哭，"男子叹了口气，"她可能比我更不晓得该怎么办。"

听到这句话，李法山竟也有了些许戚戚。

身陷囹圄，孤立无援，人很容易脆弱，程序员如此，律师又何尝不是？

紧闭双眼，李法山尽量不让自己流露情绪，但审讯时王朝、马汉说的那些话，却言犹在耳。

自己，真的是条狗吗？

"兄弟，你结婚了吗？"程序员问。

"没。"李法山没好气地说。

"父母呢？知道你被抓了吗？"他又问。

"都死了。"李法山不耐烦道。

"那你怎么办，谁会帮你？"

李法山决定不再搭理这位嘴碎的程序员。他已经很累了，太累。他只想睡觉，或者说渴望睡觉，至少睡眠能中断他的思考与怀疑。

此时的刘春在做什么呢，他应该已经找李天帮忙了吧，他睡了吗，他睡得着吗？

他想起来了，自己那天主动提出独自约见龙诀时，刘春没有拒绝，甚至连一丝犹豫都没有。

刘春一次次不经意间流露出的狂热的表情再次浮现在他的脑海，那是一个他不认识也不懂的刘春。

怀疑的火花一经点燃便如星火燎原，铺天盖地的孤独瞬间向他涌来，如同一只黑手拉住他的双脚，将他拖向无底深渊。

迷迷糊糊中，他进入一种半梦半醒的状态。

在一片虚无的空间里，太阳强烈，水波温柔，他蜷缩着身子，如孩童般温顺地侧躺在一个女人的大腿上。世界和平，他很安全。

他很安全，没有金钱的烦恼，没有孤独、背叛，不用担心失去什么，也不用为明天发愁。爱包裹着他，他就如同刚出生的婴儿一样，成人世界里要担心的一切事物，他都不用担心。

慢慢地，他睁开眼睛，想看清眼前这个女人的模样。

阳光刺眼，他看不清。他想看清，于是眼睛越睁越大，经过努力辨别，女人脸部的轮廓逐渐清晰，但五官却依旧模糊。

"妈？"他尝试叫了一声。

女人没有回应，只是轻轻抚摸着他的头，安抚着他颤抖的身体。

李法山开始在脑海中疯狂勾勒出母亲的模样，但他发现，他勾勒不出来。

终于，他醒了，醒时泪流满面。

他发现自己已经忘记母亲的样子了。

擦了擦泪，李法山表情恢复如常。他起身，发现程序员正靠在墙上，眼带怜悯地看着自己。

"兄弟，你也很苦吧。"

李法山暗骂一声，说："和你比还差点意思。"

"现在大家都在同一个屋檐下，比惨有意思吗？"程序员嘟囔道。李法山的眼泪明显降低了他在程序员心中的形象。

"这里是看守所，同一个屋檐下命运可完全不一样。"李法山冷哼一声，"昨天我忘了告诉你，你涉及的这个帮信罪，司法解释还规定了，只要你的违法所得超过一万，即使你不知道对方在犯罪，你也有可能构罪。"

"啊？！"程序员心中一紧，"你别骗我！"

"我骗你干吗？"李法山呵呵一笑，摸了摸自己的下巴。就在这时，一名看守所工作人员走到门口："李法山，有律师会见。"

程序员愣在当场，李法山走向门外。

二

会见室并不远，但走在通往会见室的这段短短的路上，李法山脑中的想法已百转千回。

到底是谁来会见自己呢？

其实在进派出所数日前，由于不能排除自己有囹圄之险，他已将有自己签字确认的授权交给了刘春，但授权是空白的，所以到底谁来，他也不清楚。而他内心思考的，是另外一种可能。

来会见自己的，会不会是李青云呢？

如果是，那两人面对面，他的身份也是明确的：律师。根据《刑诉法》规定，近亲属不能直接会见当事人，所以当李青云在看守所与李法山见面时，他的身份，就只是李法山委托的律师而已。

可自己呢？

到底是以当事人的身份，还是以儿子的身份？

自己又究竟该说什么？

他心乱如麻，不知不觉目的地已到达，会见室的门缓缓打开。

李法山心跳加速，对于这可能的场景，对于即将出现的面孔，也不知是抗拒，还是期待。

门打开了。

"法山。"对面的中年男人不禁轻声喊了出来。

李法山眼神一黯："张叔。"

眼前这名律师叫张林升，是李青云的重要合伙人，也专司刑辩，出道前曾在市检做过十年检察，"云升天闻"里的"升"字指的就是他。

张林升也是看着李法山长大的，那次旅游他也在。当时就是他和自己的太太不忍见李法山气息奄奄而转身上楼的。

等李法山坐定，张林升欲言又止："你父亲……"

李法山打断他："张叔，直接说案子吧。您现在就能会见到我，也是真厉害。"

张林升闻言也不再多说："我来就是告诉你，你不用担心，我今天已经申请了对你的取保，结果应该很快就能出来。"

"有谱吗？"李法山问。

张林升点了点头："你放心。"

"所以，我们这就结束了？"李法山笑着问，"您这会见费赚得可真够容易的。"

张林升问："你目前对警方都说了些什么？"

"实事求是、一五一十地告诉了他们，"李法山摊手道，"我们就只是行使股东权利，去拿章，真章。即使有矛盾，也只是公司内部的治理矛盾，我完全不知道他们说的私刻公章到底指的是什么。"

张林升嗯了一声，问道："这两天没少受苦吧，他们有刑讯逼供吗？"

"还好，就是觉睡得少了点，不至于坐'老虎凳'。"李法山说。

"看来他们还是有分寸的。"张林升冷笑一声，然后说，"你有什么想问我的吗？"

"刘春怎么样了，龙诀那边呢？"李法山问。

"刘春当晚就出来了，龙诀现在还被羁押在看守所，"张林升说，"她可能一时半会儿不好出去。这个案子现在在外面已经闹翻天了，康银股价连续跌停，这案子要没个说法，后续不太好收场。"

"龙诀那边有会见上吗？"李法山皱眉。

"会见不上，"张林升摇摇头，"龙诀那边是你们厚德所在处理，不过即使是我们介入，估计也会见不上。"

"张叔，你来会见我，是刘春给的授权，还是李青云给的授权？"李法山突然问。

张林升一愣，然后说："刘春给的。"

李法山又问："他是找的你，还是找的你们？"

"你"和"你们"是什么意思，张林升自然懂。他看了李法山两秒，眼神意味深长。最后，他叹了口气："他先找的主任，然后主任让我过来的。"

"好，我知道了，"李法山面无表情，"咱们结束？"

张林升看着眼前这个孤傲、倔强的男人，觉得他变了，但又觉得他没变。

"好。"他应了一句。

"对了，给我一个你们团队的电话，"李法山说道，"帮你介绍个案子，帮信罪。案源费免了，不谢。"

三

龙城看守所门口，一辆黑色的老奔驰安静地停在路边。刘春和赵婧坐在里面，彼此不说话。今天天气很好，有着适合回归自由的晴朗，看守所里零星走出一些人，有的一看便是律师，有的一看便是当事人。不一会儿，一个既像律师又像当事人的青年男子衣冠不整，在一位中年律师的陪同下走了出来，车内两人见状，各自开门，迎了上去。

婧哥跑着，刘春走着，两人的距离越拉越长。

"狗东西，你总算出来了！"婧哥一跃而起，骑在李法山身上。

"兄弟别这样，你知道的，我腰不好。"李法山笑骂着将她放下，手却温柔地拍着婧哥的背。

他曾是个自诩浪荡，并将"浪荡"这个标签牢牢焊在自己胸口的人。这个标签坚硬，隔绝了每一颗拥抱而来的红扑扑的心，这份隔绝令他感到安全。可今天他感受到了心跳，也感受到了些许温度。他不知道这是否来自幻觉，这是他还来不及思考的问题。

婧哥狠狠拍了李法山一把："你们法律这些事我也不懂，但办案归办案，别再把自己搭进去了。挣钱的机会多的是，这么拼你以为真会有人感激你吗？"说完她有意无意地瞥了走近的刘春一眼。

"还好吗？"刘春表情平静，从李法山手中接过放着杂物的袋子。

李法山松手，点了点头："还好。"

从李法山的语气里，刘春感受到了眼前这个人情绪的异样。但此时此刻他也只能说："那就好。"

刘春跟旁边的张林升也打了个招呼。张林升和他握了握手，然后说："虽然出来是出来了，但这阵子得低调些，张太一心眼不少，先是给法山办的刑拘，再做的取保，不是直接放人。如果后续情况有什么变化，他们可以随时变更强制措施，重新把你抓回去。他这么做，是想揪小尾巴啊。"

李法山问："你让我低调，我能怎么低调？"

"手里的案子肯定是先放下，不能做了。"张林升完成任务，开始告辞。

"谢谢张叔。"李法山也和他握手。

他看了眼刘春，拍了拍李法山的肩膀，走向停车场的一辆奔驰 GLS。

李法山一行人也回到车里。刘春开车，李法山坐副驾，婧哥坐后排，上车后李法山没和刘春说话，由着他开，车里只剩下婧哥叽叽喳喳，打听李法山的看守所生活。开到一个地铁口，刘春说："小婧，你先自己回去吧，我和法山现在马上要去见一个客户。"

赵婧这两天本就看刘春不爽，闻言更觉匪夷所思："什么？！李法山刚出来你就带他见客户？你有病吧！"

李法山看着后视镜里的婧哥："你看，这就是律师，为客户赴汤蹈火，刚从油锅里出来，皮还冒着烟呢，就得继续为他们做牛做马，哪有你们主播好。"

"做主播怎么了，每天直播也很累的！"赵婧骂道，"算了，干脆你别做了。"

"我不做律师，你养我啊？"李法山从前排转头。

"我养你啊。"婧哥说。

李法山一愣，然后哈哈大笑："这带货主播就是不一样啊，这才干了多久就能包养小白脸了。"

"就你也能叫小白脸？可别往自己脸上贴金了。"赵婧翻了个大白眼。

"可别了，我们男人也得站起来，谁说男人不能顶起半边天？"李法山笑道，"你先回吧，晚上一起吃饭。"

"得，你们继续给资本家做牛做马，老娘回去做资本家了。"

砰的一声关门声，车里只剩下了刘春和李法山两人。

《海边的卡夫卡》里曾有这样一句话，从沙尘暴中逃出的你，已不再是跨入沙尘暴时的你。同样，从看守所里走出的李法山，也不再是走进看守所以前的李法山。虽然他做得到紧咬牙关、守口如瓶，但王朝、马汉讯问时的那番话，若说对他没影响是不可能的。

李法山心里有很多问号，他想不明白，他想问个清楚，但他没说话，因为他不知从何说起，也不知到底该怎么说。

刘春也没说话，他同样不知从何说起，也不知到底该怎么说。

男人或许可以在工作沟通上做到游刃有余，但在感情沟通上大多是废物。

终于，还是李法山先开口："这几天还好吗？"

"还好。"刘春打了个左转向灯，准备变道。

"去哪儿？"

"去找龙行之。"刘春踩下油门。

李法山哦了一声："你怎么当天就出来了，这么容易？"

"我明面上和私刻公章这件事没什么关系，自然就出来得快，"刘春说，"李主任委托了所里的王上律师。"

"那你为什么去找李青云？"李法山突然问。

刘春面无表情地说："只有找他才能破局。"

"这原本不在我们计划之内，"李法山扭头看向他，"原本我这边也是李天。刘春，你知道的，找他会令我很难堪。"

"就是因为找他你会难堪，所以我才不告诉你，"刘春说，"如果是

177

李主任出面，那事情只会越发没有余地，但是找他，张太一他们才愿意退一步，你才能出来。"

李法山狠狠瞪向他："所以你的意思是我还该去登门拜访，亲自谢谢他了？"

眼见李法山这么咄咄逼人，刘春的语气也冷淡起来："你最好去一趟。"

"去一趟，"李法山重复着这三个字，看着眼前这个神情冷漠的男人，忽觉胸闷气短，"刘春，你想和我绝交用的永远是同一个办法。"

"我不知道你为什么反应这么大，"刘春靠边停车，"法山，你都三十了，为什么就不能成熟一点？"

"成熟一点？"李法山勃然大怒，"你告诉我，如果你是我，你会怎么成熟？我到底为什么离开那个家，我又到底为什么会成为今天这个样子，你不知道？！"

车内再次陷入沉默。刘春将车挂到 P 挡，缓声说道："我的意思是，都过去这么久了，有些事情，最好还是妥善处理一下。"

"不和他有一分钱关系，就是我的处理。"李法山冷冷地说，"刘春，我要问你的是，现在你这所谓的计划，是不是已经没有考虑到我了？"

"你想到哪里去了，"刘春不耐烦地说，"你是计划中最重要的一环，怎么可能不考虑你？"

李法山继续问："你的考虑，到底是工具的考虑，还是朋友的考虑？"

刘春一愣。他打开车窗，然后点上一根烟："法山，我们都是工具。"

"工具。"李法山干笑了两声，眼神既怒又哀。他解开安全带，甩门而去。

走了两步，他又转身，狠狠踢了副驾车门一脚，然后透过车窗指着刘春，一字一句地说："你可笑，老子更可笑。你可真他妈是个白痴。"

刘春走出老奔驰，看了看已经被踢变形的车门，又抬头看了看扬长而去的李法山，心中思绪百转千回，最终只是叹了口气。

四

龙行之住在市区一个两百平方米的平层。他不喜欢别墅，因为别墅流动性差、抵押时银行评估价值相对较低，不符合他物尽其用的价值观。这套房子是他六年前买的，当时还没限购，首付三成，龙行之买了五套，按揭。买后不到半年，涨价去库存的大水漫到龙城，房价开始新一轮暴涨。过了几年他及时变现空置的四套房，一来一去，没费什么功夫，甚至也没花多少钱，账户里增了两千多万。

"李律师，最近我在关注 AI 领域，你觉得在法律领域 AI 能有所作为吗？"龙行之向坐在沙发上的李青云请教。

李青云微微一笑："可能可以帮律师做一些辅助性工作，但真要替代律师，还是难。"

"围棋之前也这么认为，"龙行之说，"但你看现在，人类已经没法玩了。"

"围棋需要社交吗？"李青云反问，"围棋，赢就是赢，输就是输，你最后少了几目，不可能两个棋手聊着聊着就把胜负扭过来了。律师不一样，律师做的大量活动，是人和人之间沟通交流的活动，交流，意味着思考与智慧，要懂人。如果有一天 AI 都能把律师全部替代了，那只意味着人类已经失去了赖以自尊的一切。"

龙行之微微点头，给面前稳如泰山的李青云倒上一杯威士忌。酒是好酒，毕竟人是牛人，能把这位律师请来，他花了不少功夫："那你觉得人和人斗，要赢，靠的是什么？"

李青云并未直接回答："愿闻其详。"

"信息，"龙行之笑了笑，"什么金钱啊，权力啊，我们都只能把它叫作社会资源，拥有的社会资源越多，你能影响和作用的范围就越大，但要获得社会资源，归根结底，得看你掌握了多少信息。信息，影响判断，判断，决定成败。"

虽是在家，龙行之却也身着衬衣马甲，打扮低调却入时，颇有老派资本家的风范，他继续道："知识，是信息。经验、判断，是对信息的处理。信息越多，判断就越准确，如果一个人信息有限、判断失误，那他积累再多的社会资源，也容易顷刻间灰飞烟灭。而这世间最令人遗憾的事，莫过于每个人能掌握的信息都是有限的。"

李青云笑着问："龙总也有这遗憾？"

"有！怎么没有！"龙行之摆了摆手，"比如早些年，有人让我玩币，说这玩意儿有前景，当时这事超出我的认知，我缺乏信息，就没投。劝我炒币的那帮年轻人，那时个个都是光着脚，穿着套头衫，脸上就一个字：饿。只不过当时我看成了两个字，骗人。现在呢，他们才三十来岁，这辈子就再也不用操心钱的事了。"

李青云哈哈大笑："倒是有几个涉及比特币的案子我在做。"

"是。所以这时代是怎么淘汰人的呢，无非就是靠信息的迭代罢了，"龙行之叹了口气，"但你们律师，却像酒，很少有新人换旧人的说法。"

"可别这么说，"李青云嗤了一声，指了指坐在旁边的刘春，"现在的年轻人可了不得！"

"江山代有才人出，这是自然，"龙行之拍了拍刘春的肩膀，"但是有些信息，是一定要靠积累才能获得的，时间本身就是力量。李律师，这次要赢，就必须有您这样优秀的律师帮助才行。"

"要我怎么帮？"李青云不置可否地问，"你女儿那边，据我所知，已经委托律师了吧？恕我直言，就算我介入，也不能立即改变什么。"

"我不担心她。"龙行之摆了摆手。

"那你想做什么？"

"罗鹤他们，这次搞得我很惨，已经没有底线了。"龙行之语气平淡，杀气倍增，"让我女儿进看守所，甚至把你儿子也拉进来，这是不讲规矩。他不讲规矩，我也不讲规矩。"

"你想怎么做？"李青云直起身子。

"我们能怎么做？"龙行之反问。

李青云说："那得需要你先说说你和罗鹤之间的矛盾到底是怎么来的了。"

龙行之表情阴晴不定。他深吸一口气，然后说："李律师，张爱玲有句话你一定听过，叫'生命是一袭华美的袍，爬满了蚤子'。你别看康银现在是个巨人，但它身上，可是长满了血吸虫啊。"

"哦？"李青云竖起耳朵。

"我给你交个底，过去一年，康银总营收大概120个亿。但你知道归母净利润是多少吗？"龙行之苦笑一声，对着他张开五指，"才5个亿。形势这么好，才这么点净利润。那个'火上酱油'你知道？铺天盖地砸了这么多广告，营收200亿，净利润也有46亿。在我们行业，这么大摊子，才5个亿，简直是开国际玩笑！"

李青云皱起眉头："这是为什么？"

龙行之冷哼道："还不是因为他们罗家那帮蛀虫。"

其实在公司上市之前，龙行之和罗鹤是有过蜜月期的。在合作之始，龙行之对自己在康银的定位明确而克制，带头冲锋、开疆拓土的事交给罗鹤办，他就踏实安心地当好后勤部长，融资、风险把控、公司管理制度设计，他来做。原本双方相安无事，齐头并进，但时间久了，矛盾自然而然就出现了。

首先是日常经营方面的矛盾。龙行之是八十年代的北大高才生，本科毕业后直接去美国留学，在攻读金融博士期间便知行合一地靠投资赚下第一桶金，此后包括投行在内的工作履历，接受的都是现代企业制度的教育：管理上，得有KPI（关键绩效指标）；权责上，得分明；尤其是财务上，必须得规范。对于罗鹤这种靠江湖义气的泥腿子的企业管理办法，他是下了决心要改造的。

但罗鹤不以为然，他的想法朴素而简单：跟我混的兄弟，我必须给肉吃。公司是我打下的，公司赚的钱，虽不至于就是我的钱，但我是老大，该怎么花，我说了得算吧。创始人气质往往决定着公司气质，罗鹤讲江湖义气，他草莽，全公司跟着草莽，这股草莽之气，令龙行之的内部改革困难重重。

任人唯亲，是罗鹤最大的特点。罗氏一族要么在公司内部把持关键部门，要么成为区域核心经销商，要么如罗牛牛般，在外自立门户，设立靠山吃山的康银供应链公司，都张着嘴等着康银喂饱肚子。大的不说，罗家有个表亲，专门开了家广告公司定向服务康银，在街边打印店50块钱随便做的横幅，他能给你卖500一条，至于公司向电视台采购广告，其中的猫腻、回扣，深究起来，一片黑。

但罗鹤对此却睁一只眼闭一只眼，在他既有的观念里，都是自家人，本来就靠他吃饭，不太离谱就行。即使他们太离谱，被抓了现行，痛骂一顿也就罢了，自己是绝不会痛下杀手的，甚至正是因为只有自己由着他们吃，他们才会死心塌地跟自己。如果自己六亲不认，那就成孤家寡人了。

龙行之虽和罗鹤有联姻，但说穿了也只是个"外戚"，一开始龙鹤两人还能商量着来，但制度建立起来后，且不说罗鹤这边一起打江山的小老弟，连罗鹤本人都不适应，摩擦自然而然就来了。

龙行之既急又怒。急，是因为自己早已成为康银的大股东，看着罗家这群无能的家贼敲骨吸髓；怒，是因为龙行之将这归根于罗鹤内心深处对自己的不尊重。在龙行之看来，罗鹤还是打心眼里认为康银今日的成功和他没什么关系，而他在公司内部决意推行的现代管理制度，在罗鹤眼里可能就只是形式主义的花架子。

龙行之此前从来不是一个创业者，所以他一直在暗忍，直到龙小团的问世，给了他信心，也给了他雄心。

做投资和做公司的逻辑是完全不一样的。做公司，是创业，是打江山，是带着信任自己的兄弟们一起厮杀、打拼，白手起家立事业，研究市场需求、打磨产品、制定营销策略，包括该怎么团结队伍、和对手竞争，都是做公司的学问。

而投资则不同。做投资，主要是用两种逻辑赚钱：第一种，是挖藏宝图。你广撒币，花10万买十张藏宝图，这十张藏宝图能挖出什么，其实你自己都不确定，但没关系，就算前九张都打水漂，你靠第十张挖出价值100万的宝藏，你的资本也翻了十倍。在这个逻辑下，所谓专业化投资，无非就是筛选更优质的藏宝图而已。

第二种，就是击鼓传花，你花10元钱买一块赌石，然后把它夸得天花乱坠，并给它做足包装，接着便以100元的价格把它卖出去，接手的人无论觉得烫不烫，为了让自己手里的股份变现，继续传，该做数据做数据，该镶金边镶金边，怎么也得让它看着值1000元并有人买单才行。如果这颗赌石里真有东西，那玩击鼓传花的这一串人就都赚到了钱，大家都有光明的未来，而如果这颗赌石里全是草料，或是没有熬到下一个接盘侠，那石头就砸最后那个冤大头手里了。

龙行之以前是做投资的，他最成功的投资，就是投资了康银。同时，他内心也一直隐隐希望在康银身上，实现自己做实业的梦想。

以前罗鹤总以龙行之十指不沾阳春水为由把他供起来，直到疫情出现，他主导推出了龙小团。

在龙小团出现以前，康银的核心业务是火锅底料业务，C端上自己出底料入侵超市，B端上也是许多连锁品牌的供应商，虽然后续靠着地方优势搞了多元化，房地产也做，养殖业也做，但摊子虽然越做越大，想象力却越来越有限，所以在路的尽头出现了两条道路。

第一条道路，是罗鹤的道路：正式进军餐饮业，打造自己的火锅帝国。将火锅文化传遍全世界，一直是罗鹤的梦想，也是他认为的破局之道。因此，当罗牛牛提出建立川禾，要大干一场时，他无比欣慰，鼎力支持。

第二条道路，是龙行之的道路：疫情令龙行之敏锐地嗅出预制菜的商机。这一商机建立在他的两大判断上。第一个判断，是疫情不会这么早结束。迈入疫情的第二个年头，国内目前虽然控制得还算不错，但国外人民群众依旧水深火热，新冠已经彻底改变了地球人的生活方式，在龙行之看来，依照目前的防疫政策，不停地开实体店无疑是冒险，而做一些小白领们喜闻乐见、煮煮就能吃的预制菜，才是顺应时势之举；第二个判断，是外卖行业的成熟与发达。相较于现炒现做，半成品的预制菜明显更符合主营外卖的商家高客单率和低成本的要求。

一开始两人对这两条道路是争执不下的，后来决定各退一步，各走各的，所以罗鹤授意罗牛牛做起了川禾，龙行之则做起了龙小团。龙小团说起来虽只是类似豆瓣酱、有不同口味的调味料，但这仅是龙行之为进一步推行预制菜的过渡之举。即使是为了过渡，效果也立竿见影。至于疫情以来股价飙升到底是火锅店的功劳还是龙小团的功劳，双方都往自己身上揽功，可以说各执一词。

各执一词进一步激化了二人之间的矛盾。公司虽大，资源虽多，但真要做成事情，还是得集中力量打开一个局面，现在两人各有所向，加上日常经营管理的风格迥异，日积月累，终于到了割袍断义的时候。

龙小团的成功，打消了龙行之对自己是否真有能力执掌公司的怀疑，令他真正树立起了信心。这份信心，也坚定了他要与罗鹤一战的决心。

李青云听着龙行之的控诉，不禁眉头深锁："龙总，你说的这些都是商业上的事，我想问的是，你觉得罗鹤在法律上有什么问题？"

"职务侵占算吗？"龙行之问。

"肯定算。"李青云点点头。

职务侵占罪，是指公司、企业或者其他单位的人员，利用职务上的便利，将本单位财物非法占为己有，数额较大的行为。根据《刑法》第二百七十一条规定，数额特别巨大的，可处十年以上有期徒刑或无期徒刑，罪责算下来比私刻公章高得多。当龙行之说出"职务侵占"这四个字时，心里想的已是痛下狠手。

"罗鹤这个人，吃喝嫖赌，样样都沾，"龙行之接着说道，"其中他最大的爱好，是赌。去香港，去澳门，也在境内赌。"

"所以他把公司的钱挪去赌博？"李青云问。

"罗鹤这个人，公私从来不分。公账即私账，私账即公账，平时打牌、打麻将，一晚上有个几百万输赢很正常，但凡输赢大了些，就直接走公司账。我之前跟他提过，他美其名曰提前支取分红。"龙行之冷哼了一声。

李青云皱起眉头："走公司账？怎么走的？"

"虚构交易，"龙行之说，"他把款都打给了澳门一个叫红树杉的叠码仔，不知道这个名字你听说过没有。"

"红树杉？听说过。"李青云挑了挑眉。红树杉，本名洪树山，澳门三大叠码仔之一。叠码仔指的是帮助赌场介绍新客人、刺激客人游戏，同时为客人介绍贷款业务的人。通俗来说，就是拉客、放水、抽成，从商业逻辑来讲，就是渠道方。赌场需要一掷千金的尊贵客人，客人需要把境内的钱转到境外消费，叠码仔站在中间，为两头提供这项服务。但境内与境外毕竟不同，首先境内赌博违法，其次资金跨境支付也颇为敏感，因此叠码仔这项生意，归根结底是灰色产业，也容易衍生出洗钱等犯罪。

红树杉平素风流成性，花边新闻不断，自己承包的贵宾厅数量一度位居首位，去年中央严打跨境赌博，此人便被捕并在澳门接受审判，外界风传涉案金额高达千亿。

"罗鹤都是直接把钱转给了红树杉一家开在境内的资产管理公司，这个有银行流水和发票进行佐证。"

"能证明这家公司是红树杉的吗？"李青云问。

"内地警方通报上写明了红树杉涉嫌利用这家公司从事非法跨境赌博活动，"龙行之看了看刘春，刘春将该通报通过微信发给了李青云，"然后打款的那天，有机票等证据证明罗鹤就在澳门。"

李青云问："发票名目是什么？"

"咨询服务费。"龙行之说。

"金额有多少？"李青云又问。

龙行之面无表情："今年打的这笔大概有八百万。"

听到这个数字，李青云摸了摸自己的下巴。

八百万，这个数字说小不小，说大不大。说小不小，是因为它肯定达到了认定职务侵占罪数额特别巨大的标准，起刑点可以往十年以上走了。说大不大，是正如刚才龙行之自己说的，罗鹤一晚上的牌都能打到上百万，你要说这区区八百万是他有意吞私，恶意明显，那其实有些说不过去。

"八百万，上市公司直接打的，这个数目需要走流程的吧？"

李青云之所以问这个问题，是上市企业财务流程相对严谨，八百万的金额肯定是要走公司程序才能打的，如果这笔款已经走了公司程序，尤其是有经高管集体签字确认，那说明这笔款是公司意志认可的款项，会给走刑事增加很多障碍。

"这笔款只有罗鹤一个人批，"龙行之幽幽一叹，"李律师，你要明白，罗鹤在公司内部，话语权很大。"

"有经其他人签字吗？比如你。"李青云问。

"根据公司内部管理规定，理论上的确是需要我签字的。"龙行之点点头。

"这钱是什么时候打的，现在还了吗？"李青云接着问。

"去年3月份，至今未还。"龙行之答道。

李青云突然问："你刚才说去年这笔有八百万，此前还有吗，今年还有吗？"

龙行之说："今年没有了，此前的话，以各种名目签到其他公司的，应该有三四千万吧。"

"之前的你都没签字吗？"李青云眯了眯眼睛。

龙行之转头看了看刘春，并未回答这个问题。

"李律师，今年目前还没有，这笔之前的，大大小小打到其他公司的，龙总被骗了，都签字了，"刘春接话道，"龙总也是今年意识到公司经营存在极大问题后，仔细查账、核实，才发现问题的。"

李青云品出其中蹊跷，心中冷笑一声，这龙行之的心思，就差写到脸上了。其用心且先放到一边，经刚才那么一问，若龙行之所言属实，罗鹤的行为可以说是就着职务侵占罪的法条往里钻，若真要追究刑责，还真非他不可。

想到这里，李青云不禁也回过头看了一眼在一旁神情淡定的刘春。毕竟是在自己团队实习过几年的人，这一步步下来，想必他没少设计。

一股寒意缓缓从李青云背脊升起，他感受到了杀心。

律师，很多时候只是当事人的盾。

无论是原告还是被告，在提出诉求、寻求法律解决方案时，说的都是"维权"二字。这个"维"字，即指保护本应属于自己的权利不被他人侵犯，这份保护，是盾，盾护人，不杀人。

做盾，风险相对较低，因为你行为的分寸和底线，始终还是在法律认可的框架内，尽管每个人对这个框架的理解都有所不同。

而如果一个律师，主动选择做剑，去搏杀、去设计、去伤害，那其实就是把自己也带入风险中。

因为当你把剑挥出去的时候，往往已经超过维权的框架，你做不到点到即止，你容易丢了分寸。

做了这么多年刑事律师，李青云极其善于自保。

人的一生很长，行得稳才走得远，要不要将自己卷入这你死我活的争斗，李青云开始重新问自己这个问题。

从这个角度，刘春倒也真令他觉得"后生可畏"。

年轻人，是真的天不怕地不怕。

刑事逻辑和民事逻辑不一样。从证据的角度，刑案的认定会穿透一些形式合法的证据要件，直接从人的主观目的出发，比如你搞敲诈勒索，让被害人给你写个条子，说是自愿赠予你 50 万，从形式来看，这明面上似乎是民事赠予关系，不涉及刑案，但只要经警方调查，关于敲诈勒索的要件符合，那这张条子就不顶用了。所以只要有初步证据，警方愿意查，即使前期证据不能完全证明对方构罪，口供一录，笔录一做，该定罪还得定罪。从结果的角度，民商事案件，即使打到大败亏输，人是相对自由的，还能活动，还能自主决定和判断，说不定还能东山再起。而刑事案件，只要人进去了，外边出了什么事，自己既不知道也无法做决定，人是一切社会关系的总和，人不在，集结在你身上的人脉、资源都无法使用，损伤无疑更大。

刑案，是商战的极致，是双方殊死搏斗的终极体现。

而在商战中，职务侵占无疑又是其中一方惯用的伎俩。

公司创始人往往是和公司一起长大的。这通常意味着两方面：一方面，是公司在刚成立的时候，往往财务关系混乱，私账用作公账，公账挪给私账，反正内部就那么两三个人，老大也就一个，不会计较，也没人计较；另一方面，是核心员工都是一直跟着自己的，刷什么都没刷人脸好使，忠心耿耿的老员工，你使唤他做点什么，即使可能不合规，员工肯定也是认老大的。

这两方面如果没随着公司的进化而进化，在后续公司做大后，就容易滋生出挪用资金、职务侵占等犯罪。

公司大了，人会多，人多了，利益就错综复杂，而平衡乃至解决一切利益问题的关键，就在六个字：立规矩、讲规矩。习惯"家天下"的管理者，立规矩不重视，讲规矩怕麻烦，最后就容易出问题。

现在双方鱼死网破，罗鹤抓了个龙行之女儿伪造印章的轻罪，龙行之则准备回罗鹤本人一个职务侵占的重罪，这么一算，倒也划得来。

"龙总，我感觉你们对这个职务侵占罪，研究也很透彻啊，"李青云终于开口，"不知道为什么找到我了？"

"李律，我不是一开始就说了吗，你是现在这个行业里，掌握信息最多的人，"龙行之哈哈大笑，"你我都知道，刑案和民案是不一样的。这个案子无论罗鹤再怎么对号入座，光是让警方介入调查，就很难了。这背后的水有多深，该走哪道门，别人不清楚，你清楚。"

李青云摇摇头："这个案子很大，我做不了任何承诺。"

"您愿意出手帮忙就行，不用承诺结果，我相信您会尽力。"如果李青云现在就拍胸脯，龙行之反而会觉得奇怪。

李青云又摆了摆手："康银集团是龙城的纳税大户，现在要在龙城处理这些事情，哪些招呼该打，该怎么打，能不能打下来，你应该心里有数吧？这些都得你自己先处理好，也得自己想清楚。不然且不说战斗打不打得响，就算打响了，妖怪打到一半，突然冒出个菩萨来要保人，还是很麻烦的。"

"现在恐怕还不是请示的时候，"龙行之冷哼一声，"这些领导，你又不是不知道，一遇到麻烦事，就爱打圆场、和稀泥，你不把火烧到他眉毛上，架一架，他们是不会表态的。"

"但是，李律师，我可以给你交个底，"说到这儿，龙行之微微一笑，"罗鹤一直想把公司总部调到上海，尤其是今年，公司发展得很快，他这个想法可以说很积极。而我觉得，作为在龙城土生土长的企业，康银离开了龙城，就等于树没了根，我们是一定要坚持与龙城同呼吸、共命运的。这一点，我也再三跟领导们表态了。"

刘春低声补了一句："而且之前跟罗鹤关系不错的那个领导，已经下去了。"

"是吗？"李青云不动声色。

龙行之郑重地说道："李律师，这件事事关公司和我个人，我是不会贸然行动的。"

李青云看着眼前这个神情凝重的中年男人，又想了想自己来这儿的初衷，点头道："好，这个忙我帮。"

眼见李青云同意入局，龙行之郑重地和他握了握手，然后哈哈大笑。正事聊完，总得搞点娱乐活动，龙行之给李青云倒了半杯威士忌："李律师玩牌吗？德州扑克或者桥牌，玩的话来两把？"

"不了，"李青云摆了摆手，"我不玩牌。"

"麻将呢？"龙行之又问，"我知道，你们龙城人爱打麻将。"

"麻将也不打，"李青云摇头道，"我从不赌博。"

"哦？"龙行之呵呵一笑，也不介意，"有你这句话我就放心了。这说明李律师决定做的事，十拿九稳。"

五

李法山躺在空空荡荡的沙发上，无聊地刷着手机。

此时他内心有着极强的挫败感，这份挫败感既来自工作，也来自人生。

说是来自工作，是因为眼前这场游戏，他越来越看不懂了。

目前龙鹤之争的案子太大，涉及的利益方太多，而应付核心当事人以及能影响到案件的关键人，对此时刚满三十岁的他来说，难度不亚于初中生做高数。

其实青年律师在这个年龄接触到这些业务，在顶级律所实属正常，但多是打些无足轻重的下手。若要作为核心律师对案件整体负责并深度参与，包括设计方案、和当事人打交道，别说他，就算是刘春也倍感吃力，比如他俩已经因为本案进了一次派出所。

他很疲倦。他是一个不以打退堂鼓为耻的人，活得像条泥鳅，如今这起案子，如同一个深不见底的黑色旋涡，令他踟蹰不前。

说是来自人生，则是眼前的刘春，也令他越来越看不懂。

他不理解刘春的执拗。报仇算是一个说得过去的理由，但他的想法似乎又不限于此。其实自和刘春第一次分道扬镳后，他便开始意识到自己并不懂刘春，后来虽"破镜重圆"，但对刘春的理解似乎也并未因此有多少增进。

对他来说，刘春好比黑暗中一道若隐若现的身影，他能看到这个人模糊的形状，可具体的模样，却看不清，甚至越发看不清了。

不过这个案子，他扪心自问，自己确实是想接着做下去的。他并不喜欢步步惊心的感觉，但在经历过很多事情后，他已然明白：一个人在做出战斗决定后，爬也必须爬出一个最后的结果。临场退缩一时爽，但这份逃避给自己带来的悔恨却是终身的。

他可以接受来自案件的不确定性，却不能接受来自伙伴的不确定性。

"接下来该怎么办呢？"毫无头绪的他在抖音上不断上滑，然后刷到了婧哥。

婧哥在屏幕前精神饱满："姐妹们，这套化妆品真的是官方能给到的最低的价格了，这次他们给我们最低价，排面可以说给得足足的，而我婧哥能有今天，全靠你们的支持！希望以后能给大家带来更优惠的价格和更好的产品。来，三、二、一，上链接！"

不过片刻，化妆品悉数售罄。

在全妆和滤镜下，婧哥好看得非常网红，用她自己的形容，这叫纯欲风。

眼见着处于事业上升期的她精神焕发，李法山不禁心中一暖。

那一年十二岁，他和婧哥初识在家门口。

当时李青云已经不再和他有什么沟通了。他每次回家都坐立不安，那偌大的房子他是一秒钟也不想多待，所以放学后任何可以远离家的地方他都愿意去，网吧、滑冰场、游戏室。然后很快他发现邻居家的那个小女孩也是如此，她一身杀马特打扮，花花绿绿的，他经常在家附近的黑网吧里见她叼着根烟玩劲舞团。

李法山虽然也是个街溜子，但自认为审美还是有的（其实还有一个原因是他觉得婧哥也看不上他），所以对婧哥这身造型是真不来电。不过好歹是一个网吧的吧友，加上邻居，还是小区附近学校的校友，两人抬头不见低头见，共同的陋习也真不少，一来二去也就认识了。他们一个"男霸天"，一个"女霸天"，都是学校特立独行的怪胎。

李法山和她走得近，是因为他知道，婧哥懂他，他也懂婧哥，因为他们是同类人，放荡不羁的外表下都有着孤独的灵魂和脆弱的自尊。

尽管平日里同病相怜的两人一直称兄道弟，但要说李法山从头到尾连一瞬间的心动都没有，那也不科学。

"喂，生日快乐。"他还记得自己十八岁生日那天，在小区小树林里，婧哥给自己过生日。她买了个小蛋糕，蛋糕上插着一根中华，她用防风打火机把烟点燃，当作蜡烛。

自从母亲去世后，李法山就从未和人一起过过生日。婧哥知道他生日，是因为她想借他的身份证去和才认识不久的男朋友开房，结果发现李法山也未成年。

李法山的脸在黑暗中模糊不清："搞这些花里胡哨的东西干吗，能不能有点意思！"

婧哥笑着催道："得了吧，生活还是得有点仪式感，你许个愿。"

"不许，没劲。"十八岁的他不情不愿。

一个人平时无论戴着多少副面具，至少在生日许愿的那一刻他一定是真实的。李法山不相信愿望，更怯于展露自己真实的一面。

婧哥作势不耐道："这蛋糕可贵了，别浪费，你他妈赶紧许，烟灰快掉奶油上了！"

"许许许！"李法山皱起眉头，然后扭扭捏捏地许下了自己成年后的第一个愿望。

许完愿后，他拔出烟，擦了擦，吸了一口。

"许了个啥愿？"婧哥问。

"不告诉你。"李法山淡淡地回道。

"你不说我都知道，"婧哥撇了撇嘴，"无非就是找个好看的女朋友，告别处男生活什么的。你脑子里也就这些玩意儿。"

李法山笑了笑，却也没否认。拿过塑料刀，他边切蛋糕边问："最近谈的这个对象怎么样？"

"还能怎么样，男人，不都一个样吗？"未满十八的婧哥回道，"玩玩得了。"

"可不，"李法山将蛋糕分给她，然后说，"玩玩得了。"

两人吃着蛋糕，一起坐在长椅上，抬头，看黑暗中的树枝、树杈背后暗淡的月亮，以及黑色的夜空中飘浮不定的云。

李法山突然觉得，上帝在给他关上一扇门的同时，也还是给他开了一扇小窗的。

他转过头，欲言又止："其实你也可以考虑下……"

就在他继续想措辞时，婧哥突然回过头来对他说："你真恶心。"

"啊？"李法山一愣。

"能不能有点吃相？"婧哥从包里拿出纸巾，给他擦掉嘴上的奶油，"你刚才说啥？"

他旋即改口："没啥，兄弟，我对你只有一个提醒，记得戴套，这可不是闹着玩的。"

"这点我比你清楚，"婧哥冷笑道，"这就是兄弟的好处，兄弟至少会提醒你记得戴套，男朋友可不会。"

"可不嘛，"李法山哈哈大笑，"对象哪有兄弟好。流水的对象，铁打的兄弟，对吧？"

如今，在社会上混迹多年后，婧哥也总算迎来了自己的春天。

此时，李法山看着婧哥清秀的面容，再次回想起自己去派出所前她的真情流露。

这份回想他这段时间一直回避且抗拒，因为这事儿经不起细想，一细想就会想入非非。但临别时婧哥袒露出的真实的焦灼与担忧，的确给他一种前所未有的感受。

这种感觉，花想容没带给他过，刘春似乎给过他，但又似是而非。

这种感受，叫爱。

这份爱可能不是爱情的"爱"，但却有着所有爱都共通的元素：关心、在意，在拥有的时候可能不会意识到，但在面临失去时一定会伤心。

李法山这辈子很少感受到爱，他的母亲死得早，父亲恨自己。因性格怪异，他从小没有什么真正的朋友，步入社会后更是除了与刘春的友谊，面对的全是阴暗人性驱使下的盘剥与勾连。这令他逃避——逃避付出，也逃避对别人的关心，更逃避爱。他是一个习惯受伤害的人，这令他对爱有着天然的抗拒，但他对爱又是如此敏感，敏感到哪怕别人给了一点点，他都会记住，而且记住很久很久。

但他又如此困惑，因为对一个从未确信自己得到过爱的人来说，任何温暖的情绪，都容易令这个人产生关于爱的误解。

"难不成她才是真正在乎我的那个人？"他脑中冒出这个想法，但很快又甩头，"别人把你当兄弟，你心里却想着这种事。你真是被审到发疯了！"

思想的活跃终究败给身体的疲倦，李法山开始慢慢进入质量极低的睡眠。在半梦半醒之间，一个念头蹿入他的脑海：其实婧哥和他一样，也是一个非常需要爱的人。

六

第二天早上，李法山从模糊的梦境中醒来，发现手机里多了条来自花想容的微信："下午有空吗？请你喝咖啡。"

请前男友吃饭是个容易引人误会的活动，但花想容心中的想法百转千回，终究觉得有些事还是当面说比较好。

她准备化个淡妆。坐到化妆台前，她看了看镜子前的自己。

花想容今年也三十二岁了。

三十二岁，和二十二岁肯定是不一样的。如果你问旁人一个人十年来有什么变化，旁人多半是说不出什么来的，只能大而化之地说胖了、瘦了、头发多了、头发少了，而那些身体最细微的变化，只有你自己最清楚：眼睛，不再如以前那样清澈；法令纹，难以避免地更深了些；晚上已经不能再熬夜，因为第二天会里里外外身心疲倦；去做体检，异常的指标也一年比一年多。

至于你对爱情的体会，自然也会完全不一样。

花想容要结婚了。

这十年来，她对婚姻的态度经历过一番起承转合，也一度认为婚姻和死亡一样离自己遥远，但最终她还是要结婚了——成为别人的妻子，也可能会成为一个坚强的母亲，活在家庭里，与一个男人一起组成社会中一个小小的单元。

她原本不必告知李法山，至少不用单约出来这么隆重，但她还是要这么做，因为这不仅是一次通知，还是一场告别。

对于这个告知时间，她内心隐隐觉得也是不合时宜的，但她不确定。她不确定李法山心里是否对自己还残存一丝情意，如果一丝也没了，那也不存在什么合不合时宜了。

可她又必须说，因为她已经拖了太久，从二十三岁拖到了三十二岁。

见面地点约在龙大西门外的一个咖啡厅。这家咖啡厅是当年龙大学子自主创业开的，辩论队经常在此讨论辩题，如今咖啡厅几经转手，风格还是那个风格，人却是一个也不认识了。花想容坐在椅子上，看着周遭新鲜的面孔、青春与爱情，心中泛起阵阵唏嘘。

曾经她也和这些年轻的学生一样，不知道时间的重量，只用为考试烦恼。

不一会儿，李法山也到了，他就穿了件普通的外套，打扮得与大学生无异，但气质却也和她一样，早已与大学校园格格不入了。

"花主任好雅兴啊，"李法山大大咧咧地往座位上一坐，开始扫码点餐，"得亏你约的是学校外面这家'馥盆子'，现在疫情防控，要是约学校里面那家麦记，咱可都进不去。"

"麦记早黄了，现在改成了奶茶店。"花想容边说边看着李法山和十年前一样点了一杯这家的特调——"忧郁的钢笔水"。

李法山也许久没来这家店，他左顾右盼，问道："怎么了，是又有什么见不得光的案子想合作吗？还要见面聊。"

花想容干笑一声："不是案子就不能约你出来了？"

"那还能为啥？"李法山跷起二郎腿，然后恍然大悟般说，"难不成你想再续前缘？怪不得约到这儿，可以啊，花主任。"

"你想得倒是美。"花想容皱起眉头。

服务员把咖啡放桌子上，李法山猛喝一口："那就说，别磨叽。"

花想容内心踟蹰："你不是才从看守所出来嘛，关心一下你，现在是什么情况？"

"这事儿你也知道？"李法山脸皮微微发烫。一个律师因为案子把自己搭进去，这种事传出去还是颇为尴尬的。

"《律坛春秋》专门开了期专栏。"花想容点的咖啡叫"龙大之秋"，其实就是美式咖啡里加了些菊花花瓣。

李法山苦恼地挠头："脸没了。"

"所以现在还有麻烦吗，麻烦大吗？"花想容问。

"我都出来了，还能有什么麻烦？"李法山言不由衷，"至于案件信息我就不说了，都是律师，你懂。"

"嗯。"花想容应了一声，然后空气便安静了下来。

李法山见她神情不定，以为她遇到了难处，便说："该不会你是要借钱吧？我印象中你律所发展得挺好啊。"

花想容闻言大怒："借什么钱，不借钱！"

"那到底啥事儿，别藏着掖着了，直说呗。"李法山也有了些不耐烦。

花想容几经吞吐，终究还是说道："我要结婚了。"

声音虽不大，李法山却每个字都听得清清楚楚。

"Yeah！"隔壁桌一帮学生在打桌游，似乎是谁绝地逆转，欢呼声震耳欲聋。

在突然的、应景的欢声中，李法山平平淡淡地回了声："哦。"

这个哦淹没在嘈杂的欢腾中，仿佛从来没存在过。

可能是意识到这样的情绪表达不对，他赶紧提起精神补了句："恭喜啊。"

两人无言。

李法山不是没想过花想容结婚的那一天，甚至无数次幻想自己听到这个消息时的心情，他原本以为当这个消息真的到来时，自己会突然感到一阵酸楚，或顿觉心碎，但没想到，这些假设都不准确。这个消息并不像一辆猛地把他撞得七零八碎的卡车，它更像一台老旧的洗衣机，洗衣机运转得并不强烈，只是低挡，但它就这样让这颗心在里面慢悠悠地旋转着，不时还拧一拧，生怕它无动于衷，可目的似乎也很明确。

李法山的表情瞬间黯淡，但又迅速恢复如常，这番变化都被花想容清晰地看在眼里。她心中一动，半开玩笑地试探道："怎么没从你这恭喜里听出半分恭喜呢？"

李法山并未回答这个问题。他把咖啡杯端在手里，漫不经心地搅拌着："他叫什么名字，做什么的？"

"是个作家，叫什么婚礼那天你就知道了。"花想容说。

"作家。那应该没啥钱，"李法山和往常般口无遮拦，他摇了摇头，嘴唇却在微微颤抖，"这婚结得挺扶贫。"

"挣得比你多！"花想容哼了一声。

没想到李法山还是一脸嫌弃："那估计花花肠子不少。这些爱写作的满脑子才子佳人的戏码，对自己的道德要求更是极低，见一个爱一个，恕我直言，你这婚啊，悬。"

"不劳你费心！你就不能说点好的吗？"花想容竟有些较起真来。

李法山见她的脸迅速涨得通红，叹了口气："你呀，和以前一样，一着急就脸红。"

花想容一愣，然后没再说话。

"不过怎么都比我好就是了。"他终于黯然说道。

听到这句话，花想容的眼中竟有泪水在打转。

李法山把杯子放回桌面上，低着头，没看花想容，然后低声问："他爱你吗？"

花想容咬了咬嘴唇，然后说："我不知道。应该是爱的吧。"

"那你爱他吗？"

这个问题令花想容更加难受，但她点了点头："爱。"

"那就好，"李法山挤出一丝笑容，然后说，"祝你们新婚愉快。"

可能觉得气氛过于压抑了，他又强颜欢笑："当然，份子钱肯定还是会送的，都是兄弟，懂。"

此时说这话似乎不合时宜。泪水在花想容清冷的脸上默默流淌，她终于问出自己心中那个藏了多年的问题："法山，当初你到底为什么要和我分手？"

学生时代，花想容作为校辩论队队长，也是龙大校花，追求者虽不说排到法国，从东门排到西门还是有的，李法山位列其中，毫不起眼。他使的都是些烂招，原本是半分机会也没有，但后来在花想容家生变故，众人避之不及时，他不仅没躲，反而站出来厚着脸皮为她去找李青云，让李青云帮她卷入受贿案的父亲辩护，并成功减少了她父亲的刑期。患难见真情，花想容十分感动，最终答应了他的追求。

花想容，是唯一一个可以让李法山主动去找李青云的人。

没想到确定关系后才不到一年，李法山在某一天突然离开了她。多年以来，这份不辞而别令她困惑，更难以接受。

听到这个问题，李法山低头说："对不起，当时我太年轻，处理方式不对。"

花想容明显对这个回答极为不满："不要避重就轻，我问的是，当初你为什么要和我分手？"

洗衣机从低挡升到了中挡，紧握着水杯，李法山回避着："答案还重要吗？"

"重要，很重要。"花想容的眼泪如一串破碎的珍珠。自父亲的事件后，这是她第一次在公共场合无所顾忌地流眼泪。"如果你还把我当朋友，你就告诉我。"

往昔的情分连同伤口一并被撕开，李法山终于抬起头。他压抑着声音的颤抖，故作平静："想容，我可能永远都不会明白爱是什么滋味，但也可能没有人比我更清楚不爱是什么滋味了。当时你爱的不是我，是我爱你的那种感觉。"

"你怎么知道当时我不爱你？！"这个回答令花想容很生气。

就在这时，咖啡厅里突然放起一首老歌。

吉他弦声轻柔，李健歌声澄澈，这首歌李法山和花想容都听过。

"穿过运动场，让雨淋湿，我羞涩的你，何时变孤寂。躲在墙角里，偷偷地哭泣，我忧郁的你，有谁会懂你。爱是什么，我不知道，我不懂永远，我不懂自己……"

我不懂永远，我不懂自己。

李法山苦笑一声，然后说："你刚刚不是说，你也爱他吗？既然你这么确定，那你告诉我，你对他的这份爱，和当时对我的爱，是不是同样感觉的爱？"

花想容一时语塞。

"你不用回答我，我也从来不需要回答。但爱和依赖是两回事。"

在李法山心里，花想容当时只是基于感动，而非因为爱和自己在一起，甚至花想容如今如果还念念不忘，也只是对突然的分手表示的不解，而非怀念旧情。

人和人之间有悲欢离合很正常，但很多人在分别时总缺乏正式道别的耐心，直到许久以后他们才会明白，原来一次正式的道别，可能比分别本身更重要。

谁能懂永远，谁能懂自己。

"法山，我不知道当时我做了什么让你有这样的想法。"花想容抹了抹泪，却也决定不再深究。

这么多年过去，她需要的早已不是一个答案，只是一场对青春的告别。

她抹去眼角最后的泪："当然，也不重要了。但我想说，你不要怀疑自己，你真的是值得被爱的人。"

泪水终于也从李法山的眼里夺眶而出。他埋着头，品尝着泪水的咸味。他知道，他不是在为花想容的结婚而哭，她结婚了，她决定结婚了，这两件事都是好事。

他在为自己而哭。

苦涩是他人生的味道。

或许他还不明白，但花想容一直明白，如今更加确定的是，其实他一直以来怀疑的，与其说是花想容对自己的爱，不如说是自己配不配得到爱。

"想容，我想说，你也是值得被爱的人，"李法山的泪水不住地流淌，"我至今从未如过去爱你时幸福。"

人的一生，总在爱里辗转，在爱里困惑，在爱里崩溃。

不过如果你足够幸运，你或许也有机会能在爱里和解。

晚上回家，未婚夫正躺在沙发上看电视。听见花想容回来了，他连忙起身，帮她挂衣服、拿包。

看到花想容眼部微肿，他关心地问："怎么了，怎么哭了？"

花想容笑了笑，说："工作的事，被客户气的。"

"客户怎么气你了？"未婚夫皱起眉头，"实在不行就不伺候了，又不缺这一单，何况我又不是养不起你。"

说完这话，他坏笑着补了一句："虽然像你这样一顿吃三碗饭的女人确实不太好养。"

"嘿！你说什么呢！"花想容用拳头砸他胸口。

未婚夫抱胸而逃："这贼泼妇可真厉害得紧！逃也逃也！"

花想容扑哧一笑，但见未婚夫落荒而逃的样子，似乎想起了什么，眼泪便又在眼睛里打起转来。

"宝宝，你怎么又哭了？"未婚夫见状赶紧跑了回来。

"没事，"花想容擦掉脸上的眼泪，"老公，抱抱。"

"抱抱抱，"未婚夫将她拥入怀中，"不就是工作嘛。"

贴在未婚夫厚实的胸膛，花想容低声说："我爱你。"

未婚夫虽觉得这情绪来得莫名其妙，却也还是温存地说了一句："我也爱你。"

七

花想容的婚礼被安排在周六。地点在龙城郊外一座隐蔽且豪华的山庄，婚礼是西式，却保留着中式风俗。门口随礼的朋友排着长队，李法山到场后，看着眼前人头攒动，不禁皱着眉头对旁边的婧哥说："这花主任可真行。"

自上午碰头后，婧哥就一直在观察李法山的表情："怎么，看着前女友人气一如既往，现在嫁作他人妇，酸了？"

"酸什么酸，"李法山反驳道，旋即叹了口气，"从情感的角度，我肯定是祝福的，但一想到自己人生中错失了一个被富婆包养的机会，我还是扼腕叹息。"

"有什么好叹息的，富婆又不止这一个，"婧哥冷笑一声，突觉这话似乎意思不对，又马上补了一句，"不过就你这歪瓜裂枣，想让富婆看上你，悬。"

"是吧。"两人边说边走到门前，门口立着结婚照的显示牌，上面写着花想容和林翔的名字，两人在照片上笑得很幸福。

新人正在门口迎宾，看到李法山来了，花想容笑道："李律师来啦？"

"来了来了，老战友了，能不来吗？"李法山大大咧咧地扬起红包。婧哥在旁也笑着说了声恭喜。新郎是第一次见李法山，他似乎对两人之间的过往并不知晓，见客人来了，热情地握手，只是说"你好你好，欢迎欢迎"。

李法山和他握了握手，客套地说了声"恭喜"。

一旁花想容见婧哥也来了，看了看李法山，嘴角露出一丝奇怪的微笑："你们？"

李法山赶紧撇清："别多想，就是想着一个人吃席太亏，叫了兄弟一起蹭吃蹭喝。"

花想容笑了笑，说了声"好"，然后背着李法山，拉过婧哥和她耳语了几句。只见婧哥先是红着脸争辩，后又一语不发，接着双方便有说有笑地转过身来。

"咋回事，啥情况，说什么了？"李法山好奇地问。

"女生间的事，你别管。"花想容拉着婧哥的手。

李法山不再多问。点完礼金，需要签字，他看见礼金簿上还写着刘春和李青云的名字。刘春是花想容所请，李青云是花想容的父亲花云峰所请。

进入大厅，座无虚席，李法山目不斜视，却依旧注意到了那两个他生命中无法回避的男人。他故作无视地经过，找了一张偏桌坐下，路过时李青云一语不发，刘春扭头看向他。

坐定后，李法山问婧哥："你觉得这个新郎官怎么样？"

婧哥撇了撇嘴："还行，看着人模人样的，美中不足的是总感觉哪儿和你有点像。"

"呸。"李法山骂了声。

"那你觉得他怎么样？"婧哥反问。

"也就这样吧，"李法山敷衍道，"和每个普通的男人一样。"

"那你普通吗？"婧哥似笑非笑地看着他。

本以为李法山会反唇相讥，没想到他竟点了点头："我也普通。"

婧哥观察着李法山的改变，又问："那你觉得他俩配吗？"

"谁知道呢？"李法山淡淡地说，"反正就算离婚咱花主任都不会吃亏就是了。"

婚礼开始，司仪是龙城电视台的一名主持人，不匠气，不啰唆。歌曲响起，在动人的前奏下，司仪说："有请新娘在父亲的陪伴下进入婚礼现场！"

这首歌的名字叫《嫁给我》，原唱乐队叫"不可撤销"。

歌声轻柔，在这浪漫悠扬的民谣下，任何海誓山盟都会显得真实。

漫天花雨中，缤纷彩带下，一位不怒自威的父亲，携着清丽俊秀的女儿，沿着花路，郑重地走向花路另一头的男人。

花云峰曾是江南省厅级官员，因受贿罪被判五年，出狱后在一家民企做高管。事情恰巧发生在花想容毕业的时候，当时花想容原已入选选调生，后来只能转而投身律师行业。李法山一直没机会见花云峰，今天见到了，和想象中一样，不像性格随和的人。

婚礼是人生中真切意识到自己是主角的为数不多的时刻，仪式盛大、氛围隆重，花想容在众人的瞩目下灿烂地笑着，脸上的幸福真诚得似乎没有一丝杂质。

这样的笑容李法山记忆中似乎见过，又似乎不真切。但可以确定的是，这样的笑容李法山一定曾认真追求过。

他也笑了起来。

婧哥原本伸直了脑袋，转过头，见李法山也在笑，便说："兄弟，想哭就哭，别这样，吓人。"

"你懂个屁。"李法山回道。

"是，我不懂。"婧哥没再接话。

新娘父亲将新娘的手放在新郎手上，新郎庄重地接过，天空彩带飘飘，主持人热情的主持将现场气氛推向高潮。

"新郎，现在你有什么想对新娘说的？"主持人将话筒交给林翔。

"我写了段话，想念给想容听。"林翔接过话筒，从兜里拿出一张纸。

李法山坐在台下，和所有观众一样，想看看这位作家能写出什么东西来。

"想容，今天，我总算得以你丈夫的身份，站在你和所有人面前。我想说，我深刻地爱着你。

"在很长一段时间内，我都是一个对婚姻充满恐惧的人。我不相信爱，也不相信天长地久，我认为人生就是一次次离别，直到我遇到了你。你的善良、真诚与美丽融化了我，把我的身体融化到只剩下一颗真心，这颗真心坚硬得如同一块石头。

"今天，我要把这颗坚定的心脏献给你。

"我明白，我们都有很多缺点，我们都有脾气，我们都会害怕，我们之前有，之后也注定会发生很多矛盾，但我无比确定，如果这世间我只能选一个人一起成功对抗生活的琐碎，那个人一定就是你。所以，我很开心，我们能一起组建家庭，成为这庞大社会里一个小小的单元。我们可以一起感受喜怒哀乐，经历生老病死，我希望和你一起，在所有普通人都会经历的吵闹与平淡中，度过彼此忠实与依赖的一生。

"你是我需要的那一片阳光，我需要在阳光下真诚地爱你。"

花想容热泪流淌。

"新娘，你有什么想对新郎说的吗？"主持人将话筒递给花想容。

花想容擦了擦眼泪："谢谢你，让我明白，只要我真的认真爱一个人，我们的爱就能开花结果。"

台下李法山表情迷离。

这个场面如此熟悉，熟悉到仿佛他也经历过。他摇了摇头，告诉自己这只是大脑感知系统和记忆系统相互影响发生的错乱。但无论如何，此情此景勾出种种往昔，李法山情绪翻涌，不禁叹了口气。

婧哥听到叹息声，低声说道："你挺爱她的。"

李法山平复心境，语气恢复如常："曾经是挺爱的。"

"现在呢？"婧哥又问。

"现在嘛，友爱算爱吗？"他呵呵道。

婧哥内心辗转，鼓足勇气却故作漫不经心地问："如果友爱算爱，那岂不是你也爱我了？"

李法山闻言一愣，只觉得心跳加速。新郎和新娘开始互换婚戒，他目不转睛地看着这对璧人，说："爱，也爱。但你知道是什么爱吗？"

婧哥脸上开始发烫："什么爱？"

"父爱。叫爹！"李法山哈哈坏笑。

"滚！"婧哥猛捶了他一拳。

八

礼毕，婚宴开始上菜，李法山和婧哥边吃边聊，突然左边的位置上换了一个人。他转头一看，是刘春。

"法山，你来啦。"刘春温和地说道。

李法山的脸立马拉了下来。他没接话，自顾自地夹菜。

刘春见状，对一旁的婧哥说："让我们单独聊聊吧？"婧哥看了看李法山，然后点点头，说自己去外边抽根烟，作势起身。

"没事，你接着吃，"李法山对婧哥说，然后放下筷子看向刘春，"有什么事在这儿说也不合适吧，我们出去。"

听到这句话，刘春眉毛微微一挑，说："是，在这儿说也不合适，我们出去。"

来到宴会厅外，两人各自点了一根烟。今天天气很好，放眼望去，蓝天白云连着山庄绿茵茵的草地，清风爽朗，确实是适合结婚的好日子。

"还在生我气？"刘春开口问道。

"有什么好生气的？三十岁的人了。"李法山靠在柱子上，看向远方。

"法山，我不奢求你全然理解我，"刘春言语似有愧疚，却也平淡，"但当时为了确保你能出来，我必须这么做。"

"所以你到底是为了确保我能出来，还是确保这件事能成？"李法山问。

刘春叹了口气："这两件事，对我都很重要。"

"那你能告诉我吗，刘春，你到底在想什么？"李法山真的不想再跟刘春打哑谜了，"我能感觉到除了报仇，你还有其他的执念，我需要懂你，因为这直接关系到我俩对彼此的信任。"

"光是报仇还不够吗？"刘春说，"当赵飞虎在我耳边说那句话时，我的感受，你知道吗？"

"够，肯定够，"李法山说，"作为朋友，我也愿意为了帮你报仇赴汤蹈火，但我还不够了解你。"

说完这句话，李法山又急躁地深吸一口烟："刘春，你知道吗？在一些特别的时刻，你脸上总会出现一些奇怪的表情。"

"什么奇怪的表情？"刘春问。

"一种……狂热到近乎病态的表情，"李法山形容道，"似乎你很想赢，不顾一切地想赢。如果你只想着报仇，眼睛里是有怨的，但当时你的状态，就只是想赢。如果你不告诉我，你为什么那么想赢，我们是很难继续下去的。"

听到李法山的形容，刘春闭上了眼睛。

自己为什么那么想赢呢？这个问题他有定论，但却从来没告诉过任何人。在刘春心中，李法山明显不在"任何人"之列，但他明白，恰恰因为李法山不属于"任何人"，他把这些话说出来，才是一场巨大的冒险。

终于，他深吸一口气，突然问："我记得你以前也挺喜欢玩游戏？"

"还行吧，现在不怎么玩了，《连连看》《斗地主》有一搭没一搭。"李法山回道。

"你知道 RPG 游戏吧，就是角色扮演，"刘春说，"比如《仙剑》，你扮演的是李逍遥，你会在游戏里经历他的故事，度过他的·生。在游戏里，你就是他，他也就是你。"

李法山皱起眉头："所以呢？"

"你怎么知道，我们这活着的一生，就不是一场游戏呢？"刘春的表情难得出现一丝松动，"很多人总说人死后会下地狱，可你有没有想过，也许此时我们便身在地狱中？"

"听不懂。"李法山开始挖鼻孔。

刘春见状笑了笑："法山，你这辈子，是快乐的时候多，还是痛苦的时候多？"

眼见刘春又在打哑谜，李法山虽不耐烦，却还是说："平淡的日子多。"

"也是，平淡的日子多，"刘春应道，"人活着，人死了，承受、忍耐，这是很多人的一生。"

"刘春，你到底想说什么？"李法山看向他。

"法山，我先跟你说个小故事吧，"刘春说，"在你来金律师的团队前，金律师曾让我去农村处理一起关于宅基地使用权的纠纷。那是最偏远、最原始的农村，家家户户家徒四壁，连厕所都没有，都拉桶里，然后用作农家肥。村里大多只是老人和小孩，为数不多的男人，要么是刚打完工没找到新活儿，要么是残疾。"

李法山听他说着。

"纠纷是怎么来的呢？政府批的宅基地旁有座老坟，那家人说我们当事人修房子会对自家风水造成影响，死活不允，而迁坟对农村来说又是一件意义极为重大的事，双方一度僵持不下。我去了以后，很快意识到自己是白去，因为在那里你会发现，你跟他们讲法律没用，我在那儿普了半天法，他们听不懂，也没兴趣听。"

"那怎么办？"李法山问。

"那个村叫金家村，村里上上下下大都姓金，我们当事人姓金，村支书也姓金，而老坟那家姓王。后来村支书给王家做了不少思想工作，当然，那段时间王家养的一头猪也不知道被谁毒死了，然后在村支书的调解下，当事人补偿王家2000元钱，这事儿就解决了。原来的坟被推平，棺材，说是棺材，其实也就是几块木板，被迁到了另一个地方。"

"当时我还年轻，迁坟的时候，我问王家棺材里的人是谁，叫什么名字，"刘春继续道，"令我惊讶的是，王家那个人只知道坟里的是他曾祖父，叫王三，是个放牛的，其余的他也什么都不知道。他从小就给这个坟磕头，他爷爷让他父亲磕，告诉他父亲，里面这个人叫王三，是你爷爷，然后他爷爷死了。他父亲让他磕，然后告诉他，里面这个人叫王三，是他曾祖父，然后他父亲也死了。他在那儿坚持了两个月，扛着锄头，睡在坟旁，被做思想工作、被骚扰、被毒死一头猪，捍卫的只是一个他素未谋面、只知道叫王三的人，"说到这里，刘春突然微微动容，"法山，你告诉我，如果有一天，我死了，谁还会记得刘东呢？"

故事听到这里，李法山心中感喟，不禁离刘春近了些："刘春……"

刘春摆了摆手，神情恢复如常："然后，如果我死了，除了你，又有多少人还会记得我呢？"

李法山无言。此时他心里想的是，如果自己现在原地死去，十年、二十年后还能记住自己的，可能也所剩无几。

地球依旧会旋转，人类依旧会生活，世界上每天都有新鲜的事、新鲜的人，他们迸发着最原始的生命力，在这瑰丽迷幻的人间争奇斗艳着，而那些死去的人，他们不会说话，他们只是当下世界无声的肥料。

"所以，法山，你有没有想过，人为什么会活着？"刘春问，"为什么，我们一定要来世间走一遭，承受苦难，追求快乐，接着又通过死亡重归虚无？"

刘春的眼神越发迷离。

"体验，是体验。"他自顾自地说。

"体验。"李法山喃喃地说着这两个字。

"死后没有天堂，人间就是天堂；死后也没有地狱，人间就是地狱，"刘春叹了口气，"我们都是被流放到人间来的。人生，就是一场游戏。无论你是身败名裂还是万人追捧，死后就是一把灰。记住又怎样，忘却又怎样？等我们死后，意识灰飞、思想烟灭，这些还重要吗？真正重要的，是在自己还活着的时候，如何充分体验这一生。"刘春挤出一丝笑容，李法山不懂笑中意味。

几个熟人路过，见到春山组合在门口深聊，心想《律坛春秋》诚不欺我，两人还真是一对形影不离的好友，便热情地跟他们打了打招呼。二人礼貌地跟他们摆了摆手，为避免被打扰，二人缓步走向室外的草坪。

"我记得我此前曾跟你说过，我喜欢律师这个行业，是因为它自由，它相对不那么受制于人，是吧？"

李法山点点头。

"但其实，我此前喜欢做律师还有一个原因，即这个职业，可以让我们靠近旋涡，感受旋涡，却不用卷入旋涡。"刘春的眼神逐渐飘忽，"你看，城市的街道上，是不是每条街都有一个药房？它们可都是很赚钱的。毕竟一个人再怎么身强体健，每年也总要去看几次医生，买几次药。可一个人一辈子又会打几场官司呢？当一个人决定委托律师、发起一场诉讼的时候，这通常意味着他正站在一个人生重要的节点上。这些节点对当事人来说，一辈子可能也就那么两三个，是他们最重要的生命经历，也是他们人生故事矛盾最激化、最精彩的桥段，而律师却可以通过工作频繁参与到这么多当事人最重要的人生时刻，从中汲取营养、积累阅历，还能赚到钱。你说，这世间还有比这更好的工作吗？"

听到这儿，李法山不禁苦笑一声："你是真爱这份工作，我只觉得累。"

"是，我喜欢做律师，"刘春说，"做律师的一大好处，就在于你可以近距离观察旋涡、参与旋涡，却往往不用承担卷入旋涡的代价，因为我们毕竟不是当事人，在他们的故事里，我们只是配角。那些胜诉的一步登天、败诉的一败涂地所带来的心理感受，我们是体验不到的。甚至在经历越来越多的案件后，我们会天然地抗拒风险、回避风险，把自己放置在海水不会淹没的高地上。我们迷恋安全、享受安全，并被安全驯化。但是，法山，我想进入旋涡，我想试试。"

说到这里，刘春的鸡皮疙瘩莫名其妙开始从皮肤上层层炸起，或许这也是他此生从未有过的袒露心迹的时刻："我想做一次主角。"

"主角？"李法山开始咀嚼这两个字。

"从鸡汤的角度，我们每个人都是自己人生的主角，但现实中并不是的，现实中配角总比主角多。你知道如何判断自己是不是主角吗？"刘春问。

"如何判断？"

刘春淡淡地说："当你还不知道自己是不是主角的时候，你就不是主角。"

如果你真的是主角，神一定会告诉你的。

为了防止世界过于无聊，神总会站在高高在上的云端，不定期地往一成不变的人间撒下一些小小的盐，而如果你是那个被选中来改变这一切的人，你是会知道的。

张太一虎踞龙城太久了，刘春是那颗小小的盐。

"法山，从我父亲败诉并失踪的那天起，我便有着强烈的宿命感。"刘春的表情再次难掩狂热。这个表情李法山看了好几次，已经近乎熟悉，但以前每看一次，他便与刘春更陌生一分，如今再看到这个表情，他却有些懂了。

"我强烈地感觉到，张太一就是冥冥中神安排在我剧本里的、早晚要面对的人。他就是龙城最强，他害死了我的父亲，他一次次打败了我。他就像一块磁铁，如果说一开始，想打败他只是单纯为了复仇，慢慢地，随着我意识到我似乎真的能打败他，随着我离他越来越近，战胜他这件事对我的吸引力就越强。仿佛有人在告诉我，这就是我该做的。我应该实现它，因为实现了，这才会是一个完美的故事。"

李法山似乎明白了这场"刘春的游戏"。

人的一生，说穿了，确实就只是一段时间、一张白纸，要如何度过它，要在上面写上怎样的故事，是每个人的个人选择。但很明显，李法山的选择和刘春的选择并不一样。

"所以，法山，你懂吗？我在做的，只是我该做的。"

"懂了。"李法山说。

刘春问："那你有想过自己这一生要怎么过吗？"

"我和你不一样，我并不想要激烈的人生体验，"李法山看向虚无缥缈的远方，"刘春，我最激烈的人生体验，在我九岁那年就已经经历过了。我只想平平淡淡、安安稳稳地活着，和我在乎的人一起。"

刘春闻言缄默。他低声说："法山，你是我非常重要的人……"

"我知道，"李法山说，"我尊重你的这个故事，案子我也会接着做。这是我的选择，也是我的承诺，从我决定和你一起处理这个案子起，开弓就不会有回头箭。"

"我不是说你一定要参与这个案子的意思。"刘春难得开始解释。

"但是，春哥，"说到这里，李法山的语气越发平静，"等做完这个案子，我们可能就不能一起了。"

"为什么？"刘春的语气竟有一丝慌张。

"因为你的人生和我的人生，不是一个人生。"李法山掐灭烟头，转身进入宴会厅，"明天上午我会去律所，我们接着干。"

"如果要和李青云合作呢？"刘春问。

"你最好别让我见到他。"

看着李法山平静的背影，刘春如同看到一堵厚墙正高高筑起。他知道此时多说无益，便只在他身后轻轻叹了口气。

回到座位，婚宴已近尾声，李法山没赶上新人的敬酒。人已经走了一半，餐桌杯盘狼藉，零零散散。

婧哥还在。

"聊得怎么样？"她问。

李法山说："挺好。"

婧哥笑道："又可以一起升级打怪了？"

"嗯。"李法山点点头。

远远的，花想容还在敬最后几桌酒，李青云的位置上已经没了人，刘春也没有再回宴会厅。李法山低头，看着散落在地上的混浊彩带，在盛宴的余味中，感到无尽的孤独。

"老婆，你到底怎么了？"和李法山见完面的那天，林翔见花想容回家后就不停流泪，虽是心疼，却更觉蹊跷。

"没什么。我就是情绪一下上来了，"花想容摆了摆手，然后走进书房，"老公，我还要加会儿班，等会儿再说。"

进入书房，把门关上，花想容拿起手机，想了想，还是拨通了花云峰的电话："爸。"

"怎么了？"花云峰语气沉稳、平和。

"之前不是说让青云叔叔做证婚人吗？"花想容说，"还是算了吧。"

婚礼当天。

"今天，本人非常荣幸，能成为林翔先生和花想容女士的证婚人。"证婚人喜气洋洋。他叫宋家国，是花云峰所在企业的董事长。

"在这神圣的时刻，让我们来共同见证这对新人的婚礼。祝你们俩相亲相爱，白头偕老，早生贵子！"

林翔看着眼前这个临时变更的证婚人，眼神同时不自觉地瞥向台下某个令他如芒刺背的角落。宋家国话音落下后，他的脸上立马绽放出幸福灿烂的笑容。

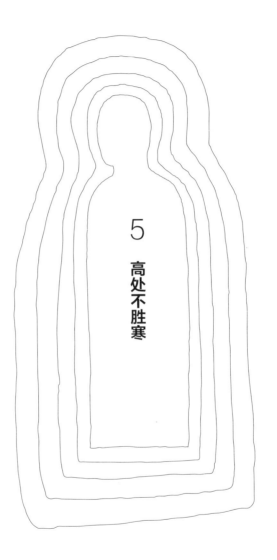

5

高处不胜寒

坤乾所的一家会议室内，两名家属正在对面前的两名律师哭诉。其中一名年长的律师熟练地给他们递上纸巾，而助理则端正地坐在电脑前，装模作样地打着字，心里却在想自己该怎么做才显得更加专业。

年长的律师是赵飞虎，坤乾所高级合伙人，助理叫李所当然。李所当然毕业后参加校招，被分到了赵飞虎团队，人长得算是英俊，就是气质和赵飞虎差不多，痞里痞气，加上刚参加工作，眉宇间难掩稚嫩。

这是一桩涉嫌非法传销的案子，当事人是搞 NFT（交易平台）的，被采取刑事强制措施后，案件已移送至检察院。家属平时并不认识律师，但也曾耳闻坤乾所的大名，便来律所拜访寻求委托。赵飞虎虽然并非专业的刑辩律师，但早和前台人员达成了案源协议，所以前台人员便直接将案子推给了他。

把当事人说哭是第一步，眼见两人泣不成声，赵飞虎觉得差不多是时候了。

"赵律师，过两天检察院就要决定是否批捕了，您看能不能再想想办法？"家属擤了擤鼻涕。

赵飞虎将李所当然的电脑合上，然后压低声音说道："办法嘛，肯定有。"

家属闻言赶紧抻长了脖子。

"你们之前不是要找关系吗？"赵飞虎认真地说，"今天专程把你们叫过来，就是要告诉你们，关系那边能帮忙。"

听到这话，家属兴奋地相视一笑："那太好了！"

"这次我帮你们直接找的一个副检察长，"赵飞虎皱着眉头，"我跟他沟通了，不是不行。但是，你们知道的，有些事情需要操作，我努力沟通了，费用你们能不能接受，要怎么做，你们自己决定。"

"赵律师，都懂的，该的，"家属显得很上道，"那边有什么条件，你说。"

赵飞虎伸出两根手指。

"两万？"家属问。

赵飞虎摇摇头。

家属皱起眉头："20万？"

赵飞虎点点头。

犯罪嫌疑人的母亲将信将疑："如果钱给了，接下来怎么做？晚上跟他吃个饭说一下？"

赵飞虎呵呵一笑："王阿姨，你也太天真了。"

眼见对方一脸错愕，他低声说："这种事，对方怎么可能愿意和家属见面嘛，有人看到怎么办？都是你们给钱，然后等结果。我丑话先说到前头，这个案子，上面有指示，原本是当典型案例来做，真要办，不是一两句招呼就能搞定的。所以，他也拍不了胸脯，如果你们觉得可以，我就再去找他说说。不过为了防止你们多心，他也说了，如果最终没成，就把钱全部退回来。"

两位家属面面相觑，一时拿不定主意。

赵飞虎见状，说："这个你们好好想想吧，不过我劝你们尽快拿定主意，后天是最后期限，结果说不定明天就出。"

"赵律师，我们出去商量一下，"两位家属走出会议室。五分钟后，他们回到房间，犯罪嫌疑人的父亲咬咬牙，"这个钱，我们出！赵律师，就拜托你了！"

赵飞虎心中窃喜，嘴上却依旧说："要不你们再想想，不是小数。"

他叹了口气："不想了，娃还年轻，不能留案底，这个钱该出，反正如果不成，钱还是会退嘛。"

"好，"赵飞虎说，"那你们这就去取钱，现金，取了以后，五点半，律所出门右拐有条路，叫向阳路，你在路口等我。记住，不要跟我发微信，也不要打电话。"

那个路口没监控。

"好，好。"家属连声答应，起身告辞。

目送家属在前台拿了寄存的手机，然后出律所，赵飞虎嘴角露出一丝微笑。他哼起小曲，然后故作漫不经心地对李所当然说："小李啊，待会儿你开我的车，去那个地方把该拿的东西拿了。"

"啊？"李所当然心中一沉。

"怎么，这点小事你都办不了？"赵飞虎哼了一声。

李所当然想拒绝，但刚加入坤乾所高级合伙人团队的他，又怕失去这宝贵的工作机会。

同一批进坤乾所的律师助理全都是名校毕业，只有他是二本，尽管他并不知道为什么赵飞虎会选择他，但这份知遇之恩他是铭记在心的。

或许，这种事在律师界就是家常便饭？

"好，"李所当然咬了咬牙，然后问，"老板，那晚上和王处的局是不是要取消了？"

"为什么要取消？王处说要取消？"赵飞虎皱起眉头。

"您不是要去找……？"李所当然困惑地问。

赵飞虎一愣，然后哈哈大笑。

"小李啊，今天我跟你上一课，你记住一句话，"赵飞虎拍了拍他的肩膀，"绝大多数律师，终其一生，都只是规则的奴隶，你要成功，就得学会做规则的主人。"

一

屋外天寒地冻，家里四季如春，书房内一名中年男子正在和自己的小侄女下象棋。

中年男子是张太一，小侄女叫张白白。

张白白大学毕业后在花想容的介绍下曾加入春山组合的团队，学习了几年，离职后回归张太一的团队，逐渐替代刑天成为团队的主办律师。

张太一离过两次婚，其中二婚的太太给他生了对龙凤胎，后来基于风险隔离的目的，他在形式上和她离婚了。这几年孩子读高中，他差老婆去国外陪两个孩子读书，自己一个人在国内，虽然自由，却也难免无聊，所以他除了让刑天教张白白外，也让张白白每个周末来陪自己下下象棋，算是亲传亲带。张白白本就天资聪颖，心似海深，又前有刘春、李法山、刑天授技，后得张太一真传，已然成为龙城青年律师一代当之无愧的佼佼者。

"叔，你今天状态有些不好啊。"张白白双车俱在，仅损一马，而张太一一时大意，炮、马俱损，只剩单车，独木难支。

"不服老不行啊。"张太一苦笑道，手上却依旧在勉力缝补河山。

张白白看着张太一额头微汗，心中开始盘算该如何不着痕迹地让让棋。

在加入张太一团队以前，张白白一直以为张太一就是律师界的神——人脉四通八达，案件算无遗策，加上徒子徒孙遍地开花。如果说有人能只手遮龙城律界的天，那这个人一定就是张太一。

但在真的加入自己这个亲叔叔的团队后，她才意识到，原来张太一不是神，也是人。

人生如登山涉海，越往上走，山势愈显，越往前开，暗流愈增。如果说你在一无所有的时候能说从哪里跌倒就从哪里爬起来，那么当你到达一定高度时，你就真从哪里跌倒就从哪里万劫不复了。你能走到目前这一步，只能证明你的实力和运气支撑你走到现在，但这并不意味着你真能安全走到下一步。张太一已然看到了绝大多数律师都看不到的风景，但会当凌绝顶，八面劲风来，出来混，尤其是干律师这行，见不得光的事，看的、做的都不少，所以饶是他才华盖世，面对眼前的云谲波诡，也难免会有左支右绌、坐立难安的时刻。

"叔，你是还在担心康银集团的事吗？"张白白忍不住问。

"做律师，哪个案子不担心，"张太一没否认，也没承认，"我们这个行业，赚的就是操心的钱。不然你以为我头发是咋没的？"

"我知道，我看过你大学时的照片，头发乌黑浓密，还是自来卷，"张白白哈哈大笑，然后问，"不过这个案子，虽然我没怎么参与，但我还真有一处不明白。"

张太一拱了拱卒："什么不明白？"

"你说，就算他们两家有什么隔阂，眼看这股价大涨，他们也该息事宁人，就该多想想怎么发展啊，怎么偏偏挑公司形势最好的时候内斗？"张白白将车推到河边上，"两家都是聪明人，这么做也太不智了。"

张太一又拱了一卒："你知道太平天国的故事吗？"

"知道的也就历史书教的那点，"张白白撇了撇嘴，"您知道的，我更喜欢数学。"

"太平天国这段历史里，最具故事性的转折点，叫天京事变，也叫东王之乱，"张太一微微一笑，"这东王杨秀清，可是太平天国里一等一的人物，他的'东王集团'，是全太平天国行政效率最高，也是最优秀的行政体系。在被杀之前，他一是遥控石达开重创湘军水师；二是重创江南大营，解了天京之围，天京事变前的太平天国，可能是太平天国最鼎盛的时候。但是，就在这个时候，洪秀全联合韦昌辉，杀了东王部众两万多人。这两万多人，可都是当初一路造反过来，经过千锤百炼的精锐，就因政变付之一炬。你说，这洪秀全，为什么早不杀晚不杀，偏偏要在'公司'发展最好的时候杀杨秀清呢？"

"杨秀清功高盖主我是知道的，不过这时间节点我倒是确实没怎么想。"张白白说。

"因为胜利会给人安全的幻觉，也会给人失去的恐惧，"张太一说，"当你看到一块蛋糕越做越大，而你又认为自己分到的不够多，这份越来越大的蛋糕，对你来说只是一份折磨。"

张白白闻言陷入沉思："所以正确的做法应该是什么呢？"

张太一呵呵一笑："你想问的是正确的做法，还是理想的做法？"

"有什么区别吗？"张白白问。

"有，当然有，"张太一闲敲棋子，"理想的做法，是把蛋糕该怎么分说清楚，而且大家都接受，然后在各自的领域里发力，共同把蛋糕做大。但之所以说它理想，是因为它没有考虑到人的贪欲这一最大的变量。人总是不知足的，总是想占有，总是害怕失去，并总随着蛋糕的变大越发担心这一点，所以也总是会争斗。如果每个人都守规矩，都守着自己那一亩三分地，那世界就不会有战争了。"

"所以正确的做法是什么呢？"张白白也开始漫不经心地走着棋。

"评估、谈判、妥协，但要设立清晰的底线，"张太一说，"如果越过底线，就赢，不择手段地赢。"

"杀伐果断啊，"张白白啧啧道，"所以站在洪秀全的立场，他那么做倒也没错？"

"从太平天国运动本身的立场来说，肯定是有问题的，"张太一说，"但从他个人的立场就不得而知了。自古君王杀功臣很正常，但他事还没成就开杀了，似乎操之过急。不过，我们确实谁也不知道他当时和杨秀清到底有没有到非要撕破脸的地步。"

"所以，"张白白继续道，"龙行之他们，也会不择手段地想赢我们？"

"肯定的。"张太一把棋一摊，"输了输了，还是你们年轻人厉害。"

"那我们该先下手。"张白白说。

"没那么简单的，"张太一伸了个懒腰，"谁是洪秀全，谁是杨秀清，还真不好说。"

张白白皱起眉头："我们有把握吗？"

张太一从座位上站起来，拍了拍张白白的肩膀，然后转身倒水："白白啊，你也做了好几年律师了，有个道理你肯定是明白的。"

张白白抬头看向他。

"律师左右不了大局，很多事情的结果，在律师介入前就已经决定了。"张太一递了一杯水给她。

"是吗？"张白白不以为然，"我倒是觉得，律师的可操作空间到底有多大，主要取决于律师想要有多大。"

"你啊，还是太年轻。"张太一嘴上这么说着，眼中却有笑意。就在两人谈笑间，罗牛牛的名字点亮了张太一的手机屏。

他拿起手机走到窗边。张白白远远看着，只见他的表情在柔和的灯光下阴晴不定。

当初装修时，为了营造出当下这种温暖的效果，张太一光是灯组设计就花了 20 万。

"叔，怎么了？"张太一挂掉电话后，张白白问。

"罗鹤被抓，挪用资金罪。"张太一走回来，表情淡定，仿佛在回答自己晚上吃了什么。他走到沙发边，却没坐下，而是来回踱了两步，然后突然把手机狠狠砸向地面，骂了一声。

二

"罗鹤被捕"的新闻不胫而走并连夜登上财经头条。在此过程中龙行之不停接打电话、安排工作，脑袋已近乎冒烟。刚刚审完律师草拟的公司声明，他瘫坐在办公椅上，心事重重。

办公室里的李青云也在不停地接打电话。

这阵子，李青云先是让刘春跟媒体放风，炒作罗鹤和红树杉的关系，并放了很多证据出去。罗鹤肯定发文澄清，但避重就轻，并未对关键证据做出回应。与媒体造势同时在做的，是李青云将拟好的报案材料给经侦的审了又审，看了又看。最终，借着这股沸沸扬扬的风，警方一咬牙一跺脚，终于把人给传唤了。人前脚刚传唤，李法山他们后脚便把消息透露给了记者，记者如获至宝，赶紧发了头条。

"老李，你这个案子，可是跟我码了块大石头。"刘队长苦笑着对李青云说。

"咱俩认识十来年，我可就求了你这一件事，"李青云嘻了一声，然后拍了拍他，"何况这个案子，犯罪事实清楚、确凿，也让你跟上级领导先确认了，符合程序，有什么可担心的！"

"这活儿难做，去年又突然来了个空降兵，上是肯定上不去了，"刘队长摇了摇头，"等出来了李主任可要罩着我。"

"什么我罩你啊，是你罩我！"李青云哈哈大笑。

龙行之现在对李青云佩服得五体投地。

人的可靠不是吹出来的，是做出来的，要建立信誉，说简单简单，说难也难，无非就是"说到做到"这四个字。这么棘手的事，李青云竟然说到就做到了，现在就算李青云让他先进看守所里坐坐，他也会毫不犹豫进去。

不过对于警方以挪用资金罪而非职务侵占罪拘捕罗鹤，龙行之还是颇有不解。

对此李青云其实也有疑窦，但刘队长只说是上级研判后下的指示。所以对于客户，他只能说："虽然挪用资金罪相对较轻，但这个数额判下来也很重。现在只要罗鹤进去了，我们就是成功。"

"龙总，明天股价大跌，做好心理准备了吗？"好不容易喘口气，李青云半开玩笑地问他，"你这身家，一缩水就是无数个小目标啊。"

"跌吧，问题不大，"龙行之微微一笑，"资金余量已经准备好了，跌了好买入。我倒是建议你趁现在多买买我司的股票。"

"股票，我不懂，还是那句话，我只赚我该赚的钱。"李青云轻声说。虽然他的财富和龙行之肯定比不得，但他账上的钱也的确早够他花一辈子了。

就在这时，龙行之的助理敲门而入："龙总，刘市长刚刚打电话，说你关机了，他现在就要见你，让你赶紧过去。"

龙行之闻言看了看李青云，李青云点了点头。

"好，你让老王把车停负二楼电梯口等我，我马上出发。"龙行之说。等助理出去后，李青云对龙行之说："龙总，该你当主角了。"

龙行之对自己这位可靠的战友点了点头，从旁边的衣架上取过大衣。

三

"荒唐！胡闹！"赵飞虎在罗牛牛的办公室破口大骂，"两高才说了要坚决保护企业家合法权益，省高院也才出了加强民营企业和企业家合法权益的若干意见。罗总，这么大的老板，他们竟敢说抓就抓，真他妈没王法了！"

罗牛牛面色阴沉地坐在沙发上，旁边坐着隋钧和张太一。罗鹤是在他面前被抓走的，这位永远威严、强大，经历了这么多大风大浪的父亲，在面对一群表情严肃的警察时，神情也难免出现一丝错愕与慌乱。

但慌乱只是瞬间，当时罗鹤回过头来，看了罗牛牛一眼，然后说了三个字："撑起来。"

撑起来，不容易。

罗牛牛眼见黑云压城，只觉心乱如麻，耳听着赵飞虎依旧如苍蝇般在自己耳边无意义地絮语，终于忍不住爆发："你他妈现在说这些有什么用!"

赵飞虎一愣。

"老子请了你们这么多年,不是在这儿听你们发牢骚的!赵飞虎,今天,你给老子解释清楚,为什么,老子每年给你们几百万律师费,罗总今天还会出现这种事情!"

"罗总,我们已经做了我们该做的,"刚到不久的张太一冷静地回应道,"从公司层面,律师管不到财会,我们的顾问合同里不会也不可能每年对公司财务进行审计;从个人层面,我之前曾经提醒过罗总注意走账问题,并且还主动提出过做一次刑事合规的内培,但罗总后来说有事自己取消了,这我记得当时你也知道吧?"

听到张太一这么说,罗牛牛紧紧抿住双唇,难以反驳。

虽说父子间有诸多相似之处,但罗鹤和罗牛牛毕竟是不同时代的人,在行事风格上还是有极大差异的。罗牛牛虽在行事作风上和父亲一样大胆,但战术上小心谨慎,步步为营,合规意识和风险意识极强,这些都是母亲的教育和海外留学经历带给他的烙印。而罗鹤出身草莽,霸气十足,不拘小节,有些风险就算律师提示了,他也往往不在意,而连他都不在意、嫌麻烦的时候,下面的人自然也不会重视。对此如果罗牛牛一直在身边或许还能有所补救,可罗牛牛也有自己的川禾要做,加上父子关系微妙,家大业大,他不可能事事过问,那些风险和漏洞,在太平无事时不甚紧要,但若真揪起来,每根小辫子都可能致命。

律师不是当事人的爹和妈,更何况爹妈也不可能一天二十四小时跟在孩子身边,还告诉他这不能做,那不能做。当事人更希望在出现问题时让律师帮自己解决,问题意味着麻烦,这个需求令他们中有相当一部分人并不喜欢主动提出问题的律师。

"张律师,那你说,现在该怎么办?"罗牛牛用指关节敲着桌子,"你可是省律协的会长,龙城第一啊,你告诉我,现在我们该怎么处理?"

"分两头做，"张太一果决地说，"第一，我们之前讨论过的，按原计划行事，马上就做。第二，我去把底子摸清楚。我已经约了几个领导面谈了，敢这么直接抓上市公司董事长，背后肯定没那么简单。"

"好，张律师，就靠你了。"罗牛牛语气缓和。眼下张太一他们是自己最大的倚仗，自己就算再怎么满腹牢骚，要算账也得秋后再说。"刚才赵律师也说了，国家要保护民营企业家。罗总作为全国知名的商界人物，上过《福布斯》的，他这么简简单单就被抓了，你让其他企业家怎么看？你让社会怎么看？会让商界人士寒心的啊。"

张太一点点头，让罗牛牛先把人招齐，然后自己马上出去摸情况。赵飞虎刚才被训了一通，也不便久留，和助理一起起身告辞。

众人散去，只有隋钧留了下来。

罗牛牛低头发着呆，见隋钧表情淡然，便拍了拍他的腿部，问："隋律师，这么几个律师里，我最信任你。你实事求是地告诉我，他能出来吗？"

"罗总，这件事已经超出我能力范围了，我回答不了你，但我可以跟你分享一句话，"隋钧紧紧握住罗牛牛放在自己膝部的手，"那就是，无论如何，都不能在任何人面前展露自己的脆弱。"

出了门，李所当然对赵飞虎说："老板，这罗牛牛说得也是，你看，自张文中那个案子后，最高法明确表明了要保护民营经济，保护企业家，不能民事问题刑事化，省高院也是下了文件的。罗总这么大一老板，竟然说抓就抓，这个影响是真恶劣。"

赵飞虎正憋屈着，听了这话，不禁冷笑一声："这些话也就是说给他听听而已。"

"啊？"李所当然莫名其妙。

"小李，时代变了。"赵飞虎不屑地说，"需要你的时候，你就是企业家，不需要你的时候，你就是资本家。这年头，你瞧瞧还有几个大老板敢把头伸出来说话？还想要特权呢，不把他们挂路灯就算不错了。"

"所以您的意思是?"李所当然似懂非懂。

赵飞虎提示道:"罗老板被抓,这么大一件事,上级领导会不知道?不可能。既然不可能,那你说,他为什么还会被抓?"

李所当然还是不懂。

"两虎相争,对主持大局的人来说,不是坏事,"赵飞虎意味深长地笑了笑,"现在大领导要主抓经济,把钱袋子牢牢攥在手里啊。"

"那我们接下来能怎么做?"李所当然若有所思。尽管他只是个助理,也意识到这已不再单纯是个法律问题。

赵飞虎反问:"别人在杀猪的时候,你在旁看着,你觉得该怎么做?"

小李紧皱眉头,只觉得如此形容当事人令他极为不适。

"傻瓜,当然是想办法分块肉啊!"赵飞虎兴奋到错按车喇叭。

四

龙行之非常兴奋。

在跟刘市长汇报完工作后,刘市长给他回了六个字:"严格依法办事。"

这六个字如同提前宣布了他的胜利,令他沐浴在法治的阳光下,走路带风。

法治是最好的营商环境,此言果真字字珠玑。龙行之只觉得有法律替自己撑腰后,腰板更硬了,底气更足了,能更意气风发地投入社会主义市场经济的建设中去了。他盘算着自己手中逐渐增加的股份和能做的事情,通体活络,拳脚舒展。

他也及时将这六个字发到了律师工作组的微信群。

看到这几个字,律师们有的发了"笑脸",有的发了"恭喜"。

但在"笑脸"和"恭喜"背后,也有的律师隐隐不安着。

"刘春,怎么了?"李青云和刘春在一起。眼见在看到这个消息后,刘春若有所思，李青云便问道。

"李律师，你不觉得有点奇怪吗？"刘春说。

"有什么奇怪的？"李青云见他紧握着手中的小木狮。

"我感觉有点太顺了，"刘春说，"虽说我们每个环节真正做起来都比较辛苦，但如果是面对张太一，这太顺了。您比我更了解他，您觉得这是他的作风吗？"

"我懂你意思，"李青云也皱起眉头，"但现在无论是公司股份，还是案子，我们都占优势，你说他还能怎么做，去哪儿搬救兵？"

"他会不会去找张原？"刘春问。

张原曾担任省高院院长，也是张太一的堂叔。

"有可能，"李青云说，"但你们之前不是说张原自己都自身难保吗？"

刘春没再接话。

张原自身难保，这话来自李天，但也只是捕风捉影。

《西游记》里最现实的部分就在于，每个坐大的妖怪，背后都有位神仙菩萨罩着。没被收拾时，他们作威作福，快被收拾时，神仙菩萨就都轻飘飘地打着哈哈飞过来，说都是一个单位的，你给我一个面子。然后之前妖怪造成的尸山血海，便古今多少事，都付笑谈中。

现在妖怪眼看着要被打趴下，如果有神仙菩萨要出场，也是时候了。

一想到这里，刘春不禁轻轻叹了口气。

没过多久，龙行之回到了公司。他拿出一个单子，上面是康银集团要辞退的人员名单和任命名单："刘律师，你去找负责人事的丁总，她在28楼，我已经跟她说了，辛苦你一起，一并尽快处理吧。"

刘春点点头，转身，门开到一半时外面突然传出激愤的嘈杂声。刘春迅速合上门，通过门缝往外观察，只见一群人黑压压直奔这间办公室，手中持棍带棒，嘴里嚷嚷着要见龙行之。刘春见状立即将门关上锁住，然后回过头，焦急地对龙行之说："龙总，有人来闹事了。"

五

"张律师，你觉得对面还会有哪些招？"在数月前，罗鹤曾问过张太一这个问题。

"罗总，对面会出的招，我们能想到的都想了，"张太一说，"我今天更想跟你聊的是我们有什么招。"

"我们还能有什么招？"罗鹤问。

张太一笑了笑："罗总，在我们法律的概念里，有个概念叫公司实际控制人，你知道是什么意思吗？"

罗鹤示意他继续说下去。

"这是《公司法》中的概念，比如根据《上市公司收购管理办法》，持股超过50%或者可实际支配上市公司股份表决权超过30%，以及可决定董事会半数以上成员选任的，就是公司实控人。"张太一说。

罗鹤呵呵一笑："那龙行之可以说是公司实控人了。"

"但这些，都是狗屁。"张太一冷笑道。在不同的客户面前他会选择不同的语言风格，和罗鹤说话他语气会相对粗鲁些。

"哦？"罗鹤饶有兴致。

"罗总，你觉得什么是权力？"张太一又问。

罗鹤也没有直接回答："我想听听你的看法。"

张太一也不推辞："很多人对权力的认识，是位子。他坐到了董事长的位子，公司章程规定他权力最大，所以他成了最有权力的人；他坐到了部门老总的位子上，领导说他是部门一把手，所以他就是部门最有权力的人。很多人不懂权力的定义，就天然以为位子就等于权力。但是，这个理解是肤浅的。权力，不等于位子。权力，是影响和作用他人的能力，"张太一继续说，"如果位子高就有权力的话，罗总，你说，是汉献帝更有权力，还是曹阿瞒更有权力？"

罗鹤心里其实已经明白得七七八八，却还是问道："张律师，你想说什么？"

"我只是想说，罗总，你现在才是这家公司的实际控制人，"张太一说，"所以，这家公司不能没有你，如果有一天，有人想让这家公司没有你，你就让他没有这家公司。"

罗鹤哈哈大笑："张律师，你是懂权力的。"

"罗总，你是有权力的，"张太一也笑着说，"具体我会让刑天律师帮你处理。"

六

龙行之透过窗帘往外看了看，回过头来说："都是罗家的人。"

"什么意思？"李青云毕竟加入得晚，而且只负责刑事部分，还不完全了解公司的情况。

龙行之叹了口气："罗家的人，见罗鹤被抓，逼宫来了。"

刘春在旁补充："李律师，康银集团，早先就是罗鹤带领他们村里姓罗的那帮人搞出来的，这些年他们给龙总带来很大麻烦。"

"他们有多少人，在公司是什么位置？"李青云急忙问。

"当年和罗鹤一起打江山的那帮人，加上他一共有十八个，他们有个花名，叫十八罗汉，"刘春说，"我之前不是跟您说过，罗家人快把康银掏空了吗？就是这十八罗汉搞的。"

李青云沉吟道："那公司现在能和他们决裂吗？"

刘春看向龙行之。龙行之叹了口气："难。"

"我先报警。"李青云迅速打电话。

"龙行之呢？让龙行之出来说话！"外面的一行人里，罗三和罗四带头冲锋。

罗三是罗鹤的堂兄，也是公司在四川的总代。四川人爱吃火锅，口味挑，但需求量大。当初罗三带队啃下四川这块硬骨头时，罗鹤开心地送了他辆奔驰车，车的后备厢塞了一百万现金。罗四是罗鹤的族弟，也是集团负责生产线的副总，经过他的不断"努力"，康银集团的原材料成本比同类型企业高 50%。和他俩一起的，是罗家在地方的各级经销商和集团内的大小领导，加起来有上百人。

罗家队伍很快来到龙行之门口，罗三哐哐砸门，饶是李青云等人平日里处变不惊，这门外大军压境，他们被困室内，避之不及，也是难过。眼见门久敲不开，罗四体壮，拉过罗三，一脚把门踢开了。

"龙行之在这儿！龙行之，你他妈忘恩负义的狗东西，给你脸了是吧，你凭什么把罗总送进监狱？"罗家人把刘春等人团团围住。

众人围堵下，龙行之、李青云等人面色煞白，难掩惊恐。

秀才遇到兵了。

龙行之从未见过这阵仗。他也算是改革开放后最早出国的那批人，不能说没见过大风大浪，但他接触的那帮人，主要动脑子，算是高知群体，不动手的，哪像眼前这帮莽夫，生意都是打架打出来的。这个罗三的故事，罗鹤跟他讲过，当年抢四川市场的时候，强龙遇到地头蛇，地方上有个厂家和罗三处处作对，还通过关系把罗三送进去拘了七天，罗三从派出所出来后，二话不说，和老婆各提了一桶石油，开车直接杀到对手家，然后把油桶踢倒，说要么坐下来谈，要么就把对方家点了，大家一起死，吓得对手屁滚尿流，最终做出了让步。他本以为这批人岁数大了，家也有了，钱也赚了，会安分不少，没想到现在还这么鲁莽。

"大家坐下来说，坐下来说。"龙行之强作镇定，心中百般懊悔为什么要回公司。

"坐什么坐？不坐！我就问你，你为什么要把罗总送进监狱？"罗三拎住龙行之的脖子，一把将他提起来。

"不要动手！"刘春吼道，然后迅速被几个人架住。

"我问你，"罗三眼睛充血，狠狠盯着龙行之，"你——为——什——么——要——搞——罗——总？"

李青云脸色抽动，但保持着镇定："你们来到底是想做什么？打人，还是杀人，还是想解决问题？"

听到这两句话，罗三回过头来，一脸戾气地看向李青云："你就是龙行之的狗头军师？"

李青云并未躲闪："如果你们想解决问题，现在搞这些暴力威胁没用，只有坐下来谈。"

"谈？"罗三冷笑一声，走过来，不屑地拍了拍李青云的脸，"我这条命都是罗总给的，你让我怎么谈？"

"你们到底想怎样？"龙行之声音颤抖。

"怎样？"罗三冷冰冰地重复了这两个字，然后说，"我倒是想问你，你到底想怎样？当年罗总把你当兄弟，让你进我们康银，没想到这还没过几天好日子，你就跟我们玩农夫与蛇，龙行之，你过分了吧！"

"是非曲直，交给法律裁……"

龙行之话说到一半便被罗三打断："法律？你请了这么多狗头军师在这儿，你让我他妈跟你讲法律？我这儿有封道歉信，你跟我把它抄一遍，然后签了。签了，我们再好生谈。"

罗三把提前打印好的道歉信摆到龙行之面前。龙行之拿过一看：

道歉信

本人龙行之（身份证号：×××××××××××××××××）向罗鹤先生及社会公众郑重道歉。本人是为了一己之私，利用董事长身份的职务之便，通过康银集团（股票代码：××××××）内部财务审批流程，以诬告陷害的方式，捏造事实向公安机关报案，意图使罗鹤先生以挪用资金罪被定罪处罚。其实本人明知，无论是从程序上还是实际过程中，罗鹤先生均无违反法律规定及公司规定之行为，本人为自己诬告陷害行为深感愧疚，亦再次向罗鹤先生及因此受到影响的社会公众致歉！

道歉人：龙行之

龙行之看了眼道歉信，只觉字字是刀，便转手递给了李青云。李青云拿过一看，这明显是律师所拟，要是签了，龙行之功亏一篑不说，还有因诬告陷害罪反陷入刑事风险之虞。他立刻朝龙行之摇了摇头，但头才摇到一半便被身后的人扭到一边。

"签不签？"罗三问。

"这个我不能签。"龙行之声音颤抖。

罗三把道歉信从李青云手里抢过来，重新放在龙行之桌前，右手从后腰上拿出一把军刀，嘭一声砸在道歉信旁边，然后说："龙行之，我告诉你，这把刀，是当年老子打越战时用的，上面有两条人命：一条，我割的喉，割的就是你这里；另一条，我捅的后脑勺。我不介意上面再加上第三条。你别以为我只是在口头威胁你，今天，你要是不签，我马上就先把你手给剁了。在座都能看到，老子大不了坐牢，但我出来后，还会砍你。当然，可能也等不到我出来，你以后最好别在街上走路。"

罗三边说边把刀狠狠立在桌子上，刀把左右摇摆，看得龙行之冷汗直冒。罗三见状冷笑，从桌上的笔筒里拿出一支签字笔，递到龙行之手上。

龙行之看着眼前这支笔，突然觉得非常可笑："自己这么多年的经营，难道这么简单就毁于一旦了？"

他这一辈子，过的都是体面、得体的生活，从小就是天才学霸，在考上中专就称得上高才生的年代，他能考上北大，还能出国留学。对手间就算明争暗斗，那也从来没动过手。而这种种算计，在这绝对的暴力面前，竟显得如此不堪一击。

"签，还是不签？"罗三又问。他见龙行之还是没反应，大骂了一声，狠狠抽了龙行之一耳光，然后直接把龙行之的手按在桌子上。

"签！我签！"龙行之惨叫一声，总算妥协。

"这是你自愿的？"罗三问，示意旁边的人拿起手机录像。

龙行之闻言沉默。

他心中突然生出一个奇怪的念头，那就是，罗鹤那种充满江湖气的管理方式，似乎也有可取之处。

这世界，大难临头各自飞的聪明人太多，同舟共济的愣子太少，而身边要有这样的愣子，首先自己就得是最愣的那一个。

罗三扬起军刀（军刀没有入摄影画面），语气温和地又问了一遍："龙总，这是不是您自愿签的？"

"是，是我自愿的。"龙行之黯然说着，拿起了笔。

"你错了没？"罗三又问。

"错了，错了。"龙行之低声道，颤颤巍巍。

罗三冷笑一声："那你为什么要陷害罗总？"

龙行之闻言沉默，然后说："我直接写吧。"

刘春看着眼前这一幕，也觉得胆战心惊。

作为一名80后，生在新中国长在红旗下，他也从未见过如此霸蛮的一幕。这一幕甚至令刘春觉得如此不真实，此情此景，仿佛在拍一部黑帮片。

他举目四望，办公室被堵得水泄不通，自己和李青云被按住，动弹不得，所有人都虎视眈眈地盯着他们这几个人，眼神中既有敌意，又有轻蔑。

他心中涌动出一种深深的无力感，这种无力感进而令他心底蔓延出一份羞耻。

他看向李青云，李青云面沉似水，从容不迫。

作为刑事律师，他处理过的黑恶势力案件不算少，加上都混到这份上了，见过的风浪的确比刘春多些。他和刘春四目相对，眼神坚定，似乎在说四个字：坚持、忍耐。

刘春心神甫定，然后不禁暗骂自己刚才的手足无措。

龙行之也收到了李青云的信号。他微微点头，然后开始低头写字。

他的字写得很慢。

"写这么慢干吗？写快点！"罗三见他在拖时间，破口大骂。就在这时，楼下隐隐约约有警笛响起，不一会儿，外围处挤进来一个小弟，向罗三耳语了一番。

眼见此景，龙行之写得更慢了。他仿佛一个不会写字的小学生，一笔一画，写得弯弯曲曲。

"龙行之，耍花招是吧？"罗三气极反笑，然后说，"你们一定以为，警察来了，你们就得救了对不对？我告诉你，天真。我在这儿可以跟你拍胸脯，今天，我们起码来了一百个兄弟，你不把这个道歉信写完，你肯定出不了这道门。而且，这一百个很多你都认识，都是经销商，经销商下面还有人，他们随时可以来。你以为这事儿能这么轻易了？"

如果闹事的只有一个人，那个人很快会被降服；如果闹事的有十个人，这十个人会被各个击破；如果闹事的有一百个人，政府会跟他们谈判；如果闹事的有一千个人，政府会满足他们的诉求。

果然，警方确实到了现场，但现场被堵得水泄不通，加上他们也不想激化冲突，所以一时也进不来。

龙行之再次看向李青云。李青云眉头紧锁，也觉得无计可施。

道歉信原本就不长，字写得再慢，也有写完的那一刻。罗三拿起道歉信，看了，点点头，拿起印泥，让他按手印。

龙行之看着道歉信上歪歪斜斜的字，又看了看道歉信旁边的印泥。他深知，如果自己把手印按下去，自己可能就真的全盘皆输了。

但是钱重要，还是命重要？

会不会忍过这一时，出去还有翻盘的机会？

但即使忍过了这一时，真出去后，面对这群恶霸，自己、自己的公司还能有安生吗？

出来混，就怕不要命的。

他转头看了看李青云，李青云目光坚定，对他微微摇头。

冷汗一滴一滴滴在纸张上，龙行之捏紧拳头。

"你摁还是不摁？"罗三不耐烦地问。

龙行之眼神一黯，还是将大拇指摁入印泥中。

龙行之摁印后，罗三把道歉信放到李青云面前："你，作为见证人，也摁。"

李青云直接拒绝："我不会摁。"

"你个狗头军师，还挺有骨气啊！"罗三示意罗四把李青云按在面前的椅子上，"你以为你的手我就不敢剁？"

罗三把李青云的手按到桌上，然后用刀在他指缝间来回穿刺。刀锋锐利，指缝不宽，刀速很快，桌是实木桌，刀尖在桌子上噔噔噔地碰撞着，看得场上所有人心惊肉跳，生怕他一个不慎刺到李青云手上。

手是李青云的手。他原本想将指缝张得更大些，但刀速过快，只要略作动弹便有可能被误刺，便只能僵在那儿作罢。眼见对方如此跋扈，说李青云心中毫无畏惧那是不可能的，但对危险事物产生恐惧是人作为动物自保的天性，明知危险却依旧前行才是勇气。这一人类特质的体现，使得李青云心知在这狭路相逢的当下，自己不能露怯，露怯就彻底输了。

"你吓不到我，我不会摁，"他抬起头，直视罗三的眼睛，"这个办公室，我数了数，进来的有十来个人，这么多双眼睛，都知道这个道歉信是你胁迫写的。你已经涉嫌犯罪，我劝你现在收手，我可以考虑不追究。"

罗三一愣。

"罗三，"李青云耳听着警察在外面不停喊话，目光越发冷冽，"你要真有种，马上就把我手给剁了。"

全场无比安静。

冷汗开始在罗三的脸上流淌。

他环顾四周，所有人都在看着他。

李青云也一直盯着罗三。

罗三面色渐白，胸膛起伏也越来越大。他深吸一口气，回过头来，低声对罗四说："照顾好他们。"

罗四点点头。

李青云面色铁青，死死盯着罗三。

在他决定拒绝的那一刻，他在内心早已做出选择。李青云纵横江湖一辈子，别说被剁掉一只手，就是丢了这条命，也不可能屈服于任何淫威之下。

正如同罗三的选择。当罗牛牛跪在他面前号啕大哭时，他就下定决心，别说故意伤害罪，就算是故意杀人罪，只要龙行之他们不屈服，他罗三，这次就一定要把这帮人给办了。

罗三慢慢扬起刀。

就在这时，一旁的刘春突然大吼一声："等等！"

两人齐齐看向他。

这一瞬间，罗三和李青云在心里都不约而同地松了口气。

"我先签。"刘春呼吸急促，看得出高度紧张，但语气却竭力保持着镇定。

罗三点点头，将道歉信递到刘春手上。

刘春拿着道歉信，看着这一排排字写得颤颤巍巍，心中思绪也是百转千回。

"怎么了，签啊！"罗三不耐烦地说。

刘春缓缓抬起头，看向罗三，脸上突然露出怪异的笑容。罗三隐隐觉得有些奇怪，就在他还没反应过来的时候，刘春将整张纸全部塞进了自己嘴里。

"你他妈在干什么！"罗三猛地冲向刘春，全场乱作一团。

就在这时，烟雾报警器响起，楼层浓烟滚滚。

"起火了，起火了！快跑啊！起火了！"场外突然有人高喊。

眼见烟雾弥漫，报警声尖锐，保命要紧，办公室里的人开始惊恐四窜。

只有李青云和刘春，听到大叫着"起火了"的熟悉的人声，脸上露出一丝如释重负的微笑。

七

自上次花想容婚礼上的交谈后，李法山和刘春虽算不上冰释前嫌，但也好歹能做同事了。说是同事，其实分配到李法山手里的活儿也有限，就是帮忙联系财经记者发头版。这对他来说没什么难的，远程办公亦可。龙心公园这两天搞了个音乐节，疫情防控期间有个娱乐活动不容易，婧哥又爱凑热闹，邀请李法山同去，李法山闲着也是闲着，便答应了。

早上九点，李法山开车到婧哥小区门口等她，片刻后，一名五彩斑斓的靓丽女性便从门口出来了。上车后，李法山忍不住问："你这是去听音乐呢还是去打鸣啊？把自己打扮得跟个大公鸡似的。"

"你懂个屁，音乐节就要这么穿。可惜这不是夏天，不然你就有眼福了。"

李法山两眼放光："没事，夏天何其多，这种年轻人的活动，以后我多参加。"

到了公园门口，人群熙熙攘攘，果然全是打扮入时的年轻人。李法山目不转睛地看着这些鲜活的肉体，心想年轻真好。

"看啥呢？"婧哥撞了撞他。

李法山竟有些唏嘘："婧哥，有一说一，见到这些花枝招展的年轻人，有没有觉得自己韶华不再？"

"什么韶华不再，老娘今天不好看吗？"婧哥哼了一声。

"打扮得确实年轻，就是有点老黄瓜刷绿漆的感觉。"李法山自认为实事求是，然后迎来一顿暴打。

就在两人打闹间，一名年轻男子走了过来，问："兄弟，要不要来点狠货？"

"啥狠货？"李法山好奇地问道。

男子挑了挑眉："冷烟火，烟幕弹，给劲儿。"

"我又不打劫，我要这玩意儿干吗？"李法山只觉得莫名其妙，连连摆手。

"你懂什么？音乐节都玩这个，这是音乐节文化。你岁数大了，不懂。"婧哥嫌弃地说，然后问多少钱一个。

眼见婧哥准备掏钱，李法山先拦住，问："等等，这玩意儿能过安检吗，危不危险啊？"

"能过，这个，冷烟火，用的是燃点极低的金属材料，点燃后外部温度就五十摄氏度，你烧张纸都得一百多摄氏度呢，不危险。"男子解释道，不能让钱飞走了。

"行，给我来两个。"婧哥掏钱不眨眼。

音乐节，用三个字来形容就是人挤人。李法山被婧哥拉着从一个舞台走向另一个舞台，累得上气不接下气，想要上个厕所吧，门口也是大排长龙。

李法山气急败坏："你说我花了几百块钱，就买了张站票，连他妈厕所都上不了，我干吗来了啊我？"

"这叫人人平等，几百块钱能看这么多乐队呢，挺好。"婧哥抻长了脖子，现在正在表演的是CDC。

"我不想要平等，我想要不平等，"李法山呸了一声，"不然老子这么辛苦赚钱干吗？"

这是个拼盘音乐节，舞台有两个，分别是说唱舞台和摇滚舞台。夜幕降临，说唱舞台告一段落后，人群又拥向摇滚舞台。

澎湃的电吉他声响起，一个熟悉的节奏令百无聊赖的李法山浑身一激灵。

唐朝乐队，《国际歌》。

"起来，饥寒交迫的奴隶，起来，全世界受苦的人。"

全场人声沸腾，李法山被这永恒的、激动人心的音乐感染，也忍不住高声合唱起来。他和婧哥两人边蹦边跳，终于融入了台下欢呼的人群。

如何判断什么需求是人类最核心的需求呢？看该需求的供给物能否引发人类最本能的生理反应——看到美食，人会流口水，肚子会咕咕叫，这是口腹之欲；看到美人，人会面红耳赤，会目眩神迷，这是两性之欲；而一听到音乐，人的肢体就会下意识地随着节奏一起晃动，这就是音乐的力量。

就在这时，两人旁边一个包着头巾的小伙子，从书包里拿出一个冷焰火点燃。

随着刺的一声，他手里的管子释放出大量烟雾，烟雾在舞台灯光的照射下变幻出五种色彩。

烟火升腾，全场又是一阵山呼，在振奋的歌声中，气氛被推向了最高潮。

被这热烈的情绪冲荡着，李法山和婧哥下意识地双手相牵。

在手牵上前他们是没注意的，但在牵上的瞬间，一阵麻人的电流蹿向他们心房，他们感受到了气氛的温暖、暧昧。

婧哥的手柔软、细腻，李法山此前一直不知道"柔荑"是什么概念，现在算是明白了。

李法山的手宽厚、温存，和他嬉皮笑脸的个性完全不一样，婧哥握着这温厚的大手，看着眼前这眺望着舞台的男人，内心也弥漫出一份安全感。

是继续牵着，还是松开？

此时此刻的情绪，到底是内心深处的情感流露，还是只是现场氛围带来的错觉？

就在两人心中纠结时，几个虎背熊腰的安保人员突然生扑了过来，将旁边那名燃放冷烟火的男生现场拿下。

现场一片混乱，李法山立马护住婧哥。

"说了音乐节不能放冷烟火，你还放，就想被拘是吧！"安保人员边擒拿着小年轻边痛骂道。

"摇滚万岁!"小年轻被反绑着双手带离现场,临走前高呼。

"摇你个头。"安保人员一用力,高呼变成了惨叫。

李法山和婧哥面面相觑,心想今晚包里这两把冷烟火是没用武之地了。

在音乐的热浪中翻滚几小时后,两人腰酸背痛,找到一个摊位坐下,李法山拿起手机准备处理一些工作事宜。刚拿起没多久,微信群"康银律师工作组"突然传来一个消息:罗三组织供应商大闹集团本部,龙总和律师被困办公室情况不明。

李法山从板凳上弹起,箭步飞向停车场。

"干吗啊?"婧哥感到莫名其妙。

"春哥他们出事了,"李法山匆匆回道,"你继续玩,我先回去。"

婧哥放下手中饮料:"我也一起。"

两人迅速驱车回康银。龙城一条大道横贯南北,沿路高楼大厦鳞次栉比。经过二十一世纪以来的高速发展,龙城已经颇有大都会的味道。音乐节在市内一家大型公园,康银集团的楼位置极佳,就在主干道旁边的地铁口,离该公园也不远。李法山一路快马加鞭,加上幸运没堵车,没过太久便赶到了康银。

康银楼下拉起了警戒线。

李法山和婧哥上前,警官把他往外推了推:"楼上有人闹事,你们别聚集,赶紧离开。"

"我是康银集团的律师,叫李法山,我需要进去。"李法山闻言当机立断,然后出示了自己的律师证。

警官皱着眉头看了眼律师证:"律师……就是你报的警?不对啊,好像是李青……"

"李青云,我同事。"李法山说。

警官点点头,但还是说道:"你现在上去也没用,我们警察都进不去。"

"所以现在具体是什么情况？"

李法山向警官详细问了事情经过，越听越觉得不妙。

婧哥见连警察一时都不知该如何处理，焦灼地问："那怎么办？"

"是啊，怎么办呢……"李法山也问自己。忽然，他想到了后座上的背包。

"你别管了，你先回去。"他回车上抄起背包。

"我和你一起。"婧哥跟上。

李法山一把把她甩开："你跟个屁啊，你没听到我说的话吗？现在连警察都进不去！"

婧哥冷哼一声："你别看不起人，之前你没少求我帮忙。"

李法山一愣，说："那等会儿我说走的时候你就马上走。"

婧哥微微一笑，拉起李法山一起进入了大楼。

到了楼上，警察被人群拦在外面，也是动弹不得。李法山和婧哥两人身穿便装，找了个缝隙钻了进去。没走两步，一个经销商把他们拦下："哎，谁？"

"兄弟，自己人。"李法山镇定地说，掏出一根烟，然后问，"里面怎么样了？"

"自己人？"经销商接过烟，将信将疑，"没见过你啊，你哪个片区的？"

李法山听他满嘴东北话，一听就是沈阳的，便边打火边说："四川，泸州，泸州片区，罗三哥管的。"

"哦，泸州啊，泸州老窖，可以，"经销商深吸一口烟，"我东北的。"

"你给我个地址，回头给你送两瓶。"李法山也给自己点了一根，"里面啥情况了？"

"在写了，磨磨叽叽一直没写完，"经销商说，"你们家罗三哥是真的虎，是真的拿着刀逼人写啊，我听说来之前他可是立了生死状，老婆孩子都交代给罗四哥了，真的假的？"

"真的，这能有假？"李法山敷衍道，心事重重。

"这龙行之真不是个东西，他这次要成了，咱们都得完蛋。"经销商骂骂咧咧，"早就听说他想搞什么降本增效，本怎么降？不就是从咱们经销商这里开刀吗？兄弟，说句真心话，要说对经销商好，没谁比得过咱罗总。我之前还做过别的生意，同样的效益，罗总给的，比其他公司多了三成。"

说到这里，经销商伸出三根手指。

"可不嘛。"李法山东张西望。

经销商继续说道："我们都是跟着罗总一起拼起来的，整个康银，关他龙行之什么事？我可是听说了，那龙行之前脚把罗总送进去，后脚就开始拿公司的人开刀了，上午人事那边就已经在开人了，你瞧瞧，杀伐果断。"

"他疯了吧。"李法山远远看向龙行之办公室，完全没路过去。

经销商没好气地说："反正这次我肯定和罗家共进退。出来混，就讲个江湖义气，要是罗总一天不出来，我就天天去市委大楼拉横幅。"

突然，李法山看到屋顶的烟感喷淋系统，心生一计。

"走。"他拉起婧哥。

婧哥问："干吗去？"

"去厕所。"李法山回道。

"啊？"婧哥还没回过神，便被拉往男性洗手间。到了卫生间门口，李法山先是将门边"暂停使用"的黄牌立在外边，确定卫生间没人后，将婧哥拖进小隔间。

这是超甲级写字楼的洗手间，小隔间说小不小，但要塞两个人倒也略显局促。门外随时可能有人出入，两人呼吸声可闻，婧哥低着头，俏脸微红："来这儿干吗？"

"今天咱俩玩把刺激的。"李法山把背包和外套脱下。

"啊？"婧哥像一只受惊的小鹿，"这么刺激的吗？！"

"可不，"李法山点了一根烟，然后踩到马桶盖上，"咱包里不是还有两个烟幕弹没用吗，等会儿我们假装起火，把人都吓走。"

"哦，这样啊……"婧哥松了口气。

"这栋写字楼，根据消防要求，装了烟感喷淋系统，"李法山说，"就是如果有火灾，自动洒水。但烟感和喷淋是两套体系，烟感是有烟就响警报，喷淋则是热感应。我们手里这冷烟火，温度低，也坚持不了几分钟，报警器反应也需要时间，如果在这一两分钟里，烟雾报警器没来得及响，两下就被拆穿了，没戏。这玩意儿，响起来急促、刺耳，听得你肝儿疼，没火都能给你吓跑。我们先把它弄响，一响就同时扔这烟幕弹，你一个我一个，从不同方向扔，然后就说起火了，把他们都吓跑。"

"哦，好。"婧哥回过神来，语气中似有失落，"那你自己来卫生间就行了呗，拉我进来干吗？"

"这涉及烟感系统的启动原理，"李法山说，"如果只有一个烟感点位报警，系统只会在后台提醒，不会铃声大作，只有两个以上的点位都报警，烟感系统才会整体报警，所以现在你大概也知道烟感器在哪儿了，快去女厕所，依葫芦画瓢，点烟。等这层楼烟感报警启动，我们就开扔。"

"好！"事不宜迟，婧哥赶紧点了根烟，猛吸一口，吐在眼前的烟感报警器上，接着便跑了出去。

婧哥走后，厕所只剩下李法山一个人，耳听着门外人潮涌动、步履来回，而烟感报警器却迟迟没有反应，李法山如热锅上的蚂蚁。

"这他妈什么假冒伪劣产品啊！"时间不等人，李法山也不知道婧哥那边到底怎么样了，只能不停暗骂。

婧哥冲到女厕所后，也正不停用烟熏着报警器："快快快。"

但报警器迟迟未响。

"里面有人吗？"人有三急，卫生间门外，有人即将破门而入。

"该不会这烟感早坏了吧？"同在卫生间的两人只觉得自己都快急出

尿了，"狗日的怎么还不响啊！"

突然，办公室外围人群惊呼。

"你他妈在干什么？！"罗三凄厉的声音从办公室传来。

"要杀人了，要杀人了……"经销商手中的烟开始不停颤抖。

"哗！哗！哗！"在这千钧一发的瞬间，报警器终于响起。

"响了响了，总算响了！"整层楼的报警声此起彼伏，李法山眼角溢出激动的泪水。他马上点燃冷烟火，并迅速将报警器和冷烟火同时从地面扔向远方，喊道："起火了！起火了！快跑啊！起火了！"

八

"哗！哗！哗！"

随着烟雾四下弥漫，整层楼的报警器很快都响了起来。在轰然刺耳的报警声和浓烈的烟雾中，全场乱作一团，作鸟兽散。

"怎么除了厕所的报警器其他的都这么敏感？"李法山将烟头狠狠砸向地面，然后向着龙行之办公室最美逆行。

进入办公室，现场一片狼藉，李法山见到满嘴是血的刘春和衣衫凌乱的李青云，本能地想冲过去，但没说话，径直越过他们扶起了龙行之。后面婧哥跟上，刘春已经自行站了起来，她便将李青云扶起。

"走。"龙行之带着他们走向一部隐蔽的私人电梯。

"去哪儿？"李青云问。经过刚才激烈的博弈，他的语气难掩虚弱。

"去他们找不到的地方。"龙行之说。

到了地下停车场，李法山远远看见龙行之的车附近有几个人守在那里，车轮毂上也上了一把大号 U 形锁。再回过头，排队离场的车已经堵成长龙，他们便只能从一楼走。到了一楼，正巧撞见李青云在公安局的老熟人，经协商，众人先去派出所录笔录，将刚才发生的事情通过笔录一五一十记录下来，然后在后半夜从派出所后门离开。

众人七拐八绕，来到市中心的一个老破小。别看这个小区破旧不堪，却紧挨着龙城最好的初中，房价七万块一平方米，是龙城标准的学区房。

"李律师，刘律师，谢谢你们，咱们是过命的交情了。"龙行之和他们一一握手。

刘春被打碎了一颗牙，已经进行简单的清创，并无大碍。李青云也只是受惊，身体上并无损伤，两人略作收拾，便又成了衣着得体的律师。

"小李律师，今天多亏了你，真是虎父无犬子。"龙行之明显还不知道李青云父子间微妙的关系，所以这恭维算是恭维到了马屁股上。李法山干笑了一声，还是和他握了握手。

李青云也有意无意地看向李法山。毫无疑问，今晚如果没有李法山，在座都是凶多吉少，他突然对眼前的儿子感到陌生，因为儿子身上正闪烁着一些自己从未见过的品质。

"虎父无犬子"，虽然李法山现在听了可能不太高兴，但李青云心里听了可是很舒服的。

"接下来怎么做？"李法山问，"这罗三，聚众闹事、扰乱社会公共秩序、故意伤害，这样的黑恶势力，咱们社会主义国家，怎么都得先把他办了吧？"

他本以为自己的话会得到一些响应，没想到在座的都继续沉默着。

终于，还是刘春开口："是，可以，但抓了罗三，然后呢？"

李法山一愣。

是啊，然后呢？

收拾完罗三，还有后来人，罗三背后，是绝大多数公司经销商的利益，也是以罗鹤为首的康银创始人集团的利益。

"今晚大家都累了，先休息吧，"龙行之摆了摆手，"有什么事明早再说。"

出了小区，春山二人和婧哥一辆车。他们齐齐上车时，可能不会发现，与他们一同出小区的那个中年男人，正在远处孤独目送。晚风凄楚，他的背影在迷蒙的黑夜中显得无比寂寥。

李法山开车，婧哥坐副驾，刘春在后排。此时已是凌晨四点，街上空无一车，红绿灯形同虚设，婧哥坐在车上，累得睁不开眼，不一会儿便靠在车窗上昏睡了过去。李法山只觉得疲倦，但并无睡意，见刘春也还清醒着，便搭话道："听说你今天直接把那道歉信吞了？"

"嗯。"刘春看着前排关系越发亲密的两人，将自己隐匿在后排的黑暗中。

"真莽，"李法山意味不明地笑了笑，然后说，"你这律师当的，为客户连命都不要啦？"

"是为了委托人，但也不全是为了委托人。"刘春平静地说，"法山，你被人拿刀威胁过吗？"

"这倒没有，"李法山说，"所以你不能把道歉信吃了啊，真吃了这刀不就落你身上了吗？咱律师服务多少得有点底线。"

刘春笑了笑："说实话，当看到刀明晃晃地在我面前摆动的时候，我很怕。"

刘春从未跟李法山说过这些话，他从未对包括李法山在内的任何人显露过自己的虚弱。

"我也很无力，我人生中从未有过这么无力的时刻，"刘春闭着眼睛，李法山看不清他的表情，"这份无力，让我觉得非常羞耻，甚至有些无地自容。"

"所以，我必须把那张纸吃了，"刘春慢慢把眼睛睁开，"如果我不吃，这份羞耻会刻在我的人生中。"

李法山闻言沉默。他按下车窗，试图让深夜的风吹去今晚的余霾："所以你得谢谢我。"

"啊？"刘春一愣。

"要不是老子及时赶到，你今天丢的可就不是一颗牙了。"李法山呵呵一笑。

刘春也笑出声来。

"但我估计这罗三也不会真动刀子,"李法山收敛笑容,"你想,他这个年纪,上还有没有老不知道,下总有小吧,生意又做了这么多年,账户里肯定堆满了钱,熬出来了,他哪舍得死。"

风吹醒了在一旁的婧哥,她听到笑声,迷糊着问:"怎么了?"

李法山又把车窗按上:"没什么,快到家了。"

"哦,快到家了啊。"婧哥迷迷糊糊地又睡了过去。

刘春见状,也闭上了眼睛,车内再次陷入沉默。

过了两分钟,后排突然传来一句话:"她挺好的,你们要好好的。"

九

同样是深夜,另一拨人同样彻夜难眠。

"本来他都写了,谁知道被他直接吞了下去,这狗东西,下次老子非把他的牙全敲碎不可。"罗三骂骂咧咧地坐在沙发上,猛喝了一口水。

罗四也紧皱眉头:"是啊,事情做到一半,竟然起火了,这未免也太巧了。"

"不是起火,"张太一沉声说,"我打听了一下,就是两把冷烟火,应该是故意放出来赶人的。"

众人闻言,又骂骂咧咧起来。

"辛苦几位叔叔了,"罗牛牛殷勤地给诸位倒着茶水,"虽然今天龙行之跑了,但来日方长,下次咱非得把他干废了不可。"

罗三接着问道:"接下来他可就机敏着了,肯定不会露面,我们该怎么做?"

"继续闹,"罗牛牛说,"明天,你带领经销商们把横幅拉起,咱们所有人直接去市委大楼静坐,我看那几个领导还放不放人。"

"好,我组织一下,张律师已经帮我们把陈情材料做好了,咱一百来号人，记者也都找好，反正明天律师也随时待命，等领导什么时候愿意见人了，大家一起去见。"罗三有条不紊地安排道。

罗牛牛补充道："记者可能没多大用，这种敏感舆情，稿子根本发不出去，大家都发抖音，发微博，把势给造起来，这比记者管用。"

"是，我们这次就是要闹，把事情闹得越大越好，越久越好，"赵飞虎在一旁搭腔，尽管他早已在暗地里和人合伙做空康银，"这也是张主任的计划，咱们这次就把龙行之活生生拖死。"

张太一微微一笑："这段时间龙行之一直在通过各种渠道不停买入康银，想强化自己对公司的控制权，公司的股价虽然一直在下跌，但瘦死的骆驼比马大，龙行之要买，无论如何肯定要投入海量资金，为此他一个人的钱肯定不够。如今康银内部闹成这样，若局势不明朗，龙行之在资本市场有再大的面子，也没人敢接这么大盘，所以他只能自己借钱，甚至加杠杆。他这么做，能撑多久？两个月？三个月？半年？一年？到时候债务履行期限届满，股票缩水，他还不上钱，肯定会有连锁反应。债台高筑，一压下来，可是要人命的，然后再来找我们谈判。哈哈，到时候该怎么做，就是我们说了算了。"

一个又一个阶段性的胜利让龙行之掉以轻心。图穷匕见，张太一经过漫长的蛰伏与忍耐，总算将龙行之他们拖进了张灵甫的孟良崮、曾国藩的鄱阳湖。如今，在张主任这张布局已久的棋盘上横亘着的，是一条待剿的大龙。

这一仗很难，甚至可以说是他毕生最难的一场仗，但胜负即将显现。

"可是张律师，康银的股票本身也是很值钱的，他拿去做股权质押也能活一阵子。"罗牛牛说。

"是啊，就看谁拖得久了，"张太一点燃了烟斗，"不过现在，经销商绝大部分都和我们在一起，大家一撤伙，公司垮一大半，我们且看他还急不急。"

听到这儿，罗牛牛突然叹了口气，心里也有不忍："这毕竟也是我父亲一手创办的公司，如今，却要被糟蹋成这个样子……"

张太一拍了拍他的肩膀："罗总，现在咱们是在打仗。打仗，是不能有恻隐之心的，你让他活，他就让你死。"

罗牛牛泛起一丝苦笑。他脑海中突然出现一个奇怪的想法："怪不得都说律师是个好职业，因为最后不管谁死，他们可都把律师费拿走了。"

✚

第二天上午，市委大楼外，满坑满谷坐满了人。

"康银与罗鹤总永远在一起""坚决要求还罗鹤总清白"……数条白底黑字的横幅下，将近三百人正坐在那儿喊口号。市委通常建在核心地段，警戒线拉起后，全市交通都受到了影响。楼里的领导们打开窗，看着外面黑压压一片人，既愤怒，又感到棘手。

龙行之已经通过偏门进入大楼汇报工作。到了领导办公室，茶还没倒上，领导便把窗户打开，指着外面的这群人，说："龙总，你公司的好员工啊！"

龙行之抹了抹脸上的汗："刘市长，我也苦啊，这罗鹤是真无法无天了，昨晚我们公司里发生了什么事，你肯定是知道的，你说，我能有什么办法？"

"你能有什么办法？你自己要搞这些名堂出来，现在都闹到市政府来了，你跟我说你也没办法？"刘市长勃然大怒，"你这董事长是怎么当的！"

"我也在积极解决问题，"龙行之不卑不亢，"但刘市长，你心里也清楚，问题的源头到底来自谁。你不能因为罗鹤这么霸蛮，就把责任全部推给我。他可是从来不听招呼的，我现在做这些，不也是为了解决麻烦吗？"

"那你做好了吗？"刘市长骂道，但他叫龙行之来也不是单纯兴师问罪的，"接下来你打算怎么处理？外面这群人该怎么解决？"

"解决群体性事件，您比我有经验，"龙行之呵呵一笑，"我也是来取经的。"

"你倒是把事情撇得干净，"刘市长冷哼了一声，"倒也不能由着他们来。都说了要依法办事了，他们这么一搞，是不想依法办事了。"

舆论监督司法和舆论干预司法最大的区别，就在于舆论到底是想通过施压来依法办事，还是想通过施压来不依法办事。现在下面高喊放人，如果就这么遂了他们的意，那就等于承认之前抓人是错误的。但孰是孰非，也得通过法定程序确认，不然以后要是谁都这么闹上一闹，那日后工作还怎么开展？

"他们到底为什么能叫来这么多人？"刘市长问。

"里面几个核心都是他们罗家的人，"龙行之边说边拿出一个名单，"都在这儿。"

刘市长拿过名单，瞟了一眼放回桌上："其实他们本质上的诉求，不是罗鹤要不要出来，是自身利益有没有得到保障。你这个做老大的，能不能把他们的担忧解决了？"

"可以，没问题。"龙行之马上应道。

刘市长点了点头："那就行。我等会儿派人，让他们出几个代表，明确一下诉求，你也派人参与，哪些可以落实解决的，马上解决。"

"那罗鹤那个案子？"龙行之试探着问道。

"该怎么办，就怎么办。"刘市长把茶杯放回桌子上，陶瓷与玻璃碰撞，发出清脆的声音。

没过多久，一个工作人员进来，说："刘市长，他们说要谈的话，只有罗鹤能代表他们。"

刘市长听了以后，冷笑了一声。这招他熟——先施压，然后提最高要求试探。跟他玩谈判技巧，这不是班门弄斧嘛。

"那还说什么呢？直接清场吧。"刘市长杀伐果断。

十一

当天强制清场后，舆论形势并不如想象中那么严峻。首先是网信办出面跟平台打招呼，删除了诸多负面稿件，其次此事本质上并非社会公共事件，而是企业内部矛盾的公开化，加上因为前期疫情防控效果显著，2021 年正是政府公信力十分强大的时候。所以对该事件，大家的关注点主要还是集中在康银集团的内部矛盾，对部分经销商围堵市政府大楼的行为，反而三分责备，四分看好戏，一分怀疑是境外势力捣乱，只有两分落在质疑是否存在黑幕。

群体事件，先诛首恶，罗三、罗四以扰乱社会公共秩序罪先被拘留。虽然队伍迅速又有带头人跟上，但经这么一闹，就算要重新组织也要喘口气。龙行之他们客观上有了活动的时间。问题终得解决，天天这么闹着，每个人都糟心，更何况康银集团也是龙城的明星企业。眼见这么一天天因为内斗败坏下去，但凡有些利益相关的人，都还是把思路放回到了谈判上。

龙行之深感棘手。一方面，按公司目前的业务结构，经销商是公司之基，经销商不听话，公司就成了无根之木，可罗鹤此前把经销商养得太肥，如果不动他们的奶酪，那公司改革无从谈起；如果动他们的奶酪，他们又会群起而攻之。另一方面，他巨大的资金压力也令他拖不起，如果他不能把事情在短期内解决，债来如山倒，他会比罗鹤先被压垮。

龙行之只觉得愁，在这场关于自己命运的豪赌间，胜利的天平虽然还不至于朝罗鹤倾斜，但也没往自己身上靠。可对他来说，以当下的局面，如果赢不了，那他前半生积累的所有财富都将付之一炬。

他突然很怀念战争开始前，他踌躇满志想着带领集团在新领域开疆拓土的豪情，那时，他只觉得罗鹤在卧榻之侧，碍手碍脚，但也不至于像现在这样同室操戈，命悬一线。此时双方斗争的激烈程度，已经不允许他再思考集团业务上的事，光是能把位子坐稳他就烧高香了。而同样，午夜梦回，每当他思维出现疲劳的缝隙的时候，罗三狰狞的凶光又总浮现在他的脑海，令他既觉后怕，又感到羞耻。

后怕，是因为这是他此生第一次遇到生命遭受严重、迫切威胁的时刻，此前他总觉得赚钱就是赚钱，大不了亏本，总不会连命都没有，而本次事件过去后，他开始意识到为什么"谋财"总和"害命"这两个字连在一起——饶是他身家巨万，且不说罗三，就算是一个光脚白丁，也可以分分钟令他和他的财富在眨眼间灰飞烟灭。羞耻，是因为在明晃晃的刀尖面前，他选择了屈服。

其实这份屈服原本很好解释：识时务者为俊杰，钱哪有命重要，要学会审时度势，等等。但是，千不该万不该，偏偏李青云和刘春在面对同样的威胁时，又迸发出无上的坚强与勇气，对比之下，龙行之自惭形秽。

这份自惭形秽令他内心不仅未对二人的决绝产生感激之情，相反，现在一想到李青云和刘春，龙行之便心生反感。他一想到这两个人，便会想起那个看似懦弱的自己。在这样的心态下，他甚至将自己目前的境遇都怪到了他们头上，要不是他们在这儿推波助澜，公司矛盾又怎会激化到这个程度，自己又为何会陷入如此窘境？

人总是这样，在做出选择后，如果成功，功劳肯定得归到自己头上；如果失败，则会想方设法地在他人头上找原因。

该怎么办呢？龙行之只觉得太难了。或许是他的前半生颇为顺风顺水，毫无疑问，当下，正是他人生中的至暗时刻。

就在这时，家里来了一位客人。

"龙总，还好吗？"来者是厚德所主任李天。

龙行之语气不善："李律师啊，真是好久不见。"

在这最为紧要的几天，李天好巧不巧去北京出差，加上现在龙行之心中郁郁，自然没给他好脸色看。

李天听出了弦外之音，但也不恼。进屋后，他并未马上坐下，而是拉起龙行之的手，紧紧握住："龙总，我跟你说一件事。事情有转机了。"

十二

刚洗完脚的赵飞虎神清气爽。

作为坤乾所臭名昭著的律师，赵飞虎今年又赚得盆满钵满。明面上，自林白鹿一战大获全胜后，劲松集团便已成为他牢不可破的提款机，而今年康银集团的内斗，又让他大捞了一笔；暗地里，律师做久了，现金流充沛，大大小小，白的灰的投资也令他收获颇丰；除此之外，近几年他发现自己尤为适合做刑事业务，最近在这片领域他也是屡有斩获，各项收入林林总总加起来，早已过千万。所以别看疫情当下百业齐哀，具体到赵飞虎个人，他的生活可滋润得很。

至于在业内的名声，重要吗？那么多律师口口声声说爱惜自己的羽毛，一到年末结算，全倒缴社保。同行背地里骂自己骂得再狠又怎样，只要他老赵在律所吼一嗓子，说自己有案源要合作，谁又不会屁颠屁颠跑过来说"赵律师又高又硬"？

哼着小曲，保时捷车钥匙在手上打着转，手腕上璀璨的"大金劳"嘀嘀嗒嗒地转动着，赵飞虎搂着洗脚小妹从地下停车场往家里走。

他七年前就离了婚，抚养权归女方，儿子今年十四岁，正值青春期。他一年到头除了逢年过节，几乎不去见娘俩。但他自认为和他们的关系还算不错，毕竟谁也不会拒绝一个财神爷。给前妻，生活费打打打，给儿子，零花钱花花花。他跟前妻在离婚协议上约定，如果她再婚，将不再支付每月给她的固定生活费，所以如今七年过去，前妻依旧保持单身。

今天这位洗脚小妹，原本700块钱一个钟，他见姑娘饱满的胸部在其纤薄的工作衣间若隐若现，淫心大起，便问她能不能出台。小妹守身如玉，红着脸说"先生，我不提供此类服务"，然后赵飞虎手上比了个一，说出去就给她一万块，小妹扭头便说她这就去跟经理请个假。

赵飞虎，把自己活成了一台印钞机该有的样子，并由此获得了一台印钞机应该获得的快乐。

早在电梯里，赵飞虎的手便开始不老实地在小妹的臀部游走，小妹内心虽十分恶心，但一想不能和人民币过不去，瞧这中年油腻男待会儿也就两三分钟的样子，便也忍了。电梯门开，赵飞虎准备开门，就在这时，暗处突然有人叫了一声："赵飞虎？"

赵飞虎下意识地一回头，还没反应过来，便被几个彪形大汉层层围住。

"警察！"大汉们犹如神兵天降，将赵飞虎迅速降服。

"警察？"赵飞虎大为震惊，想着难不成自己遇到定点抓嫖，"警察同志，为什么抓我？我强调一下，我这可不是嫖娼啊，双方既没发生性行为，也没有金钱交易，我只是带她来家里打扫卫生。对吧，说，是不是打扫卫生？"

"对，对，打扫卫生，150元一次。"小妹身姿窈窕，身着黑色丝袜，连连点头。

四十分钟后，赵飞虎被按到审讯室坐下。他东张西望——自己虽是律师，却也是第一次进局子，他不禁开始盘算自己到底是哪件事东窗事发，自己该如何应答。

不一会儿，两名中年警察拿着材料，慢悠悠地在他面前坐下。

其中一名中年男子无奈地挠了挠头："得，我们这边也来了个律师。"

"张龙、赵虎？"随着两位警察摘下口罩，赵飞虎脱口而出他们的名字，然后便知道自己完了。

参加完罗鹤组织的聚会，罗三罕见地径直回了家。

路过老婆的卧室，老婆低鼾均匀。他通过门缝看了看正睡得四仰八叉的糟糠之妻，微微叹了口气，合上门，走向另一间卧室。

孩子早就去了国外，两人也分床睡很久了。

这些年，自己在外面再怎么放浪形骸，她也从未管过自己。而她每天到底是怎么过的，有些什么朋友，自己也早就全然不知了。

开灯，坐在床沿，他开始看着衣柜下方的灰尘发呆。

他从怀里拿出一份皱巴巴的医院化验单。

化验单上有很多身体指标和术语，但归结起来就两个字：肺癌。

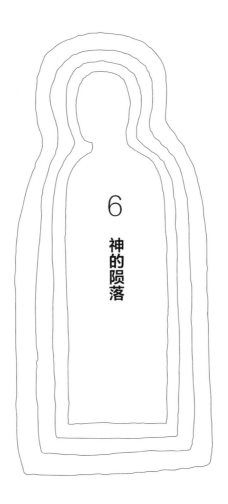

6

神的陨落

二十世纪八十年代末，法院附近的一栋大楼内，电扇用力地在头顶旋转着，电扇下的人却依旧汗如雨下："孙律师，那个权叫什么来着？我又忘了。"

　　"优先受偿权。"孙得兴回道。

　　王总连连点头："对对对，优先受偿权，法官到底能不能判我们有啊？"

　　作为改革开放以来龙城的首批律师，孙得兴也没想到自己的生意能这么好。他原本是军转法官出身，因性格原因，在法院内不受领导待见，便下海从律。没想到，随着祖国经济的蓬勃发展，孙得兴赶上了律师行业遍地是黄金的时候，丢掉铁饭碗的他，端起了金饭碗，在缺乏充分竞争的情况下，俨然成为龙城首屈一指的大律师。

　　你别说，出了体制后，他腰也好了，腿也好了，性格也圆熟了，朋友也多了，市场经济的灵丹妙药，在他身上得到充分体现。

　　这是一个建设工程施工合同纠纷，开发商欠款，孙得兴代理施工方，要和银行争优先受偿权。如果没争到，即使法院确认了债权，果子早早被银行摘走，施工方也什么都拿不到。彼时有关法律和司法解释尚不完善，该怎么认定法律事实，进行怎样的裁判，法官自由裁量权较大。本案一审施工方没争到，二审当事人王总找到了传说中的"二审之王"孙得兴。

孙得兴点点头，说："王总，案子交给我，我各方面都会尽力跟你走通。"

"这个二审法官，什么时候再跟他说说？"王总试探着问，"你有关系吗？"

孙得兴哈哈大笑："王总，你知道我旁边的张律师他表叔是谁吗？"

刚出道不久、正在一旁认真做着记录的律师助理张太一突然被点，惊讶地抬起头。

王总问："谁？"

"张原，新晋法院副院长，"孙得兴舒展地躺在椅子上，"你说他周末去找自己表叔下下棋，可不可以？"

"可以，肯定可以。"王总闻言大喜，然后连忙从怀里掏出一根烟，"张律师，抽烟。"

"谢谢王总，我不抽。"张太一的拒绝生硬而礼貌。

孙得兴嘿了一声："王总给你的，你就接了嘛！"

张太一挤出一丝笑容，收下了烟。

"不过我得跟你说一下，到时候如果需要一些费用，那可不在现在律师费的范围内哦。"孙得兴也接过王总递的烟。

"肯定的，肯定的！"王总笑着说，"只要能拿到那个什么权，什么都好说。"

"优先受偿权！"孙得兴笑着再次提醒。

"对，优先受偿权！"王总赔笑道，"瞧我这脑子。"

王总走后，孙得兴对着洽谈室外大吼了一句："梁思民！"

"哎！"一个同样年轻的律师助理赶紧走了进来。

"刚才让你复印的材料复印好了吗？"孙得兴板着脸问。

"复印好了，也做好目录了，"梁思民恭敬地说，"我看了下那些材料，顺带把有关法律法规和案例也整理好了。"

"没让你看的东西，你别看，"孙得兴皱起眉头，"客户走了，把桌子收拾一下。"

"好。"梁思民开始收拾桌面。

张太一见状也起身:"我和你一起吧。"

"你不用,"孙得兴温言道,"我有事问你。"

等梁思民把茶杯等收拾好出去后,孙得兴笑着看向张太一:"小张啊,看什么时候一起约着你叔见一面?"

张太一面色犹豫:"孙律师,这……不合适吧?"

"有什么不合适的,"孙得兴呵呵一笑,"老张让你来我这儿,就是信任我,而且这个案子,如果没跟法官沟通清楚,当事人最后一分钱都拿不到。案子你也研究过,一审确实是乱判,二审不能这样啊。"

年轻的张太一心中的想法百转千回,回了个"好"字。

一

"什么?赵飞虎被抓了?"面对这个突然的消息,张太一豁然变色,"进去多久了,具体是什么原因?"

在收到回答后,张太一挂掉电话,开始出神。

"主任,他是什么原因被抓的?"一旁的隋钧问道。

"诈骗罪。"张太一说。

赵飞虎这两年开始涉足刑事业务,他做的那些坑蒙拐骗的事,张太一不是不知道。对此张太一虽然提醒过,也骂过,但毕竟他一年为律所创收这么多,而且律所是合伙制,他也不便多说,所以总体是睁一只眼闭一只眼,甚至还帮他擦过不少屁股。一些到律所和律协的投诉,他都处理了,万万没想到,久走夜路,这次赵飞虎直接以诈骗罪被捕。

在这个节骨眼上赵飞虎被抓,时间未免太过蹊跷。张太一敏锐地意识到事情可能并不简单,并由此生出强烈的不安。

"赵飞虎平时和您走得还是比较近,这次会不会把您也牵扯进去?"隋钧问道。

张太一并未直接回答这个问题："先搞清楚状况再说。"

经过多番打听，事情总算清楚了。两个月前，有名当事人去律协投诉，说赵飞虎欺诈当事人，向当事人承诺可以通过关系把人捞出来，并索要费用四十万。后来人确实是出来了，但当事人对过程偷偷进行了录音，想把钱要回来。赵飞虎不肯，事情便闹到了律协，后张太一出面，以录音无法证明说话人即为赵飞虎为由，拖一拖，想着过段时间即不了了之了。

"事情已经过了两个月，当事人怎么现在才去公安机关报案？"隋钧疑惑地问。

张太一不寒而栗。他和赵飞虎关系较近，是因为赵飞虎赢得了他的叔叔——省高院前院长张原的信任。赵飞虎身上有太多关于张原和自己的秘密，大家都是一根绳上的蚂蚱，如果他在里面把该说的不该说的都说了，那肯定拔萝卜带出泥。

张太一十万火急，马上给张原打电话，张原回了三个字："知道了。"

他才挂掉电话，罗牛牛又打了过来："张律师，听说赵律师被抓了？"

"是，案子目前正在调查中，我正在跟进，"张太一恢复了四平八稳的语气，"罗总，你放心，不会耽误律师工作。"

"会不会是对面捣的鬼？"罗牛牛担心地问。自己父亲先前已经被搞了进去，然后现在连律师都进去了，看样子自己保不准啥时候也要进去。

"这是两个彼此孤立的事情，你别多虑，对公司唯一的影响就是赵飞虎手里还有部分公司的工作，这一点我已经安排人接手了，事情我会把控，你放心。"

眼见张太一难得展现焦虑的一面，在他挂掉电话后，隋钧问："主任，赵飞虎这个人值得信任吗？"

"不值得，"张太一直截了当，"但他不傻。"

二

"审得怎么样了？"

潜龙湖畔，三个中年男人正在"禁止垂钓"四个大字旁钓鱼，和以往不同，除了揽胜和卡宴外，旁边还停了一辆迈巴赫。

提问的是门泊舟，他手上不停地打着窝，心想今晚一定要钓条大的。

"这个赵飞虎，跟泥鳅一样，什么屁都崩不出来。"新加入的朋友是李青云，他是市公安局的法律顾问。

"那怎么办？龙总那边可着急得很。"李天问。

"这事儿我们就是帮忙提供线索，你问我，我能有什么办法？"李青云冷笑一声，"你这次去北京，是真的请到尚方宝剑了？"

"今年江南省司法整顿比去年推得还厉害，上面决心很大，"李天的表情在湖光下非常暧昧，"毕竟也快开大会了。至于这赵飞虎，平时坏事做尽，想揪出一条辫子来还不容易？"

"可这根小辫子，现在可是硬挺得很。"门泊舟说。

"不着急，突破口又不止一个，"李青云说，"刘长庚已经招了。"

门泊舟好奇地问："他可是龙降路派出所的所长，老江湖，怎么这么快就招了？"

"还能怎么招，老婆帮忙反腐呗，"李青云的表情很复杂，"知道刘长庚有私生子后，拉了一大串清单，还直接带着我们的人在小区人工湖里挖出五百万。然后你猜他和赵飞虎是怎么玩的？"

李天和门泊舟齐齐看向他。

"帮忙取人都算简单的。还有一种，是当有刑事风险的当事人找赵飞虎咨询时，赵飞虎转头把线索提供给刘长庚。刘长庚直接抓人，这时赵飞虎再找到家属，承诺可以取保或免罪，然后家属给钱，刘长庚放人。当然，如果钱给少了，就只取保，这样赵飞虎拿了律师费，刘长庚完成 KPI。"李青云补充道。

门泊舟瞠目结舌："竟然还能这么操作？"

"疫情以来，除了八大罪和特殊情况，看守所都不收人了，有的地方还要十天十检，让嫌疑人进去比让他们出来难。不然你以为刘春和李法山这么好出来？刘长庚秉公办事，赵飞虎顺手牵羊，两人这算盘打得啪啪响。"

"真是同行败类，"李天手中的鱼竿微微颤抖，"我们律师行业的名声，都被这些渣滓败干净了！"

李青云呵呵一笑："所以李天主任这次也算是整顿行业。"

"这赵飞虎，就是个小虾米，"李天冷哼一声，"能不能钓到大鱼，还得看能从他嘴巴里撬出什么东西来。"

"既然刘长庚都招了，赵飞虎肯定会比想象中更快，毕竟这立功机会还是很金贵的。"李青云说。

"可他毕竟跟了张太一这么多年啊，"门泊舟叹道，"他应该还是值得张太一信任吧？"

"不值得，"李天面无表情地说，"因为他不傻。"

三

张太一一夜没睡。

整整一夜，他都在不停地打听案件，疏通关系。但奇怪的是，那些往日称兄道弟的朋友，一夜之间，要么都不接电话，要么竟都支支吾吾起来。

这位只手遮天的张律师，仿佛一夜之间，从参天大树变成了难支的孤木。

他颓然地坐在沙发上，感受着局势的变化，额头上汗水一滴滴流淌。

前一晚，他细密地删除销毁了很多案件材料和聊天记录，心里复盘着过往接受的无数案件到底有什么可能的差池，并盘算着如果被问起，该如何解释和应对。

261

但这么做更多只是聊胜于无——张太一心里清楚，凡事做了，必留痕迹，更何况这种人与人之间的互动与勾连，事情会不会败露，往事能不能翻篇，他一个人也决定不了。

名利、权势，来时千辛万苦，去时就在朝夕。

"难不成我张太一真的就到此结束了？"一想到这里，饶是他平时不可一世，此时也只能露出一丝苦笑。

"也或许是我多虑了，自己吓自己。"张太一安慰自己道。毕竟赵飞虎有什么事，和他张太一有什么关系？

他是这么对自己说的，也是这么对所有人说的。这两天他若无其事地继续工作着，表现得十分平静、淡然，甚至比以往更加谈笑风生，一说到"赵飞虎"这三个字，则更是怒其不争，然后撇清关系。人发展到了一定阶段，就是这样，心中越慌，越装作若无其事。因为慌也没用，表现淡定，多少还能打消下面人的疑心。他暗自查了下，自己尚未被限制出境。他想出境，但在疫情防控期间"非紧急非必要不出境"的政策下，饶是他平时多有手眼，鉴于往日朋友都有意无意跟他保持距离，他想通过正规渠道办理出国手续也需要时间。

又是一天下班回家，张太一总算可以卸下些许防备。他扯掉领带，随意将西装外套扔在沙发上，把脚放在桌子上。酒柜旁有个古董钟，他看向那个钟。

古钟嘀嗒嘀嗒。

他经常看这个钟。钟，表达着时间，时针、分针、秒针，时间的流淌不以任何人的意志为转移，而钟表摇摆的声音则在不停地提醒着你：时间不等人。

人的一生，无非就是一段时间。

突然，门铃响起。

张太一心中一颤。

门铃声声响，急促如催命。他当机立断，如触电般从沙发上弹起，三步并作两步跑到书房打印空白的授权委托。现在敏感案件有的会被硬塞两个法援律师占坑，他可不知道真进去后会面对什么手段，所以还是先把委托做好。

就在这时，手机屏幕显示出张白白的名字。

张太一直接挂掉，然后门外响起清脆的女声："开门！家里谁来开下门？"

她看到屋里灯是亮的，所以确定有人。

这时张太一才想起，今天是周末，张白白来找自己下棋。

张太一松了口气。

擦了擦额头上的汗，他走向房门。通过监视器反复确认确实只有张白白一个人后，他把门打开。

"怎么了叔，刚才没听见吗？"张白白见他脸色不太好，关心地问。

中年男人就这样，要是一晚上没休息好，状态会迅速挂到脸上。

"嗯，有些头疼，可能是感冒，在屋里躺了会儿。"张太一说，"你瞧，我忘跟你说了，我今天状态不太好，就不下棋了，你先回去吧。"

"不会是得新冠了吧？"张白白开玩笑道，"没事，我留下来陪你。"

"不用，你先回去。"就在张太一谢客时，门铃突然再次响起。

"谁啊？"张白白想去开门，却被张太一一把拉住。

张白白也是嗅觉灵敏之人，眼见张太一这惊弓之鸟的模样，心中猛然生出强烈的疑惑与不安。

"我，王姨。"

原来是保姆。

"王姨？你不是下班了吗？"张白白问。

"我身份证落家里了，在我房间的抽屉里。娃学校明天要登记家长身份证，我回来拿。"王姨在门外说。

张太一把手松开，对张白白点了点头。

张白白见张太一神情紧张，也开始通过监视器检查四周，在确定除了王姨四下无人后，终于，她把门打开。

就在这时，走廊尽头突然拥出数名干警，大家齐刷刷地冲进房间，将正在回头的张太一就地拿下。

张白白尖叫起来。

在张白白的尖叫中，在混乱的现场内，在龙城明朗的月光下，在王姨惊恐的目光里，被反绑着双手按在地上的张太一口中大喊："我是省人大代表！我是省人大代表！"

根据《全国人民代表大会和地方各级人民代表大会代表法》第三十二条规定，县级以上的各级人民代表大会代表，在本级人民代表大会闭会期间，非经本级人民代表大会常务委员会许可，不受逮捕或者刑事审判。在对现行犯或者重大嫌疑分子先行拘留的时候，发现其是县级以上人民代表大会代表的，应当立即向其所属的人民代表大会主席团或者人民代表大会常务委员会报告。

但这次不是小事。

"张代表，"领头之人冷笑了一声，拿出一份文件，"我们是监察委，不是公安，我们对你是留置，不是拘留，也不是逮捕。来，你说说，你代表的是哪个人民，又有哪个人民能来救你？"

将张太一完全控制住后，他补了一句："你放心，该走的程序我们会走，我们会马上通报人大的，至于你，以后恐怕代表不了人民了。"

一听到来者是监察委，原本抱有一丝侥幸心态的张太一顿时陷入深深的绝望。

监察委出面，说明自己涉及的不单单是刑事案件，还是贪腐案件。

他开始意识到原来在这场游戏中，赵飞虎不是主角，自己也不是主角，主角是张原。

兵荒马乱中，众人降服下，这名被称作"龙城虎"的男人，这位给江南省法律行业的发展不停献计献策的人大代表，这位轰然倒地的律协会长，脸上竟突然浮现出一抹奇怪的微笑。

这一幕，在过去数十年间，其实已经在他脑海中上演过无数遍，也令他每每午夜惊醒，夜不能寐。如今，当这一刻真的到来时，他反而有种奇怪的轻松。

靴子总算落地了。

很多人不知道，崩溃其实也是一种解脱。

四

李法山和刘春正坐在办公室里，等待着最为关键的消息。

李法山焦灼地在不大的办公室里走来走去，而刘春则枯坐在座位上，镇定地写着一份代理意见，但刚写完一大段，就又神情不属地全删了。

终于，一则消息显示在屏幕上，这是国外一款阅后即焚的社交软件。刘春赶紧点开，看到信息后，看向李法山，然后对他点了点头。

"Yes! Yes!"李法山可不似刘春般装样。他对着虚空连挥了三个勾拳，满屋都是他兴奋的呐喊。

刘春也长吁一口气。

张太一，这座看似不可逾越的大山，这个永远棋高一着的男人，真的倒了，竟然倒了，总算倒了。

刘春内心甚至产生一种不切实际的梦幻感。他只觉得，张太一的崩塌竟如此不真实，而这份缺乏真实感的胜利，令他提不起狂喜的情绪。

甚至，他心中竟涌动起无限苍凉。

"刘律师，恭喜你，大仇得报，"李法山笑着对他说，"不得不说，在本次打虎之战中，虽然我厥功至伟，但你也功不可没。毕竟赵飞虎的那根小辫子是你找到并揪住的。"

"赵飞虎小辫子那么多，找到一根也没什么难的。"刘春淡淡地说。

李法山见刘春依旧保持着稳定的情绪，不禁暗叹这老刘的城府果然深不见底，还真是做大事的人。情绪会互相影响，在刘春波澜不惊的神色下，李法山也渐渐平息了心中的振奋。他问刘春："这么大的好事，要我陪你喝点不？"

"不了，今天我想一个人静静，"刘春摇了摇头，然后对李法山说，"谢谢。"

当一个男人说他想一个人静静的时候，他是真的想一个人静静。李法山见他莫名其妙开始谢客了，便也作罢，但还是问了一句："接下来你打算怎么办？"

本阶段的大 boss（头目）似乎就此倒下，刘春应该有新的副本。

刘春沉默片刻，然后说："康银的案子还没结束，行百里者半九十，等结束了再说吧。"

"行，"李法山说，"那我先回去了。你要一个人静静，我得找个人喝喝。"

"和婧哥？"刘春问。

"不然还能有谁！"李法山旋转着手中的钥匙开心地出门。

刘春看着那旋转着的钥匙，钥匙是保时捷的，不是老奔驰的。

很快屋子里只剩下刘春一个人。

刘春走向阳台，看着龙城夜晚黑压压的天。

龙城冬季少雨，雾霾严重，空气混浊，空中的月亮也显得模糊起来。

他又看了看楼下。楼下行人两三个，有说有笑，今天似乎是普普通通的一天。

刘春开始复盘自己的屠龙之路。

他发现，他最兴奋的时候，其实是四年多以前黄溪龙被捕的时候。

在亲手让这个屡屡与张太一等人进行司法勾兑的法官东窗事发后，刘春原本以为张太一肯定会被带出来，但令人失望的是，直到法院宣判，无论是讯问笔录还是最终的判决书，案件卷宗里都没有关于张太一的哪怕一个字。

那时刘春开始明白，他需要面对的，不仅仅是张太一一个人，还有张太一所代表的，他背后的一整张黑网。

他开始陷入深深的绝望。

就在这时，门泊舟给他递来了"李天"这根橄榄枝。

李天告诉他，天上有个如来佛，有把尚方剑，过不了多久，天边就会有一个齐天大圣脚踏五彩祥云来驱散妖雾，而他们要做的就只是给大圣找到一个棒杀妖怪的理由和机会。李天邀请刘春加入，希望他成为站在台面上的一手明棋，并想通过这枚明棋不断刺激张太一他们露出破绽。

刘春接受了邀请，也完成了任务，当然，张太一如今也终于倒下。

就在这时，刘春突然明白自己为什么不开心了。

张太一以这样的方式倒下，不是自己的成功。甚至也可能不算司法的成功。

五

"什么？！连张太一都被抓了？"罗牛牛难以置信地从座位上站起，冷汗涔涔。

本次龙鹤之争，罗牛牛本以为自己邀请了龙城最强律师天团，应占胜面，没想到这一番争斗下来，且不说自己父亲锒铛入狱，罗三、罗四被关，连律师团都折损两名最主要的大将。尤其是张太一，这个永远智珠在握、算无遗策的头号军师，竟也自身难保，在这两家斗争最为关键的时刻，你要说罗牛牛不紧张、不后怕，那是不可能的。

"对面到底是找了多么天大的关系，才能把事情做成这样啊……"罗牛牛神色颓唐。

隋钧也是心中惴惴不安。

他倒不是担心自己也被牵连，他早早被张太一派去建了天行所，在业务上与张太一有交集，但不多，尤其是很多脏活儿，张太一用惯了赵飞虎，所以也没找到他头上。但张太一毕竟也算自己的贵人，是因为他给机会，自己才得以在这几年大展拳脚。更何况，在隋钧心中，张太一也一直是一个神一样屹立不倒的人物，如今他一夕之间轰然倒塌，对隋钧造成的心理震撼，或许更甚于对罗牛牛的心理震撼。

罗牛牛问："隋律师，我们现在该怎么办？"

"原来该怎么办，现在就继续怎么办。"隋钧紧握着手中冰凉的木杖，语气却并未表露出任何不安，"罗总，虽然张主任和赵律师现在有了一些麻烦，但和我们康银这个案子是一点关系都没有的，我们要赢，最优也是唯一的方案，就是继续和龙行之他们耗下去，逼他们投降。这个方案现在看来是没有问题的，他们比我们更着急，如果我们轻易妥协，那就真的前功尽弃了。"

"继续，拼、熬……"罗牛牛喃喃着这几个字，看向窗外。

窗外惠风和畅。

罗牛牛也深觉疲倦。

他原本可以静下心，好好让川禾"百尺竿头，更进一步"的，在卷入这场他作为罗家人必须参与的战争后，他也的确无心再开拓业务。眼下群龙无首，担子都压在了他一个人身上。

而自己身上，又可能有什么把柄被别人抓住，然后被捕入狱呢？

他想要放弃。遇到困难想要放弃是人作为动物的天性。

但他也知道自己不能。

罗牛牛只觉得罗家头顶有一张天罗地网，而自己只是困兽犹斗。

隋钧见他怔怔的，不发一语，便说："罗总，你有想过，龙行之现在心里怎么想吗？"

罗牛牛一愣。

"你想想，如果你是龙行之，到底谁更难过？"隋钧目光坚定，"两位律师因另案被捕，除了对我们心态有影响外，对局势本身有任何影响吗？"

经隋钧提醒，罗牛牛总算意识到了自己不合时宜的虚弱。他平静了下脸色，拍了拍隋钧的肩膀："隋律师，接下来就看你的了。"

"你放心，我会竭尽全力。"隋钧说。

就在这时，罗牛牛手机亮起，屏幕上是三个字：老丈人。

罗牛牛把手机在隋钧面前晃了晃："接还是不接？"

"接。"

"谈还是不谈？"

"谈。"

"好。"罗牛牛接起电话。

六

双方将见面地点定在潜龙会。

作为龙城顶级的企业家俱乐部，潜龙会本质上是一个商界交友平台，在这个平台里，大家有局一起攒，有钱一起赚。当然，有气，也可以在这儿消一消。无论双方在外面打得再怎么昏天黑地，来了潜龙会，该一起喝茶还是得一起喝茶，而如果其中一方把事情闹到俱乐部来，比如像罗三聚众这种情况，那就是不守规矩，是和整个龙城商界过不去了。

在俱乐部的一间会议室内，罗牛牛、罗斌、隋钧、刑天坐在一排，龙行之、张月明、李天、刘春坐在一排。

罗斌是罗鹤的亲弟，自罗鹤创业以来一直给他做副手，现在也是康银集团四个副总之一，张月明是龙行之在外设立的"从云"私募基金的CEO。

刑天也在现场。

在知道张太一被捕后，刑天一直魂不守舍。

他既惊惧，又悔恨。

说惊惧，是因为他跟随张太一多年。多年来，他鞍前马后，对团队的事事无巨细地经手着，不知道明里暗里帮张太一擦了多少屁股。有些事，不深究也就罢了，真深究起来，他肯定脱不了干系；说悔恨，是他马上就要独立了，他悔恨自己为什么不早点坚决地离开。

张太一曾承诺，如果自己在罗鹤案后再独立，他会分给自己五家顾问单位，刑天想着刚出来扎稳脚跟最重要，便同意了，甚至由于自己即将要走，张太一原本也没把本案中的重要工作交给他。没想到就在这数着时间离开的时候，团队突然遭此横变。

他在龙大时就是法学院上上下下公认的天才，参加工作后，也正是因为能力突出而备受张太一倚重且软硬兼施地挽留。如今，只差一步，就在最后一步啊，若刑天最后也被张太一牵连并被追究刑事责任，那他将有可能永远失去执业资格，律师之路将就此中断。执业的征程，将永远停留在阴暗痛苦的蛰伏期，事业的注脚，也将永远被标记在"张太一的团队律师"这一尴尬的位置上。

自己在团队里任劳任怨地隐忍这么多年，结果就为了这区区五家顾问单位，便有可能丧失最梦寐以求的、自由的机会。

是的，他一直渴望的，是自由的滋味。

就算他早一年半载独立，事后若真追究到头上被牵连，但至少他也多了那一年半载的自由，不是吗？

这不是刑天想要的人生，更不是刑天能接受的人生。

可这却是刑天极有可能马上要面对的人生。

怎么办，到底该怎么办呢？

更令刑天绝望的，是他发现对于眼下剧烈变化着的局势，他什么都做不了。那冥冥中的手在推动和决定着的东西，他无从改变，也无力改变。

这不是他的能力决定的，而是他的位置决定的。作为同辈，比他还要年轻的刘春和李法山，因为是独立律师，尚能以平等的身份独立争取客户，提供意见，以军师的身份筹谋。而自己呢，再怎么惊才绝艳，说白了，也就是张太一帐下一人。棋，只有张太一能下，自己顶天了也就是张太一手上的一枚棋子而已。

如今覆巢之下无完卵，棋手银铛入狱，棋子惶惶。

别看他现在还能若无其事地坐在会议室里参与谈判，如果张太一在里面说了哪怕一句不利于他的话，他都随时可能会被警方突然带走。

他不甘心，他扪心自问，自己还能做什么？

然后他的结论是：他唯一能做的，就是力促龙鹤之争的和平解决。

虽然从表面上看，张太一、赵飞虎等人的被捕与康银集团的内斗并无直接关系，但多年办案经验养成的嗅觉也好，抓住最后一根稻草的幻想也罢，他的直觉告诉他：龙鹤之争，是一切矛盾爆发的根本，解决了这个问题，很多问题即使说不上迎刃而解，也能大为缓和。更关键的，作为协办律师，这也是自己唯一还能为解决危机做的事。

坐在现场的他，观察着双方的表情与变化，寻找着自救的机会。

这也是自宁濯案后，罗牛牛与龙行之的首次相见。

罗牛牛看着眼前这位面无表情的老丈人，心情着实复杂。在婚礼时，眼前这个男人曾饱含热泪地郑重地将女儿托付到他手里；在工作中，他有商业上的困惑，龙行之也真诚地提供着自己的意见；在生活上，龙行之虽谈不上嘘寒问暖，但逢年过节来回走动时的其乐融融，也历历在目。

他们曾经是一家人。

可明明是一家人，如今为何如此剑拔弩张？

罗牛牛复盘着双方是如何一步步走向决裂，除觉得可叹外，一个可悲的结论也萦上心头：即使重来一次，一切似乎也不会有什么改变。

如今，在经过一番恶斗后，两方困兽，终于坐到了一起。

"牛牛。"龙行之叫道。

"龙总。"罗牛牛回道。

在这样微妙而尴尬的氛围下，一切寒暄都显得矫揉。龙行之开门见山："今天约你过来，是想和你谈谈集团后续发展的事情。"

"龙总，我和你不一样，今天我来主要是想谈谈我父亲的事。"罗牛牛也直言不讳。

龙行之语重心长："罗总的事情，公安机关已经介入，我们等结果就好。当务之急还是着手解决集团目前的情况。康银股票已经停牌了，事情再不尽快处理好，集团要垮啊。"

"到底是集团要垮了，还是您要垮了？"罗牛牛冷笑道，"而且有件事您必须明白，那就是康银的事儿，您找我没法聊。我一不是康银的股东，二也没在康银工作，有什么身份好聊的呢？您要聊，只有等罗总出来了，找他聊。"

龙行之闻言微微变色。他把身体靠在椅背上，语气平静："牛牛，我们就明人不说暗话了，如果我们能谈出一个双方都能接受的方案来，我可以代表公司，替罗总说几句话，我相信如果连公司都出面了，罗总的事应该问题不大。"

"不过，"龙行之话锋一转，"前提还是我们双方能就公司的事情在意见上达成一致。"

刘春和刑天都在不停打字。

此类会议，事关重大，会议纪要是一定要记并且由各方签字的。关键在于，谁写这个会议纪要，很重要。同样一句话，不同的表达就会有不同的意思，如果当事人没注意到措辞上的差别，稍有不慎便容易出现大错。比如就刚刚龙行之那句"我相信如果连公司都出面了"，在刘春的会议纪要里，这句话成了"如果公司出具谅解协议"，而在刑天的会议纪要里，这句话记录为"如果公司出面澄清"。

谅解，意味着罗鹤已有相关犯罪事实，公司后续可出具谅解协议；而澄清，则意味着罗鹤的犯罪事实根本不存在。

"龙总，我还是那句话，"罗牛牛寸土不让，"如果罗总出不来，事情没法谈。"

"牛牛，你要明白一件事，"龙行之的脸沉了下来，"现在进去的是罗鹤，不是我，也不是你，所以是我们两个谈。"

罗牛牛闻到了话里威胁的意味："怎么，龙总，你的意思是今天要是没谈拢，明天就轮到我进去了？厉害啊！"

龙行之皱起眉头。他深吸一口气，然后说："牛牛，你还年轻，容易上头，但不要忘了我们今天来到底是为了什么。我们今天不是来吵架的，而是来谈合作的。你先别忙着拒绝，要不，我的方案你也先听听？"

罗牛牛没有接话。

龙行之见他也没反对，便说："我的想法是，由我个人或者联合其他股东，将罗鹤名下21.32%的股份进行收购，按照目前的市值，作价127.92亿，分五年支付，每年25.584亿。如果没问题，等协议签订后，罗鹤、罗斌、川禾和罗四退出公司的董事会，罗鹤辞去集团CEO职务。"

康银集团的股价在2020年疫情初期的时候达到顶峰，彼时集团市值过千亿，但此时已是2021年年末，这两年随着龙头股的下跌和市场消费的整体低迷，康银的市值也在不停下降，加上最近公司内斗的消息又甚嚣尘上，截至康银股票停牌前，公司的总市值已经跌到了不到600亿。龙行之目前提出的价格，是一个看似公允的价格，并释放了眼下他并不想鱼死网破的信号。

"127亿？"罗牛牛气极反笑，"龙总，你这真的是不把我们当人看啊。"

龙行之眉头越发紧锁。

"且不说现在是康银市值最低的时候，就拿罗总创始人的身份来说，康银有今天的成绩，他论首功，您应该不反对吧？甚至如果没他，都没康银这个名字。现在你不仅设计陷害他，还想用这点钱就把我们打发了，龙总，还亏我们曾是一家人，你真的太令我伤心了。"

"牛牛，你别光看这600亿，和以前比是最低的市值，"龙行之摇了摇头，"你有想过吗，以公司目前的情况，要是罗三、罗四接着那么闹，要是咱们还没达成一致，公司的市值到底是涨还是跌？你每熬一天，我给你的这个价格便会缩水一天，等你想清楚的时候，就不是这127亿了！"

龙行之说得不无道理，但这一点罗牛牛也不是没想到："那龙总，你告诉我，要是我现在同意了这条件，消息传出去了，康银的市值到底会涨，还是会跌？"

如果龙鹤两家就股权转让达成合意，那相较于两家目前相争的情况，无疑是对康银的重大利好，届时股价上涨，几成必然。

龙行之见罗牛牛在这儿思路清晰地谈判着，心中竟隐隐又出现一丝赏识。但这念头也只是电光石火，他问："那你心中的价格是多少？"

罗牛牛回道："龙总，这个问题，你应该问你自己。"

"你说个价吧，我下来好好想想。"龙行之语气放缓，这也是个沟通结果。

　　"那我想想，您也想想，"罗牛牛笑了笑，"反正我不急，我熬得住。就是不知道龙总那边怎么样？"

　　龙行之虽然心中已经有了一个新的数字，但他知道自己现在不能松口，因为一松口，数字便又上去了："好，那都想想吧。"

　　"不过，这一切都有一个前提，"罗牛牛强调，"那就是都得罗总出来后才能拍板。"

　　谈判结束后，龙行之问李天，李天回了六个字："有机会，熬一熬。"

　　谈判结束后，罗牛牛问隋钧，隋钧回了六个字："他着急，看一看。"

　　由于没谈出结果，会议纪要双方肯定是都没签，白费了一天功夫的刑天见罗牛牛只和隋钧细密交谈，连看都没怎么看自己，心中一声长叹。

7

一山还比一山高

刑天坐在大厦的天台。

这是位于龙城市中心的一栋超甲级写字楼，坤乾所在这里租了两层。写字楼楼顶有一家天顶酒吧，楼顶层高风疾，却可俯瞰万物，刑天低头看着遥远的万家灯火，心中瑟瑟。

在他这个年纪，本不是回忆青春的时候，更何况他本欲厚积薄发，扶摇直上。但在这几天，他总会忍不住回想过去，回想自己春风得意的大学时光，回想自己在《天才大脑》里破解的一个又一个看似不可能破解的难题，回想自己打过的一个个疑难案件，虽然风头都被张太一抢走。

春风得意。可这一切在这万物凋敝的冬天都显得如此遥远而不真实。

刑天已经有些醉了。

为了保持头脑清醒，刑天平素极少饮酒，但今天他喝了很多。

眼神迷离，身体轻飘飘，他本以为心中郁结会随着酒精一起挥发，却举杯消愁愁更愁。

醉眼中的龙城，繁华、迷离，汽车和人一样渺小如蝼蚁。

"我是一个天才，正冒险来到人间。"这是一句来自俞心樵的诗，刑天第一次看见它时，心潮澎湃，只觉得它形容的就是自己，如今诗句又在心中浮现，带来的却全是沮丧。

两行泪水从他不再年轻的脸颊滑过，他一步步走到天台的边缘。

风声如诉，他觉得有些冷。

他的脑海中浮现出俞心樵的另外一首诗。这首诗叫《墓志铭》，开头是这么写的：

"在我的祖国，只有你还没有读过我的诗，只有你未曾爱过我。"

他想飞。

诗的最后是："要是心樵还活着，该有多好。"

一

谈判陷入僵局，龙行之和罗牛牛开始熬。此时已至 2021 年的冬天，是吃火锅的好时节，刘春和李法山两人来到燃龙火锅店吃饭，婧哥因为晚上还要直播，所以并未参与。

自上次康银救火后，两人关系算是缓和些许。这次来燃龙火锅，主要目的是讨论当下对策。他们去的是市中心最火的一家燃龙火锅店，这家店刚开业的时候有网红晒等位小票，排队排到了 200 号开外。今天本是周末，照理来说应大排长龙，但真到了现场，他们发现虽有排队，但人并不多。

经历抢公章事件后，龙诀被采取强制措施，川禾公章迅速被拿来盖了诸多空白文件，其中责令罗鹤退出董事会、免去 CEO 职务的董事会决议也被提前加盖，但在私刻印章案件未解决的情况下，这些文件效力存疑。而随着罗鹤也因挪用资金罪被采取措施，龙行之被持刀威胁，双方开始你死我活的武斗了，这多一个董事会席位少一个董事会席位的文斗，突然也显得没那么紧要了。

事情的发展和恶化都不会遂人愿。人算不如天算，这是真理。

两人点了毛肚、鹅肠、腰片、和牛，还有李法山最爱的排骨。除了荤菜，李法山还点了时兴的土豆丝。土豆丝放进去简单涮个几秒就能吃，味道也不错。

"这燃龙火锅的生意也不见得多好啊。"李法山喝着免费赠送的橙汁，左顾右盼。

"他们价格本身不便宜，疫情什么时候结束现在也不好说，受影响是肯定的。"刘春涮着鹅肠，"更何况，餐饮行业跟服装行业一样，图新鲜，没有人会想着只穿一件衣服，只吃一家火锅。"

有的产品用户使用后会形成依赖性，不会轻易更换，比如微信，联系人都在里面，换个微信号比换手机号还麻烦。而有的产品，你会总想着换着尝尝鲜，比如衣服，比如食物。燃龙火锅在方兴未艾的时候，大家都来尝鲜，这是餐饮市场新兴品牌的红利。如今数年过去，一代新人换旧人，要在竞争激烈的火锅市场保持长青，难度不小。

李法山看着手里的菜单，它较半年多以前并无变化："估计这罗牛牛近段时间也没心思搞经营。"

"但也不见他关店。"刘春将鹅肠放到李法山碗里。

"可不嘛，虎父无犬子，这小罗总，赌性和他爹一样大，一心想着上市。关店影响势头，今年一家店没关，死撑，"李法山摇摇头，"就政府那点疫情补贴，杯水车薪，物业就算减免房租，林林总总，减你两个月顶天了吧？这是最火的一家店，租金全市最贵，但周末，黄金时间，也就排了十分钟，其余店的翻台率可想而知。"

"难啊，"刘春笑道，"翻台率不够，开一天亏一天。"

"他还在那儿故作轻松地说自己能熬，我瞧不见得，"李法山开始捞排骨，"不过有一说一，他们家这食材确实新鲜，锅底调得也好。"

"锅底多放了一些糖，"刘春也有自己做饭的习惯，"现在他和龙总斗成这样，估计他也借不到钱。"

李法山嘿嘿一笑："那既然他这么想熬，我就给他加把火？"

"你又想出什么馊主意了？"刘春笑道。

"好主意，"李法山啃了块排骨，"快，排骨现在吃，刚刚好。"

二

自上次和刘春到燃龙火锅店实地考察完后，李法山决定多条腿走路。

他先是跟自己的朋友张记者聊选题，说燃龙火锅店可能有问题，然后张记者便去燃龙火锅店做服务员搞暗访。结果暗访几天后，张记者的结论是燃龙火锅店很正规，很绿色，菜品新鲜，卫生达标，即使存在运营压力，也坚持用新鲜食材。在店里工作了一小阵子后，张记者都忍不住办了张燃龙的会员卡。

"难道它就没有哪怕一点问题？"李法山没好气地问。

"有，没给服务员缴社保，"张记无奈地说，"不过餐饮行业，服务员流动性本来就大，工资月结，不缴五险一金，行业内都这样，你要硬给他们缴他们还不同意，因为到手少了。如果要报道这个，社会效果恐怕不大。"

服务员一个月到手就三千出头，如果要缴社保还得从里面扣几百，他们中肯定会有相当一部分是不情愿的。

张记者又问："对了，你不是说他们想上市吗，想上市的话这方面应该要合规的吧？"

"方法多着呢，"李法山说，"没缴社保的都不算公司员工就行，更何况他们还能开个第三方公司，用第三方公司的名义给服务员签，后面即使出事了要算账也算不到母公司头上。"

"顾客要开发票，给开吗？"李法山想再找找税上的问题。

"给开。疫情防控期间有减免，都给开。"张记者回道。

"工资呢，最近有正常发吗？"李法山又问。

"问了几个同事，基本工资还在正常发，绩效少了很多，已经接近于零，"张记者说，眼见李法山也一筹莫展，他也只能耸耸肩，"看来这次我是爱莫能助了。"

"没想到，还真是正规军啊。"李法山叹道，暗想这留过洋回来创业的就是不一样。

第一条腿废了，他摸了摸第二条腿。

他登上推特，想搜索罗牛牛最近有没有发布新作品以提供线索，毕竟罗牛牛应该并不知道他们已经知晓该账号，结果推特显示该账号已注销，那位热衷于猎艳的"采花大盗"，已经消失在茫茫互联网中。

李法山只剩下最后一条腿。

此时，李法山正坐在凌云茶馆，等着此前相识的那位东北经销商，心中盘算着该怎么说话。

自从上次和那位东北经销商认识后，李法山还真给了他两瓶泸州老窖，两人一来二去也就认识了。公司内斗未终止，经销商们明面上虽誓与罗鹤共存亡，但现在临近年末，一直与集团总部这么僵下去，他们也着急。经销商叫宋明，这阵子一直在龙城，据说马上要去北京，李法山便约着他见一面。

"宋哥，来啦？"眼见人来了，李法山远远迎了上去。

"胡总好啊。"宋明笑着打招呼。康银在泸州确实有个经销商名字叫胡玉在，这次聚众闹事恰巧他没参与，李法山便顺水推舟冒起了名。

"什么胡总，叫小胡。"李法山递上一根烟，"话说您来龙城也有段时间了吧，怎么还不回去呢？"

宋明吸着烟："来一趟不容易，多玩几天。"

龙城作为消费型城市，好吃好喝好玩，美食美景美人，宋明这个理由倒也说得过去。而中年男人，一说到玩，一说到不回家，那想玩什么不言自明。"说说，这几天怎么玩的？我看你有没有玩对地方。"

宋明问："你不是泸州的吗，怎么对龙城这么熟？"

"我在龙城待了五年，你说我熟不熟？"李法山嘿了一声，"也就趁罗三哥不在，我才跟你说，就他平常带我们去的那家商K，妹妹们质量是真不行。我今晚已经约了人了，你要是晚一天走，明儿我带你去另一家，包你玩得开心！"

"就那模样还不行？"宋明似乎来了兴致。

"行啥行啊！"李法山一副老司机的模样，"我带你去那地儿，都是一群为梦想努力奋斗的年轻人，姑娘个个长得跟女明星似的，水灵、温柔、可人、体贴，还不贵，出个台也就两三千，你要是有空，我这就订座，我请。"

眼看着李法山拿起手机，宋明连忙摆手："别别别，谢过兄弟了，下次吧，这次是真有事，得走了。"

"啥事这么着急？"李法山问。

宋明面色犹豫，欲言又止。

李法山感受到了一丝蹊跷："莫不是宋哥在北京有了什么赚钱的路子？"

宋明呵呵一笑："也没啥，就是去碰碰运气。"

"哎哟，我的哥，你就别藏着掖着了，"李法山赶紧拉起他的手，"你说咱们今年又是疫情，又好死不死遇到这事，年关将近，都苦啊。弟弟可是真把你当兄弟，你要是知道有什么赚钱的门路，就跟我说说吧！"

按往年惯例，康银集团会在每年年末视各地经销商业绩情况发放奖励和进行销售返点，随着食品行业的竞争日益激烈，这笔收入占经销商总体收入的相当一部分。龙行之是把控了集团总部钱袋子的，如今公司内耗，财务那边早就装死不发钱，经销商们眼看年关将至，工资、租金、年终奖……到处都等钱花，心中也急。所以宋明所谓多在龙城玩几天是假，守在集团门口等米下锅是真。

这一点李法山清楚，宋明也清楚。宋明见李法山也是神色焦急，料他和自己一般，处境也不好过，便叹了口气，说："胡老弟，我跟你说了，你可别跟其他任何人说。"

"肯定的，肯定的。"李法山连连点头。

"有家叫财富集团的最近在联系我了。"宋明低声说。

"财富集团？"李法山疑惑道，"哪个财富集团？我只知道那个放校园贷的财富集团。"

财富集团此前靠校园贷发家，在同时期的那批搞小额贷、校园贷的公司里，因为融资能力强，早早勉力上市，赚到了第一桶金，也逃过一波清算，走上正轨。李法山心中电光石火地盘算着，如果真的是这家财富集团，那随着近几年小额贷政策收紧，他们寻找新的方向也在情理之中。

宋明点头道："对，就是那家财富集团。他们老板，钱多多，钱老板，最近也看上预制菜这市场了，现在正到处挖人找合作方。如今我们公司搞成这模样，不就等于把人送到他们家门口了吗？"

李法山赶紧问："他们给的条件怎么样？"

"具体不知道，这不正要去谈嘛，"宋明说，"但这钱老板的风格，你应该也听说过，都说就爱拿钱砸啊。老弟要是感兴趣，我可以带你一起去。"

李法山为难道："不过如果我们去了财富集团，我们押在公司的押金……"

"只有后续打官司要了，但总不能为这点钱等死吧！"宋明将烟头掐灭，"树挪死，人挪活，我看罗家现在这模样，人都差不多全关了进去，靠不住了。"

"行，宋哥，我跟你一起去！"李法山当即决定，"要是真赚到钱了，我给你找两个妹妹！"

一听李法山张口闭口找妹妹，宋明干笑了两声，然后问："兄弟，你会钓鱼吗？"

"啊？"李法山愣住，然后一拍大腿，"嘿，原来兄弟你好的是这个啊！"

竞争总是全方位的，除了内部竞争，还有外部竞争。就在康银内部斗得你死我活的同时，家门口外，一条鲨鱼已经张开了嘴。

三

在知晓李法山汇报的消息后，龙行之已沉吟许久。

对公司来说，这肯定是一个坏消息，但由于最近坏消息太多，这个在公司正常经营时绝对称得上重大的坏消息，如今看来也没那么重大了。

但这个消息透露出一个很重要的信息，那就是罗家原本看似牢不可破的经销商联盟，其实也并非铁板一块。

树要是快倒了，猢狲就会散，这点对张太一是，对罗鹤是，或许再过一段时间，对自己也是了。

"李律师，你说该怎么办呢？"龙行之问李天。虽然信息是李法山提供的，李法山也在，但龙行之还是直接问了李主任。

李天微微一笑："信息是李法山律师和刘律师提供的，我倒是想先听听二位律师的看法。"

李法山闻言看向刘春，刘春对他点了点头。

"我觉得，龙总可以考虑把这个消息公布出来。"李法山认真说。

"公布出来？"龙行之做出不可思议的表情，"那这会对公司造成很多负面的影响，公司还经不经得起这样负面的影响？！"

"但这会让罗家慌，"李法山说，"罗家现在为什么敢这么叫板？无非就是仗着经销商都是自己的，和罗家闹掰，就是和经销商闹掰。可如今他们手里唯一剩下的这张牌也快没有了，而且这段时间我也和刘律师对燃龙进行了一些调查，他们财务现在也吃紧。只不过这些如果是我们自己说，他们肯定不会认，甚至经销商被挖，他们自己清不清楚都还没准，这些得有个第三方出来说。第三方说了，我们再早点找他们谈，我觉得谈下来的可能性还是比较大的。"

现在龙罗两家正在一个不断坠入深渊的擂台上掰手腕，绳子就在两人眼前，两人同时抓住才能爬上去，可两人出于各种各样的原因，就是不愿意一起抓，都在等对方服输。在这种情况下，通过第三方点破其中一方的窘态，客观上有利于双方达成共识。

龙行之沉默片刻，又问李天："李律师，你觉得呢？"

"决定肯定得龙总你亲自下，"李天说，"但龙总，我们的时间也不多了。"

龙行之叹了口气："好，我知道了。"

四

很快，财富集团挖康银墙角的新闻登上了各大平台财经头条，有一些跑得比较快的记者在消息曝光后迅速向钱多多本人求证，钱多多本就是一个爱高开高打的人，加上他早已想为自己的预制菜造势，便大方地承认："我们会用各种实际行动由衷地欢迎愿意加入财富集团的预制菜项目的伙伴。"

罗牛牛看着新闻标题下"屋漏又逢连夜雨"这几个大字，汗水涔涔。他马上拉了几个相熟的经销商问话，他们表情扭捏，都承认最近确实有财富集团的人和他们联系。

江湖义气终究败给商场现实。

罗牛牛沉默地坐在椅子上，一言不发。

这段时间他可以说为了康银的事奔波劳碌，劳心费力。他想力挽狂澜于既倒，可力挽狂澜又谈何容易？此时他心中甚至对罗鹤生出些许怨念："都怪你，甩给我这么大一个烂摊子，这本就不是我的事，我却为了给你擦屁股身心疲惫。川禾好端端一公司，也大受牵连，凭什么？为什么？"

但无论内心波涛多么汹涌，他都不能表现出来，经历的事情越多，他越明白喜怒不形于色的重要性。

他语气平静地问隋钧："隋兄，你觉得该怎么办？"

"发通告，说公司目前并未出现经销商解约事件，稳定军心。"隋钧非常干练，"我这就让人草拟出来。"

罗牛牛问："发了通告，然后呢？"

"等，"隋钧说，"等他们来找我们。"

"还是熬。"罗牛牛不置可否地总结道。

就在这时，同样在场的刑天突然暗笑着摇了摇头。

"刑律师，怎么了？"罗牛牛问。

"罗总，恕我直言，我觉得现在的局面挺可笑。"刑天直言不讳。

罗牛牛不禁皱起眉头。他纳闷的是这个平时说话做事也算有分寸的刑律师，今天怎么突然出言不逊。

"怎么说？"罗牛牛问。

"我是律师，不是商人，按理来说该怎么做生意，罗总肯定是比我懂的，"刑天神情非常放松，"但我们法律界有句话和商界的一句话很像，说的都是一个道理。法律界叫'兴讼不宜'，商界叫'和气生财'。"

听到这儿，罗牛牛冷笑一声："你以为我不想和气生财吗？"

"可现在，明明有了和的机会，我不明白我们到底还在等什么，"刑天的表情逐渐严肃，"等对面服软？那我们在等的究竟是一个有利于我们的谈判条件，还是在斗气？如果说时间不值钱，那我们斗一斗也就罢了，可如果时间对大家都值钱，那我们还真得好好算算这么干熬下去到底值不值。"

罗牛牛没有接话。刑天见他意有所动，便继续说道："有的战争是为了让别人死，有的战争是为了让自己活。我们到底为了什么，得想清楚，如果没想清楚，那该死的不一定会死，想活的也不一定能活。"

刑天说完后，罗牛牛问："隋律师，你觉得呢？"

隋钧摩挲着手中的木杖。

要谈，是容易的；要熬，是困难的。刑天都已经把话说到这儿了，如果他再坚持继续熬，博把大的，那事后若效果不尽如人意，怪可都怪在他隋律师头上。

"刑律师说得有道理，"隋钧开口说道，"下次再谈的时候，我们可以把条件提高一些。反正他们一定会砍价的。"

"嗯……"罗牛牛应了一声。

刑天又开口道："不过罗总，还有一个问题，你必须想清楚。"

罗牛牛看向他。

"那就是我们还要不要把罗鹤总放出来，作为谈判的前提条件。"刑天今天的表达直接了很多。

罗牛牛眉头紧锁："你觉得呢？"

"我觉得，这件事他们客观上也保证不了，"刑天言尽于此，"但如果我们愿意在龙诀的事情上网开一面，或许情况会好很多。"

罗牛牛紧皱眉头，看得出他在做复杂的心理斗争。

就在这时，他的手机屏幕亮了起来。

第二次谈判要开始了。

五

第二次谈判与第一次谈判是同一拨人，但与第一次谈判不同的是，这次开会双方先礼貌性地握了握手。罗牛牛从龙行之的眼神里看到了疲倦，龙行之也从罗牛牛的眼神里看到了疲倦。与罗牛牛握手时，龙行之边握边用另一只手也搭上罗牛牛的手，拍了拍，罗牛牛见状也搭上了自己的左手。周围人见老板们气氛如此，原本冰冷的脸纷纷挤出一丝和平的笑容。

坐定后，龙行之先开口："牛牛，最近有和老罗联系吗？"

罗牛牛做出苦笑的表情："联系不上，不知道龙总这边有没有什么办法？"

"案子还在查，律师联系不上很正常，龙诀之前也联系不上。"龙行之不咸不淡地回道。

"现在能联系上了吗？"罗牛牛问。

"能联系上了。上周四才会见了一次。"龙行之笑着说,"关于上次谈判我提的建议,你有什么看法?"

"龙总,其实关于转让股权这件事,我本人是没意见的,"罗牛牛说,"毕竟您也知道,我想做的是川禾,康银原本就不是我的事,就连我们在聊的股权,也全挂在我父亲名下。所以你问我,我真的给不了负责任的回复。所以这次来,我是带着一个建议的。"

"什么建议?"龙行之问。

"我们向公安提出撤案申请,不再追究小诀的法律责任,然后您也提出撤案申请,澄清关于我父亲的有关事实,然后我们一家人都坐下来,心平气和地谈。要不要退出,该怎么退出,我们把事情和道理理清楚。"罗牛牛言辞恳切。

龙行之闻言看了看旁边的李天:"这个能行吗?"

李天摇了摇头:"撤案申请,当事人想提交肯定是可以提交的,但是刑事案件和民事案件不同,民事案件,你想撤诉就撤了,可现在罗鹤总和龙诀总涉及的都是公诉案件,只要程序走起来了,会不会撤案,我们决定不了。"

龙行之皱起眉头:"那要怎样才能撤案?"

"如果经查明,罗鹤总和龙诀总均不存在有关犯罪事实,或者有关行为并未达到构罪条件,那就没问题了。"李天说。

刑事手段和民事手段最大的区别,除了刑事手段令对方承担的代价更严重外,还有一点,就是开弓难有回头箭,警方立案侦查后,双方想要握手言和,远没民事手段那么简单。

"言重了。我觉得还是有可能的,"一旁的隋钧微微一笑,"现在法律对民营企业家保护的态度还是很鲜明的,如果真是误会,双方澄清以后,我相信事情是有余地的。我们现在主要还是想了解龙总这边愿不愿意这么做,如果愿意,我们先把申请提交了,至于能不能出来就再说嘛。"

龙行之沉吟不语。

他心里对这件事是拒绝的。虽说自己女儿目前也在看守所受苦，但随着法律层面局势日益明朗，相信很快就能取保出来，即使后面真的被定罪，争取缓刑的可能性也很大，对他们这种身家的人来说，原本就不靠当大学老师吃饭，丢了教职又如何，身上背个罪名对日后行事也无甚影响。相较而言，要是罗鹤被放了出来，情况就很严重了。正如罗牛牛所说，无论他自己现在态度如何缓和，要拍板还得看罗鹤，以罗鹤杀伐果断的性格和平素在集团的威望，出来后保不准又会掀起什么腥风血雨。这笔买卖，且不说公安机关能不能配合，就算能成，对龙行之无论如何都是不划算的。

就在他思考该如何拒绝的时候，李天在旁边说话了："罗总啊，这样，我作为律师说两句。罗鹤总的案子，如果我们马上申请撤案，第一呢，能不能撤，也不是我们说了算，毕竟公安局也不是我们开的对不对？第二呢，这个案子，我们刚报案不久，警方也刚立案不久，现在就申请撤，显得很不尊重公安机关，龙总这边也很尴尬，所以您刚才提的撤案的事啊，我个人觉得还是操之过急了。但是，"说到这儿，李天看向龙行之，"我个人给龙总提个建议，就是看我们这边能不能也帮罗总协调一下，插插队，争取早点让罗总这边的律师会见上罗鹤总，让罗鹤总做个判断？"

有些话当事人自己说是不合适的，交给第三人说更好，成熟的律师在参与谈判时，能敏锐地意识到什么时候该自己说话。

听到李天这么说，罗牛牛看向隋钧，隋钧对他做出肯定的眼神。

龙行之闻言也一笑，点头道："这个忙我们肯定要帮。我回头问下李青云律师，看他能不能想想办法。那牛牛，诀诀那边，你现在能申请撤案吗？"

"李律师刚才说得很有道理，"隋钧回道，"其实罗总早就跟我提过要不要配合协调龙老师的案子了，但我们的顾虑其实和您是一样的，所以才一直拖着。既然龙总都这么说了，那龙老师的案子，我们也跟警方沟通一下，看能不能早点取保出来，这样也让龙老师少受点苦。"

听到这话，李天只觉得这隋钧也是个好后生，以目前的情况，龙诀取保出来是迟早的事，现在他把这话说了，反倒显得是他们卖了个人情。

"那股权转让的事？"龙行之问。

罗牛牛语气真诚："我跟您表个态，我个人，非常赞同罗鹤总退出康银，有机会我也会把意思传达给他，但这归根结底是我父亲的事业，该怎么做，还得他亲自拍板。"

龙行之看了看李天，李天对他微微点头。

龙行之起身："好，那我们也抓紧时间沟通一下，争取你们能早日会见上罗总。"

"辛苦您了。"罗牛牛笑着，像个听话的后辈。

六

散会后，龙行之马上预约了刘市长的时间。刘市长安排他第二天上午十点到自己办公室见面。

市政府不准外来车辆进入，龙行之早早将车停到附近的停车场，九点四十便到了办公室外面，结果秘书说刘市长临时有个会，让他在旁边的会议室先等等，然后他一等就等了将近两个小时。快到饭点的时候，刘市长总算拿着保温杯从楼上走了下来。

"老龙啊，不好意思，今天有个年终总结会，开会开得有点长，你等久了吧？"刘市长呵呵笑道。

"不久不久。"龙行之笑着回道，"您别说，你们市政府的茶还真不错。"

"也就是普通的茶，有什么不错的。来，我给你尝尝我的珍藏。"刘市长拉着他走进办公室。就在这时，秘书在旁为难地提醒道："您中午十二点还和王强书记约了个工作餐……"

"哎哟，瞧我这记性，"刘市长一拍脑门，"老龙，你看这……"

"当然是和王书记吃饭重要，您去，您去，我等。"龙行之说。

"那今天我是对不起你啦，让你白跑一趟。"刘市长连连抱歉。

"没事没事，哪有什么对不起的，工作嘛，该做的，"龙行之笑着，然后问，"您下午还回来吗？"

"我下午要去龙湖区调研，然后晚上有个招商引资的活动，可能就不回来了。"刘市长说，"要不我们再约？"

龙行之赶紧拉住他："刘市长，不瞒您说，我这件事还真挺着急的，反正您待会儿也要和王强书记吃饭，他管政法口，和我要说的事也相关，要不我先汇报下？"

刘市长看了看表，叹了口气："老龙啊，要不改天，我今天是真没时间。"

"刘市长，就两句话。说完我就走。"龙行之拉着他不放手。

刘市长皱起眉头，然后为难地说："好吧，那长话短说。"

他和龙行之进到办公室，然后让秘书请王书记稍等两分钟。办公室门关上后，龙行之终于开口道："是这样的，现在我们和罗家正在谈判，他们那边的意思是愿意让步，转让罗家名下所有股份，但这个股份吧，毕竟全都在罗鹤名下，要转让，多的不说，签字总要他签吧，所以他们想着能不能先让律师会见一下，跟罗鹤那边通个气。"

"哦？你们谈好了？"刘市长惊讶地问道，"好事啊。"

"是，有进展，"龙行之汇报道，"但也不算谈好，毕竟要等罗鹤那边确定。"

刘市长问："价格大概是多少，有预期吗？"

"这个还没准，不过此前我们提过一个价格，一百多亿吧。"龙行之坐在办公桌旁边的小沙发上，身体前倾，坐得端正。

人到要求人办事的时候，身板总会矮一截，龙行之这平素威风八面的全国知名企业家，遇到难事，在领导面前也恭敬。

刘市长沉吟片刻，然后不急不缓地拿起保温杯："这不挺好吗？会见这种事，你找我干吗？法律方面的我也不懂。"

"是，这种细节上的事，肯定不该劳烦您，但也确实是没有办法啊，"龙行之面露焦灼，"法律方面肯定是没问题的，我们和他们的律师昨天也跟看守所申请了，但看守所那边一直拖着不让见，这个原本就是法定权利嘛，肯定还是该保障的。您也知道，我们康银现在的情况不乐观，公司上上下下这么多员工，解决这么多就业，但疫情期间，再熬下去就真熬不住了。这件事早点谈拢，我们也好早点恢复正常经营，继续为我们龙城经济增砖添瓦啊。"

听了这席话，刘市长微微一笑，示意龙行之坐到自己对面的椅子上："老龙啊，坐。"

龙行之上前坐下。

"老龙啊，看守所今年的情况，我知道一些，我初步判断啊，还真不是针对你们，防疫要求嘛，今年都这样，你要理解。"刘市长给他接了杯水，然后问，"我倒是有个疑问，不知道你能不能给我交个底。"

龙行之双手接过纸杯："您说，我知无不言。"

刘市长微微一笑："就算，啊，我是说就算，他罗鹤接受了这一百多个亿的价码，你现在口袋里还拿得出来这些钱吗？"

龙行之嗤了一声："再怎么拿不出来也得拿啊。"

"可是我听说，你最近债务压力也不小啊。"刘市长低头喝了口茶。

龙行之一愣，然后问道："领导，您的意思是？"

龙行之心里打的算盘是，现在自己和罗鹤内斗凶猛，资本都处于观望状态，但只要自己和罗鹤谈拢，他转头就把风放出去，局势明了，不怕没人掏钱，就看以什么方式掏而已。

"恐怕还是得再融融资吧？"刘市长不动声色。

龙行之呵呵一笑："必要的融资还是得做的，我们一直很欢迎投资伙伴的加入。怎么，刘市长有资方可以介绍介绍？"

"你别说，还真有感兴趣的。"刘市长笑道。

"谁？"龙行之隐隐摸到一些真意。

刘市长不慌不忙地往他杯子里续了一些水："龙城城投。陈宇你熟不熟？"

"陈董啊，熟啊，吃过好几次饭，"龙行之说，"可龙城城投这几年不是一直做地产吗？"

"是嘛，"刘市长笑着说道，"城投公司，核心资金来源毕竟在市级财政，龙城城市发展一直在加速，他们肯定是要参与建设的。但这两年不是也在提国企改革三年行动吗？陈宇跟我说，他们也一直在加深市场转型，对多元化经营还是很感兴趣的。我想着，你们康银再怎么说也是扎根在我们龙城的知名企业，如果需要城投那边帮忙，你们可以多交流交流。"

"这个可以啊，看什么时候和陈董见一面，"龙行之嘴上答应着，细品着背后的逻辑，"那刘市长，会见这事？"

"好吧，既然你龙董事长都亲自来了，这个我待会儿就帮你问问，只要是按法律程序办事，就没问题，"刘市长答应下来后，又旋即板起脸，"但我也要跟你提个醒，你们这个事情，闹得很大，现在全国上下，尤其是商界都很关注。案子办得好还是不好，会严重影响到我市的招商引资，所以有明确要求，对有关案件，肯定是要严格依法依规办事，不能有半点含糊。"

"懂，明白，"龙行之点头道，"感谢，那我就不耽误您的时间了。"

"嗯，"刘市长和他一起走向门外，"我刚才说的事，你也放在心上。"

"一定。"龙行之笑着说。

七

在见了刘市长后，看守所很快便安排了律师对罗鹤的依法会见，可罗鹤对这个方案到底是什么态度，罗牛牛一时半会儿也没回话。在这个缝隙间，龙行之也召集了几名心腹，以及李天和李青云开会。

"按刘市长的意思，是龙城城投对我们康银感兴趣？"李天总结道，"看来这两年地产生意是真不好做。"

"可不，房子不好卖，地也不好卖了。最近周边几次土拍，全是几家城投公司互相抬轿子，"龙行之说，"地方债务也有压力。康银是很好标的，城投想做转型，合理。"

"那你怎么想的？"李天问。

"你觉得呢？"龙行之转过头问张月明。

"反正都需要融资，拿谁的钱不是拿？"张月明笑道，"只要城投安心做股东，不具体参与太多经营管理，说不定拿他们的钱还好一些。国资亲自下场入股康银，这是好消息。"

龙行之不置可否："康银现在是股价最低点，城投如果真进来，可算是捡了一个大便宜。"

"本来就是要送出去的便宜，给谁占不是占？"张月明提醒道，"如果罗鹤那边不同意，还会更低。龙总，是该反弹反弹了。"

"可这城投的债务，据我所知还是不低，要是哪天被压垮了怎么办？"龙行之又问。

"垮不了，"张月明哈哈大笑，"且不说城投本身就很有钱，就算还差点，有他们贷不出的款吗？至于城投要垮，除非市政府垮了。它现在要买股份，是得拿真金白银买的，日后就算要卖，对我们也无甚影响。给谁都是给，只要他们作为股东不干预管理就行了。"

龙行之一语不发。

"为什么不答应？"张月明见状继续说道，"如果城投愿意购买罗鹤的股份，以目前的情况，对城投、罗鹤、我们来说都是好事。这是地方领导施以援手，龙总，我们得好好感谢才是。"

"如果我不答应呢？"龙行之问。

"我们现在毕竟牵扯进好几个案子，尤其是罗鹤这个，没处理好，麻烦不仅是一朝一夕的，"李青云点到即止，"多的不说，会见难，是这两年很多刑事律师都可能面临的问题。"

"嗯……"龙行之看向他，"李律师，你是最懂人的，你分析分析我，为什么我现在会觉得有些别扭？"

李青云笑了笑："因为你发现你自己不是最聪明的那个人。"

八

蹲号子是什么意思？

蹲号子，狭义上，就是在监狱服刑。广义上则分为两种：一种，是在被正式定罪量刑前，被羁押在看守所；另一种，是最终被定罪量刑后，从看守所转入监狱服刑。除了上述两种，还有一种客观上也会给人带来"蹲号子"的心理效果，那就是监委留置。

论痛苦指数，每个人有每个人的看法，但一般情况下，被监委留置和被看守所羁押的心理压力，是比在监狱大的。在监狱，你要待多久、每天该怎么过，是确定的。确定诞生稳定，稳定诞生安全感，你可以数着日子静看岁月流逝，有吃有喝有劳动，内心平和，纷扰的世界与你无关。可如果你被监委留置，你每天都要被一群专业问讯人员高强度问话，而且根据《监察法》规定留置时长最高可达六个月，在此期间，从实然层面，你无法与包括律师在内的其他人沟通，就算你有一张铁嘴，要撬也能很快就被撬开。而在看守所里，若你是首进宫，那一是看守所条件着实糟糕，你突逢变故，一时难以适应。二是你并不知道自己接下来到底有罪还是无罪，有罪的话被判多久。一柄叫"审判"的利剑天天在你脑袋上悬着，两相作用下，心态崩溃也实属正常。

现在，张太一正在监委的执纪审查室里天天被问话，而罗鹤和龙诀，则还在看守所里待着。

罗鹤不是没有过过苦日子。从小生活在农村，他会插秧，会喂猪，拉屎都在农地上拉，这叫农家肥。但由奢入俭难，这些苦日子，既离他太远，又恰恰是他终其一生想摆脱掉的，现在他突然被关进看守所，脱衣服，做检查，被审讯，钱有用，但用处有限，与铁窗外纸醉金迷的生活无异于云泥之别。

对此他先是恨——恨龙行之阴狠如蛇，用这种下作的手段设计自己。他怎么都想不明白，为什么自己用点自己一手打造出来的公司的钱还涉嫌犯罪了。罗鹤一度发誓，罗家现在就要和龙行之斗到底，等自己出去了，更是要和龙行之干到鱼死网破。可渐渐地，随着与外界隔绝的时间越来越长，他的不安与恐惧也随之愈烈。首先没有任何人告诉他他还要待多久。其次，他也忍不住想，没了自己，罗牛牛一个人在外面能撑住吗？会不会罗家已经一败涂地，甚至会不会罗牛牛也会被设计入狱？

人的惶恐往往来源于危机来临时自己信息的匮乏。在看守所的日子里，罗鹤抓住每一个新进宫的人问外界的状况，但拼凑之下，知之者甚少。他经常做噩梦，一想到他努力积攒的财富、辛苦打下的江山在分分秒秒地逝去，而自己却身陷囹圄，他就万分焦急。他迫不及待地想出去，他想主持大局，想在这原本早应退休享福的年纪，和自己平生最亲密也是最可怕的敌人，轰轰烈烈地大战一场。

终于，在某个依然无能为力的下午，他收到了会见通知。

他走到会见室，映入眼帘的不是张太一，而是一个梳着辫子的藏族律师。

"罗总你好，我叫江白赤烈，受你儿子所托，现在是你的辩护律师。"江白赤烈自我介绍道。

江白赤烈是全国出名的死磕派律师，此前曾在"音乐的战争"一案中和春山组合打过对台。这次挪用资金案所涉及的水太深、面太广，罗牛牛担心本地律师有所掣肘，便索性在刑天的建议下，将江白赤烈请了来。

"隋兄，这年头死磕律师恐怕不好使了吧？"罗牛牛不是没有过疑虑。

"是，死磕律师的确近乎消失了，"隋钧同意道，"但越是复杂恶劣的环境，我们就越需要一颗坚硬的心。不是每一个律师都有一颗坚硬的心，而江白律师有颗无比坚硬的心。"

"张太一呢？怎么不是张主任来？"罗鹤打量着眼前这个发型怪异的陌生律师，疑惑地问道。多年来他一直是由张太一保驾护航，对其有充分的信任，也只对张太一充分信任。

江白赤烈平静地答道："张主任因为其堂叔张原涉嫌受贿的案子，已经被监委留置了，还没出来，无法办案。"

"什么？太一自己也遇麻烦了？"罗鹤不寒而栗。在他心中，张太一可能不是一个能解决一切问题的律师，但一定是龙城最能解决问题的律师。如果以张太一的手腕都能以这种方式倒下，那对手到底有什么通天的本事，他不得而知。他赶紧问道："那牛牛呢？牛牛怎样？"

"牛牛总还好，你放心，目前正在积极主导和龙行之的谈判，"江白赤烈宽慰道，"据我个人所知，张主任被留置的案子和我们这个案子也没有必然关系，他是被另案调查，所以你也不用多虑。我这次来，主要是把最近发生的事跟你过一下，然后有个决定需要你做。"

江白赤烈将近段时间发生的事一五一十地说与罗鹤。当听到龙行之资金链出现问题时，罗鹤阴狠一笑；当听到自己那帮经销商兄弟也在各寻出路时，他又不住地痛骂。

"所以，罗总，现在需要你做的决定是，你同不同意将自己名下的股份转让出去，以及如果愿意转让的话，价格大概是多少？"江白赤烈问。

这是一个重大的决定，罗鹤无法马上回答。

从感性的层面，他肯定想和龙行之鱼死网破甚至同归于尽，但从理性层面，人还得活着，生意还需要继续做，同归于尽的话，龙行之的命不重要，可罗家的人命重要，而且若谈判能达成一致，自己说不定还能早点出去。

"留得青山在，不怕没柴烧，"江白赤烈见他神色犹豫，补了一句，"这句诗是牛牛总让我转述给你的。"

"龙行之提出的转让价是多少来着？"罗鹤问。

"127.92亿，分五年支付，每年25.584亿。"江白赤烈复述道。

罗鹤斩钉截铁地说："现在是康银市值最低点，用这个价格算怎么行？200亿，合同签订后三日内先支付50亿，剩下150亿三个月内一次性支付，不再分期。如果可以，我们罗家全面退出，以后我也不会再找他麻烦。如果不行，一切免谈。"

"好。"江白赤烈微微点头，心中却对罗鹤的果决颇为赞赏。

临别前，罗鹤问了最后两个问题："江白律师，我这个案子，会被判吗？大概能判几年？"

江白赤烈回道："康银那边主张你挪用了831万。我可以给你做无罪辩护，也可以做罪轻辩护。无罪辩护，我个人认为空间很大，但从律师的角度，我需要提醒你，你这个案子，已经不单单是法律的事这么简单，打无罪，有难度。如果是罪轻辩护，往重了说，如果被定个挪用资金数额特别巨大，就是七年以上有期徒刑，往轻了说，在公诉前将挪用的资金退还，可以减轻甚至免除处罚。"

"那你让牛牛先把钱都打给康银就是，不就八百来万嘛。"罗鹤边说边摇头。

"早就做了，"江白赤烈说道，"但还是那句话，罗总，这个案子，已经不单单是法律的事这么简单了。"

九

"200亿，三个月内付清？这罗鹤真是狮子大开口啊！"在听到罗牛牛那边的回馈后，龙行之难以置信地长叹道。

"至少他同意转让了。"张月明也苦笑道。

龙行之冷笑一声："我呸！让我现在三个月内给他凑200亿，且不说这钱能不能凑出来，就算我凑出来了，以康银今年的营收，我一年内就会被债务压死。"

一百多亿不是小数目，如果他要自己收的话，五年给款是龙行之能承受的极限，他是真的把腰包掏净、大举借债并寄希望于预制菜大获成功才能渡过难关。如今罗鹤直接提出三个月内付清，还把价格翻到200亿，即使200亿里有很多议价的空间，那也是摆明了要让龙行之吃不了兜着走。

"这两年资本都收缩银根地观望着，要让人接这大盘可不容易，"张月明说着，旋即笑道，"得亏这罗鹤还不知道龙城城投的事。我们现在先把这个价格扔给城投那边，看他们怎么接。"

龙行之在办公室里来回踱步："看来我们还真得找找地方关怀了？"

"龙总，去吧，都到这份上了。"张月明给他倒了杯茶。

"行，那我给领导汇报汇报工作。"龙行之拿起电话。

十

和往常一样，龙行之还是九点四十便到了市府大楼。这次他没多等，十点整，秘书准时把他引到市长办公室。

"老龙来啦？"刘市长热情地招呼他坐下，"上次没来得及，这次时间够，我给你尝尝我珍藏的普洱。小王，帮我泡下茶。"

"感谢刘市长。"龙行之直接坐到办公桌对面的那把椅子上，"罗牛牛那边反映，他们的律师见到罗鹤了，这都得亏您帮忙。"

"这叫什么帮忙，本来就是法定权利，律师申请了就应该见的嘛！"刘市长摆摆手，"怎么，罗鹤那边有反馈了？"

龙行之点点头："有反馈了。"

"怎么说？"刘市长被提起了兴趣。

"他要200亿，并要求合同签订后三日内先打50亿，剩下的还要三个月内付清。"龙行之语气平静。

不多久，秘书将茶端上来了。刘市长吹着热茶，陷入沉吟："这样啊……"

200亿，不是小数。他问龙行之："那你怎么打算的呢？"

"我个人认为，康银21.32%的股份，长远来看，肯定是不止200亿的，但他现在提出这个数字，有狮子大开口的想法在，不是不能杀一杀，"龙行之实事求是地说，"要是价格合适，应该还是有朋友愿意合作的。但是刘市长，您之前不是说可以找龙城城投聊这件事吗？说实话，听到以后，我很感动。"

说到这儿，龙行之开始推心置腹："我之前就跟您表过态，康银是一定会扎根龙城，和龙城共发展的。所以如果城投那边感兴趣，我可以优先和陈董谈，如果城投能和罗鹤谈拢，我可以代表董事会，欢迎城投的加入。"

听到这儿，刘市长不禁笑出了声。他端起茶杯，站起来，走到龙行之身后，拍了拍龙行之的肩膀，说了声："老龙啊……"

"哎。"眼见领导站起来了，龙行之也起身。

"你们这些企业家，算盘打得响。"刘市长笑着说，"行吧，既然他愿意转，那今天晚上我就做个东，你来，我把陈宇也叫上，大家一起聊聊，看看你们能不能为龙城经济碰撞出一点火花。你今晚有空吧？"

"有空。那我就等领导消息。"龙行之笑道。

十一

罗牛牛很快知晓了龙城城投组织尽调组入驻康银的消息。

尽调组有一组和二组，一组是会计师事务所，二组是律所，两组将分别对康银的财务关系和法律关系进行梳理。在当下这个微妙的时刻，康银有尽调组入驻只说明了一件事，那就是龙城城投有意接手罗鹤的股份，至于具体接手价格，得等尽调结果出来后才能确定。

"龙城城投？他们不是主要做地产的吗？"罗牛牛惊讶道。如果龙城城投愿意接手股份，那龙行之就卸下一个很大的资金压力，市场信心想必很快就能提振起来，康银集团十有八九就盘活了。

"龙行之居然能找到这帮手，也是令人没想到，"罗斌苦笑道，"那如果龙城城投真愿意买，我们是卖还是不卖？"

随着罗鹤被刑事控制，这阵子罗牛牛已逐渐成为罗家的主心骨。

"卖。卖给谁不是卖，价格合适就行，"罗牛牛说，"就是不知道他们愿意给多少钱了。"

"200亿，便宜他们了！"罗斌呸了一声，"200亿都不愿意给，那我看还是算了吧。"

听到这话，罗牛牛不禁轻笑一声。

他心想，这股份反正不属于你罗斌，你当然想说什么就说什么。

经过尽调组的会计师和非诉律师们日夜无休两班倒地加班，两周后，龙城城投正式约罗家进行谈判。

次日，江白赤烈早早来到看守所会见罗鹤。

"怎么样，他们报价了吗？"罗鹤刚坐下便直接问江白赤烈。他已经知道龙城城投想接手股份的事，虽然不能给龙行之使绊子了，但目前来说也并不十分抵触。如果城投能拿出足够的钱，他还是愿意接受的。

"报了，"江白赤烈说，"他们先要了一个我们正式、书面的报价，牛牛总按照你的意思报了200亿的价，然后他们回的价格是107亿。"

"107亿？当我卖白菜呢？！"罗鹤闻言不禁破口大骂，"龙行之之前报的都是128亿呢，这龙城城投怎么压得比他还低？"

江白赤烈没有回答这个问题，毕竟他只负责罗鹤的这个刑案，并未参与到商业谈判中。他只重复道："107亿，这就是他们报的价格。"

"理由呢？"罗鹤问。

"理由是经过尽调，他们发现今年康银集团销售额下降明显，而且存在大量供应商欠款，他们对后续趋势做了保守估计，"江白赤烈说，"但是，他们承诺可以在五年内付清全部转让款。"

罗鹤压抑住内心的怒气，继续问："牛牛呢，他怎么想的？"

江白赤烈转述道："他的情绪也比较激烈，但是他也说了，这个决定，必须您来下。"

罗鹤深吸一口气，心想这应该只是来自城投的杀价，便说："好，我知道了，你跟牛牛说，180亿，这是我们的底线。"

"好。"江白赤烈点点头。

"江白律师，你怎么看？"说到这里，罗鹤突然问。

江白赤烈回道："我只负责这个刑事案子，商业层面的事情，我不懂。"

听到这句话，罗鹤心中一叹，不禁有些想念张太一。

"不过，从挪用资金罪这个刑案的角度，我之前跟你强调过的，你一定要记住。"江白赤烈再次提醒道。

"知道了，"罗鹤不耐烦地回道，然后也强调着，"我说的麻烦你务必转达到位，180亿，三个月内付清，是我们的底线。这么大笔钱，还想五年内付清，资金占用利息都多少了！"

"如果他们还是坚持107亿呢？"江白赤烈问。

"龙行之会想办法的，"罗鹤呵呵一笑，"然后你让牛牛也把风放出去，就说我们有意转让康银的股份，会有人感兴趣的。"

"好，"江白赤烈答应道，然后说，"案子很快就要移送检察院审查起诉了，到时候我就能阅卷，我早点看完卷，再细化下一步该怎么做。"

"辛苦江白律师了。"罗鹤缓言道。

江白赤烈起身告辞："应该的。"

数日后，江白赤烈再次来到看守所。

"江白律师，这么快就有新结果了？"江白赤烈落座甫定，罗鹤便迫不及待地问。

"不，我来主要是跟你说说你案子的事，"江白赤烈神情凝重，"公安机关前几天将案子移送到检察院审查起诉，然后检察院退回补侦了。"

"什么意思？"罗鹤没听懂。

"根据《刑诉法》规定，如果检察机关认为罪名认定不正确的，可以退回补侦。检察机关认为本案不应以挪用资金罪起诉，而是以职务侵占罪。"

"什么意思？"罗鹤隐隐觉得不妙。

"我之前跟你提过，如果831万均被认定为职务侵占，那你将有可能被处十年以上有期徒刑，比挪用资金罪更重，并且，如果是挪用资金罪，那我们在提起公诉前退还资金还有可能减轻或免除刑罚，但职务侵占罪没有。即使你把831万全部退还公司，若真被定罪，只能被认定为主动退赔，在量刑上被予以考虑，"江白赤烈严肃地说着，"总的来说，我们现在非常被动。"

"这合理吗？"一想到自己有可能被判十年以上，罗鹤声音开始颤抖。

"不合理。第一个不合理的地方在于，一般情况下，如果以职务侵占罪立案，在公安机关查明案情后，如果犯罪嫌疑人已经退还赃款，且不能证明存在侵占故意的，则可能将职务侵占罪的侦查方向调整为挪用资金罪，而现在是在我们退还后反将挪用资金转为职务侵占，很奇怪。第二，是审查起诉的时间太短了。检察院审查起诉期限一般在一个月以内，重大复杂的还可以延长十五日，而本案三天不到就退回补侦了。"

罗鹤似乎隐隐明白了什么："退回补侦是在牛牛和城投最新的谈判前还是谈判后？"

"谈判后。"江白赤烈回道。

听到这儿，罗鹤不禁惨笑了两声。

"江白律师，你怎么看？"他问。

"罗总，挪用资金罪，侵犯的客体是资金的占有、使用、收益权，而职务侵占罪，侵犯的客体是资金的所有权。简单来说，两者最大的区别，有一点在于你主观上是否有归还意愿。这一点我之前也跟你介绍过。我阅了卷，你在最后几次讯问中强调自己有打算只是暂用，想要归还。我判断，如果他们想定职务侵占，那理由应该是指控你多次违规使用公司资金用于赌博，而且截至被采取强制措施之时，都从未归还，并

302

从这一点推定你有占有的故意。"

"所以你的意思是，定职务侵占罪也非空穴来风对吧？"罗鹤问。

"是。"江白赤烈觉得罗鹤这么理解也没错。

罗鹤低下头："那我们该怎么办？"

江白赤烈的气势开始慢慢升腾："如果他们一直这么带着倾向性办案，我会用我的方式帮你维权。"

罗鹤还不知道，如果不是江白赤烈态度强硬，他不会在退回补侦阶段这么快就阅到卷，他们会见的次数可能也不会有那么多。所以他看着眼前这个斗志昂扬的死磕律师，却略带嘲弄地摇了摇头："江白律师，你知道吗，我此前曾问了张太一一个问题？"

"什么问题？"江白赤烈皱起眉头。

"我问他，为什么我们国内那些法学高校，都叫政法大学，不叫法政大学，或者干脆直接叫法学院。你知道张律师是怎么跟我说的吗？"

江白赤烈听到这里，已然明白罗鹤的意思。他暗暗叹了口气，然后说："罗总，我知道了。"

"你跟牛牛说，我同意107亿了，"罗鹤语气无限凄凉，"他知道该怎么做。"

"龙总，罗鹤那边总算同意了！"在得到罗家那边肯定的答复后，张月明兴奋地搓着手，"化危为安，大获全胜，好啊！"

龙行之的脸上也洋溢着如释重负的笑容："是啊，这事有这么个解法，我们算是又上一个台阶了。"

"是是是，老大，多的不说，这次我是真的服您，"张月明恭维道，"这段时间，咱经历了多少事，多难啊，您都挺过来了，真的，我算跟对人了。"

千穿万穿，马屁不穿，正是春风得意的时候，龙行之听到这话自然非常受用："大家也都辛苦了，你也费心不少。"

"我都是应该的，分内之事！"张月明嘻了一声，然后开始反复说自己都做过哪些事，暗示自己厥功至伟。邀了半天功后，为显情商，他也为他人补上一句："李律师他们几个也还真是得力，这次也算一起出生入死过了。"

没想到一听到"律师"这两个字，龙行之原本喜气洋洋的脸突然冷了下来："屁。他们把小诀搞进去，现在都还出不来，得力？得力个屁。"

张月明先是一愣，然后迅速附和道："哎，您总算这么说了。说句老实话，我跟那个李青云和刘春，是真聊不来，也一直觉得他们没怎么上心。之前您倚重他们，我也不好说，原来这些龙总早就看在眼里。那等事情结束了，我们就跟他们断了。"

"明年顾问还是给李天吧，"龙行之抽了口雪茄，"但跟他说就别让刘春和李法山参与了。"

8

「爸爸永远爱小禾」

在进看守所前，龙诀曾以为自己做好了准备，但她很快便意识到了自己的天真。

　　从小养尊处优的她，连进看守所前的身体检查都倍感屈辱，又哪能习惯徒有四壁的大通铺，怎能习惯众目睽睽下的上厕所，即使提前做了功课，又怎能真的适应高强度的审讯。她或许从未在心中将自己定位为一名富家千金，但知识分子这个标签，她是一直贴在自己身上的。作为一名知识分子，她要喊"到"，要被呼来喝去，要和一群生活习惯粗俗的性工作者、小偷等各式各样的违法犯罪人员共处。这种种境遇，对她而言简直如噩梦。她也曾用"卧薪尝胆""忍辱负重"来宽慰自己，但如果你告诉她只要放弃就可以马上出去，她现在肯定会犹豫。

　　终于到了某一天，一名叫李青云的律师会见了她。

　　龙诀的案子还没进入审查起诉阶段，但期限将至。李青云看着眼前这位憔悴的知识女性，挤出一丝和善的笑容。

　　"龙教授，辛苦了，"他温言说道，"我受你父亲委托，现在是你的辩护律师。"

　　"李律师，是你我就放心了。现在情况怎么样了？"龙诀非常激动。这是这阵子她第一次见到自己的律师。

"现在龙总和罗鹤正处于非常胶着的时候，多的我不便透露，我能说的只是，我都能会见上你了，说明目前情况对我们有利，你安心等待便好，"李青云笑道，"今天我来呢，主要是具体了解一下你这个案子目前的情况。"

龙诀闻言神情黯然："李律师，我都说了。"

李青云笑容逐渐凝固："什么叫都说了？"

"都说了，就是都说了。"

龙诀意识到，自己远没自己想象中坚硬。

一

在罗鹤同意以107亿的价格转让自身名下股权后，由于康银集团是上市公司，流程复杂，非诉律师们又开始了紧锣密鼓的准备工作——非诉律师就这样，工作繁重，时间紧凑。而随着交易完成与企业合规、集团复牌，康银首日便股价飞涨，一条红线直线拉升。

龙城城投的陈宇看着这条红线，很高兴。这107亿肯定不是他自己掏的，在双方达成初步合意后，陈宇马上和另外几家积极寻找投资标的的平台通了气，众人拾柴火焰高，几家公司你出一份我出一份，把资一配，股权转让后，在平台公司名下后再质押出去，后续几年再每年将公司收益通过分红等方式支付剩余款项，吞下大象很快便已不是问题。

毫无疑问，陈宇抓住了这千载难逢的机会，实现了一笔绝对划算的投资。就在这些平台积极谋求市场化转型的当口，有人给他嘴边送来这么一块肥肉，真是运气来了挡都挡不住。股价的飙升证明了他选择的正确，自己的功劳簿上又将增添一抹璀璨的亮色。而这也大大提升了他"买买买"的信心和决心——许多优质民企受疫情等各种因素的严重波及，正是大呼天寒的时候，这时，龙城城投完全可以凭借得天独厚的融资优势四处撒网捕鱼。别人恐惧我贪婪，眼见民间资本都缩起了自己的脖子，陈宇乐观地认为，自己大展拳脚的时代已然到来。

罗鹤看着这条红线,很感伤。他意识到,属于自己的时代似乎真的过去了。吃到时代红利的他,原本认为自己余生都可继续站在高位上呼风唤雨,却没想到事到如今竟虎落平阳。一个人在高高在上、举目四望时总觉得自己无所不能,但实则山高风急八面空,让你得势的,可能只是一个机会,让你失势的,或许只是一个选择。李斯叹黄犬,一度叱咤风云的他,此时心中想的只是能早点出去,安享晚年。

值得庆幸的是,在保护民营企业家的司法精神下,经过检察院第二次明察秋毫、谨慎认真地退回补侦,他最终还是以挪用资金罪被提起公诉。在此情形下,鉴于其在提起公诉前积极退还了 831 万,江白赤烈给了他非常乐观的预估。107 亿还是 180 亿,如果只用于个人生活,对他来说都完全够用。他已在看守所静思时完成规划,如果真退休了,就去国外买个庄园,如果尚有雄心,自己也可以学学褚时健种种果树。他现在只数着日子,等待着最后轻松的审判。

与他不同,罗牛牛看着这条红线,很愤怒。他心中有种很强的被剥夺感。真算下来,107 亿,分五年支付,也是笔不小的数字。更何况,相较于此前那些无数黯然离场的企业家,他们即使说不上全身而退,却也能说有所善终。但是,他深刻地明白为什么这个数字会是 107 亿。他不会思考眼前的红线为何飞升,他也不会再想如果当初不妥协,自己接下来会多被动,他更不会想这次和平退出的除了公司,还有婚姻(在龙鹤谈判达成一致后,龙诀也同意与他协议离婚)。暴涨的股价只提醒着他一件事,那就是自己到底吃了多少亏。这令他心中有着极大的怨。

他回过头,凝视着自己这家叫川禾的公司。

罗牛牛不得不承认的是,107 亿看似是低价,但这都是实打实的现金。当一家公司账上有 107 亿的现金时,只要经过合适的资本运作,它所能撬动的蛋糕,可绝非这么点。虽然款项全部到账尚需时日,但他已下定决心,待龙诀出来,自己和她办完离婚后,他罗牛牛"弹药"充足,一定要在餐饮行业拼出一番新天地。那些失去的,他一定要夺回来。

龙行之看着这条红线，心中松了一口大气。龙城城投只要了原本属于川禾、罗鹤的两个董事会席位，然后郑重地承诺不干预公司的正常经营管理，龙行之原本就是最大股东，现在又大权独揽，此战可谓大获全胜。在罗鹤退出后，经销商虽因各种原因走了大半，但骨架犹存，而且在尘埃落定后，重新回到队伍中的战士也不在少数。他相信，通过一段时间的恢复，既往业务很快就能经营如常。但美中最大的不足是，女儿龙诀依旧在看守所。

　　他又去了一趟市府大楼。

　　经过提前两天的预约，他总算见上了刘市长的面。

　　"老龙啊，好久不见，今天你可是容光焕发啊。"刘市长一如既往地平易近人。

　　龙行之笑道："那都得感谢刘市长帮忙介绍了陈董，您可是帮了我一个大忙。"

　　"哪里哪里，主要是你们一拍即合。"刘市长坐在自己的位置上，而龙行之则又坐在了旁边的小沙发上。

　　"怎么坐那么远？来，坐。"刘市长示意他坐到自己面前。

　　"刘市长，我这次来，确实还有一件事要请您帮忙。"龙行之坐上前来。

　　"说吧，我们不就是为你们这些纳税人服务的嘛。"刘市长呵呵笑道。

　　"不敢不敢，"龙行之摆手道，"主要是我女儿，她现在不还在看守所拘着嘛，其实这一切都是此前罗鹤他们栽赃陷害，我想着现在反正双方都谈拢了，看能不能……"

　　听到这里，刘市长赶紧打断："我说老龙啊，这个问题你就找错门了。"

　　"啊？"龙行之一愣。

　　"案子的事，你找到我这儿来干吗，我要是真过问了，不就成干预司法了吗？"刘市长逐渐收敛笑容。

　　"刘市长，你误会了，我没这个意思。"龙行之连忙说。

　　"不是这意思就好。"刘市长示意他别再说下去。

气氛迅速冷却下来，刘市长见龙行之面有不豫之色，缓言道："老龙，之前我就跟你说过，罗鹤的案子，还有你女儿这个案子，现在全国上下都非常关注。如果办不好，不彰显出司法的公正，会对我市的招商引资产生极大的影响。这些你都还记得吧？"

"嗯，您说过，"龙行之低声说，"不过双方不都谈拢了吗？"

"你们俩私下谈拢了就可以撤案了？笑话！"刘市长重重将茶杯砸在桌子上，"老龙，你是真把司法机关当成可以随意指挥的打手啦？谁给你的勇气敢这么想？"

"不是，我不是这意思，"龙行之见他勃然变色，赔笑道，"我之前不是也打过官司嘛，很多官司到最后都是双方直接调解，也就撤诉了，我想着这个应该也行啊。"

"那是民事案件，这是刑事案件，能一样吗？"刘市长用责备的眼神看着他，"你啊，请了那么多律师都白请了，我看你赶紧回去补补课吧。"

话说到这份上，龙行之大概也明白了。他在心中叹了口气，然后起身告辞。就在他准备出门的时候，刘市长又叫住了他。

龙行之疑惑地回头。

"老龙，你要理解，"刘市长缓言道，"有空还来我这儿坐。"

"好，一定。"龙行之挤出一丝笑容。走了两步，他停顿些许，又回头说道："哎，领导，我还是想说一下，其实龙诀她之所以会这样，都是律师给出的馊主意。你想想，她一个没做过生意的，如果没律师给她出主意，她可能会想到用这些办法吗？不会，所以她也是轻信了律师的话，被律师害的。"

"哦？"刘市长原本已经在低头翻阅文件，听他这么一说，抬起头，"律师出的主意？知法犯法，职业道德很成问题啊。"

"唉，就是，"龙行之愁眉苦脸，"所以龙诀她……"

"老龙啊，别说了，"刘市长板起脸，"谁违法，谁犯罪，都要追究。如果是律师教唆的，那律师也要被追究责任。那个律师现在怎么样了？"

"之前被拘了，现在取保候审。"龙行之答道。

"对嘛，"刘市长语重心长道，"后面该判判。法治社会，我们要严格依法办事。"

"好的。"龙行之应了一声，叹着气走出了办公室。

出了市府大楼，龙行之拨通李青云的号码："李律师，不行。"

电话那头迟迟没有回答。过了几秒，李青云回了句："好吧。"

"要不再问问王书记？"龙行之问。

"龙总啊，"李青云叹了口气，"刘市长的意思已经很明白了。"

龙行之也只剩两个字："好吧。"

挂掉电话后，李青云把手机扔在桌子上。

他看着这款最新的折叠手机，愣愣地出神。

他也不知道该怎么办了。

李青云转过身，抬头，全国著名书法家俞春华所书的"龙城辩帅"四字狂草龙飞凤舞。

"龙城辩帅。"李青云重复着这四个字，喉咙深处发出幽深的苦笑。

二

又是一年跨年夜。

迎接 2022 年的钟声即将敲响，在这喜迎新未来的节点，相信未来的人们总会聚在一起欢庆新年。

李法山在自己新买的别墅里筹备了一个跨年 party（聚会）。今年无论是对春山组合还是对婧哥来说可以说是丰收的一年——婧哥的直播带货业务蒸蒸日上，在网红查税风波中因有李法山早期帮忙做合规，加上自己也算不上头部，总体有惊无险。而在康银集团案大获全胜后，春山组合的事业也再上一个台阶，业务量到了 1500 万。这几位年轻一代毫无争议的佼佼者，用胜利一次又一次证明着自己，蓬勃的脸上意气风发，仿佛在昭告世界新时代的主人正在扬帆而来。

婧哥请了一位当红 DJ 来家里打碟。这位 DJ 才在时兴的综艺节目里拿了个季军，人气未退，跨年夜正是通告大排长龙的时候，他原本想着去一个人家里打碟未免有点太过没劲，但一收到报价，又立马拍着胸脯，说既是好友邀请，他定要参加，显得自己义气满满。

别墅小区在龙城南边，是龙城新贵的聚居地，婧哥还邀请了自己的一些朋友和公司里新签的网红，场内莺莺燕燕，花团锦簇下，真有了些许纸醉金迷的味道。在 party 开始前，她早早就放出了刘春至今是黄金单身汉的消息，所以这位名列龙城新锐榜榜首的才俊，今晚注定多受青睐。

但刘春对此却依旧兴致不大，他只是静静地坐在沙发的一个角落，在吵闹的音乐中喝着白开水。

自从李法山从看守所出来后，春山二人的关系虽然在上次罗氏大闹中有所缓和，但裂痕依旧存在，李法山以前只觉得自己不懂刘春，但在以为自己懂了以后，又意识到刘春和自己所走之路不同，态度难免生疏。而刘春又是闷葫芦性子，对于与李法山肉眼可见的距离，他虽觉难过，却也没有多说，两人就这么别扭地继续着。

"我说刘春，你这就没劲了啊！"李法山本就爱玩，在这场合堪称如鱼得水，他见刘春如此格格不入，着实有些看不下去，"你不知道，婧哥为了解决你的个人问题可谓煞费苦心，你也老大不小了，别老在我一棵树上吊死。风物长宜放眼量，你多看看。"说着说着，他招呼旁边一位知性美女坐下，"你好你好，美女请问怎么称呼？"

"王荟芝。"女士大方地和李法山握手。

"荟芝好啊，我听婧哥说起过你，你们好像是在车友会上认识的对吧？"李法山笑着问道。

婧哥两个月前刚买了一辆阿斯顿·马丁。

"对，"王荟芝和他碰了碰杯，"我也听婧哥提起过你，你是律师。"

"是。你呢，做什么工作的？"李法山问。

"我现在在达丰，是公司的 CFO。"王荟芝的眼神有意无意地看向刘春。

"达丰，这两年风头很劲，您这么年轻就做到上市公司的 CFO 了，厉害！"李法山叹道。

"因为我家在达丰投了一笔钱。"王荟芝倒也直接。

"好家伙，"李法山挠了挠头，然后把她引向刘春，"介绍下这位，刘春律师，龙城青年律师里当之无愧的南波万[1]。"

"他是南波万，那你是南波几？"王荟芝开玩笑道，"刘律师，久仰，都说你帮忙打赢了康银的案子，佩服。"

李法山笑着说："我嘛，原本和他并列南波万，但为了让他在你面前有个好印象，我今天可以先屈居一下南波秃。"话说完，他向刘春使了个眼色。

刘春无奈地笑了笑，然后和王荟芝握手："你好。"

眼见二人开始交谈，李法山扬了扬眉毛，走入嘈杂的人群。

刘春在言谈的缝隙，看着李法山远去的背影，心中迟疑。终于，他对王荟芝说了声抱歉，径直走向李法山。

"法山，"他拉住李法山的胳膊，"我们找个地方聊聊吧。"

"啊？"李法山看了看正在不远处觥筹交错的婧哥，回了句，"好吧。"

两人来到屋顶花园。这是套二手别墅，别墅原产权人原本只是银行的小职员，早年投身币圈，因炒币起高楼，也因炒币楼塌了。疫情防控期间，法拍房数量近乎翻倍。李法山做了些司法调查，确定房屋没租约，也没人赖着不走，便用较低价格把它拍了下来。别墅是精装，李法山不爱管事，见原房主审美也还行，就没重装，所以屋顶花园甚至还有小孩子爱荡的秋千。

秋千栏杆上歪歪斜斜写着一行字：爸爸永远爱小禾。

李法山坐在低矮的秋千上，荡来荡去，看上去不伦不类，却也乐在其中。

"说吧，什么事？"李法山问。夜里无星，DJ 的轰鸣声与客人的欢

---

1 南波万：英语"number one"的谐音，意思为"第一名"。

呼声透到屋顶，反倒显得天地寂静空旷。

"有件事我一直没告诉你，"刘春拿出防风打火机，给自己点燃一根烟，"龙诀在里面招了。"

"招了？"李法山摇晃的身体突然停住。他收敛玩世不恭的表情，脸迅速沉了下来。

"李律师说，全都招了，"刘春靠着栏杆，离李法山原本有些距离，他想走近，但又还是倚了回去，"包括关于你的部分。"

他继续说着，香烟烟雾袅袅，消散在沉默的夜空："白天龙行之去拜访了刘市长，问能不能抬一手，刘市长态度很鲜明，抬不了。"

李法山愤怒地问："他不是一直帮着龙行之吗？怎么现在反而不帮了？"

刘春没有回答。

李法山稍微平复情绪，略经思索便明了了。他苦笑道："也是，如今尘埃落定，就看如何体面收场。如果罗鹤被定罪，龙诀无罪，那会显得政府偏帮；如果两个人都无罪，又显得司法机关任人摆布，所以干脆各打五十大板。"

"打在龙诀身上的板子还是要轻些的，"刘春轻声说，也不知道算不算安慰，"李律师说了，可以争取缓刑。"

"缓刑？"李法山呵呵一笑，"你我都知道，重点根本不在于缓刑不缓刑。"

如果最终被定罪，那根据《律师法》规定，李法山将被吊销律师执业证书。

刘春终于还是走向李法山。秋千有两个，他坐在旁边的秋千上。刘春依旧穿着亘古不变的西装，李法山穿着猎装，两个衣着整齐的成年人，沉默地在屋顶荡来荡去。

"法山，有想过如果不做律师，你会做什么吗？"刘春问。

"做个作家吧，"李法山说，"你知道的，我有段时间到处投稿，也没出版社答应。到时候让杨顶天帮我包装包装，写写小说，骗骗小姑娘，美滋滋。"

刘春笑着摇摇头："就你这风格，要是写小说不知道多少人骂你油腻。"

"啥油腻？谁说油腻？"李法山可能是被批油腻批多了，现在一听到"油腻"，就如同孔乙己听到了"偷"字，"丝滑！我这叫丝滑！"

"好，丝滑。"刘春笑了笑，然后问，"你怎么不问我，如果我不做律师，我会做什么？"

"你不可能不做律师，"李法山撇了撇嘴，"你天生就是做律师的料，你也爱做律师。"

"你问问。"刘春还是说。

李法山只能应付："行，那你会做什么？"

"我啊……"刘春目光悠远，如同每年的跨年一般，看向无尽的虚空，"可能会开家木头厂卖木头吧。"

李法山想起刘春家原本就是开木材厂的，一时心有戚戚："刘春……"

"法山，我印象中自从你来了金律师团队，认识我后，除了中间那段时间，每年跨年我们都是一起过的。"刘春开始聊另一个话题。

"可不，"李法山也决定不再想未来的事，"那时我合租，你单租，我总去你家煮火锅。不得不说，你做饭有一手，咱们在外面也算吃过不少火锅了，都没你做的好吃。"

刘春回想起往事，脸上笑容越来越多："是，那时我穷，你也穷，后来我搬新家，就你那两三个铜板，竟然还敢送我一个冰箱。"

李法山嗤了一声："废话，那时咱俩多少工资，彼此都清楚，你为了买那套房子，命都当出去了吧。要是再买冰箱，估计得卖血。"

"这几年我们经历得挺多。"刘春说。

"是，也都好起来了。"李法山听着楼下的欢呼与雀跃。

"但仔细想来，那时还是快乐的，"刘春说，"那时候我们虽然身份低微，却总对未来充满希望。"

"是吧，"李法山叹道，"但这就是记忆奇怪的地方，多年以后，当我们回忆过去，那些痛苦的、委屈的、无奈的部分总会被时间一点一滴消磨掉，脑子里总觉得以前都挺好，"说到这儿，李法山看向刘春，"但其实并非这样。那时我们没钱，也没有尊严。如果说现在就可以让你马上回去，你愿意吗？你肯定不愿意。"

"我愿意。"刘春说。

李法山一愣。他转过头来看向刘春，刘春没有看他。

别墅外停着很多豪车。刘春从兜里拿出一把老奔驰的钥匙。他对着车，按了下，在一堆豪车中，一辆老骥伏枥的奔驰车灯亮起，与他俩遥相呼应。

那年两人初出茅庐，刚独立不久，拿下第一个案子，得了七万多的律师费，李法山想着人靠车装，硬是拉着他买了这辆 04 款的老奔驰 S 级。彼时这辆车就已经跑了 12 万公里，两人接手后，叮叮当当这么些年，车的里程数已经超过 20 万。到现在，德国车毛病越来越多，两人只有在需要共同开庭办案的时候，才会拿出来开开。在各自行动时，李法山就开自己的卡宴，而刘春则低调地只开一辆奔驰 E 级。

八年过去了。

八年前，他们是两个渺小如蝼蚁的律师助理，一块馒头掰成两块吃，他们穿着最廉价的西装，站在宏伟的高楼下，盲目地相信自己的明天会更好。但他们真的信吗？信，但也没那么信。律师行业夸张的贫富差距，令他们一方面觉得成功触手可及，一方面又觉得成功遥不可攀。如今八年过去，这八年里，李法山经历了生离，刘春经历了死别。在走近了一个又一个当事人五味杂陈的故事，经历了他人与自己人生中最真切的苦痛与泪水后，他们那双从幽深山谷一点一点爬出来的手，似乎总算能触摸到龙城天顶的轮廓。他们某种程度上总算收获了世俗意义上的成功，甚至这八年来他们的成长已经超出了他们对自己的想象，但他们却也和八年前的自己截然不同了。

李法山不再那么吊儿郎当，刘春添了白发，原本亲密无间的两个人，似乎也正彼此心知肚明地渐行渐远着。

"刘春，你知道吗，我一度认为我快不认识你了？"李法山低声说。

"我也一度快不认识我自己了。"刘春转过身，和李法山肩并肩地坐着，眼睛却依旧看着地面，"我也不是每时每刻都清醒的……"

在张太一被监察委留置后，最令刘春惊讶的是，他并未获得自己预期中的快乐。他花了很长时间扪心自问，最后得出的结论是：这份不真实感，源于在这场关于张太一倒下的大戏中，自己似乎并没有那么重要。

关于赵飞虎倒下的线索是他提供的吗？是，但远远不够。他脑海中张太一的崩塌，和所有关于复仇的故事中大反派最后的崩塌一样，反派和主角彼此机关算尽、殊死血拼，此间反派一度占据上风，将主角逼到绝境，但最后魔头死于话多，他的大意给了主角机会。主角间不容发，及时出手，最终棋高一着，将反派狠狠踩在脚下。接着，主角会在说了几句漂亮话后，开开心心地将反派送上西天。

可在自己的这个故事里呢？张太一确实和自己战到了最后，也确实在行将结尾处一度占据上风，但不同的是，在这个故事里，自己并不是主角。

甚至张太一，他所认为的自己人生中最强大的敌人，也并非那个最后的反派。

他们似乎都被合并进了一个更为宏大的剧本里，然后在其中扮演一个戏份有限，也无足轻重的角色。

一想到这里，刘春只觉得内心无限凄凉，自己如此可悲。

一个人最可悲的事，莫过于当他认为自己已经走向巅峰的时候，抬头一望，发现自己其实依旧渺小如蝼蚁。

人总是这样，活在自己的人生中，在顺遂时总觉得地球都是为自己转动的，但当有一天现实的耳光扑面而来，他才会意识到，这个世界，其实谁也没那么重要。这个世界就是一场巨大的随机，在随机与随机碰撞出的现象间，你或许会偶然得到天选的错觉，但归根结底，你只是这场浩瀚算法中被扬起的一朵小小浪花。

然后刘春心想，自己又是怎么成为现在这个样子的呢？这份令自己迷失的欲望，到底来自哪里？

这份欲望首先来源于仇恨与恐惧。他仇恨张太一，仇恨赵飞虎，仇恨他们令自己家破人亡。但他也恐惧，因为在他还只是一名初出茅庐的小律助的时候，他们的无双智计，他们看似通天的手段令自己只觉得无计可施。恐惧诞生不安，不安令人求生，他想要拔掉自己心中之刺。

这份欲望也来源于希望与可能——当他通过自己的实力逐渐得到律师圈认可，逐渐在龙城司法界盘根错节的势力中找到一条条绝处逢生的缝隙时，他渐渐开始意识到，自己真的有可能打败张太一。

一个人在什么时候最容易被欲望吞噬？

在他原本就想要得到一件事物，然后意识到自己真有可能得到它的时候。

刘春一度被复仇的欲望淹没，并在这份欲望上添加了很多关于命运的遐想，但可悲的，也所幸的是，当这份关于胜利的果实真正被送到嘴边的时候，他梦醒了。

他并非这个世界的主角。

他意识到这个世界其实根本没有主角，任何关于主角的幻想，都是人类作为灵长类动物赋予自己的关于英雄主义的迷梦。

而这份幻想的根源，在于"意义"。

人类总希望给自己有限的生命赋予独特的意义，以彰显自己的不虚此行，但其实每个人的生命都是一样的，吃、喝、拉、撒，活在体内各种激素的作用下，接受伟大的随机对自己的安排，并试图从中寻求自我认同。

生命与生命并无本质上的不同，而自己的生命之所以如此重要，原因只有一个，那就是这是你自己的命。

刘春开始反思，到底什么才是自己理想的人生。

刘春今年三十三岁，从律师职业生命的角度来说，此前他所经历的所有都只能叫沉淀，现在才正是他事业腾飞的起点。在他已远超同龄人一大截的情况下，如果他继续按照眼前的路径走，就会如同现在的自己看八年前的自己一样，八年后的自己再度回首，肯定会在更高的高度上看到更恢宏的风景。

但这就真的是自己想要的吗？一千万、两千万，又如何？且不说天外有天，高处不胜寒，就算走到那至高无上的最高处又怎样？成为张太一又如何？

张太一真的改变什么了吗？他没有，他只是遵循着既有的社会规则，然后一度成为该社会规则下如鱼得水的一名赢家，最后又成为无数死于该社会规则的众人中的一个而已。

想明白这点后，刘春开始回顾自己人生中所有快乐的时光。

然后他发现，在那些为数不多的快乐时光中，自己始终和热爱的事物在一起。

这时他才意识到——这点李法山早就看出来，但他却才意识到——那就是，他真的很爱诉讼。

他爱诉讼，爱博弈。那些在别人看来无比疑难复杂的案件，在他眼里就只是待解的谜题，待整的魔方。在别人眼里，他是在工作，可在他自己眼里，他就只是在玩一场游戏，将眼前杂糅的线团拆开后，他就能获得最纯粹的关于快乐的奖赏。

是的，他热爱诉讼，为了让这份基于天赋、本能的热爱能在理性的逻辑下成立，他赋予了这份热爱诸多事实上的原因，甚至在这份热爱下，一度走上歧路。

然后他意识到，自己走上歧路，直接影响的是另一个人。那个肝胆相照的人，那个不离不弃的人，那个毫无保留地与他度过目前人生中最艰难也是最璀璨时光的人。和他在一起的时刻，也很快乐。

　　"不重要，都过去了，"李法山轻轻一叹，"无论如何，都过去了。"

　　"没过去，"刘春说着，逐渐噙不住热泪，"法山，我想对你说，以前很多人都说你很需要我，但其实，我的一生，很孤独，我也需要你……"

　　李法山闻言一愣。他看向身旁无声流泪的刘春。

　　他从未见过刘春这样。在李法山的记忆中，刘春总是淡然、平静、自信，可以给每件复杂的案子找到最有效的解决方案。他就像一个永远会为你扛起一片天的老大哥，永远不可能在旁人面前展露出自己的虚弱，更不会主动说出自己的需要。

　　这份坚忍的印象，往往会令人忽略他的孤独。

　　是，李法山拥有不幸的童年，他从小头顶母亲之死，父亲弃之如屣，怪异的性格导致他如同茫茫人世间的一头孤狼。但刘春又何尝不是呢？

　　刘春也曾家破人亡，但他从不与人说，周围人看重他，却也利用他。他的生命中，只有案子，也只剩案子。若论挚友，李法山还有婧可；若论亲密关系，他还有过化想容。可刘春呢？他的生命中，如他所言，其实数来数去，也就真的只有自己了。

　　李法山看着眼前的刘春，这个优秀的刘春、真实的刘春、悲伤的刘春，也是孤独的刘春。

　　这个世界，从来没有人真正理解过刘春。也从来没有人真正在乎过刘春。

　　李法山意识到，刘春其实是那种一辈子都只会为他人付出的人，而这种一生都在不停付出的人，往往会对他人为自己的每一次付出感到愧疚。

　　"对不起。"刘春总算说出了这三个字，并在这三个字中失声痛哭。

"春哥……"李法山总算又叫出了"春哥"两个字，泪水翻涌，他拍着刘春孱弱的背，"是我对不起你，你对我一直都很好……"

就在两人冰释前嫌的当下，楼下突然传来众人齐齐倒计时的声音："五、四、三、二、一……"

"新年快乐！"

伴随着众人的欢呼，DJ打出了最热烈激情的音乐。在充满喜气与希望的音乐中，夜空突然绽放出璀璨的烟火。

烟火照亮了春山二人模糊的瞳孔。

"春哥，新年快乐，"李法山说，"都过去了。"

"法山，新年快乐，"刘春也笑着，"都过去了。"

而在一楼别墅的花园内，一个姑娘也正抬头，看着空中不停炸裂的烟火，及美丽烟火下天台边的两个人。

"新年快乐，"婧哥也低声说道，"都过去了。"

三

第二天，李法山接到了李天的电话。

"喂？"李法山睡眼惺忪，"领导大早上的打电话来有什么吩咐？"

"法山，"李天在电话那头语气沉重，"刘春去自首了。"

"自首？什么自首，"李法山迷迷糊糊，突然惊坐而起，"他自首什么？"

"他自首，说自己才是龙诀私刻印章罪的主谋。"

李法山大骂一声，迅速撞出二楼卧室门准备去派出所。当他连滚带爬到一楼时，发现婧哥正一语不发地坐在餐桌旁。昨天聚会太晚，她没回家，睡在另外一屋。

"法山，"她叫住了他，"刘春让我告诉你，别去了。"

"这个白痴！"李法山怒吼道，脚步未停，"他这么做根本不会让我脱罪，只会让他自己也做不了律师！"

"这些他都知道，"婧哥眼睛泛红，"他说，让他去吧，这是他对自己的交代。"

四

刘春在如实向公安机关供述犯罪事实后，鉴于其认罪态度良好，加上疫情防控期间看守所羁押流程烦琐，公安机关很快就给他办了取保候审。从派出所走出来，刘春闭门谢客，除了公检法，他不接包括李法山在内的任何人的电话，也不见包括李法山在内的任何人。与此同时，坏事传千里，刘春涉嫌犯罪的消息也不胫而走，这起龙鹤之争，在继创始人罗鹤、董事长之女龙诀、龙城双子星李法山、坤乾所高伙赵飞虎被捕，省律协会长张太一被留置后，再度掀起龙城司法界的滔天巨浪，众人只要一提及本案，无不倒吸一口凉气，以未参与为幸。

在这场战争中，龙城律界的万古长青树倒了，冉冉升起之星也降了，加上以张原及其侄张太一为中心掀起的新一轮政法系统教育整顿专项整治，除却律师，诸多法官、检察官也被卷入调查，整个龙城司法界迎来了一轮全新的洗牌。

康银权斗案，俨然已成为自改革开放以来，龙城司法界最激烈，也最血腥的一起大案。

但既是战争，有输家，就有赢家。

随着张太一的倒台，树大招风的坤乾所土崩瓦解，其中相当一部分优秀律师都被厚德所吸纳，业务随人走，龙城律界双强争霸的局面就此翻篇。厚德所经李天多年苦心经营，总算一步一步走到了龙城司法界至高无上的舞台，一枝独秀。而在这场楚汉之争中，如果李天是刘邦，那李青云就是扭转战局的韩信，这个平素一向低调神秘的龙城辩帅，越发闻名遐迩。

但刑辩之神也有刑辩之神的尴尬。

春山二人在侦查阶段便被取保，案件移送审查起诉后，鉴于李法山非常配合地认罪认罚，检察院并未变更该措施，所以李法山总体还能自如走动，自主见人。在几次欲见刘春而不得后，他索性连案子也不做了，将业务转交给所里其他律师，就宅在家看看剧、打打游戏，等着法院排期。

他并不担心关于自己的审判，伪造印章罪本身就是轻罪，加上龙鹤谈判已顺利结束，自己也认罪认罚，公诉人给他的量刑建议是缓刑，后续安稳落地的可能性还是很大。

甚至，就算坐牢又怎么样呢？李法山是已经在看守所待过的人。人类最宝贵的技能，就在于适应性，任何对外部环境激烈的反馈，都会在习惯的消磨中渐渐归于平淡。不就是大通铺嘛，不就是馒头、白菜嘛，不就是当众上厕所嘛，只要成为习惯，人就不会再那么痛苦。

"洗心革面，重新做人哦……"李法山一想到自己即将成为有罪之人，不禁苦笑一声。

终于，审判日到来。

由于被告人龙诀、李法山、刘春三人都认罪认罚，所以本案走的是刑事速裁程序，根据有关规定，速裁程序可以不进行法庭调查和法庭辩论，所以诉讼流程会走得很快，法院也会当庭宣判。

本次庭审虽是走过场的速裁庭，而且因为涉及敏感案件并未邀请媒体，也并未进行庭审网络直播，但旁听席上还是坐了不少人，其中有一些人们非常熟悉的面孔。比如本市新晋政协委员隋钧先生，由于此前不久才在这家法院开了调研会，隋钧一进法院门便被一个工作人员认出来了。

在知道他要旁听庭审后，工作人员热情地叫着他隋委员，客气地将他引到审判庭，并提醒他本案今天可能会当庭宣判。隋钧礼貌道谢，看着不远处正准备接受审判的宿敌，脸上露出温和灿烂的微笑。

隋钧旁边坐着的是自己今年招的助理，名叫江昀，华政硕士毕业，精明干练，悟性很高，是隋钧出道以来招的第一个弟子。

"老板，今天您怎么带我来旁听速裁庭啊？"江昀背着一个大书包，里面装着电脑，电脑里有一堆待改的合同。

隋钧淡淡地回道："因为这是一场非常重要的速裁庭。"

今天是自己宿敌职业生涯的落幕，如此精彩的场景，他必须参与。

刑天也来了。张太一被留置后他如坐针毡，夜不能寐，果然不久便被监察委叫去配合调查，但奇怪的是，监察委似乎并未把他作为"重点照顾对象"，在简单问了他几次话后便未再联系他。原因不难推测，刑天对此五味杂陈，心中百感交集，在办公室坐了一夜，第二天出门时，他脸上带着微笑，也做出了一个全新的决定。他来是因为他内心深处一直在春山组合身上寄托着自己的另一种可能，如今两人接受审判，在新的起点，他需要给自己内心的那份想象一个正式的道别。

婧哥也到场旁听。这是她第一次来法院旁听，加上受审的是李法山，婧哥心情难免有些忐忑，出于对法庭的尊重，她今天穿着素雅，未施粉黛。

而在旁听席最角落的地方，有一位年轻女性，正严格遵守着防疫规定，戴着口罩和帽子，旁人看不清她的模样。

三人的辩护律师也都到庭，龙诀的辩护人是李青云，李法山的辩护人是张林升，刘春因为没有委托辩护人，所以在刑事辩护全覆盖的政策下，由一名名不见经传的法援律师担任其辩护律师。

坐在辩护人席位上的李青云，看着眼前的李法山。

此前两人虽然在龙鹤之争中已经成为一个事实上的团队，但即使在同一个微信群里，两人也从未说过话，如同过去的大部分时间一样。如今，两人还是不可避免地必须以另外一种尴尬的身份共处一室。

他这辈子做得最多的事，就是坐在辩护人的席位上，看着一个个被指控有罪的被告人辩驳、悔恨、愤怒、流泪，然后获得属于自己的罪与罚。在此过程中，有很多是他能改变的，有很多也是他不能改变的，但他可以说，每起案子他都问心无愧。

如今，坐在被告人位置上的，是自己的儿子。

这个曾经他痛骂，他冷落，并与之断绝关系的儿子，如今正准备接受他最为熟悉的、打了一辈子交道的"刑法"的审判。

讽刺的是，即使是在亲生儿子接受审判的今天，即使自己也介入了本案，李法山的辩护人却依旧不是自己。

他感受到了一丝来自命运的嘲弄。

但他此时看向李法山的目光，温柔澄澈。因为就在刚刚，他做出了一个极为重要的决定。

五

李法山进入法庭后，李青云便迅速注意到了他。时隔多年，他总算得以再次认真地、近距离地看着自己的孩子。

随着人到三十，李法山的脸圆了不少，胡子拉碴，但眉宇之间依稀还有小时候的模样。人成长的过程就是一个眼睛越发风霜的过程，这些年李法山到底经历了什么，作为父亲，李青云并不知道。

这份不知道，令他突然如同被子弹击中般，内心刹那涌起无限悲哀。

如果说自己这些年好好待他，他还会有今天这般处境吗？

人世间最激烈的感情，往往都来得令人始料未及。一想到这儿，李青云便感到基于情绪的强烈心绞痛。

每个人的一生，都注定是充满缺憾的一生，事业的顺遂、家庭的温暖、爱情的滋味，并非人人都能体会到，我们更多是在被命运推着往前走的过程中，持续、被迫地做出选择，然后在选择中不停失去。而有的失去有价值，有的失去无价值。有价值的失去，叫正确；无价值的失去，叫错误。李青云知道，摆在他面前的，是自己人生中一个重大错误选择所产生的结果。

这个错误的结果，同时作用在了他和李法山身上。

他忽然想起，这个如今一脸桀骜的被告人，小时候其实也挺温顺的。

他小时候很善良，虽然父母强烈反对，却依旧顽固地收养了一只小白兔，后来小白兔死了，他哭泣了很久，一个人默默将它埋在了小区的花坛下，并从此再也不吃兔肉。他小时候也很听话，听话到近乎懦弱，他从来不惹祸，也从来不闹事。对于新鲜的事物，他不想，也不敢尝试，要是家长呵斥了他几句，让他不做什么，他便不会做什么。

对啊，眼前这个看似谁也养不熟的狼，这个吊儿郎当的被告人，他小时候，其实一直很听话。

他一直很听话。

那些他一直不愿意面对的，就在刚刚，齐刷刷地跑到他面前，撑开他的眼睛，告诉他，他该面对了。

他也终于面对了。

这么多年，与其说他在恨李法山，不如说他一直在恨自己。

他强烈的自尊心令他不愿恨自己，于是他只有懦弱地恨别人。

是李青云自己的逃避与懦弱，导致了此情此景，是他作为父亲的失败，导致了李法山的此时此刻。

突然迸发的泪水在失控，但李青云还是保持着顽强的职业理性。作为辩护人，他深知此时自己必须有着岿然不动的坚硬，不能表现出任何情绪上的剧烈波动，但流泪是难以控制的生理事件，他只能将桌子上的笔推到地上，俯身，过了良久，他才找到那支笔。

起身，李青云深吸一口气。

他转过头来看向张林升，声音低沉："林升，我要打无罪。"

张林升原本正低头整理着证据材料，听到这句话立马震惊地转过头。

此语无异于耳畔惊雷。张林升看向李青云，李青云眼睛微红，眼神坚定，这是张林升与他共事多年，少有的看到他情绪出现明显波动的时刻。

"这个案子，现在打无罪，不可能。"张林升表情严肃。

这不是在开玩笑。

刑案中要打无罪本来就难度极大，更何况本案中被告人供述清晰一致且均已认罪认罚，本案走的也是速裁程序，这即意味着法官很有可能连判决书都写好了，若有律师此时突然提出要进行无罪辩护，就如同饭吃到一半突然掀桌子。如若这人不是李青云，那他一定会被认为是个疯子。

"我要打。"李青云平静的语气中带着不容反驳的坚决。

这个决定很突然，但其实并非完全临时起意。李青云曾为此数度纠结，如果无罪成功，那李法山将在律师这一对他来说逐渐光明的职业道路上平步青云，可这起案件要在庭审阶段打无罪，成功率实在太低。

律师要帮当事人脱罪，其实在多个环节都可操作。比如案件还在侦查阶段，律师可以向公安建议撤案，在检方批捕阶段可以建议不批捕，在审查起诉阶段可以向检方建议不起诉或者撤回起诉，而当一个案件到了庭审阶段，就如同病症已经到了晚期，要妙手回春不是不可能，但相较于早期阶段，成功率肯定会大打折扣。

所以，在本阶段打无罪难度极高的情况下，如果李青云执意如此，那就是将自己置于一个极为尴尬的境地。若他接受剧本的安排，做罪轻辩护，那李法山的戴罪将与他作为律师的名誉无关——毕竟外界早知两人已断绝父子关系，而且在他的努力下，委托人龙诀成功缓刑，本案将成为他无数妥帖案件中的一个。可如果他要在这个看似事实清晰的案件中坚持打无罪，这即说明，他已拾回他作为父亲的身份，在此情况下，不仅李法山今日境地与他有关，他还因父亲这个身份做出了与自己委托人想法不一致的、不理性的判断，他多年来带给外界的周全、专业的印象将被打破。他将告诉包括同行和客户在内的所有人，他任性、感性且因此失去专业度。

如果李青云无罪辩护失败，此案即将成为他绚烂夺目的职业生涯中最显眼的一记败笔，多年以后，当有律师回顾李青云的执业人生，也许他们都会说："这位人称'刑辩之神'的男人，在那场法庭对自己亲生儿子的审判上，以最不专业的方式狼狈落败。"

这样的评价对普通律师来说可能无足轻重，可他不一样，他是李青云。在他目前为止的璀璨生涯中，上面任何一点小小的污渍都会被显眼地无限放大。

这是对他做父亲和做律师的双重否定。

可现在，他不再犹豫。他在乎自己的名誉与尊严太久了，他也因这所谓的名誉与尊严失去了太多，如今他总算不再在乎。在开庭前，在最后的准备时间中，他做出了决定——他决定以一个律师的身份，更以一个父亲的身份，为自己唯一的至亲，更重要的是为过去失败的自己所造成的一切，背水一战。

此时的李青云，不是一个成功者想证明自己的成功，而是一个失败者在拯救自己的失败。

张林升原本满脸严肃，看见李青云这下定决心的样子后，冰冷的表情竟也云销雨霁。

他欣慰地笑了。他意识到，就在刚刚，李青云放下了。每代人都有每代人的兄弟情，李法山有刘春，李青云也有张林升。两人并肩作战数十载，张林升明白，这对李青云来说，是如释重负的解脱时刻。他拍了拍李青云的手，决定与李青云一起奔赴这场人生中最重要的战斗："好。那我也打无罪。"

就在两人斗志昂扬时，旁边的法援律师突然略带尴尬地确认道："李律师，张律师，你们刚才说什么？打无罪？"

这名法援律师叫陈蛟，独立执业刚满两年，尚处于解决温饱有余、建功立业不足的阶段，关于如何在律师这条道路上走向成功，他正艰难地摸索着，由于一直想做刑案但此前又从未做过刑案，他今年一直在争取法援案件练手。刘春一直到认罪认罚阶段都没有自行委托律师，而根据法律规定，签署认罪认罚具结书需有律师在场。因此，碰巧那天值班的陈蛟便在刑事辩护全覆盖的政策下，成了刘春的法援辩护人。

这起伪造公司印章的案件，对陈蛟来说，无疑是老天爷送给他的巨大馅饼。此案影响大、争议小，刷个脸，镀个金，只需走个小过场，以后简历上便能白白得到普通律师求之不得的闪亮一笔，美滋滋。而更令他激动的是，由于对刑辩一直心向往之，李青云其实是他的职业偶像，能与偶像并肩作战，这样的机会，难道不是每个普通律师都梦寐以求的吗？

所以自进入法庭起，陈蛟便在刻意控制自己激动的心、颤抖的手，以在偶像面前显得自己身经百战、处变不惊，直到他刚刚听到李青云说出"无罪"这两个字。

"临时将辩护策略进行一百八十度的大调整，这难道就是传说中的辩护突袭？"陈蛟心想，"不愧是传说中的'刑辩之神'！真是令人捉摸不透！"

他看不懂，但他大觉震撼。

李青云波澜不惊地点点头："对，我们准备做无罪辩护。"

陈蛟愣住。偶像光环下，此时他只觉得眼前这个权威又神秘的男人身上正绽放着该死的魅力。他紧皱眉头，苦苦思索，然后恍然大悟："原来如此，我悟了！这一定是李律师早就想好的辩护策略——一方面通过让当事人认罪认罚得到最低刑罚，然后在为当事人争取到缓刑的前提下，进行独立的无罪辩护，亮出关键证据，指出关键错误，保缓刑争无罪，好一招明修栈道，暗度陈仓！妙啊！"

一想到这儿，他心潮开始澎湃，热血开始沸腾，对李青云的崇拜不禁又多了几分。于是他坚定地对李青云说："李律师，我也跟你一起打无罪！"

这注定是一场力挽狂澜的对决。自己能参与其中，何其有幸！好燃[2]！

李青云见这位一看便是新手的律师莫名其妙跟打了鸡血一样，困惑

---

2 好燃：网络流行语，令人兴奋、激动的意思。

地转过头看了他一眼，然后微微皱起眉头，嗯了一声。

六

开庭时间到，随着书记员的一声"全体起立"，庭审正式开始。审判人员走进法庭，分别是审判长、审判员和人民陪审员。在确认被告人身份，经过诉讼权利义务告知和询问是否申请回避后，审判长说："由于当事人已经认罪认罚，本庭准备就本案适用速裁程序，速裁程序就不再进行法庭调查和法庭辩论了，当事人是否予以认可？"

他看向公诉人："现在开始法庭调查，请公诉人宣读起诉书。"

本案公诉人叫王开瑞，龙大硕士毕业，刚拿了全市十佳公诉人的光荣称号，领导将这起案件交给他办，栽培意向也很明确。王开瑞此前因为各种阴错阳差，一直没和李青云打过对台，这次好不容易对上了，打的却是速裁，他对此心中还是略有遗憾的。

由于本案当事人在此前已经认罪认罚，王开瑞拿起起诉书后读得很快，看得出他也想早点下班："2021 年 × 月 × 日，被告人刘春、被告人李法山与被告人龙诀签订《专项法律服务协议》，约定由刘春和李法山作为委托律师为被告人龙诀就与龙诀配偶罗牛牛解除婚姻关系及财产分割事宜提供专项法律服务，案件采取固定收费，两人共计收取律师费人民币 50 万。据被告人龙诀、刘春、李法山供述，为了达到非法商业目的，被告人龙诀在被告人刘春、李法山的策划及授意下自行刻制并伪造了川禾集团印章，并用伪章于 2021 年 × 月 × 日调换了川禾集团真实印章。经鉴定，从川禾集团处扣押的被调换的公司印章为伪造。本院认为，上述三名被告人的行为犯罪事实清楚，证据确实充分，应当以伪造公司印章罪追究其刑事责任。建议法庭分别对被告人龙诀、李法山处有期徒刑八个月，缓刑一年，并处罚金一万元，对被告人刘春处有期徒刑六个月，缓刑一年，并处罚金一万元。公诉意见发表到此。"

审判长马上问三人："被告人，你们对起诉中提出的事实、罪名和量刑建议有没有异议？"

"没有异议。"三人均说。由于被判的是缓刑，判决生效后三人很快便能恢复自由身。

"辩护人呢？"审判长对程序倒背如流。

李青云看向审判长："有异议。"

审判长今天上午排了四个速裁案件，原本赶着开下一个庭，心里一直想着加快流程，听到"有异议"三个字，他先是一愣，然后皱起眉头："有什么异议？"

"辩护人认为，被告人龙诀无罪，不应以伪造公司印章罪被追究刑事责任。"

李青云的声音并不洪亮，但这句话的每个字却都实实在在地打进了现场每个人心中。

台上台下，顿时躁动。

反应最大的是王开瑞。认罪认罚，用握手言和来形容虽然不够准确，但归根结底也算控辩双方达成合意，辩护人此前一直没说打无罪，现场突然扔出个无罪来，无疑就是握完手后马上抽自己一耳光，你要说公诉人没情绪，那是不可能的。"这帮律师葫芦里到底卖的什么药？"王开瑞暗骂。

三名被告人也震惊地回过头来看向他，眼神充满不解。关于打无罪，李青云从来没有和他们沟通过，何况这是一起从各个角度来说都已经尘埃落定的案子，甚至能有今天这个结果，李青云也出力不少。如果没李青云"无罪"这两个字，本次庭审可能十分钟不到就能审完，李青云这突然的表态，也让他们措手不及。

"本辩护人也认为，被告人李法山无罪。"张林升跟着说道。

"本辩护人也认为，被告人刘春无罪。"陈蛟紧随其后，表情肃穆。

随着三名辩护律师一致的无罪辩护意见发出，旁听席同样陷入了肉眼可见的骚动。

江昀原本在偷偷拿着手机过客户一直在催的合同，听到"无罪"两个字后立马震惊地抬起头，以为自己听错了："老板，什么？他们要打无罪？"

她收起了手机，坐直了身体。

隋钧没有回答，只是握紧了手中的木杖。他很少接触刑案，但他明白，在这个时候突然打无罪，绝非惯常操作，对于李青云突然的发难，他也看不懂。

刑天也瞪大了眼睛。从理性的角度来说，公诉人目前提出的量刑建议，对被告人来说完全是可以接受的，而且被告人也认罪认罚，此时打无罪难如登天，甚至但凡了解龙鹤案来龙去脉的人，都大致知道本案结果难以改变，李青云这突然的自我，让刑天也觉得莫名其妙。

全场只有婧哥最为神采飞扬。法律，她不懂，她只知道李青云很强。她相信，如若李青云要打无罪，那春山二人便真能无罪，这个结果对她而言，是峰回路转，是柳暗花明，是每个喜剧故事都应有的最圆满的大结局。

而那名隐藏在角落的年轻女性，呼吸也明显急促起来。嘴里呼出的水汽穿过口罩的缝隙氤氲了她的镜框，令她的表情越发迷离。

审判长翻阅着案件材料："我看你们在被告人《认罪认罚具结书》上都是签了字的。为什么突然改做无罪辩护？"

李青云不卑不亢："审判长，律师在具结书上签字，只是见证意义，证明具结书的自愿、合法、真实，但并未要求律师必须对具结书中的犯罪事实和量刑建议表示认可。在此情况下，根据《刑诉法》第三十七条及《律师办理刑事案件规范》第五条的规定，辩护人依法享有独立的辩护权，辩护人有权从本案事实出发，依法独立进行诉讼活动。"

审判长闻言，深吸了一口气。他转过头问三名被告："辩护人希望对你们做无罪辩护，你们知道吗？"

三人面面相觑，虽然他们很明显不知道，却一时不知该如何回答。

"不知道。"刘春先开口，然后李法山和龙诀也说不知道。

审判长见他们一脸错愕，加上本案来龙去脉他也清楚，疑窦丛生。他处变不惊，继续问："那你们对《认罪认罚具结书》中指控的罪名和量刑建议，还有没有异议？"

"没有异议。"在刘春做出表示后，另外二人也做出表示。

听到三名被告如此表示后，公诉人说道："审判长，根据《刑事诉讼法》第二百零一条的规定，在本案中被告人既不存在违背意愿认罪认罚，也不否认指控的犯罪事实的情况下，人民法院应当采纳人民检察院指控的罪名和量刑建议。"

李青云摇头道："审判长，公诉人漏说了几项。该条还规定，被告人的行为不构成犯罪或者不应当追究其刑事责任的，合议庭对罪名和量刑意见不应采纳。在此情形下，根据《江南省认罪认罚实施细则》第八条有关规定，被告人自愿认罪认罚，但辩护人做无罪辩护的，本案应依法转为普通程序予以审理。"

审判长低头翻着卷宗，陷入沉吟——院里领导已经再三强调这个案子年前要结案，再加上本案原本就没什么争议，辩护人此前也从未跟公诉人及合议庭透露过一丝打无罪的意思，甚至连被告人自己也不知道律师要打无罪。这件事怎么看怎么像是辩护人临时拍脑壳想出来的，可辩护人席位上坐着的可是李青云啊，而且如果是临时想出来的，为什么三人的辩护意见竟如此一致？

经过短暂思考，审判长突然直接问三名被告人："你们要变更辩护律师吗？"

根据《刑诉法》第四十五条规定，在审判过程中，被告人可以拒绝辩护人继续为他辩护，也可以另行委托辩护人辩护。所以，如果被告人并不认同辩护人的辩护意见，他们可以当庭提出变更辩护律师。

听到这个问题，龙诀看向刘春和李法山，李法山不禁回过头，看向坐在辩护人席位上的李青云。

两人对视。令李法山意外的是，李青云的眼神中竟似乎带有一丝乞求。

这是一双李法山从未见过的眼睛。

李法山转过头来："审判长，我不变更。"

听到这句话，刘春不禁也看向李法山。李法山面无表情，仿佛方才只是做了一个晚上去哪儿吃饭的决定。

刘春笑了笑，也说："审判长，我也不变更。"

见春山二人都如此了，在突发事件下，龙诀便也只能说自己不变更。

公诉人压抑着内心的愤怒："提醒被告人，如果你们支持辩护人继续无罪的观点，我们会撤销《认罪认罚具结书》。"

听到这儿，刘春淡淡地说："公诉人，作为被告人，我们依旧认罪认罚，认可具结书上已经经过双方确定的内容，公诉方要撤销具结书，于法无据。"

陈蛟见自己的当事人把律师该说的话都说了，悻悻地补了一句："同意。"

眼见法庭秩序一片混乱，审判长敲了敲法槌："辩护人，既然你们主张被告人无罪，那就发表你们的辩护意见吧。先从被告人龙诀的辩护人开始。"

李青云闻言心中一沉，而台下一直紧绷着脸的隋钧在听到这话后，面部表情也开始大为缓和。

江昀也听出了不对劲。她低声问道："老板，这个案子不是应该转普了吗？法官怎么还要审？"

根据有关规定，如果辩护人要做无罪辩护，就应该从速裁程序转为普通程序重新进行审理。

隋钧笑了笑，小声回道："说明法官还是想今天就把案子结了。"

"那这么做是不是不符合程序啊？"江昀声音压得更低了。

隋钧做出一个噤声的手势，示意她继续听下去。

江昀的神采开始越发飞扬，她意识到自己正在经历一场难得一见的庭审事件。

"辩护人认为，本案程序严重违法，而且事实认定不清，法律适用错误，被告人应当无罪。因本案为速裁程序，并未进入法庭调查环节，故辩护人先集中对本案卷宗中的几份关键证据发表质证意见，然后再做辩护意见。"李青云进入状态，肃穆之气顿起。

审判长皱起眉头，提醒道："长话短说。"

李青云点了点头："首先，本案拘留及逮捕程序严重违法。根据龙降路派出所在2021年×月×日，传唤被告人龙诀当天及正式拘留前，一共做了两次讯问笔录，在两份笔录中，被告人并未承认其存在报案人所指控的任何犯罪行为，而且并无其他证据能够证明被告人存在犯罪事实。在此情形下，依照《刑事诉讼法》《公安机关办理刑事案件程序规定》的有关规定，公安机关应当立即释放被拘留人。但本案中，侦查机关在没有任何事实依据的情况下，依旧对被告人进行先行拘留，并申请逮捕，程序严重违法。此外，据监察委另案调查，涉及本案的龙降路派出所负责人刘长庚因涉嫌受贿罪、徇私枉法罪已被依法采取留置措施，龙降路派出所违规拘留、逮捕被告人龙诀的行为，与之息息相关。故被告人在被拘留后形成的供述，均应依《刑诉法》第五十六条、五十八条等规定，以非法证据作为排除。

"其次，本案仅系公司内部纠纷，属民事范畴，而且被告人龙诀亦与案外人，即川禾集团另一名核心管理人员罗牛牛达成谅解，不应构罪。

"据被告人龙诀与案外人罗牛牛的结婚证及川禾集团的企业公示信息，川禾集团系龙诀与罗牛牛婚后所设，被告人龙诀依照《婚姻法》有关规定，依法可对罗牛牛持有的80%的川禾股份中的一半，即40%的川禾股份享有权利。在此情况下，被告人龙诀与康银集团已根据双方一共持有的60%的股份，依照川禾集团公司章程及有关股东会决议，依法依规于2021年×月×日，即公诉人主张的犯罪日期之前，罢免了罗

335

牛牛的董事身份，并通过新任命的三名董事所做出的董事会决议，形成了在被告人龙诀因客观原因一时难以得到公司印章的情况下，刻制备用章的决议。故该备用章的刻制，并非伪造，而系通过公司意志，为了维持公司日常经营所做出的权宜之举，不应构罪。"

说到这儿，李青云从手提包里拿出一摞材料复印件。

其实这些材料，股东会决议、董事会决议等等，大多是刘春做的——刘春毕竟在云升天闻实习过，加上对案件事无巨细、吹毛求疵，做这些也在情理之中。而这部分证据，李青云此前也提交过，但随着被告人纷纷认罪认罚，如何评价它们似乎就显得没那么重要了。

江昀听到这些证据后，惊讶地问："老板，还能这样？我看不懂。"

隋钧皱起眉头："他是在拖延时间。"

其实深究下来，李青云的说法并不值得推敲，比如，龙诀到底是不是川禾股东，当时她已经起诉离婚，得视她和罗牛牛离婚案的判决结果而定，属于不确定状态。甚至，罗牛牛作为登记在册的股东，完全可以主张无效，这时龙诀在伪造公司印章案中主张自己基于股东身份参与做出的股东会决议和董事会决议有效，印章非伪造，而系公司自主决定刻制，就未免强词夺理。

但是，这么做，客观上就给了本案两个缓冲。

第一个是时间上的缓冲，如若龙诀的股东身份处于未决状态，而该股东身份及由此衍生的决议又确实影响着案件走向，那本案就应该待该事实得到明确后再进行判决，案件延期。延期后，李青云就能做更多事，活动空间将不再仅仅局限于速裁庭发表最后辩论意见的方寸之间。第二是对案情本身的缓冲，虽然龙诀与罗牛牛彼此已同意协议离婚，而且已约定川禾股份归罗牛牛所有，但这并不意味着罗牛牛不能出具情况说明，证明彼时龙诀确有股东身份，而作为交换，龙家也可以配合罗鹤案，这样双方两起案件就都有可能迎来更好的结果。

所以，李青云此时正在进行的所有辩护，包括此前要求转为普通程序重新审理，最核心的目的都只有一个，那就是拖时间。李青云相信，只要案件不今天宣判，他就还有争取的可能。

"拖时间有用吗？"江昀仍忍不住窃窃私语。

隋钧没有回话。

"最后，本案情节显著轻微，社会危害性亦不大，根据《刑法》谦抑性原则，亦不应定罪处罚，"李青云在辩护人的位置上接着说道，"诚如方才的第二点辩护意见，本案根本不存在伪造印章，刻制新的公司印章系经公司内部决议，即使该印章未经公安机关备案，那也仅是违背了《印章管理办法》，属于行政违法，应依照《治安管理处罚法》第五十二条有关规定，进行行政处罚。而关于伪造公司印章罪的入罪标准，虽然国内目前并无全国性的统一规定，但司法惯例、有关司法解释，地方性司法文件是比较明确，而且可供参考的。

"从司法解释来看，最高法关于两抢一盗的司法解释有规定，伪造机动车行驶证的立案标准为三本，该罪与本罪因侵犯的法益相似，故立案标准多成为本罪的参考。同时，浙江省高院、省检及省公安厅联合发布的《浙高法〔2017〕228号文件》亦明确规定，伪造三枚以上印章的，方才追究刑事责任。具体到本省司法惯例，既往以伪造公司印章罪被追究刑责的情形，所伪造的印章数也均在三枚以上。而本案中，被告人龙诀经公司内部决议而刻制的公司印章，只有公司公章及财务章两枚，尚未达到构罪条件，而无论从公诉人提交的证据，还是从实然层面，本案川禾集团都并未因被告人印制公章的行为产生任何直接或间接的经济损失，故综合本案法律事实与依据，被告人龙诀无罪。"

"嗯……"李青云发言完毕后，审判长虽然没有明显的表情变化，但眼中流露出的为难还是能被诉讼参与者敏锐地感知。

婧哥在旁听席上心潮澎湃。人总是愿意信自己想要相信的，在听了李青云的辩护后，她在内心已然确信春山二人都无罪了。而一直沉默不语的刑天，听到这儿，眼神中也出现了些许神采。

"被告人李法山的辩护人，你的辩护意见呢？"审判长接着问，"重复的意见不要再说。"

"好的，"张林升说道，"审判长，本案中，被告人并未参与伪造印章，不应被追究伪造公司印章罪。本案中，被告人李法山只是在被告人龙诀作为公司股东及董事，因没有公章难以进行公司经营的情况下，建议其在经董事会一致决议通过后，重新刻制印章以应急，但并未授意龙诀伪造印章。后续刻制印章、购买印章的行为，被告人李法山也并未参与，李法山既无伪造印章的故意，亦无实际伪造印章的行为，并不构罪。"

龙诀闻言，不禁扭过头来无语地看了李法山一眼，李法山做出无奈的表情，微微耸了耸肩。

按照张林升的说法，举个例子，就是李法山只是告诉龙诀公司需要2000块钱，但没告诉龙诀去街上抢这2000块钱回公司，在此情况下，如果龙诀自己通过抢劫的方式拿了2000块钱回公司，那龙诀的抢劫罪与李法山无关。

刑案中各被告人的关系往往比较微妙，有一损俱损的时候，也有各自为战的时候。

听了张林升的辩护意见后，刑天在旁听席摇着头，呵呵一笑。

审判长扶了扶眼镜："被告人刘春的辩护人，你还有意见要发表吗？"

此时的陈蛟，内心非常苦闷。

苦闷的原因很简单：他是最后一个发言，而此前两位大律将能说的都说了以后，留给他这个新人发挥的空间确实已经近乎零。前人已经将树上为数不多的果子都摘完，陈蛟茫然地站在树下，看着头顶空空如也的枝丫，手足无措。

"这个发言顺序对我也太不友好了吧！"陈蛟内心咆哮道。这个他幻想中职业生涯的高光时刻，眼下唯有尴尬。

"有，"陈蛟保持着镇定，"被告人刘春也并未参与伪造印章的……"

审判长迅速打断："重复意见就不要再发表了。"

"那没有补充意见了。"陈蛟悻悻地说道。

审判长看向王开瑞："公诉人，请针对辩护人刚才的辩护意见发表公诉意见。"

王开瑞阴沉着脸。

今天他意识到自己被摆了一道，也被上了一课。

"看来师父说得没错，在法官宣判前，任何一刻都不能掉以轻心啊……"他平息着心中怒气，整理着思路。

王开瑞沉声道："审判长，我想先问被告人龙诀一个问题。"

在得到审判长认可后，他问："被告人龙诀，刚刚辩护人出示的那组证据，即股东会决议和董事会决议，上面是盖有川禾集团公司印章的。现在你如实回答，上面盖的章，是真章还是假章？"

李青云将扩音器移到自己面前："抗议。审判长，这是诱导性发问。"

"公诉人，注意你的提问方式。"审判长说。

"那我调整一下措辞，被告人，这组文件上加盖的公司公章，是你自行刻制的公章，还是川禾集团此前在公安机关申请刻制并备案过的公章？"

龙诀心中一紧，有些不知所措。她左顾右盼，由于公诉人问的是她本人，旁人现在也帮不了她。

一般情况下，当事人在面对此类当庭公诉人讯问、辩护人询问和法官发问的时候，第一反应都不是想着如实回答，而是怎么回答对自己更有利。现在摆在龙诀面前的，是定时炸弹背后的红线和蓝线，如果她剪错了，炸弹就会马上爆炸。而更令她喘不过气来的是，此时没有任何人能帮她。

这也正是王开瑞选择问龙诀的原因——要是问李法山和刘春这俩老油条，鬼知道他俩嘴里会吐出些什么。

龙诀隐隐感觉，如果自己说用的是私刻的公章，那上述决议的效力会受到质疑，对己不利，便答道："用的是川禾集团此前备案过的章。"

话音刚落，旁听席里，无论是隋钧还是刑天，都不禁摇了摇头，而李青云等人，则轻轻叹了口气。

龙诀感觉到众人表情的变化，心中一凉。

她意识到自己剪错了线。

"当时被告人刘春和李法山在不在场？"王开瑞又问。

龙诀咬了咬嘴唇："不在场。"

"不在场？"王开瑞盯着她反问道，"出具这么重要的文件，你会不咨询律师的意见？"

"他们没在场，但是有关文件内容我还是给他们看了的。"龙诀说。

"关于怎么盖章，你有问过他们的意见吗？"王开瑞又问。

龙诀摇头道："没有。"

"好的，我没有问题了，"王开瑞微微一笑，"审判长，接下来我针对辩护人刚才提出的辩护意见，进行一些针对性的回应。首先，关于本案侦查和逮捕阶段的程序问题，根据《刑诉法》及有关法律规定，对于重大嫌疑分子，有毁灭、伪造证据或者串供可能的，或者可能实施新的犯罪的，可以先行拘留，也应当提请批准逮捕。本案属于伪造公司印章罪，在传唤被告人龙诀及李法山期间，正是二人频繁用章阶段，而且被告人李法山作为律师，知法犯法，存在伪造证据并实施新的犯罪的可能，故公安机关依照有关法律规定对被告人实施先行拘留并逮捕，符合法律规定。"

说到这儿，王开瑞冷眼看向李青云："比如，就拿刚才辩护人出示的证据来说，公诉人提醒法庭注意，这组证据，包括股东会决议和董事会决议，上面加盖的公章，据被告人龙诀当庭供述，都是公司的真章，而决议上的落款日期，是在被告人伪造印章之前。可是，据此前被告人讯问笔录中的供述，在第二组证据，卷宗第二十八页、三十五页和第四十二页，三名被告人均承认，他们是在2021年×月×日，即用假章换真章当天，才得到公司真章的控制权。所以，如果说被告人方才的供述是真实的，那即证明，这组股东会决议和董事会决议，都是被告人等事后伪造而成。在此情况下，该行为既是论证了侦查机关及时采取强制措施的合法性与正当性，又暴露出被告人涉嫌捏造事实、伪造证据。根据《刑法》第三百零六条及《刑事诉讼法》有关规定，应以妨害司法追究刑事责任。"

一听到这儿，法庭上诸人无不惊心动魄。

当事人甚至律师，会不会在法庭上撒谎？

会，并且太多了。甚至可以说，法庭是全宇宙"谎言"最多的地方，但民事审判和刑事审判的区别就在于，在二者间谎言被拆穿可能导致的后果完全不一样。在刑案中，如果你的谎言被拆穿，你真有可能承担非常具体的法律责任。虽然王开瑞刚才说的话多少带有"恐吓"的成分，但这对没有经历过什么法庭风浪的龙诀来说，就目前她那花容失色的模样，效果已然足够。

"这个公诉人不简单哪……"隋钧暗叹。虽然只是这场好戏的观众，场上瞬息万变的压力还是充分传递到了隋钧身上。

"其次，具体到股东会决议和董事会决议。第一，关于这两份证据的真实性本身，因证据系伪造，法庭不应予以认可；第二，两份决议的效力也并不影响本罪的罪成。"

说到这儿，王开瑞再次看向李青云："首先，本罪侵害的法益是社会管理秩序，具体到法律本身，即是否违反包括《印章管理办法》《特种行业治安管理条例》等在内的行政强制性规定。具体而言，相关规定赋予了公安机关对印章刻制的管理职责，而未经公安机关批准制作公司印章的行为，就是对印章管理秩序的破坏。在此情况下，即使被伪造单位内部授权了被告人伪造印章，若该行为本身未经法定程序批准，也是破坏了公安机关的印章管理职能，妨害了社会管理秩序。所以，当被告人在没有获得公安机关的准刻证明即自行刻章时，即已实施了犯罪行为，辩护人的该辩护意见，不能成为被告人出罪的理由。"

江昀听到这里，手心开始出汗，在场旁听人员，也无不屏息凝神。

看得出，虽是速裁案件，这名叫王开瑞的公诉人也的确是下了功夫研究案情的。他继续道：

"同时，针对辩护人方才关于本罪立案标准的辩护意见，首先，辩护人自己也说了，关于本罪，目前并无明确的立案标准。因此，辩护人所说的伪造三枚以上印章方构罪的意见，本身也就不成立。罪与非罪，得视案件具体情况，以及行为的社会危害性而定。具体到本案，三位被告人伪造公司印章的行为，在社会层面造成的负面影响有多大，对被伪造单位，即川禾集团的负面影响有多深，诸位心知肚明，也有充分证据予以呈现，我不再赘述。因此，该辩护意见，审判长也不应予以采纳。

"最后，关于辩护人认为，被告人李法山和刘春，并未参与伪造公司印章行为的辩护意见，亦缺乏事实依据。在卷宗第十八页、三十一页和第四十一页中，李法山和刘春均明确供述，是自己建议被告人龙诀采取私刻公章并用假章换取真章的方式，实现自身不法目的。在本起犯罪中，其对被告人龙诀伪造公司印章的行为，不仅明知，还起到了教唆的作用，知法犯法，性质十分恶劣，亦应追究其刑事责任。

"综上，本案辩护人主张三名被告人无罪，并无事实和法律上的依据，相应辩护意见，均不应予以采纳。公诉人意见发表完毕。"

在王开瑞发言完毕后，庭审现场出现了短暂的沉寂。

这起原本无聊的案件，在经辩护人突然发难以及公诉人临场精彩的反驳后，被推向了全新的高潮。

审判长没有再问辩护人的辩护意见。

他再次扶了扶眼镜："被告人，鉴于你们的意见和辩护律师的意见已经出现分歧，现在有个问题需要明确一下，书记员记录——关于本案，现在是以你们的意见为准还是以辩护人的意见为准？"

三人面面相觑。

这是一个棘手的问题。

如果回答以辩护人的意见为准，那意味着被告人认可辩护律师无罪辩护的意见，根据有关规定，现已形成的《认罪认罚具结书》便会被撤销，案件会转为普通程序重新审理，庭审肯定会延期。若最终无罪辩护失败，缓刑有可能变实刑，而且姑且不说最终审判结果，就在当下，若坚持临场变卦打无罪，说不定已经取保的三名被告人，都有可能被变更强制措施，重新被羁押。

而如果回答以自己认罪认罚的意见为准，则李青云突然的无罪辩护意见，将大概率徒劳无功。

"审判长，以谁的意见为准，是您需要做出的决定，我们作为被告人，无权替您裁判。"李法山沉着地答道。

"你们无权替我裁判，我知道，我现在需要的，是你回答问题，"审判长面无表情，又问了一遍，"所以现在回答我，是以你的意见为准，还是以辩护人的意见为准？"

"不过我提醒一下法律后果，如果你们此时突然反悔，不再认可《认罪认罚具结书》的效力，那该具结书中公诉人关于缓刑的量刑建议，可能会被当庭撤销。若最终你们被认定构罪，最终的法律后果也会和具结书中的不一样。"

"肯定会不一样。"公诉人盯着他们三人，补了一句。

李法山再次陷入纠结。

说实话，他理解李青云的想法——李青云就是想将案件转普，争取时间，再想争取无罪的办法。在此情形下，自己如果认可辩护人的意见，那就一定还要推翻自己此前的大量供述，这在公诉方看来，无疑是"出尔反尔"。若最终还是被认定有罪，由此产生的法律后果，无疑极为严峻。可无罪的可能性到底有多大呢？本案三名被告人均已认罪认罚，并基于此产生了许多对自身重大不利的供述及其他证据，这些证据所造成的影响，在刚刚那轮辩论中已经体现得足够明晰，要打无罪，难上加难。

就在他犹豫不决的时候，旁边的龙诀突然说："法官，我还是坚持认罪认罚。"

龙诀先顶不住了。

此前在李青云介入后，经过再三争取，龙诀也还是被取保了出来。诸人不知的是，在取保期间，龙诀早已为自己后续的人生做好规划——这起龙鹤之争，已令她深深意识到商海的惊涛骇浪，旋涡暗流，自己并不适合投入其中。在此情况下，她本就有美国绿卡，在从看守所出来后，除了处理和罗牛牛的离婚事宜外，她还联系了自己以前在哈佛的同学，该同学也承诺可以帮她争取美国一所大学的教职。甚至随着自己离婚消息的四散，一直在美国硅谷的前男友又主动找上自己，想要再续前缘。

国外全新而充满希望的生活正等待着她，龙诀对这起案件最核心的诉求，就是恢复自由身，而这个诉求，李青云在开庭前即争取到的缓刑，已经能一定程度满足她。至于所谓的犯罪记录，对她这个阶级的人来说，多一条犯罪记录少一条犯罪记录又能影响到什么呢？

对普通人来说，有一条犯罪记录可能会影响到自己及后代考公务员，拿铁饭碗，具体到刘春和李法山，有一条主动犯罪的记录会令他们再难执业，但对龙诀来说，有一条犯罪记录，对她什么影响都没有。

只要自己不投资、不创业，安安心心教书，她的出身便已决定了她这辈子都会有花不完的钱，这条国内的犯罪记录，只要稍作处理，并不影响她在国外求个教职，更不会影响她购物、滑雪、买农场，过与世无争但富足丰裕的生活。

而相较于这条无关痛痒的记录，龙诀更害怕的是回到看守所，甚至蹲监狱。

从小锦衣玉食、被保护得很好的她，哪吃过这样的苦，那段在看守所里毫无尊严的时光，是她终身都不愿提及，更不愿回忆的时光。在此情形下，如果你告诉她，她可能要重新回去，她是无论如何都不愿意的。

虽然龙诀并非法律专业人士，但刚刚审判长和公诉人"善意的提醒"已令她内心产生了强烈的恐惧。

她真的不想再回去，也不想再纠缠于这起案件中了。

"我不认可辩护人的无罪辩护意见，我认罪认罚。"龙诀再次强调并重复道。

当她说这句话的时候，她回避着刘春和李法山的脸。

听到龙诀这么说后，李法山内心产生一种复杂的情绪。

他既有一丝悲伤，又有一丝解脱。

这种情绪，在你的身份是律师的时候你是不会有的，只有当你成为案件当事人时才有。

在龙诀已然再次认罪认罚的情况下，无罪成功率已近乎零，春山二人再坚持无罪已经没有什么意义了。

两人表态："我也不认可辩护人的无罪辩护意见，我坚持认罪认罚。"

"鉴于被告人依旧认罪认罚，本案不再进行第二轮法庭辩论。被告人，你们进行最后陈述吧。"

最后的时刻总算到来。

这是春山两人第一次以当事人，还是被告人的身份出现在法庭。当然，如果他们日后遵纪守法，这也可能是他们最后一次以这个身份出现在法庭上。

当他们从这个法庭走出去后，他们还会再次出现在这个他们奋斗多年的战场上吗？

他们不知道。

原告、被告、第三人，起诉状、答辩状、质证意见，举证、质证、询问……他们可能怎么都想不到，自己是以这样一种被审判的方式，离开这个承载着他们无限激情、无限回忆以及无限失望与希望的舞台。

此情此景，此时此刻，他们后悔吗？如果还能重新选择一次，他们是否还会做出和之前一样的选择？

百感交集下，他们无暇多想。

但李法山其实并没有多么害怕，因为即使在这最后一刻，刘春还是在他身边——和以前一样，和无数次刀刀见血的战斗一样。

李法山认真、留恋地扫视了全场。

这家基层法院马上就要搬迁新址，所以法庭大体都还属于二十年前的老破小，逼仄、破旧，审判台有些脱漆，法槌快被敲白，公诉人、辩护人、被告人的名牌也略显斑驳。

"没想到我会在这样潦草的法庭上结束自己的律师生涯，"李法山心中苦笑，旋即又宽慰自己，"好在是在基层法院，要是在中院或者高院被判，那才是真的惨。"

接着，他看了看眼前的法官，法官面无表情。他又看了看左边的公诉人，公诉人虎视眈眈。终于，他转头看了看右边的李青云，李青云的眼神，依旧有着陌生的柔软与温存。

说点什么呢，该说点什么呢？

李法山曾无数次幻想过自己是如何退休的。他此前想的最美好的结局是：和刘春一起建一家属于他们自己的所，所里全是自己认可的律师，办公室的墙上挂满荣誉证书与锦旗。要是愿意，他可以一直干到六十五岁，要是自己中途干不动了，就培养几个徒弟，徒弟再培养出新的徒弟。然后，自己在同行与客户无尽的鲜花、掌声和尊重中发表得体的演讲，最后在众人簇拥下光荣潇洒地离去。

可惜啊，天总不遂人愿。

不是每个人都能有完美的结局。

他扭过头，看了看旁边的刘春。

刘春也看着他，嘴角露出一丝微笑。

好在梦想有一点是实现了的，那就是这个人还在自己身边。

两人无须多言。

李法山转过头："审判长，没有了。我没有最后陈述发表。"

法庭，再见。律师，再见。诉讼，再见。

"我也没有了。"刘春笑了笑。

结束了。

八年，如梦似幻。

"我也没有。"龙诀说。

"好，"审判长并未宣布休庭，开始直接宣读早就写好的判决书，"经过审理，本案符合当庭宣判条件，公诉机关指控被告人龙诀、刘春、李法山伪造公司印章罪罪名成立，被告人刘春自首，可以从轻处罚。被告人龙诀、刘春、李法山归案后能如实供述自己的罪行，自愿认罪认罚，可以从轻处罚。本案事实清楚，证据充分，公诉机关量刑建议适当，被告人认罪认罚具有自愿性、真实性、合法性。故依照《中华人民共和国刑法》第二百八十条第二款、第六十七条第一款、第七十二条第一款、第七十三条规定，判决如下……"

"全体起立。"随着书记员一声令下，全场人员均站了起来。旁听席上，隋钧已快藏不住脸上的笑意。

"被告人龙诀犯伪造公司印章罪，判处有期徒刑八个月，缓刑一年；

"被告人李法山犯伪造公司印章罪，判处有期徒刑八个月，缓刑一年；

"被告人刘春犯伪造公司印章罪，判处有期徒刑六个月，缓刑一年；

"本次为口头宣判，书面判决将在五日内送达。若口头宣判与书面宣判不一致的，以书面判决为准。如不服本判决，可在接到判决书的第二日起十日内，通过本院或者直接向龙城市中级人民法院提出上诉。书面上诉的，应当提交上诉状正本一份，副本二份。被告人，你们是否上诉？"

"不上诉。"三人均说。

"被告人龙诀、李法山、刘春，由于本案你们被判缓刑，你们需在本判决生效后十日内到居住地司法局进行报到。如若没有按期报到的，将撤销缓刑，执行原判，你们听清楚没有？"

"听清楚了。"

"现在闭庭。"

法槌落下，一切宣告结束。

七

庭审结束后，该签庭审笔录的签庭审笔录，该离场的离场。

刑天给李法山等人打了个招呼也走了，至于那名在角落里戴着口罩的年轻女子，更是早已消失不见。

隋钧也起身。在走出法庭前，他转过头，看了李法山最后一眼，李法山正在等待签庭审笔录，百无聊赖下东张西望，没多久也看到了隋钧。

两人目光相对。

隋钧扬起眉毛，向他张开双臂，耸了耸肩，一副胜利者的姿态。

李法山扑哧一笑，扭过头去，没再搭理他。

隋钧见状，面部肌肉微微抽动，转身离开。

江昀紧随其后。虽然并未拄拐，但她走路和师父一样，也是左右脚高低不平。

江昀也是跛足。

走出法庭，她开始继续请教隋钧问题："老板，有个地方我不太懂。辩护人不是依旧坚持无罪吗？依照法律规定，本案就该直接转普通程序，法官还是走速裁程序，就不怕被告人上诉，说他程序违法，然后案子被发回重审？"

隋钧反问道："你先告诉我，谁上诉？辩护人上诉？"

听隋钧这么一点拨，江昀顿时了然："哦，对，律师要上诉也要经被告人同意，所以法官在最后又确认了一遍三人的意见，只要他们三人不上诉，律师有意见也没辙，"想到这儿，江昀不禁幽幽叹了口气，"我还是有很多需要学习的啊。"

"慢慢来，不着急。"隋钧温和地说。

江昀受到鼓励，又问："本以为这'刑辩之神'有多厉害，今天一看，也不过如此。"

隋钧呵呵一笑："你这么说既错了，也没错。"

"哦？"江昀竖起耳朵。

"说'没错'，是因为今天庭审，无论从表现还是结果来看，他确实都不行，"隋钧轻叹，"而说'错了'，是在于他今天表现不好，和他的技术没关系，原因在他没有尊重规则。"

"没尊重规则？"江昀不解。

"李青云之所以是'刑辩之神'，就在于他一直很熟悉规则，尊重规则，在规则里左右逢源，知道如何在规则之内做到最好。他是规则内的赢家，所以他是神，可今天，他不遵守规则了。当他不遵守规则时，他便会被规则抛弃，所以自然也不存在什么神不神的了。"

"哦……"江昀似懂非懂。

隋钧见她疑窦未消却又不敢多问的样子，微微一笑："小昀啊，这个世界上，有明规则，也有暗规则。只知道明规则的人，是规则的奴隶，做律师，也只是初级律师；知道暗规则的人，才是规则的玩家。很多事情，你现在不懂不要紧，即使我跟你说了，于你也只是屠龙之术，你没有经历，便不会明白。等以后你经历得多了，真的懂了的时候，你就也走在成功的路上了。"

"好的！"江昀感受到隋钧的提携、点拨之情，说话也越来越放得开，"老板，今天宿敌被判，心情怎么样？"

没想到隋钧一听到这个问题，脸上勃然变色："什么宿敌，谁告诉你的？"

江昀也是有眼力见的人："我听人瞎说的……"

隋钧见自己把小徒弟吓到了，意识到了自己方才的失态。他收敛煞气，轻轻说道："我没有宿敌。"

两人默默无言，回到车上。车辆启动，隋钧突然说："小昀，宿敌指的是一辈子的敌人，而他已经离场了，我们的路还很长。"

江昀用力点头道："是，老板！"

一脚油门。一颗龙城律界真正活下来的新星，正在继续升起。

八

法庭内，被告人们还在签着庭审笔录。

刘春先签，李法山想跟他说几句话，刘春却说签完再聊。

这时，李青云走了过来："法山……"

自大学时李法山因花想容的事最后求了一次李青云，父子两人已经多年没有说过话，面对李青云的攀谈，李法山一时也不知该如何回应。最终，他也只是轻轻嗯了一声。

"聊聊吧。"李青云说。

李法山对此本能地抵触，但一想到庭审时李青云的眼神，略作迟疑，回头看了刘春一眼，便和他走到法庭外的走廊上。

李青云看着眼前陌生的儿子，心中愧疚，温声说道："法山，其实刚刚你可以再坚持一下的……"

李法山见他这么多年过去，一开口依旧是说教，心中再次浮起厌烦之情："别。咱俩这样子这么多年，我不变更辩护人已经是对你最大的信任了，你不能要求我陪着你玩无罪。要是你搞砸了，坐牢的是我。"

李青云讪讪地回了句"也是"。他见李法山一脸不耐烦，似乎心不在此，便直奔主题地说："对不起。"

李法山一愣。

李法山看了看面前这个最熟悉又陌生的中年男子后突然发现，这些年他似乎也老了很多。

"对不起，我以前不该那样对你。是我的错。"

李青云以为自己说出"对不起"的时候会非常难堪，会说不出口，但他没想到的是，这三个字他说得竟如此自然。说出来后，他更是如释重负。他直视着李法山的眼睛，泪水也瞬间在眼中打转。

"对不起"，这可能是世间除了"我爱你"以外，最难说出口的三个字，但"对不起"可能更难说出口，因为这世间有一半的"对不起"，都是包含"我爱你"的。

沉默半晌，李法山突然哈哈大笑："李青云，你也太天真了吧。"

"啊？"这似乎不是父子团圆戏里该出现的反应，李青云一时没反应过来。

"你不是一个合格的父亲，也没有尽到一个父亲应尽的责任。你对我做的那么多垃圾事，你一句'对不起'就想翻篇了？"李法山匪夷所思地说，"好人做哪怕一件坏事就遗臭万年，坏人只要放下屠刀就能立地成佛？不该这样吧？"

李青云张了张嘴，一时不知该如何接话。

"还有，你这个人，就是多味太重，包括今天你在这儿自作多情打无罪。你有想过我怎么想的吗，你有问过我自己想不想无罪吗？你这么自作主张，一定以为自己很了不起吧？屁，你只是在这儿感动自己，丢的也是自己的脸。真的，我瞧你开庭时那左支右绌的样子，我都脸红。啧啧啧！"李法山继续不留情面地数落着，对着李青云劈头盖脸地骂。

"是，是……"李青云则低着头，唯唯诺诺像个犯了错的小孩，"你说得对……"

"还什么'刑辩之神'呢，听别人这么吹你，你也不害臊！"李法山撇着嘴，不停摇着头。

"对，对……"李青云点着头，"确实是我考虑不周。"

此时此刻，得亏张林升等人没看到，要是他们看到平素不苟言笑、一言九鼎的李主任被别人这么当场训斥，不知会做何感想。

"不过，"李法山话锋一转，"我不恨你了。"

"啊？"李青云又是一愣。

"你别误会，我现在对你没什么感情，你也别做梦我会在乎你，"李法山淡淡地说，"我只是不恨你了。"

李青云原本已经收敛回去的泪水，突然又涌了上来："谢谢。"

"恨一个人也很累的。"李法山摆了摆手，重新进入法庭。

李青云看着李法山进入法庭的背影，先是怔了怔，接着便笑了起来。他多年来不展的眉间虎纹，如同卸下一个天大的担子般缓缓舒展。

是啊，恨一个人也是很累的。

恨和爱一样，都是一种需要非常用力的感情。

进入法庭，李法山惊讶地发现刘春已经消失不见。

"老婧，刘春呢？"李法山着急地问。

"啊？你没看见他吗？"婧哥说，"他说他出去抽根烟，在法院外边等你。"

光速签完庭审笔录，李法山跑向法院外。

法院外人来人往，车水马龙，诉讼服务中心排着长队，叫号的声音一个接着一个。几个当事人在法院门口呼天抢地，大声说着自己蒙受不白之冤，和门卫不停拉扯着。

法院外并没有刘春。

人潮涌动中，李法山低头点燃了一根烟。路过的一名女士闻到烟味，嫌恶地看了他一眼，匆匆走过。

婧哥追了上来，问："春哥呢，你见着他了吗？"

"没。"李法山拿出烟盒，给她也递上一根烟。婧哥接过烟，李法山点上。

深吸一口烟，长吐一口气，龙城的冬天很冷，寒风瑟瑟中，凄楚地裹挟着这两个孤独的人。

"要不要给他打个电话？"婧哥问。

李法山拿起手机，犹疑许久后，说了声："算了。"

婧哥继续说着："他可能是上厕所去了。我们等等吧。"

"不用了，"李法山黯然道，"他不想见我，走吧。"

"春哥，咋样，这老奔驰还是能开吧？"在车管所办完手续后，李法山兴奋地摸着方向盘对刘春说道。

"还行吧，能动。"

这辆叮叮当当的老车几乎花光了两人通过第一个案子从富太太们那里赚取的所有律师费，刘春盘算着俩人银行卡里的余额，结论是顶多还能过两个月。

李法山见刘春心里全是柴米油盐，开始责备他目光短浅："车是律师的生产工具，不算消费品，我们是在增大生产力，你别心疼！"

刘春叹了口气。毕竟是两人买的第一辆车，他也开始左摸摸右看看。

"都说开宝马坐奔驰，待会儿我坐一下后座，感受一下什么叫成功人士。"汽车就是男人的大玩具，刘春也不能免俗。

"哈哈，"李法山干笑了两声，"是挺舒服的。"

"你怎么知道？你坐过？"刘春问。

李法山并未马上回答。

两人驱车驶离车管所，没多久，遇到一处红灯。

就在等红灯时，李法山突然说："小时候坐过。"

法院对面的茶楼里，刘春看着法院门口相对抽烟的两个人，怔怔地发呆。

刑天坐在他对面。他默默地给刘春满上一杯茶，问："为什么躲着他们？"

"我是在躲着自己，"刘春笑着，反过来问刑天，"现在张主任可是进去了，你做何打算？"

"总算独立执业，当然是挣钱呗。"刑天微微一笑。

刘春喝了口茶："还在坤乾独立？"

"嗯。"刑天嗑着瓜子。

"坤乾所大厦将倾，做不下去了，你去哪儿独立不好？"刘春不太理解，"最近北京、上海都有几家所想在龙城开分所，你要是感兴趣，我引荐一下。"

"算了，在坤乾待久了，有感情了，"刑天挤出一丝笑容，"主任他没让我卷进去，我得还这个情。"

"这不本来就不该让你卷进去吗？"刘春嘴上说着，却也没再相劝。

"你呢，你有什么打算？"刑天看向窗外，方才正在拉横幅的当事人已经被法警拖走。

"等过了缓刑期再说吧。"刘春叹了口气。

刑天笑着说："证没了，很多事还是可以做，要不我请你当我们所的法律顾问？或者我也跟我的几个客户介绍介绍，请你去做法总。"

"算了。"刘春敬谢不敏，却也不解释原因。

"李法山呢？"刑天问，"就再也不见了？"

刘春看着窗外抽烟的两个人将烟头在垃圾桶上掐灭，渐行渐远，沉默良久。

"都结束了。"他说。

9

春风自恨无情水

2023 年。

龙城最贵的一家夜店里，位置最好的卡座上，一群靓丽的男女正在玩着真心话大冒险的游戏。

今天是李法山缓刑期限届满的日子，今年过后，他将恢复完全意义上的自由身，加上防疫政策调整后，人们出行更自由，广袤的世界又可任他驰骋。

局是婧哥组的，众人在摇骰子，李法山猜错，选择了真心话。

"来吧，谁问？"李法山扫视全场，作为一个毫无底线的人，这游戏对他来说没有压力。

"我问，"婧哥的闺密自告奋勇，然后问道，"如果小婧和刘春同时掉进水里，你先救谁？"

"哇哦！"全场爆发出意味深长的起哄声。

"刘春"，这是一个已经消失了一年的名字，李法山听到这两个字，在夜店迷离的氛围中，出现瞬间的恍惚。

"别问这种无聊的问题！"婧哥哈哈大笑着，"我来问。"

没想到李法山却直接回道："救刘春。"

这个回答出现后，店里电音轰鸣，卡座却显得无比安静。

"因为婧哥掉进水里了，你们都会去救，而如果刘春掉进水里了，只有我会去救他。"

众人有意无意地看向婧哥。

"嘿，瞎说！"婧哥热情地拍了他肩膀一下，"什么只有你会救，我也会去救春哥的！来来来，下一把，下一把！"

一

和所有人的记忆一样，李法山觉得2022年过得很快。

2022年到底做了什么呢？他回顾这一年，自己似乎并未做任何有意义的事，除了断断续续的隔离，就是有一搭没一搭地去婧哥的直播公司打下手。被吊销律师执照的他终日游手好闲，百无聊赖。

如果要说收获，那应该就是他领养了一只狗。

狗的名字叫"李干嘛"，是只金毛犬，李法山半年前于宠物救助站领养。

当时婧哥准备资助一些公益项目，其中有一家叫"红心"的宠物救助站。这家救助站是全国规模最大的宠物救助站之一，里面除了对有较大的攻击性的大型犬（比如藏獒）进行关养外，对其余的猫猫狗狗都是散养。进站后婧哥很快便被活泼的狗子们围住，她看着身体多有残缺的宠物们，当场便红着眼睛要给救助站捐20万元。

"你们这些'小畜生'，倒挺会让金主掏钱。"李法山见婧哥就地付款，不禁边挖耳朵边"哼"了一声。

就在这时，他看到一只金毛犬趴在不远处眼巴巴地看着自己。

它似乎也很想凑上来讨讨零食，但对陌生人又有着肉眼可见的戒惧。

人狗四目相对。

金毛犬眼神清澈、柔软。

李法山心神微动，想起了在看守所听到的那个故事。

他慢步走向它，金毛犬见了，身体迅速立了起来，下意识地往后退了两步，一瘸一拐。

"老板，这只狗怎么回事？"李法山问。

"它呀，被遗弃后，腿被打断了。不过这种大型犬，没死就算不错，"救助站负责人介绍道，"算是那天负责的城管好心，没直接处理它，而是送到我们这儿来。"

"它在这儿待多久了？"李法山问。

"大半年。"负责人说。

"没人领养吗？品种犬应该想领养的人多吧？"李法山见金毛犬低头佯装打盹，却不时抬眼偷看自己。

负责人摊手道："腿瘸了，又巨大，想养的不多。"

李法山缓缓走向它。金毛犬又退了一步，终是没有抗拒，由着他抚摸自己的头，在确认李法山不会伤害自己后，甚至开始温驯地蹭起他的腿。

"傻狗，这才多久就不怕了，"李法山笑了笑，然后转头问负责人，"我能领养它吗？"

"可以，不过要押金。"负责人正准备介绍规矩，李法山立马打断："知道，懂，给。"

办完捐助手续，婧哥见李法山不一会儿牵了条狗回来，便问道："啥意思？"

李法山牵着狗绳，一脸无所谓："20万不能白花，捎条狗回去。"

"啊？"婧哥皱起眉头，"你可想好了，钱，捐了就捐了，小生命，领回去得对人家负责的。"

李法山挑了挑眉："你啥意思，我是那种不负责任的男人？"

"汪？"听到这话，金毛将信将疑地看向他。

李法山没好气地"呔"了一声："看什么看，要不你不跟我走？"

"汪……"金毛乖巧地低下头。

婧哥还是心有疑虑："怎么突然想养狗了？"

"狗是人类最好吃的朋友，平时可以是宠物，必要时还能当食物，养一只挺好。"

"汪?！"听到这话，狗狗赶紧往外跳了两步。

李法山哭笑不得："傻狗，有点自知之明，还真以为自己好吃了？"

"汪……"金毛幽怨地看了李法山一眼。

婧哥蹲下身，安抚着受惊的小狗："说真的，怎么想养狗了？"

李法山也蹲下来："有句话怎么说的来着？'遇见的人越多，我就越喜欢狗。'"

"李干嘛，"李法山又摸了摸金毛犬的头，脸上浮现出很久未对人类展示过的温柔，"以后你就叫'李干嘛'了，好吗？"

"汪！"李干嘛欢快地叫道。

过去一年，因疫情防控原因他宅居在家，正事一件没做，也没法做，此前一直没时间玩的游戏倒是玩了个遍："只狼""塞尔达传说""地平线"系列，还有《荒野大镖客2》。要不是他岁数到了，手确实残，他甚至会真的考虑自己要不要做个游戏主播。

"总不能天天在家混吃等死吧！"李法山躺在空旷的沙发上，玩着时兴的《艾尔登法环》，把手柄按得啪啪响。

在再度被普通怪杀死后，李法山愤怒地扔掉手柄："想不到老子刚过而立之年便提前进入退休生活，这日子过得真没意思！"

这时他才明白，原来自己除了做律师真的什么都不会。

"汪！"李干嘛见李法山开始扔东西，兴奋地追了过去，不一会儿便将手柄从沙发上叼回李法山手边。

"李干嘛！说了多少次了，别滚沙发上！"李法山盯着金毛犬脚上有些冒头的狗指甲，心疼起自己的真皮沙发。

二

在过去一年里，龙城律界发生了翻天覆地的变化。

随着张太一的倒台，龙城律界一枝独秀的坤乾所轰然倒塌，律所原有的核心合伙人们走的走，散的散，部分去了厚德，部分去了隋钧的天行所，还有一部分被一些北京、上海的律所的分所招揽。依旧留守的律师所剩无几，只有刑天等寥寥几个忠心耿耿的旧人勉力支撑着招牌，维护着这个曾制霸龙城的老牌所最后的颜面。

世间诸事均是如此，成也朝夕，败也朝夕，天地悠悠，万物兴衰，尸体会被泥土埋葬，而泥土上总会长出鲜花。

刘春和李法山被吊销执照后，也同时被《律坛春秋》除名，"律界传奇榜"上，李天开始雄踞第一，而且前十名中，有六个都是厚德人。而最令人惊叹的是，天行所主任隋钧，更是由于天行所的越发发展壮大，一举打破《律坛春秋》建刊以来三十五岁以内律师不得进入传奇榜的传统，以三十一岁的低龄一跃进入传奇榜第五位，被杂志尊称为"律界四十年来第一鬼才"。

与对隋钧的鼓吹相对的，是春山二人被判后，《律坛春秋》不仅将过往对这曾经的"律界四十年来第一天才组合"的评价文章全部删除，还对他们大加批判："知法犯法，自断前程，性质恶劣，罪当其罚，堪称律届之耻。"

在任何队伍里，与被淘汰的成员划清界限都是尚存成员的当然之举。

而具体到青年律师界，"律界新锐榜"里，除了花想容在三十五岁的年龄线内倚卖老高居第一外，"张白白"这个刺眼的名字也攀升到了第二。更令人瞩目的，是厚德所一名叫梁逸的青年律师，竟在独立执业短短三年内便升到了榜单第三。

"梁逸，'律界五杰'之一梁思民独子，厚德所主任李天亲传爱徒，功底扎实，家学渊源，独立执业三年便接连在数起要案中起到决定性作用，未来可期！"

江山代有才人出，各大法学院校每年毕业这么多人，英才怪杰层出不穷，无论你往昔多么风光，只要你退出了舞台，很快便不再会有人记得你。

"还'鬼才'，什么魑魅魍魉、妖魔鬼怪，呸！"李法山把快递刚送过来的《律坛春秋》扔进垃圾桶，只觉得哪儿哪儿都不自在。

这个曾让自己也获得无限风光的舞台，他再也回不去了。

就在他大动肝火时，自动门锁咔嗒一声响，婧哥来了。

"汪！"见婧哥来了，李干嘛三步并作两步，一溜烟地朝她飞奔而去。

"李干嘛，你干嘛呢，是不是又拆家了？"婧哥见它不停在自己腿上蹭来蹭去，宠溺地摸了摸它的头。

婧哥进屋，见房屋凌乱，李法山又坐在沙发上生着闷气，心中暗暗叹了口气。

"怎么回事，到底是狗在发疯还是你在发疯？"婧哥嘴上埋怨着，手上却开始收拾起一片狼藉的房间。

"老婧，你说接下来我到底该做点啥？"李法山沮丧地站起身，接过婧哥手里的东西，开始自己收拾。

婧哥见李法山不让自己动手，便直接坐在了沙发上："你不是想当个作家吗，没事写写吧，也挺好。"

"我写了几篇，发在网上，读者都骂我油腻，没劲，"李法山撇了撇嘴，"什么油腻啊，我那叫丝滑，而且你又不是不知道，花想容她老公就是个作家，我要是也写小说，不知道的还以为我余情未了呢。"

婧哥呸了一声："别给自己找借口了。"

"对了，你来干吗？突袭查岗，看我有没有给你找个小嫂子？"将房间收拾得大差不差后，李法山坐到她旁边。

"得了吧，现在好不容易可以出去玩了，我想给自己放几天假，你有没有空，陪我出去玩几天？"李干嘛乖巧地趴在婧哥的腿上，婧哥细心地帮它梳着毛。

"高端伴游，这个我擅长，"李法山嘿嘿一笑，"想去哪儿？"

"都行，我看朋友圈去泰国和海南的偏多，"婧哥点开旅游 App，"你也想想去哪儿玩。"

"去哪儿玩……"突然，李法山心中一动，"要不去九寨沟？"

"九寨沟？"婧哥皱起眉头，"怎么突然想去九寨沟了？"

"没去过，想去，"李法山也拿起手机，"神奇的九寨，人间的天堂。这歌你听过没？而且我们可以自驾，据说川西小环线也挺好玩的。"

婧哥耸了耸肩："行，你说去哪儿就去哪儿。"

其实她想去海边，但她也明白，自己这次提出要旅游，更多的是想让李法山出去散散心。

李法山高兴得一拍大腿："好嘞！九寨沟！九寨沟有那啥，海子，海子你知道是什么吗？是个诗人。"

三

说走就走，婧哥与李法山上午做出决定后，下午便开着小车出发前往九寨沟。九寨沟宠物不能入内，两人便将李干嘛寄养在宠物店。他们原本担心李干嘛会多有不适，没想到这"小畜生"很快便和这儿的母狗们打成一片。

"犬父无虎子，"婧哥看着李干嘛围着一只小母狗谄媚地摇尾巴，不禁叹道，"你这狗儿子，和你还真是一个样。"

"这叫家学渊源，"李法山嘿嘿一笑，走到李干嘛面前，摸了摸狗头，"傻狗，我走啦，过几天就回来。"

"呜……"李干嘛抬起头，依依不舍地看着李法山，眼神充满留恋。

"傻狗。"李法山温柔地笑了笑，然后对宠物店老板说，"老板，别喂它吃太多，然后让它离母狗远点。"

"汪！"李干嘛不满地吼了一声。

此时已是人间四月天，祖国春暖花开，神州大地无不洋溢着大病初愈后的复苏之气，两人一路走走停停，吃吃喝喝，来到九寨沟时已是第三天，到酒店时是晚上八点。

"你好，订两间大床房。"李法山对前台女孩说道。

"对不起，大床房只剩一间了。"前台女孩抱歉地说道。

"啊？那有标间吗？"李法山又问。

前台女孩看了眼旁边的婧哥："标间也没有了。"

李法山闻言，唉了一声，坏笑着回头，朝婧哥挑了挑眉："那可如何是好？"

婧哥小脸微红："还能咋如何是好，换家酒店问呗。"

"我说老婧，你这就装了啊，"李法山撇了撇嘴，"你这辈子啥时候这么矜持过，都是兄弟，没必要。"

婧哥着急地争辩道："我是怕你打呼。"

李法山故作无奈地叹了口气："我看你还是心有杂念。"

"杂念什么杂念，一间就一间。"婧哥也来气了。

"得了吧，"李法山哈哈大笑，"我们换家酒店。"

"怎么，你怕了？"现在轮到婧哥挑衅了。

李法山白了她一眼："听说美女都有脚臭，我怕你熏到我。"

虽说被夸美女有几分受用，但婧哥还是冷笑着回道："我没脚臭。"

换了另一家酒店，前台女孩依旧说只剩一间房。

"看来今天真是天助我也啊，"李法山佯装无奈，"要不我们再去下一家？或者看看哪家民宿不错？"

"算了，就这儿吧，"婧哥打了个哈欠，"累了。待会儿别说打呼了，你就算打雷也叫不醒我。"

进入酒店，简单洗漱后，两人关灯，背靠背躺下。

李法山确实没打呼，而婧哥在床上躺了两小时也依旧一动不动。

人在进入睡眠后通常会有均匀的呼吸声，李法山知道她也没睡着。

终于，夜里两点，李法山打破沉寂："睡着没？"

"没有。"婧哥老实地回道。

李法山看着窗外九寨沟的月亮："你说这是不是咱俩第一次睡一块儿？"

"不是，"婧哥记得很清楚，"高三，有一次你陪我喝酒，咱俩直接在汇利广场下的那个过道睡着了。"

"对对，还是早上五点多，被一个晨练的老头摇醒的，后来你还感冒了，"李法山笑着，也想起来了，"那时咱可真混啊。"

"现在也没差多少。"婧哥依旧背对着李法山。

李法山忽然说："现在也还睡在一块儿。"

"嗯。"婧哥低声应着。

"兄弟。"李法山说。

"嗯。"婧哥在黑暗中睁着眼睛。

突然，李法山转过身来，说："婧……"

婧哥也猛地转身，然后迅速捂住李法山的嘴："别。"

李法山一愣。

"别什么？"他问。

"别说话了，"婧哥的声音越来越小，"我困了，睡觉吧。"

"哦，"李法山又转过身去，"其实我想跟你说的是我带了耳塞，工业级的，我真要睡着了，你要不要？"

"要，"婧哥一下来了精神，笑着转过身，"等等，你为什么要带耳塞来旅游？什么居心？"

"我自己本来就要用。"李法山从枕头下拿出两对，给了她一对，"我神经过敏。"

四

都说春暖花开，但其实春天并非游览九寨沟的最好的时节。九寨沟之美在于水，虽说四季都能看水，但由于其地处高原，四月正是寒气将去未去、花草树木将新未新的时候。此时游山玩水，多少缺乏一些自然意趣。九寨沟四绝是翠海、叠瀑、彩林、雪峰，李法山和婧哥看到了翠海、叠瀑，但叠瀑水量没那么大，彩林、雪峰就未见全貌了。

两人在景区玩了一天，第二天便开始驱车在九寨沟附近瞎溜达。旅游景区，公路沿途都会有村民卖本地特产，李法山路过一个小镇，见路边有人卖腊肉，便停车购买。

卖家是一对农村夫妻，就在称重的时候，媳妇对丈夫说："说王三家来法官了，还背几国徽来勒，这点肉卖了我们就克看哈。"

四川话也属北方语系，所以虽是方言，李法山和婧哥也能听懂个七七八八。

"王三还是想离婚哇？"丈夫称着肉，"有撒子必要嘛，是不是找人了哦？"

媳妇皱起眉头："找撒子人嘛找，都是一个村勒，找的话早就传开了，好像是朱兵经常打她。有次我都看到了，血流了一脸。"

"老板，什么情况，法官来村里审案子了？"李法山问道。

"哎，对，说叫撒子'背着国徽去审判'勒活动哦，几个法官直接去王三家院坝升堂了。还来了两个记者。"

"哦？"李法山回头看了眼婧哥，然后问，"在哪儿，我们也去凑个热闹？"

婧哥一愣。自从律师证被吊销后，别说现实中开庭，李法山看到电视剧有庭审戏都转台。

"就在那儿。"丈夫指了指不远处的一栋两层小房。然后他把腊肉放进塑料袋里："一百六。"

"啥？一百六！抢钱啊！"李法山叫道。

"正宗九寨土猪肉，都这个价。"丈夫左手提着塑料袋，右手把着菜刀。

李法山拿出手机扫码："好吧，一百六就一百六。"庭审即将开始，二人提着腊肉，三步并作两步走向那栋宅基地。

五

"背着国徽去审判"是法院系统最近普遍在做的一项活动，简单来说，就是法官奔赴最基层，前往一些交通不便、送达不便的地方开庭，将法治精神传递到祖国的每一个角落。自从此前内蒙古的法官背着国徽策马奔腾的照片火了以后，这项活动便开始在各地法院如火如荼地展开。这次和法官一起来的还有宣传科的同志，他已经把相机架好，来一趟也不容易，九寨沟好山好水，他准备用这次活动发一篇公众号和三条抖音。

农村发生的民事案件类型通常集中在婚姻家事、宅基地纠纷、土地流转纠纷和人身侵权纠纷这几类。本案是婚姻家事纠纷，还涉及家暴，有八卦，有暴力，还有从城里来的法官，所以吸引了附近很多闲来无事的村民。李法山和婧哥夹在其间，稍显格格不入，但由于未能挤进前排，倒也并不显眼。

乡坝里条件有限，王三家从客厅里拿出一张陈旧的木桌和几个条凳，另一位法院的同事正调试着从法院拿来的各项设备。

自来九寨沟起，李法山内心便隐隐有些预感。后排的他踮起脚张望着，就在人与人的缝隙间，他果然看到一道残缺的剪影。

这是道过去一年多以来李法山心心念念的身影。

所以，即使是剪影，也够了，也足够他确认了。

刘春，坐在原告方位置上的那个人，是刘春。

泪水瞬间打湿了他的眼眶。

在一年多以前的伪造公司印章案开庭时，当法官问及被告人身份及住址时，李法山便惊奇地发现刘春已经将身份证上的地址转到了四川，加上数年前门泊舟向李法山说起刘春的秘密，也提到过刘春的母亲到九寨沟摆摊躲债的事。所以这次出来玩，李法山内心便一直有着一丝期待，没想到，他真的在这个山环水绕的地方，见到了这个不辞而别的故人。

长时间以来的离别之情在此刻全部从幽深的角落喷涌而出，令他一时难以自持。

李法山左顾右盼，想找个垫脚物以看得更清楚些，然后发现旁边的村民正踩在短凳上。他拿出手机，给村民扫了五十块钱，然后自己踩上了凳子。

婧哥也踩了上来。在看到刘春后，她不禁惊呼，却迅速被李法山打住。

戴上口罩和帽子，在被泪水模糊的视线中，李法山仔细打量起这个正在准备开庭的男人。

虽然身在农村，刘春却依旧和以前一样，穿着朴素而整洁的西装，在阳光下闪闪发光。相较于一年前，他的白发明显更多了，眼神却依旧温和、安静，如同九寨沟的天和水。刘春旁边的女性三十来岁，皮肤黝黑，抱着孩子，一看便是本地村民。这是她第一次开庭，神情非常紧张，在低声跟刘春说着什么，刘春宽慰着她，在交谈一番后，原告明显松弛了很多。

"法山，春哥重新做律师了？"婧哥看到刘春，内心也是万般激动，但对于他出面开庭这件事，还是颇为不解。

李法山摇头道："应该是公民代理。"

根据《民事诉讼法》第六十一条规定，除了律师，还有基层法律工作者和当事人所在社区、单位以及有关社会团体推荐的公民可以进行诉讼代理。近几年律师数量虽然大幅增加，但行业更多还是集中在一、二线城市，在镇、乡、村，专业、职业的法律服务还是少数，大量出庭人员其实是没有通过司法考试的基层法律工作者。可根据《基层法律服务工作者管理办法》第八条，因故意犯罪受到刑事处罚的人依旧无法执业，而公民代理则没有这个硬性要求，根据《民诉法》司法解释第八十八条规定，提交相应推荐材料即可。所以本案中的刘春，其实是由所在社区推荐来进行诉讼代理工作的。小地方，有个懂法的不容易，至于违法犯罪记录，社区在没有法律明文硬性规定的情况下，也就不卡这道槛了。

果然，刘春向法官提交的材料显示，他是镇上推荐来的。

庭审开始，在核对完各方当事人信息后，法官问道："原告对被告出庭人员有无异议？"

"没有。"刘春答道。

"被告对原告出庭人员有无异议？"

"没有。"被告叫朱兵，也请了一个叫孙翔的基层法律工作者帮忙出庭。孙翔今天身着一件蓝色外套，与身着西装的刘春比起来，明显随意很多。

"经审查，原、被告及委托代理人出庭符合法律规定，可以参与本案庭审活动。"法官宣布庭审正式开始。

婧哥问李法山："法山，这起案子春哥能胜诉吗？"

"不知道。"李法山答道。

本案是原告王兰第一次向法院起诉离婚，按常理来讲，除非男方真的存在家暴，而且家暴非常严重、证据确凿，不然法院一般是不会判离的。更何况这次开庭出于宣传和送达的考虑，很有可能当庭宣判，如果不判离，反而不好宣。而且原告代理人是刘春，刘春能打出什么效果来，他还是很期待的。

"原告方诉讼请求如下：第一，请求法院依法判令原被告双方离婚；第二，请求法院依法判令女儿朱星辰由原告抚养，被告每月支付原告抚养费800元直到朱星辰年满十八周岁为止，若被告每月未按时足额支付的，需一次性支付抚养费163200元；第三，请求法院依法判令对原被告双方夫妻共同财产5万元整予以分割；第四，请求法院依法判令被告向原告支付离婚损害赔偿金2万元整；第五，本案一切诉讼费用由被告予以承担。"

刘春的声音沉稳、均匀，有着专业律师都有的干练与自信。

原告方的诉讼请求并无特别之处，李法山却非常认真地听着，他这时才意识到，两人虽然相识、并肩已久，他们却几乎从未在旁听席的位置上看对方开庭。

在刘春宣读完起诉状后，法官看向被告："被告发表答辩意见。"

孙翔答道："审判长，被告答辩意见如下：第一，被告不同意双方离婚，原被告双方感情依旧存在，被告也积极履行着作为丈夫的责任，为这段感情持续认真地付出和努力。原告要求离婚，是不负责任的，不应得到法院支持。第二，原告所说的家暴行为并不存在。原被告双方虽然因为家庭琐事发生过纠纷，也产生过一定肢体冲突，但这都只是防止暴力而产生的推搡行为，并不涉及家暴，也不符合法定应予判离的情形。第三，关于抚养权，女方并无稳定工作，出于照顾孩子的目的，抚养权并不应交给女方。第四，财产分割，原告主张的 12682 元存款，其中有 6324 元为男方婚前所有，不应进行分割……"

由于平时做了太多农村离婚类案件，孙翔的答辩还是可圈可点的，基本没什么纰漏。很多人想当然地以为基层法律工作者业务水平一定不高，其实不是，在农村案件相对并不复杂且同质化比较严重的情况下，无他，唯手熟尔，他们进行代理还是绰绰有余的。

"下面由原告方进行举证。"法官看向刘春。

在对民事主体、婚姻关系等基础信息进行举证后，刘春继续罗列道："我们提交的第二组证据，第一份是派出所出警记录及《告诫书》，证明 2023 年 2 月 17 日，被告有对原告产生施暴行为。其中，出警记录里男方承认自己有对女方进行过单方面殴打，并向女方表示悔过，过程中女方并未还手，警方予以签字确认。"

刘春继续说着："第二份证据，是男方当时殴打女方的视频资料，其中视频最后，即在 3 分 22 秒时，视频中另一个手机上清晰地显示殴打当天为 2023 年 2 月 17 日。原告请求当庭播放该视频。"

审判长点点头，刘春把手机音量调到最大，然后拿给法官看。围观群众虽然没有看到视频画面，但视频中女方凄厉的叫喊却依旧声声传进了众人耳朵里。

审判长把视频音量调低，李法山听到这两份证据，则微微点头。

这两份证据里有三个细节，首先是警方的出警记录及《告诫书》，家暴发生后，被施暴方报警很正常，但那些报警记录由于没有引导警方对有关事实进行第三方确认，证明力往往都存在问题。至于《告诫书》，别说当事人了，很多警察都不知道自己可以出这份材料，地处如此偏僻的派出所能向王兰出具《告诫书》，说明刘春庭下功夫做得很深。其次是王兰有对家暴行为拍视频，而且视频最后有通过拍另一个手机显示日期，这也一定是刘春事先便教王兰了的。而最后，也是非常考验功夫的一点，在于原告有承认对王兰的"单方面"殴打，因为在既往司法判例中，即使法院认定存在家暴行为，也会以原告无法证明自己无过错为由驳回离婚赔偿的诉求，比如会说是不是互殴，而现在材料里被告承认自己是单方面殴打，其实证明的就是原告在家暴中并无过错，可以主张离婚损害赔偿。

律师的很多工作，比如取证都是在前期就要做的，而且这些工作反而更重要，庭审则本质上只是律师庭下工作的一次集中呈现，这方面刘春做得很好。

"第三份证据，是 2023 年 2 月 17 日，原告方被殴打后的照片，《就医记录》及医院的《伤情说明》，说明中明确显示，原告头部受到外力殴打，存在轻微脑震荡。结合视频，可证明男方的确存在家暴行为，绝非普通肢体冲突那么简单。

"我们提交的第四份证据，是 2023 年 2 月 20 日的《人身保护令申请》及法院向原告开具的《人身保护令》。证明被告的确对原告进行了迫切的人身威胁，而且该威胁也得到了法院的前期认可。

"第五份证据，是微信聊天记录，证明 2023 年 2 月 28 日，被告知道原告向法院起诉后，通过微信继续向原告进行谩骂及频繁恐吓，据《反家暴法》有关规定，上述言语也属于家暴范畴，被告对原告的人身威胁一直在持续，并未停止。

"第六份证据，是村委会的调解记录，记录材料上清晰地表明，男方对自己的家暴行为供认不讳。

"第七份证据，系被告的道歉视频，视频中被告明确承认自己存在单方面殴打女方的事实……"

随着刘春拿出一份又一份证据，围观群众窃窃私语的声音越来越大，男方的脸色也开始越来越难看——他明显感觉自己被对方套路了。就拿道歉视频来说，站在他的角度，当时他感受到女方有可能被哄好，所以为了哄她自己才录的那条视频，没想到女方前脚录了视频，后脚就作为证据提交到了法院，还是当着这么多人的面。

庭审开到这儿，刘春和基层法律工作者的差距就体现出来了。普通的基层法律工作者对案件一般不会做得这么细，写个起诉状、开个庭，拿出证据模版按样举证，结束。而刘春，只要把案件交给他，无论什么案子，他都会做到极致。

"嘿，这个刘老师还是有点凶哦，"李法山旁边的村民大叔对周围人说道，"以前都没见过弄得行的。"

"是涩，听赵老二说好像是从大城市回来照顾妈嘞。本来就是律师，凶得很。"另一位抱着孩子的大妈明显掌握了更多信息。

"这个男娃儿还是孝顺哈，"大叔点点头，"不晓得结婚没有。"

"还问别个有没有结婚，你怕想多了哦，"大妈鄙夷地说，"人家怕还看得上你家那个！"

在农村，年轻健康的女性多已进城务工，还留在村里的女性，多是已婚并留在家中照顾老人和小孩的。

"我家那个咋的嘛，我家那个咋的了嘛？！"大叔极为不悦，得给自己闺女讨个说法。

"哎呀，我懒得跟你说。"大妈自知理亏，没再说下去。

李法山在人群中默默看着刘春细密地举证，原本凝重的神情渐渐舒展开来。

他笑了。

刘春还是那个刘春。

他一直那么好，他还是那么好。

耳听着同村村民对自己的非议越来越多，朱兵有点坐不住了。他暴起，作势又要打人："你个哈批女人，敢伙起别个整老子，老子扒了你的皮！"

"嘿！做撒子！"突发事件面前，法官情急之下也说出了四川话。其实他本来开庭说的也是四川话，是因为今天要拍抖音才用的川普。刘春见状赶紧护住当事人。

就在这时，一直默默围观本案的村支书吴书记突然暴吼道："朱兵！你跟老子坐到！"

朱兵闻言，嘴上虽然依旧在暗骂，身体却老老实实坐了回来。

在农村，很多村支书说话比"皇帝颁圣旨"还好使。

村支书起身说了声"法官老师抱歉"，然后示意庭审可以继续了。

孙翔的脸色很难看。

毫无疑问，刚才朱兵的表现恰恰坐实了他的确是个家暴男。

"现在由被告对原告提交的证据进行质证。"法官继续推进庭审进程。

"什么叫质证哦？"朱兵问孙翔。

"就是刚刚原告提交的证据，你认不认可。"孙翔回答道。

朱兵闻言大声说："不认！老子都不认！什么视频啊笔录啊，都是她骗我写的！"

法官问："所以视频里的话是不是你自己说的，笔录上的名是不是你自己签的？"

"是，但都是她骗我干嘞！"朱兵再次强调。

法官皱起眉头："书记员，记，被告对真实性予以认可。"

"法官，还是我来吧，"孙翔见状赶紧拦下朱兵，"被告质证如下……"

由于刘春提交的证据非常充分且细密，孙翔也的确没什么好质证的，只能寄希望于法院依旧尊重司法惯例，首次不判离。

接着，原被告双方继续对被告财产状况等进行了举证质证。法庭调查环节结束后，法官说："接下来由原被告双方发表辩论意见。"

刘春似乎并未受刚刚庭审现场的闹剧影响，依旧沉稳地说：

"审判长，首先，根据《民法典》第一千零七十九条规定，当被告存在实施家庭暴力的情形的，法院应当准予离婚。原告提交的证据足以表明，被告长期对原告存在包括殴打、侮辱、人身威胁等在内的家暴行为，双方感情确已破裂。而且方才被告当庭吼骂也恰恰证明了，被告对原告还存在迫切的人身威胁，法院此前也因此向原告出具过《人身保护令》。因此，根据上述法律规定，代理人郑重地恳请法院准予双方离婚。其次，原告方提交的包括视频、笔录在内的证据都充分表明，长期以来，都是被告在单方面对女方施暴，女方在婚姻关系中并无过错，在此情形下，原告有权依照《民法典》第一千零九十一条的规定，要求被告方支付损害赔偿。再者，鉴于原被告双方的女儿朱星辰刚满一岁，尚未度过哺乳期，而且男方有家暴倾向，秉持着有利于子女的原则，原告亦恳请法院将女儿朱星辰判予原告。关于抚养费，每个月 800 元是参照既往男方每个月给女方的生活费对半而来，是有依据的。最后，关于财产部分，原告提交的证据中，已将双方婚后共同财产予以明确，原告也恳请法院按照《民法典》第一千零八十七条之规定，在原告抚养女儿朱星辰且在婚姻中并无过错的情况下，向原告方予以相应倾斜。"

审判长嗯了一声，然后问："被告呢？"

"审判长，"孙翔答道，"首先，原被告双方此前确因生活意见不同而发生过一些肢体冲突，但这些冲突属于正常生活纠纷，并未达到家暴的程度，不属于第一千零七十九条规定的范畴，自然也不应支付所谓的离婚损害赔偿。其次，自结婚以来，被告为了撑起家庭，一直在外打工，与妻子也是恩恩爱爱，对她无微不至。被告提交的证据也表明了，其每年务工回家都有给妻子购买饰品，给予生活费等，夫妻关系不能说没有矛盾，但感情一直是在的，并未到破裂的地步，如果女方说离就离，对男方也太不公平了。最后，关于娃儿的抚养费，每个月 800 元实在太高了，男方无法支付，这部分诉求也请法院依法予以驳回。"

审判长点了点头："现在由原被告双方做出最后陈述。"

"请求法院依法支持原告方全部诉讼请求。"刘春说。

"请求法院驳回原告方全部诉讼请求。"孙翔道。

法官在书记员记录完毕后，觉得本案有些为难："你们能不能调吗？"

刘春说："只要对方同意离婚，我们就可以调。"

"嗯……"法官沉吟片刻，然后说，"被告，你过来，我跟你说一下。吴书记！麻烦你也一起。"

村支书点了点头，缓步跟着法官和朱兵、孙翔从坝子走进内屋。

"啥情况？"婧哥问。

李法山嘿嘿一笑："法官要开始施展大调解术了。"

婧哥有点摸不着头脑："什么是大调解术？"

"就是吓完被告吓原告。"李法山简明扼要。

果然，没过多久，法官和孙翔从内屋出来，孙翔坐回自己的位置上，法官又招呼刘春和王兰："你们也进来一下。"

约莫十五分钟后，法官、吴书记和原告方一起从内屋走了出来。诸人坐定，法官当众宣布："经法院调解，原被告双方协商一致同意离婚，双方亦就财产分割、抚养权归属达成一致意见，现在由法院制作《调解书》，双方签字确认无误后即可生效。闭庭。"

众人没迎来最后的当众宣判，心里多少有点丧气，在法官宣布庭审结束后，作鸟兽散。

在四散的人潮中，李法山依旧木然地站在那里。

山清水秀间，朴素村民里，刘春正坐在书记员旁边，认真调整着《调解书》的措辞，专心的模样和以前别无二致。

九寨沟人多吗？很多，但只是旅游的人多，真正在这儿生活的人很少。在这近乎与世隔绝的地方，这位曾于龙城璀璨的司法星空熠熠生辉的新星，正安稳平和地做着一件件在顶级律师看来根本不显眼的小案子。

一个念头突然浮现在李法山的脑海："如果当初春哥没去自首，那现在他会是怎样呢？"

成为一个大号的隋钧，还是小号的张太一？

婧哥拉了拉李法山的衣袖，示意他要不要前去相认。

李法山下意识地向前走了两步，却又顿住了。

"走吧。"李法山拭去眼角的泪水，拉着婧哥，转头离开。

婧哥跟在李法山身后，拉扯着他的衣角："为什么不过去呢，你来九寨沟不就是想找他吗？"

"是找他，但不代表要打扰他。"李法山低声说，"我们现在突然出现，是打扰他。"

"我不懂。"婧哥皱起眉头。

"我跟你说个故事吧。"李法山的情绪已经渐渐平复。见婧哥依旧不解，他笑了笑："我记得是两年前还是三年前，有个大学生来律所咨询我关于复婚的事。"

"大学生，问复婚？"婧哥皱起眉头。

"对，不过不是他复婚，是他的父亲想和母亲复婚。"李法山补充道，"这是次很简单的法律咨询，但却是令我印象极为深刻的法律咨询，你知道为什么吗？"

婧哥看向他。

"因为他问我，有没有办法可以打消父亲的念头。"李法山和婧哥一起，慢步往回走着，"是的，孩子不希望亲生父母复婚，这是不是和你想象中不一样？"

本以为婧哥会很惊讶，没想到她却说："我懂。"

李法山见她眼神中刹那间黯淡，点点头，却继续说着："是，他父母在他小学五年级就离婚了，离婚后的这十来年，母亲有了男朋友，父亲也又重组过一次家庭。双方相安无事，原本过得也都挺好，可如果父母真的复婚，会令这个孩子担心平静的生活被打破。他不想再回到过去了。"说到这儿，李法山叹道，"说实话，他都快大学毕业参加工作了，即使父母再吵架，又会对他造成多少影响？但我懂他，懂他对童年阴影的恐惧，也懂他对现有平静生活的期待已经超过了对回到过去的期待。"

清风拂过青山，婆娑的树木在阳光下温柔地摇曳，李法山踩着路上的石子，轻轻说："所以，我见到刘春，知道他现在也挺好，在做自己想做的事，就够了。即使我们重逢，我们还能像以前那样吗？还是说，会像过去一样，彼此又有不理解和矛盾？人生，尤其是感情，何必事事勉强，求全责备？这点我明白，刘春也明白。如果现在双方都过得挺好，回忆也挺好，那就这样吧。"

这也是李法山没有直接根据刘春身份证上的地址去找他的原因。

想触碰又收回手，李法山不想用自己的出现打破他此时平和的心境。

因为看得出来，现在的刘春也很快乐。

他依旧做着他想做的事，而且他做的可能比以往任何时候都更加纯粹。只要还在诉讼，只要还能诉讼，他就很快乐。

即使没有李法山在身边。

"春哥啊，他和我不一样，我做律师，有各种各样的原因。而他做律师，是因为他爱'做律师'本身。这一点他以前可能不知道，但现在他一定知道了。"

李法山拎起腊肉，对婧哥说："回去炒腊肉吃？"

婧哥见他心中释然，便笑着回复道："你炒还是我炒？"

"我们'十五二十（一种猜拳游戏）'吧。"李法山挑了挑眉。

"得了吧。要是交给你，好好一块腊肉不知能做成什么黑暗料理。"婧哥拿过腊肉。

回到车上，婧哥突然说："九寨沟挺好玩的，这次有些景也没见到，以后可以多来。"

"嗯。"李法山低声说道。Carplay（一种车载系统）在上车后自动连接，车内播放起陶喆的《爱很简单》。

婧哥听着歌，沉默了一会儿，说"换一首吧"，然后把歌切成了《爱我还是他》。

李法山一愣，说"这首不好听，要听听那首"，接着便把歌换成《就是爱你》。

婧哥原本还有些沉着脸，随着这首歌旋律响起，扑哧一笑道："《就是爱你》？"

"就是爱你。"李法山转过头来看着她，也笑了出来。

"刘老师，真是谢谢你啊！"在签具《调解书》后，王兰感激地对刘春说。

刘春微笑着拍了拍她的肩膀："应该的，以后好好生活。"

这时，法官也专程走了过来，和刘春握了握手："刘老师，你很专业。"

庭审结束后主动和代理人握手，这是审判人员对一位代理人最大的肯定。

刘春笑容不改："您过奖了。"

曲终人散，刘春抬起头，深吸一口气，远眺着山清水秀的大自然。

突然，他看到远处有一对渐行渐远的熟悉身影。

这对身影中，男人拎着腊肉，女人挽着男人的手，两人的影子在阳光下融为一体。

刘春张了张嘴，最终却还是把呼唤咽了回去。

他低头，笑了笑，走向停在院坝角落的自行车。

骑着车，沿着弯弯折折的村间小路，他哼起不知名的小曲。

虽然今天的庭审结束得比想象中晚，但回家后他应该还是来得及给母亲做饭。下午，他会在自己的院坝里继续未完成的木工。晚上他也有了安排，前阵子邻村的张大喝醉了，打了他隔壁的赵林，赵林约了他晚上去自己家喝酒。

自行车的手柄上，挂着当事人王兰送的腊肉。

他决定拎着这块腊肉去赵林家，今晚他也要炒腊肉吃。

阳光穿过九寨沟重重叠叠的枝丫，洒在路面上，刘春孑然一身，穿过一路斑驳。

这里，是刘春的新家。

坤乾律师事务所主任张太一，因行贿罪、妨害司法罪，数罪并罚，被判有期徒刑十五年，处罚金 400 万，律师执照被依法吊销。

坤乾律师事务所高级合伙人赵飞虎，因诈骗罪、行贿罪、聚众淫乱罪，数罪并罚，被判有期徒刑十五年，并处罚金 50 万，律师执照被依法吊销。

江南省高院前院长张原，因受贿罪、行政枉法裁判罪、诈骗罪，数罪并罚，被判有期徒刑十八年，没收个人违法所得并处罚金 3000 万元。

龙降路派出所前负责人刘长庚，因受贿罪、徇私枉法罪，数罪并罚，被判有期徒刑八年，没收个人违法所得并处罚金 50 万元。

据中央政法委举行的全国政法队伍教育整顿第二次新闻发布会，截至 2021 年 7 月 31 日，仅第一批教育整顿行动中，全国运用监督执纪"四种形态"处理处分违纪违法政法干警 178431 人；19847 名干警主动投案；立案审查调查 49163 人，采取留置措施 2875 人，移送司法机关 1562 人。此外，教育整顿还全面筛查二十世纪九十年代以来"减假暂"案件 1524 万件，核实认定问题案件 8.7 万件，已依规依法纠正 7.2 万件。认定离任法官、检察官违规从事律师职业、充当司法掮客 2145 人。

张白白笑着问："叔，最近怎么样？"

"还好，瘦了，"张太一确实较以前瘦削了不少，"现在正积极改造，争取减刑。"

"律所这个月又走了五个高伙：汤扬、张桥、李怡然、白露、刘畅，"张白白平静地汇报着工作，"都退伙了，然后办公室租金马上就要到期，律所账上钱不够，准备退租，我看了希望广场那儿有个场地还行，准备搬到那里去。"

"刘畅也走了？"张太一愕然，然后叹了口气，"也是。新场地有多大？"

"四百平方米。"张白白说。

此前坤乾所租的办公室有两层楼，共五千平方米。在鼎盛时，坤乾所一度想把这两层楼买下来再回租给律所，也让高伙们有个定期固定收入，但由于写字楼地处黄金地段，业主不愿卖，他们只能作罢。

"辛苦你了。"张太一低声说。

张白白笑了笑："不辛苦，应该的。"

张太一又问："刑天还没走呢？"

"他不走，他说他要和我一起，把坤乾所重新做起来，"张白白说，"今年他业务量不错，应该能上 500 万。"

"隋钧呢，现在怎么样了？"张太一低着头，看着眼前的桌台。

"隋大主任现在可了不起，刚才跟您说的这几个合伙人，全去他那儿了。今年天行所的业务量，怎么说都得过亿啊！"张白白啧啧道，"还被誉为'律界四十年来第一鬼才'，嘿！"

"你接下来有什么打算？"张太一问，"坤乾所现在牌子坏了，其实你重新建一个所，或者加盟一家北京或上海的所更好。"

张白白看着对面的张太一。张太一没精打采，像一头平川上的病虎。

"毕竟我可是龙城虎啊！"

她想起多年前在巴厘岛，张太一志得意满地跟自己说这句话的样子。在律师这个行业，中年人的精神状态往往比年轻人好得多——年轻人郁郁不得志，难免垂头丧气；中年律师事业鼎盛，自然意气风发。

彼时他刚在林白鹿一案中大获全胜，也新晋省律协主席，还真是只要跺一跺脚，整个龙城律界都要抖三抖。

一年半的时间，说长不长，可就在这一年半里，张太一苍老、憔悴了许多。这个原本顾盼生威的"龙城虎"，如今也只是蜷缩在座位上，垂头丧气，连说话都不习惯直视人。

叠被子、坐军姿，管教来了要起立喊"到"，还要踩缝纫机，这就是张太一如今每天的生活。

那些往日的风光都过去了，有的成为深刻的回忆，有的随风消散。

都不用百年之后，可能只需五年、十年，龙城律界就再也想不起张太一这个人。张白白红了眼眶。

"不，我就是要把坤乾所重新做起来，"张白白语气坚定，"我不仅要把坤乾所重新做起来，我还要让坤乾所重回龙城之巅！我就是要告诉所有人，我们张家，永远会在龙城律界有一席之地。然后，在你出狱时，我要风风光光地把你接回所里，让你当坤乾所终身名誉主任。"

说到这儿，张白白眼中的泪水终于流淌了出来："那时，我们再一起下棋。"

张太一欲言又止，轻轻叹了口气，把原本想说的话收了回去。

"傻孩子，棋在哪里不是下，"他笑了笑，"你要保护好自己。"

过了一会儿，他又说："别成为我。"

"不会，"张白白面无表情，"我只会成为我。"

灯
塔

A Light